外国文学名著丛书

〔英〕约翰·弥尔顿／著

失乐园

朱维之／译

人民文学出版社
PEOPLE'S LITERATURE PUBLISHING HOUSE

John Milton
PARADISE LOST
本书根据 Oxford University Press, New York 1908 年版译出。

图书在版编目(CIP)数据

失乐园/(英)约翰·弥尔顿著;朱维之译. —北京:人民文学出版社,2019(2025.1重印)
(外国文学名著丛书)
ISBN 978-7-02-015064-9

Ⅰ. ①失… Ⅱ. ①约…②朱… Ⅲ. ①叙事诗—英国—近代 Ⅳ. ①I561.24

中国版本图书馆 CIP 数据核字(2019)第 031580 号

责任编辑 张海香
装帧设计 刘 静
责任印制 王重艺

出版发行 人民文学出版社
社 址 北京市朝内大街 166 号
邮政编码 100705

印 刷 河北新华第一印刷有限责任公司
经 销 全国新华书店等

字 数 276 千字
开 本 850 毫米×1168 毫米 1/32
印 张 18.625 插页 3
印 数 28001—31000
版 次 2019 年 5 月北京第 1 版
印 次 2025 年 1 月第 8 次印刷

书 号 978-7-02-015064-9
定 价 69.00 元

约翰 · 弥尔顿

出版说明

人民文学出版社自一九五一年成立起，就承担起向中国读者介绍优秀外国文学作品的重任。一九五八年，中宣部指示中国科学院文学研究所筹组编委会，组织朱光潜、冯至、戈宝权、叶水夫等三十余位外国文学权威专家，编选三套丛书——“马克思主义文艺理论丛书”“外国古典文艺理论丛书”“外国古典文学名著丛书”。

人民文学出版社与中国科学院文学研究所，根据“一流的原著、一流的译本、一流的译者”的原则进行翻译和出版工作。一九六四年，中国社会科学院外国文学研究所成立，是中国外国文学的最高研究机构。一九七八年，“外国古典文学名著丛书”更名为“外国文学名著丛书”，至二〇〇〇年完成。这是新中国第一套系统介绍外国文学作品的大型丛书，是外国文学名著翻译的奠基性工程，其作品之多、质量之精、跨度之大，至今仍是中国外国文学出版史上之最，体现了中国外国文学研究界、翻译界和出版界的最高水平。

历经半个多世纪，“外国文学名著丛书”在中国读者中依然以系统性、权威性与普及性著称，但由于时代久远，许多图书在市场上已难见踪影，甚至成为收藏对象，稀缺品种更是一书难求。在中国读者阅读力持续增强的二十一世纪，在世界文明交流互鉴空前频繁的新时代，为满足人民日益增长的美好生活的需要，人民文学出版社决定再度与中国社会科学院外国文学研究所合作，以“网罗经典，格高意远，本色传承”为出发点，优中选优，推陈出新，出版新版“外国文学名著丛书”。

值此新版“外国文学名著丛书”面世之际，人民文学出版社与中国社会科学院外国文学研究所谨向为本丛书做出卓越贡献的翻译家们和热爱外国文学名著的广大读者致以崇高敬意！

“外国文学名著丛书”编委会

二〇一九年三月

编委会名单

（以姓氏笔画为序）

1958—1966

卞之琳　戈宝权　叶水夫　包文棣　冯　至　田德望
朱光潜　孙家晋　孙绳武　陈占元　杨季康　杨周翰
杨宪益　李健吾　罗大冈　金克木　郑效洵　季羡林
闻家驷　钱学熙　钱锺书　楼适夷　蒯斯曛　蔡　仪

1978—2001

卞之琳　巴　金　戈宝权　叶水夫　包文棣　卢永福
冯　至　田德望　叶麟鎏　朱光潜　朱　虹　孙家晋
孙绳武　陈占元　张　羽　陈冰夷　杨季康　杨周翰
杨宪益　李健吾　陈　燊　罗大冈　金克木　郑效洵
季羡林　姚　见　骆兆添　闻家驷　赵家璧　秦顺新
钱锺书　绿　原　蒋　路　董衡巽　楼适夷　蒯斯曛
蔡　仪

2019—

王焕生　刘文飞　任吉生　刘　建　许金龙　李永平
陈众议　肖丽媛　吴岳添　陆建德　赵白生　高　兴
秦顺新　聂震宁　臧永清

目　次

全能的神把他倒栽葱，
全身火焰，从净火天上摔下去。

——卷一，44、45行

他那硕大的身躯，从火湖中
站立起来。

——卷一，221、222行

他们听了这话，都很惭愧，

急忙振翮而起。

——卷一，331 行

那不可计数的恶天使也这样，

在地狱的穹隆下面回翔飞舞。

——卷一，344、345 行

被召集来开会的是各队各团中
有地位的，或是经过选拔的
最优秀者。

——卷一，757—759 行

高高地坐在宝座上，那宝座的豪华，

远远胜过奥木斯和印度地方的富丽。

——卷二，1、2行

蛇发怪戈耳工、蛟龙海德拉和吐火女怪。

——卷二，627、628 行

大门前的两旁

各坐着一个可怕的怪物。

——卷二,648、649 行

用头、手、翼、脚，拼命赶路前进，
或泳、或潜、或涉、或爬、或飞。
——卷二，949—951行

欢声响彻钧天，

嘹亮的“和散那”充满永恒的国境。

——卷三，348、349 行

此外还有很多，说来太噜苏，无非是些
未成人的，痴呆的，穿着黑、白、灰色衣的
隐士和托钵僧。

——卷三，475—477 行

从黄道向下面地球的方向飞去，
为成功的希望所驱使，他在空中
打几个回旋，直向下面不停地飞。

——卷三，741—743 行

我真是可悲！我该何从逃避
无限的愤怒，无限的失望？

——卷四，73、74行

于是撒旦登上险峻荒凉的山崖，
一路上沉思默想，行步迟迟。

——卷四，172、173行

这里是如此气象万千的田园胜景。

——卷四,247 行

他们先嚼果肉，如果口渴，

就用果壳向盈盈的流泉中妥水。

——卷四，335、336行

他这样许诺了；尤烈儿便乘
光线回到自己的岗位。

——卷四，589、590行

那二灵直接飞向

庐舍去搜寻他们所要寻找的。

——卷四,798、799 行

便不再言语，

口中喃喃而逃，夜荫也随他逃遁。

——卷四，1014、1015行

他支起了半身，斜倚在一边，

面露笃爱的神情，俯视她……

——卷五，12、13 行

看，东面的树林中，有一个
光辉的形象正往这儿走来。

——卷五，309、310 行

披羽翼的天使长回答他说：
“亚当呀，只有一位全能者，
万物从他出生……”

——卷五，468—470 行

请你这

邪恶的头盔受我这逃兵的敬礼。

——卷六,186、187 行

那时，起了暴风雨般的狂乱、喧哗，

是天上从来未曾听见过的。

——卷六，207、208 行

那时撒旦第一次尝到痛苦，
不住地把身子旋转扭曲。

——卷六，327、328 行

现在“夜”已开始向轨道上走了。

——卷六,406 行

在战地上，
米迦勒和他的部下广扎营盘，
四周布置哨兵。

——卷六，410—412 行

他们坠落了九天工夫。

——卷六,870 行

地狱终于张口全部接受他们。

——卷六,873、874行

后浪推前浪，
争先恐后地抢路滚向前去，
若遇峻峭，便激湍奔腾。

——卷七，298、299 行

上帝又说:“要在水里产生
大量的卵子和爬行泅泳的生物;
要有鸟在地的上空飞行。”

——卷七,387—389行

游动时，好像移动的陆地，

从鳃里吸进，从鼻子喷出一海的水。

——卷七，415、416 行

同时,温暖的洞穴、沼泽、岸边,

同样从卵中孵育大量的小鸟。

——卷七,417、418 行

这时，在地球上，第七个夜幕
在伊甸升起了。

——卷七，581、582 行

这样,他们分别了,天使从
浓荫上升天国,亚当回他的庐舍。

——卷八,652、653行

撒旦跟河水一同潜入地下，
又和它一同喷涌上来。

——卷九，74、75 行

啊，大地，你和天何等相似，
即使不说更好，却更适合于
诸神的居住。

——卷九，99、100行

蛇在熟睡中，

盘成几个圈，弯弯曲曲，环绕萦回。

——卷九，182、183 行

魔王走近去，经过杉、松、棕榈等
亭亭玉立的乔木的树下横道。
——卷九，434、435行

犯罪的蛇溜回密林里去了。

——卷九，784 行

不仅双眼

泪如雨降，而且在内心起了

更险恶的风波。

——卷九，1121—1123 行

在红日西坠时，听见柔和的风儿
吹来上帝在园中走路的声音，
就躲进最茂密的树丛中去。

——卷十，99—101行

在那里焦急等待他们的大冒险家
早些从另一世界侦察归来。
——卷十,439、440 行

满堂都喧闹着

咝咝的噪音，充塞着首尾交错的怪物。

——卷十，521—523行

说了这话之后，他们各奔前程。

——卷十，610 行

因为那时

有几队天使从碧玉般的天空下降乐园。

——卷十一，208、209行

开始制造巨大的船只。

——卷十一,729 行

其他的

住处都被洪水淹没了,一切

荣华富贵都已卷入深水之下。

——卷十一,747—749 行

他们要求摩西传达神旨，免得害怕。

——卷十二，236 行

他们滴下自然的眼泪，但很快
就拭掉了。

——卷十二，646行

译本序

弥尔顿的生平

约翰·弥尔顿(John Milton,1608—1674)是十七世纪英国最著名的诗人、思想家、政治家和政论家,是欧洲十七世纪进步文化的基石,十六世纪和十八世纪两股思想洪潮之间的过渡人物,即文艺复兴运动最后的殿将和启蒙思想的最初启发者。他从小受人文主义的教育,反对封建礼教,反对不彻底的英国宗教改革,被称为宗教改革的改革者;同时他又鼓吹自由、平等、博爱,强调弑君无罪论,被称为启蒙思想的先驱者。

文艺复兴时期是近代欧洲文明的序幕,十七世纪英国革命是近代文明的第一幕开场。弥尔顿是序幕中最后上场,而在第一幕里担任主要角色之一的人物。他是诗人、学者,同时又是革命的实践者,在新旧思想的搏斗中,他是一个冲锋陷阵的斗士,虽然在战斗中成了双目失明的残疾者,仍是心甘情愿的忠贞斗士。许多诗人、戏剧家在王权复辟后变节投降,而弥尔顿却屹立不动,在困苦艰难中吟出三大诗作——《失乐园》《复乐园》和《斗士参孙》,显示其崇高的风格,垂辉宇宙。诚如诗人雪莱所说:"弥尔顿巍然独立,照耀着不配受他照耀的一代。”革命导师马克思也说他“行动光明磊落”，“出于同春蚕吐丝一样的必要而创作《失乐园》”。李义山“春蚕到死丝方尽，蜡炬成灰泪始干”这两句诗，很可以移用在弥尔顿身上。

弥尔顿的生平和著作可以分为初期、中期、晚期。初期和晚期以诗为主，中期以散文为主。

一六〇八年十二月九日，弥尔顿生在伦敦一个繁华区。他的祖父、父亲也叫约翰·弥尔顿，祖孙三代同名。祖父住在牛津郡，是热诚的罗马天主教教徒，一个忠诚的卫道士；但父亲却热心于宗教改革，反对天主教会，改宗信仰新教，做了清教徒，被迫离开家庭，独自到伦敦去谋生，后来做了金融界的公证人，收入丰裕。他爱好文艺，既是古典文学的学者，又是著名的音乐家，有创作的乐曲留传下来，在音乐史上占一席之地。诗人弥尔顿幼受庭训，一生喜爱音乐，兼为诗人和学者。他在家庭教师托玛斯·杨的教导下，不但深受人文主义思想的影响，还把它推进一步。杨是思想进步的人士，反对国教会的主教监督制度，曾于一六四一年和其他四人联名发表了一个小册子，出版后引起轩然大波，赫尔主教等出来给以猛烈的反击，展开激烈的论战。弥尔顿站在老师方面，为文参加战斗。

弥尔顿从小就好学，从十二岁起，经常开夜车，绝少在夜半以前就寝。因此，他的视力很早就弱，四十多岁就失明了。他十五岁进圣保罗学校，勤奋地学习拉丁文和希腊文，后来又学希伯来文，并开始试译《旧约·诗篇》。那时，他最亲密的朋友是意大利人狄俄达替，狄父为旅英名医，叔父在日内瓦当神学教授，曾将《圣经》译为意大利文。狄不幸早死，诗人于一六三八年游意大利时听到噩耗后，十分悲伤，于归途中特取道日内瓦，走访他的叔父，还为他写了一首著名的拉丁文悼诗《哀达蒙》(达蒙和匹提埃是希腊传说中一对生死与共的挚友)，诗情深切。一六二四年四月，弥尔顿进了剑桥大学的基督学院，于一六三二年六月受硕士学位。

诗人在大学时，不喜欢那些充满封建经院式逻辑的课程，常和他的顽固导师发生冲突，甚至决裂，离校回家，在家里耽读古罗马诗人奥维德的著作和古典戏剧。后来回校复学时，学校当局为他换了导师，按时完成学业。可见他在青少年时代就思想进步，厌恶封建的旧思想，并且严正不阿，富于反抗性。他在学期间特别喜欢拉丁文学，在学生时代就写了多篇拉丁文的诗歌和七篇拉丁文演说辞。他在基督学院时还有“基督淑女”的绰号，因为他容貌清秀，心地纯真无邪，举止文雅而严肃。起初，有些孤高，落落寡合，后来逐渐赢得师友们的尊敬。

他初期的诗歌有清新如出水芙蓉的风格。如一六二九年五月一日写的短诗《五月晨歌》：

晶莹的晨星，白日的前驱，
她舞蹈着从东方带来娇侣，
百花的五月，从绿色的怀中撒下
金黄色的九轮花和淡红的樱草花。
　欢迎，富丽的五月啊，你激扬
　欢乐、青春和热情的希望；
　林木、树丛是你的装束，
　山陵、溪谷夸说你的幸福。
我们也用清晨的歌曲向你礼赞，

欢迎你,并且祝愿你永恒无边!

其诗句的明澈,犹如五月的花晨。同年十二月,他于二十一岁生辰写的《圣诞清晨歌》三十一节,每节八行,是弥尔顿最初的杰作,也就是他的成名作。原文音调清脆,风格明净,充分表现作者的天真无邪,和平快乐的心胸和积极的生活态度,哈拉姆说它是英语文学中最美丽的作品之一。例如:

五

寒夜深沉,万籁静止,
这时候,光明的王子,
　　开始在地上作和平的统治。
风儿带着异样的静寂,
频向众水接吻细细,
　　向温厚的海洋私语快乐的消息;
海洋也忘记了怒号,
和平的羽翼孵伏着驯服的波涛。

六

群星们都深深惊奇,
凝眸注视,长时伫立,
　　他们的眼光都向一个目标看齐;
虽然清晨全部的光辉
和太白晨星,都命令他们引退,
　　他们仍徘徊依恋,不忍离弃岗位;
依然循着轨道,放出光明,

直等救主亲自来临，下了散队的命令。

七

黑夜的荫翳已开，
让路给白昼进来，
　　太阳自己却姗姗地不敢贸然上台；
他为羞惭而掩面，
因他较弱的火焰，
　　不如这世界新点着的光辉那样鲜艳；
这是个更大的太阳，
不是他原来的光座和火轴所能承当。

二六

太阳还未起床洗脸，
云霞帐子，红如火焰，
　　他的脸颊枕在红润的波涛上面。
阵阵夜影，脸色发青，
成队开进地狱的关门，
　　每一个带足镣的幽魂都躲进坟茔。
身穿黄裳的嫦娥仙侣，
追随夜马，辞去月宫，高处的琼楼玉宇。

这样玉洁冰清的诗句，掷地可作金声，出于一个二十一岁的青年的手笔，三百五十年来传诵不衰。

一六三〇年，他写了《莎士比亚碑铭》，发表在《莎士比亚戏剧集》第二对折本(1632)的卷首。这诗是最早肯定莎士比亚的天才和价值的文字之一。比他更早的只有生在莎翁同时代的本·琼生评莎的诗篇(1623)。弥尔顿写道：

我的莎士比亚，他的遗骨自有光辉，
何必我们累月经年辛苦雕成的纵横石碑？
他那神圣的衣冠遗物，用不着高冢，
何必筑起金字塔，尖顶高耸星空？……
因为，比起你那一泻千里的天才，
这些笨拙的艺术就黯然失色。……

一个二十二岁的大学生有这样的眼力，评定死去不久的一个戏子的作品为天才之作，可见他的文学修养已经很高。

他接着写了假面诗剧《科马斯》(1631—1632)，一六三四年首次演出。该剧涉及善与恶的斗争问题，歌颂高贵纯真而坚贞不屈的品格，对于争自由的胜利信心。科马斯是酒神巴克斯和女妖赛栖所生的儿子，放荡不羁，出没于森林之中，引诱路人喝下他那气味芬芳的魔酒，变成兽面人身的怪物。某小姐和两个兄弟为了从内地奔赴父亲的就职典礼，经过那个森林，小姐被诱去，但坚贞不屈，没有喝下魔酒，终于被两个兄弟借助神力，从魔窟中救出。剧中的科马斯不是个强暴的恶棍，而是俊美逸乐的登徒子，用温柔的花言巧语引诱女性；洁身自好的小姐坚决不肯上当，婉言辞绝他的酒浆。作者以保住处女的纯真和贞操为善和美的化身。这种美和善是作品歌颂的对象，也是作者一生所讴歌的崇高品德的象征。

一六三二年，他修毕大学本科和研究生的课程，得了硕士学位。按父亲和校长的意思，安排他进国教会去做牧师；他本人原先也有这个想法，但他后来发现国教会的贪污腐败，便十分厌恶，不愿同流合污，决心放弃教会的职务，宁愿回家自修。

他父亲也同意这个决定。他先在伦敦的东郊哈默史密斯住到一六三五年,然后在温莎附近的霍顿乡间别墅中专心修业、静观,要把文学、历史和哲学各门学问以及各种艺术融会贯通,冶为一炉,做一个练达的通才。所以他时常进城去买些数学、音乐的书籍。在这乡居的六年中,他竟成了博览群书、学究天人的大学者,既继承了希腊、罗马的古代传统,又发扬了希伯来、基督教的中世传统,把文艺复兴思潮更推进一步,同时也把宗教改革推进一步。那时期,他写了《欢乐的人》和《沉思的人》两首姊妹诗篇,反映他的思想真实情况——古代传统和中世传统的结合和发展。结合点是发扬人文主义,充分肯定人生,歌颂天真的农民在大自然中劳动,怡然自得;瞻仰高人逸士在静观中俯仰于天地之间,目见苍松翠柏,绿水青山,云月相辉映的壮丽雄伟,耳闻莺歌燕语,钟声琴韵和着山水之清音,感到人生的无限乐趣。即使有忧郁袭人,也可以促进悲天悯人,参透常理。在他的思想中,古希腊明快的哲理和基督教沉思忧郁的教义两相融合。这是欧洲从文艺复兴以来两结合思潮最明显的例子。在这时期中,他酝酿一篇长篇史诗,准备写一部惊人的杰作,基本上不写短诗,只于一六三七年,听到同学好友金·爱德华的溺海死耗,借用希腊牧歌的形式写了一首哀悼的歌辞《黎西达斯》,该诗哀悼的抒情不及《哀达蒙》那么深切,却突出人生意义和生死之谜。诗中表达的思想鲜明,写得很深刻。全诗有两个思想的高潮:一、认为吟咏清辞丽句不足为荣,要以全部生命贡献给祖国和全人类为荣;二、当时的教会贪污腐败,应当彻底摧毁。诗在结束时获得思想上明朗的胜利;最后一行,明显地表露:

明天他奔向清鲜的树林,新的草地。

这表示他的诗歌风格即将转变，要为事而作，为时而写，不再是单纯天真的吟咏。《黎西达斯》是弥尔顿前后期诗作的过渡作品，被许多评论家誉为英语文学中最杰出的作品；也有人说是纯文学中最完善的作品，因为它一字一句都响着宏大的乐音。

意大利之游（1638—1639）是他修业时期的结业旅行。他在母亲逝世后一年，得到父亲的同意，去欧洲大陆访问文化的名胜古迹，主要是意大利的佛罗伦萨、罗马、那不勒斯等名城古刹。他访问文化古迹之外，还访问了当时的诗人、音乐家，写拉丁文诗歌和意大利文诗歌，跟他们酬和。他的拉丁文诗歌，在英国不大受赏识，但在意大利却声名大噪，得到很多的鼓励，温暖他的心，滋长他的自信。他还特地访问了当时的大科学家大思想家伽利略，衰老、疾病、失明、软禁，都不能使伽利略退却投降，这给诗人以极大的鼓舞。伽利略的天文望远镜给诗人以诗情的启发，激发他的惊人想象力。

正当他在那不勒斯计划往西西里和希腊去旅游时，忽闻祖国政治风云骤变，斗争激烈，便中止远游而整装作归计。他说，正当祖国的同胞为自由而斗争时，我却逍遥游于国外是可耻的。这次旅行的结束就是他前期生活和诗作的结束，中期的开始。

弥尔顿在一六三九年七月回到英国，以多年的修养和志向，决定从此把毕生精力贡献给祖国的革命事业。一介书生，革命事业从哪里开始呢？他审时度势，认为当从教育、宣传着手。他在伦敦租了一座房子办起私塾，第一批的十几个学生中有他的两个外甥（菲力普·爱德华和约翰）。宣传教育工作，除招生教学外，更快更有效的方法是发行政论小册子。弥尔顿的中期很少写诗，除了十几首十四行诗以外，几乎完全搁起诗笔，而倾注主要的才力于政治斗争，写政论散文。

十七世纪的英国革命也和文艺复兴的反封建一样，和宗教改革分不开。任何改革必须先从教会开刀。弥尔顿认为当时英国的宗教改革不彻底，许多地方和罗马天主教妥协，主教掌握大权是主要的弊病；教会中雇用的牧师只向钱看，腐败不堪。他写了几篇攻击教会的小册子，主要矛头对准主教掌权制和陈旧的仪式。一六四一年写的《论英国教会的教规改革》，第二年写的《论教会机构必须反对主教制》，是其中最主要的。

一六四二年，弥尔顿三十四岁，在个人生活上起了一个波澜。他和牛津郡一个乡间贵族的女儿结婚，她名叫鲍威尔·玛利，还是个不懂事的十七岁少女。论年龄，只有他一半大，虽然很美丽却很任性，喜欢吵吵闹闹，不喜欢夫家的清静、严肃；加以诗人忙于写政论文章和学校教学，极少时间和她亲热，陪她游玩。她不甘寂寞，过了一个月，趁回娘家走亲戚的机会，便一去不回了。他写了几封信给她，不见回信；派人去请也受到冷淡。他对妻子的背离，虽然心里不高兴，但不记仇。过了两年，玛利回来了，直奔到他的跟前，祈求原谅。诗人不但接受了她，还在一六四六年，因为她娘家毁于战火，便迎接她全家人来住一年之久。破镜重圆后的玛利为他生了三个女儿，一六五二年生第四胎时死去。

英国政府在一六四一年放松对出版的压制，言论稍稍自由。但在一六四三年，国会又压制出版。诗人便拟了一篇《论出版自由》，以学者和诗人的全部热诚，向国会演说，慷慨陈辞，洋洋四万言，引古证今，说服力很强；虽在当时收效甚微，但它影响极为深远。一六九五年，英国政府放弃对出版的压制；一七八八年，法国大革命前夕，米拉博发表了政论文《论出版自由，仿弥尔顿》，一出版就卖光，后来又重版了几次；俄国一九〇五年革命时期，弥尔顿的论文被译成俄文，不管沙皇警察怎么干涉都不能阻止大量发行。

一六四五年，他暂时放下论战散文的写作，而整理编印他前期的诗作。暴风雨后，他又暂时回到他初期那晴朗的、天真可爱的诗歌气氛中去。

一六四九年二月十三日英王查理一世被处死后两个星期，弥尔顿的政论小册子《论国王和官吏的职权》出版了，他认为君主和群臣不过是受人民的委托而治理国事；真正的权柄应该操在人民手里，人民有权处置暴君，甚至可以处死他们。政论出版后一个月，诗人被聘为新成立的国务院的外文秘书，从此一心为共和国的革命事业贡献全部力量。同年十月用拉丁文写了著名的文章《偶像破坏者》，驳斥王党主教高登伪造的文书《圣王的肖像》，以死去的国王查理一世的自述口气，谎说他是一个虔诚、有道的君王，妄想挽回民心。弥尔顿在文中对此加以猛力的反击，用事实揭露他的谎言，并且说，一个民族在解放之后，在勇敢而刚毅地除灭了暴君之后，还想要这样的暴君回来，那就是奴隶成性，下贱得像畜牲，不配享受他们大声疾呼的自由，只配被领回原来被奴役的地位去。

一六五一年，他当了共和国新闻《政治导报》的监督主编，以进步政论家的姿态出现于欧洲国际舞台上。亡命于荷兰海牙的查理二世，想尽办法去联合大陆的君主们，要他们出来干涉英共和国。特别卖力的法国路易十四和他的廷臣们，除纠同荷、西、葡等国去武装干涉之外，还在思想战线上大肆进攻。当时欧洲大陆上最有国际声望的大学者沙尔马修，受了查理二世的收买，用拉丁文写了一本小册子《为国王声辩》，拥护君主专制政体，谴责英共和国的“弑君”之罪。这本小册子的宣传力量很大，影响国际舆论，对共和国极为不利。当时弥尔顿虽已一目失明，医师警告他需要休息，否则双目都得失明；但他认为责无旁贷，为了争取自由，挽救革命的危机，宁愿牺牲自己的视力，去跟这个全欧最大的反动学者作激烈的笔战。他尽自己的才力和学力，旁征博引，热情喷薄地用纯熟的拉丁文写了《为英国人民声辩》一书，十五万字，驳倒了论敌的一切观点，而且严厉批评了对方的卑劣人品。小册子一出，轰动了全欧洲，他们对这新成立的共和国竟有如此博学深思而能文的大学者，大为惊异。当时沙尔马修在瑞典女王克丽斯第娜的宫廷中，备受尊敬和优遇；这一下遭到弥尔顿的揭露和驳斥，大失面子，便悄然离去宫廷。他恼羞成怒，搜索枯肠，准备反驳，作最后的挣扎；竟于一六五三年一命呜呼了。有人说，这场笔战如此激烈，竟忙瞎了弥尔顿，气死了沙尔马修。

沙尔马修死后，敌营中出来继续作笔战的是摩路。弥尔顿于是写了《再为英国人民声辩》，把垂死阶级的苍白论点驳得体无完肤。总之，两篇《声辩》赢得了国际思想战线上的大胜利。

一六五六年，弥尔顿娶了续弦夫人嘉德玲·伍德科克，一个年轻而温柔的女子，恩爱极深，但好景不长，婚后仅十五个月就死于产褥。诗人为她写了一首著名的十四行诗：

我仿佛看见了我圣洁的亡妻，

好像从坟墓里回来的阿尔雪丝蒂，
由约芙的伟大儿子送还给她快乐的丈夫，
从死亡中被抢救出来，苍白而无力。
我的阿尔雪丝蒂已经洗净了产褥的污点，
好像圣母一样，保持原来的纯洁；
因此，我也好像重新得到一度的光明，
毫无阻碍地，清楚地看见她在天堂里，
全身穿上雪白的衣裳，跟她的心地一样纯洁：
她脸上虽然罩着一层薄纱，但在我幻想的眼里，
那是光的薄纱，她身上照射的爱、善和娇媚，
再也没有别的脸，比这更加叫人欢喜。
可是，啊！当她正要俯身抱我的时候，
我醒了，她逃走了，白昼又带回我的黑夜。

诗人续娶时已经双目失明，从来没有看见过她，但在梦中却看得很清楚。这首十四行诗是他唯一关于男女爱情的抒情诗，如此纯正真挚，映衬着高尚的品格。

一六五八年，克伦威尔死后，形势急转直下，反动势力猖獗，准备迎接王党复辟。一六六〇年，王权复辟，给弥尔顿带来重大的灾难；国会的头头们都被绞死了，连克伦威尔的尸体都被从坟墓里拖出来受绞刑。弥尔顿虽然没有被绞死，但他二十年的劳绩都付东流。没有失去的是他的创作精神和对革命前途的信念。他受过逮捕、关禁、抄家，财产充公，著作被烧毁；其他文人都纷纷改变风向，只有弥尔顿岿然不动，用他写诗的彩笔斗争到底，树立革命者的崇高品格。他的意志坚强，至死不屈的光辉形象永远留给后人。

他的晚期（1660—1674）生活基本上还算是平静的，他的困难是经济拮据，失明，痛风，跟两个女儿的摩擦，敌人的监视

等。在这最后的十四年中,除吟诗、编书之外,唯一的大事是他的第三次结婚(1663),娶的是一个温柔的年轻女子伊丽莎白·明歇尔,她后来成为弥尔顿的遗孀达半个世纪之久。一六六五年伦敦瘟疫流行时,全家曾迁到白金汉郡的圣贾尔斯居住,那住屋,现在成了弥尔顿博物馆。

弥尔顿晚年的创作,可说是夕阳无限好,余霞散成绮,光辉闪耀在三大诗作里。他虽然双目失明,二十四小时都在黑夜中,但如蜡炬成灰,光照百代。他的晚年生活虽然贫困,但很有规律:夏季早晨四时起床(冬季则是五时),在早餐前,先听读一段希伯来文的《圣经》,然后沉思默想。早餐后吟诗,口授给助手们听写,一直到中午十二时。午餐后散步一两个小时,在庭院中俯仰徘徊,欣赏花香鸟语;想象中的夜莺,永远为他歌唱。晚上朗诵所写的诗行,九时抽一斗烟,喝一杯水就寝。构思多在夜间进行。他的文娱活动主要是音乐,有时弹风琴,有时拉提琴,有时放声歌唱。他的歌喉嘹亮,唱腔很美。他吟诗口授时,因为痛风,一脚搁在椅子的扶手上。听写的人是他的外甥、朋友们和学生们。国内外来访的客人很多,因为他是笔战中战胜沙尔马修的英雄,名满全欧。当时有名的诗人如德莱登和马卫尔等也时常出入他的家门。他常于风和日暖时,在庭院中放好茶几座椅,与来访者畅谈古今人物和诗文的得失。

一六七四年十一月八日(有的说是十五日,相差一星期)星期天的深夜,诗人静静地与世长辞了。

他在晚期完成的三大诗作:《失乐园》(1667)、《复乐园》和《斗士参孙》(1671)是他事业的顶点。他多年来有三个愿望:一是编一部拉丁文大词典,二是写一部英国历史,三是创作一部史诗。第一个愿望没有完成,编词典那种繁杂的工作,对于一个双目失明的人来说困难是不可想象的;但他编了一部《拉丁文典》。第二个愿望只写了六卷的《英国史》,写到诺曼的征服为止。第三个愿望却超额完成了,就是三大诗作。

《失乐园》等三大诗作

《失乐园》无疑是弥尔顿最伟大的诗作,和荷马的《伊利亚特》、维吉尔的《伊尼德》、但丁的《神曲》同为西方世界少数不可企及的史诗范例。

《失乐园》首先是写人类最初演变的史诗。它的题材是借用《旧约·创世记》第二、三章的神话故事。故事是这样的:

耶和华上帝用尘土按照自己的形象造人,将生气吹在他的鼻孔里,他就成为有灵的活人,名叫亚当。上帝说:亚当独居不好,要为他造个配偶帮助他。于是使他沉睡,取下他的一条肋骨,用以造成一个女人,名叫夏娃。亚当很喜欢她,说:"这是我骨中的骨,肉中的肉。"上帝又立一个伊甸园子,把人安置在那里,吃园中的果子。园中只有分别善恶的智慧树果禁止食用。

上帝所造的万物中蛇最狡猾。魔王撒旦寄身于蛇,对女人说:"上帝知道你们吃了这分别善恶的果子眼睛就明亮,和他一样能知道善恶。"女人见那树的果子又好看,又可爱,吃了又有智慧,就摘下来吃了,又给丈夫吃。二人果然眼睛明亮,知道自己是赤身露体,便用无花果树的叶子编作裙子。天起凉风,上帝在园中行走,二人赶紧藏到树林中去,不敢见他的面。上帝问男的在哪里,回答说赤身露体,害怕见他。问他是否吃了禁果,他说是女人叫他吃的,女人说是蛇叫她吃的。上帝对蛇说:"你做了这事必受咒诅,你要用肚子走路,终身吃土;女人的后裔和你的后裔世代为仇,他们要伤你们的头,你们要伤他们的脚跟。"对女人说:"我必增加你怀胎和生儿的苦楚。你丈夫必管辖你。"又对亚当说:"你必终身劳苦,汗流满面才得糊口。"上帝为二人用皮子做衣服给他们穿。又怕他们吃生命树的果子永远活着,便把他们赶出伊甸乐园。

这个采自《圣经》的故事是《失乐园》情节的第一主线。它的第二主线是撒旦的历史,是诗人根据《启示录》想象出来的。"撒旦"是"敌对者"的意思。在这个天地还未创造之前,他原来是天上的天使长,地位极高。有一天,天神宣布立神子为诸神之长,统摄天国的政事,诸神都得服从他。正在天庭歌舞庆祝的热闹声中,天使长心怀不满,便和最亲信的部下别西卜暗中商量,召集号称千百万天使军的三分之一徒众,聚集在北方高耸的自己的宫殿前,向他们演说鼓动。说诸神本来自由自在,这回权力都被新贵夺去了,我们将受束缚,必须屈膝折腰,百依百顺,这样的屈辱生活,我们能忍受吗?暴风雨般的演说辞,使听众屏息注目。其中只有一个名叫亚必迭的天使挺身而出反对,他的发言遭到满场叛党的讥笑;他眼看诸神对撒旦的演说腾起喝彩的巨浪,谋反的趋势不可挽回,便振起纯白的羽翼,飘飘然蹴云雾而离去魔宫。

撒旦以为用突然袭击的战术可以一举而功成,不料神军早已严阵以待,两军遭遇,满天的刀光剑影,犹如大雪在上空纷飞。撒旦不敌,退而休养,并想出一种新式武器,用铁制成大炮,使神军在战场上吃尽苦头。天神见此情景,就叫神子带着雷电出征，鹏翼遮天，战车塞路，雷声隆隆，把叛军的新式武器碎为微尘，魔众被逼退到天庭的一角，天门外是广漠无边的大浑沌界，下面是无底深渊，撒旦的大军全部滚落深渊火湖。

撒旦坠入火湖，醒来时见身边躺着的是别西卜，便对他说，胜败是战争中的常事，我们的斗志不死，可以夺回天权。商量定了，大魔王的号令一下，百万叛军便纷纷起来列队，听他关于重振军威的训言。于是在深渊中大兴土木，筑起巍峨的“万魔殿”，另立王国。

魔众在万魔殿中开会讨论对策，会议中争论得很久，有的主战，有的主和，有的主张积聚金银财富，建设地狱中的天国。最后副王别西卜说：听说天神在浑沌中创造了一个新天地，于其中安置一个新的族类——人类。我们可用计策引诱人类走我们的路，在那儿占领新世界而拓展我们的新疆土。诸魔见有一线希望而喜形于色。接着便讨论怎样去探明真相，由谁去冒这个大险。撒旦见大家都不愿或不敢去冒险，便挺身而起，自言身为南面，责无旁贷，愿一身独自远征，去踏遍大千世界。于是他独自出发，凭智巧，冲出地狱的大门，飞渡浑沌界，找到了新造的地球上那伊甸乐园，托身于蛇，用花言巧语诱人吃食禁果，使夏娃和亚当犯了天条而被逐出乐园。

这时地狱大门内的女魔“罪”和她的儿子“死”等候很久了，不闻撒旦的消息，便在浑沌界上筑一大石桥，若横天之虹，用以通往地球。桥筑成时，撒旦也回来了，互相祝贺。

撒旦洋洋自得地回到万魔殿去向诸魔讲述自己的劳绩，正待一阵喝彩之时，只听得嗞嗞声充满整个殿堂，大小天使都变成大蛇小蛇，堆积如山，发出恶臭。

《失乐园》这两条故事情节主线，说明两个主题思想。亚当失去地上乐园的主线，说明人类从不识不知的原始社会采野果过活的自然生活，进入生产劳动的文明社会的历史过程。这种进步必须依靠知识和劳动。亚当夫妇偷吃的正是“知识树”的果子；他们在乐园中就已养成劳动的习惯；走出乐园以后，更须靠劳动养活自己和积累财富。亚当说：“劳动养活自己有什么不好呢？懒惰是更坏的事。”“我将从此出发饱求知识，满载而归。”整个世界放在他们的面前，二人手携手，踏上漫长的征途。他们向伊甸园告别，不觉滴下惜别的眼泪，但很快便擦掉了。

撒旦失去天上乐园的主线，说明宇宙间本身就有正反相对、矛盾的两种势力存在，人类历史上也反复出现变革斗争的流血事件，出现失乐园的悲喜剧。诗人自己所生活的英国十七世纪就是这种历史时代，在长诗中得到了折光反映。这条主线也是诗人自己的革命热情和人民愿望的写照。

在史前的神话中，早有主神和他的反对派，有杀父弑君的原型。希腊古老的神话中，第一代天神乌拉诺斯被自己的小儿子克洛诺斯所推翻，第二代天神克洛诺斯又被他的小儿子宙斯所推翻。宙斯虽称众神之父，也有神敌普罗米修斯同他作对。希伯来神话中有耶和华和神敌撒旦冲突并掀起火战。撒旦在《旧约·约伯记》中是神子之一，当了巡按使，在地上往返巡视；在《浮士德》中为靡非士特，一个否定的精灵；在《失乐园》是个革命的领袖。别林斯基在《一八四七年俄国文学一瞥》中深刻地挖掘了这个作品的意义。他说这个好作品是时代的产物，即使作者不是有意在作品中描写一六四八年的革命，却也在不知不觉中反映了那个时代的革命精神。特别是在骄傲而阴沉的撒旦的形象中，写出了敢于和权威抗争的崇高的精神境界。

两条主线的交叉点是撒旦引诱亚当夫妇偷吃禁果的经过。撒旦反抗斗争失败后的愁情和亚当夫妇被判罪刑后的愁绪，都流露出英国人民和诗人自己的苦闷。在弥尔顿看来，神话、传说、历史，都一样表现时代的精神；英国十七世纪时代的革命精神和历史上一切变革时代都有相通之点。撒旦和亚当的失乐园，都是人间历史上反复出现的严峻时代的反映；诗人生活的英国历史正是这样的时代。

长诗中亚当、夏娃的形象，在犯罪的前和后是有变化的。犯罪后知道了羞耻，知道了人生的苦恼，产生了种种哲学思想，竟能体会到"对有信念的人，死为永生之门"。但在犯罪前，是一对不识不知、天真无邪的原始人，亚当像希腊神话中的太阳神阿波罗那样健美，夏娃像司美的女神阿芙洛狄蒂般娇秀：

> 两个高大挺秀的华贵形象，
> ……他被造成机智而勇敢，
> 她却柔和、妩媚，而有魅力；
> …………
> 他们在青草地上，丛林荫下，
> 一道清澈的泉水旁边坐下来，……
> 他们并坐，斜倚在花团锦簇的
> 柔软的堤上，顺手采摘枝头鲜果。①

撒旦的形象也有很大的变化，在《失乐园》第一、二卷中是个高大的革命者的风度，有勇有谋，又有不屈不挠的毅力。

① 《失乐园》第四卷第288—334行。

虽被打入地狱深渊之下，仍桀骜不驯。他的体态魁伟，声音洪大。他在地狱里演说时，使整个地狱响起了回声。他有坚强意志，不怕失败，不气馁，他说自己有——

　　　　不挠的意志、
热切的复仇心、不灭的憎恨，
以及永不屈服、永不退让的勇气，
还有什么比这些更难战胜的呢？①

但从第三卷以后，撒旦的形象逐渐变得矮小，终于变成蟒蛇或大龙，便很难得到人类的同情。在第五卷末，他与其说是起义的首领，倒不如说是反革命复辟时王党的魁首。特立独行的、忠诚的亚必迭，敢于反对他，不肯附逆，俨然独对千万之众，同他们决裂。亚必迭这个形象是弥尔顿特别创造的，明里反对撒旦的造反，暗中却象征诗人自己对抗王党的反革命复辟，岿然不群。这是弥尔顿的隐蔽讽喻，为了完成这篇“冒险的歌”，不得不用这种障眼法。

《失乐园》是在极端恶劣的环境下写成的，在敌人的严密监视下，只能用隐蔽的讽喻，流露满腔的革命热情。例如第七卷第24—28行，说自己虽然落了难，却仍引吭高歌，不甘喑哑沉默，骂尽复辟王朝的黑暗和世态的炎凉。接着又这样说（30—33行）：

尤拉尼亚呀，愿您继续眷顾我的歌，
为我寻找适当的听众，哪怕不多。
但要远远地驱逐野蛮的噪音，
驱逐巴克斯和他那些纵酒之徒。

① 《失乐园》第一卷第106—109行。

慨叹事易境迁，许多人丧失了革命的立场，他的知音愈来愈少了；但他愿为少数知音歌唱，有朝一日，撒布在他们心中的火种会复燃。同时，他又嘲骂了复辟王朝治下的文风下劣，纵酒荒淫的叫嚣噪音，非远逐不可。又如第十二卷第 485 行起的一段，借天使长之口，痛骂当时教会的主教、牧师为“残暴的群狼”，等等，例不胜举。

史称十七世纪英国革命为清教徒革命，因为它有两个目标，在政治上推翻封建的君主专制，在宗教上清除教会的腐败，所以革命的领导权便历史地落在清教徒身上了。弥尔顿是革命的大思想家，在政治革命方面，他是十八世纪启蒙思想家们的“老前辈”（恩格斯），在宗教改革方面，他的中期论文说得很具体。但在他的晚年，写《失乐园》的同时，用拉丁文写了《基督教教义》一书，企图改造清教神学，用以符合他的革命理论，这样就不能不产生矛盾——革命热情和冷静的神学思想之间的矛盾。在神学上，上帝是公道的，但他的革命热情却使他把撒旦写得有声有色，并在道德上胜过他的上帝。诗人布莱克说：“弥尔顿成了魔鬼党而不自知。”

《复乐园》是一六六五年着手写，第二年完成，一六七一年出版的。弥尔顿曾把刚完成的《失乐园》给贵格教派的青年托玛斯·艾尔伍德看，他看后建议再写一部《得乐园》，诗人受了启发而作《复乐园》，一六七一年与剧诗《斗士参孙》合成一册出版，这两个作品都是密切结合诗人自己的生活遭遇和强烈的政治倾向性，尤其是后者，除但丁外无有其比。例如参孙一出场便自叹命运不济，受尽敌人的虐待之苦，特别是瞎眼，给他以无穷的痛苦，借参孙的口，抒发诗人自己的情怀。当参孙想要自杀时，又借合唱队的歌词，诉说英国反动王权复辟后革命者所遭到的折磨。

《复乐园》的题材取自《新约·马太福音》第4章第1—11节或《路加福音》第4章第1—13节。故事很简单，说耶稣在约旦河受了约翰的洗礼以后，圣灵引导他去旷野，禁食四十天，受魔鬼撒旦的试探，不为所动，反而锻炼得更成熟了。弥尔顿以此为恢复乐园的象征。《复乐园》虽说是史诗，但故事少而戏剧体裁对话多。全诗的梗概是这样的：撒旦化装成老农夫对禁食四十天后的耶稣说："你若真是神子，可以把石头变成面包。"耶稣一眼识破对方的伪装，并揭穿他，他便消散于稀薄的空气中。第二次，他趁耶稣正饥饿时，采用了盛馔诱食的方法；诱食的花招失效，改用金钱，也被拒绝了。撒旦又用荣誉为饵，领他到一座高山顶上，远眺东方古国如巴比伦、亚述等国都城的豪华，军容的威武，劝他早日即大卫的王位，也被斥退了。当时犹太正处于罗马与安息两大帝国之间，必须利用一个反对另一个；他自愿做说客，到安息去游说，联合起来共攻罗马，救同胞于水火之中；耶稣识破他的用心，又申斥了他。魔鬼又引他到了山上，指给他看罗马帝国宫廷的富丽堂皇，但危机四伏，他可以轻而易举地把它夺过来给跪拜他的人，意在要对方向他屈膝。耶稣严厉地痛斥他，叫他退到后边去。最后，魔鬼改用希腊的光辉文化来引诱他入迷，希望他把兴趣移到文化研究上去，忘记济世大业，也被驳斥了。撒旦见一切物质的、精神的诱饵都无效，便用暴风雨来威胁他，结果，也无效。他见利诱和威胁都失灵，便自认失败。但他心犹未死，最后，带他上圣殿的最高塔尖上，叫他跳下去，若是神子，天使会来接住他，不致受伤。耶稣最后一次叱骂撒旦，叫他滚开，自己在塔尖上站起来，被天使的队伍接到一个美丽的山谷中，展开天上的筵宴与乐舞，庆祝乐园的恢复。

为什么这么简单的故事就算是恢复乐园呢？照基督教的说法，耶稣是第二亚当，只有他降生为人，替罪牺牲，死而复活，然后恢复乐园；诗人却不那样写，只写他在各种试探面前经得起考验便是恢复了乐园。第一亚当经不起试探而失去乐园；第二亚当经得起考验，便复得乐园。因为诗人亲身经历革命的低潮，反动王朝的复辟，旧势力的猖獗，许多文人学士、诗人艺术家都受不住试探，纷纷转而投降，去歌颂反动王权的战胜自由、民主；只有弥尔顿巍然独立，光照一代。《复乐园》是树立革命气节、革命道德的丰碑。史诗中的英雄耶稣的形象就是诗人自己。据说诗人自己喜欢《复乐园》更甚于《失乐园》，因为在革命低潮中，它更有积极意义。革命人不免遭受挫折，贵在能不失节。

剧诗《斗士参孙》的题材取自《旧约·士师记》第13—16章的参孙故事。"士师"是古希伯来人未有国家和国王之前部落联盟的元首。士师的职务是对外领导军事斗争，对内判断案件。当士师的不仅要有武勇，也要有智谋。参孙不仅是个孔武有力的大力士，且是一个有深谋远虑的战士，是智勇双全的斗士。他的主要敌人是从海上入侵的非利士人，他在战斗中屡建奇功。他的失足处是娶了异族的女子，并泄露了秘密，把自己力气的根源在于头发这个秘密告诉了妻子大利拉。她本是一个非利士的妓女，千方百计哄骗参孙说出秘密，致被剪去头发，被缚，挖去双眼，戴上脚镣手铐，关在牢里服苦役。后来他的头发渐渐又长了，恢复了力气；非利士人便想在他们大庆节日的宴会中，叫他去表演技艺，给朝中的文武百官和民众取乐。他当然不愿意干这样耻辱的事，但他又想，何不趁此机会报复一下。他在敌人酒酣饭饱之后玩耍各种技艺，最后，两手挽住大厦的两根支柱，用尽平生力气一拉，大厦轰然倒塌下来，压死敌人统治者文武百官，自己也同归于尽。

《斗士参孙》的主题也是革命气节和革命风格的树立。参孙虽曾一度失足，落入最悲惨的命运；但他的斗志未消，一有机会便献出生命作壮烈的牺牲。

参孙的形象和遭遇更加和诗人自己相像。二人都是不屈的斗士，都是双目失明，在敌人监视之下过着穷苦的生活，都斗志坚强，至死不变。诗人虽然没有与敌同归于尽的戏剧性壮举，但他十四年如一日，把有限的残生，吟诵三大诗作，表现崇高的风格，作为十七世纪英国革命的大丰碑，赢得后人无穷的景仰。

弥尔顿诗歌的风格，前后期显然不同。前期多短诗，清新秀丽，发展文艺复兴时期的诗风，表现诗人心灵的美——天真无邪。《五月晨歌》《圣诞清晨歌》《科马斯》《欢乐的人》《沉思的人》和《黎西达斯》等，都充满着纯洁的内心生活——通过大自然的绮丽，反衬青年诗人品格的高尚和人生的理想。晚期的诗崇高宏伟，例如《失乐园》全诗结构宏伟，诗中又充满宏伟的图景，如写天上的战争，漫天刀光剑影，像大雪纷飞，在浑沌深渊上架起大石桥，不知其千万里，远非彩虹所可比拟。又如第一卷所描写的天使叛军在地狱火湖中的景象：

> 他竭尽天使的目力，望断
> 际涯，但见悲风弥漫，浩渺无垠，
> 四面八方围着他的是个可怕的地牢，
> 像一个洪炉的烈火四射，……
> 他站住，招呼他的众官兵，……

却昏沉地躺着，稠密得像秋天的繁叶
纷纷落满了华笼柏络纱的溪流，
那溪流夹岸古木参天，枝丫交错；
又像红海面上漂浮着的海藻，……

他的前后期诗作最大的差别是在生活阅历的浅深。前期埋头在书房里和翘首于乡间的大自然中，享受快乐的英格兰风光，未出茅庐，缺乏社会生活的深刻经验；后期经过革命时期的战斗、锻炼和复辟时期的人情冷暖，阅历深了，加上坚定的信念，不挠的意志，强烈的政治倾向性，使他的前后期诗风有明显的差别。但他前后期的一致点是：认为文艺应为人生，为社会。他不知道什么是为艺术的艺术。

弥尔顿的写作方法可说是真正的古典主义方法，但和当时法国的古典主义不同。法国的古典主义思潮的产生，一方面是由于文化发展的需要，而更重要的还是由于政治的需要，符合封建君主专制制度的要求。君主专制的政权为了自身的生存和巩固，必须严格维持社会的秩序，要求臣民恪守国法，忠君爱国，所以对文学艺术的创作要求遵守严格的格律。法兰西学士院院士们，为文学艺术制订清规戒律，特别出名的是戏剧的“三一律”。作家如有越雷池一步的便要展开批判。著名悲剧作家如高乃依和拉辛也不免受批，愤而搁笔，名喜剧家莫里哀也常受非难和停演的处分。弥尔顿则不然，他由于对古典文艺研究有素，直接从古代希腊罗马名家学习写作，并没有学士院为他制订清规戒律。他为了民主政治斗争而写作，反对封建君主，为弑君辩护，为自己的理想——启蒙思潮先驱者的远见，自由、平等的人类社会而斗争。

法国古典主义戏剧“三一律”不是什么了不起的规定，古代希腊的戏剧受剧场条件的限制，只能在一个地点，一天时间内演出，情节最好是限于一件事，不要节外生枝。亚里士多德在《诗学》里总结前辈戏剧家的创作经验，也只要求作家多注意情节的单一化，并没有提出什么“三一律”。法兰西学士院为了抬高其威信，说这是亚里士多德的定律而奉为圣律。弥尔顿写剧也自然而然地合于“三一律”，而且保留了合唱队的角色作用，不像法国古典剧那样，把合唱队取消了。而且法国古典主义者，没有能耐去写作史诗——希腊古典文艺中难以企及的成就。弥尔顿却写了两部史诗。从这一点看，可知弥尔顿自动地学习古典，学到家了；而法国的古典主义却因学士院的清规戒律，反而失去了真传。人们管法国古典主义叫“新古典主义”，实际上也不妨叫“假古典主义”。

弥尔顿学习古典，而且做了创造性的发展。为了创新而学习古代，那才是正确的学习，有人把它叫作“民主古典主义”。欧洲的十七世纪是古典主义的世纪，西欧各国都在积极地学习古典；因为西欧各国都是新兴的年青国家，为了发展各自的文学，创造各自的古典文学，不得不从学习古代着手。文艺复兴时期开始向古希腊学习，打破了天主教的蒙昧主义和独断主义，大量翻译古典的著作。同时，宗教改革者也翻译了基督教的《圣经》，恢复古希伯来和初期基督教的精神，作为宗教改革的有利武器。到了十七世纪，这些工作已经基本完成，接着便是要融汇这两种文化的传统，积极建设物质文明和精神文明，在文学上要使自己的民族语言丰富而规范化，要使自己的民族文学繁荣、成熟，创造自己的古典文学，就必须向古典文学学习。所以当时西欧各国，特别是英国和法国等比较先进的国家，都争相在文艺复兴的基础上更进一步学习古典文学的创作方法，学习古典文学的创作经验和规律。不过两国的政治情况不同，要求也各异。君主专制制度下的法国，要的是人为的格律，学士院订立的清规，使作者就范；英国在革命期间要的是民主的古典主义，自由探讨、自由创作，但在王权复辟以后，法国式的古典主义便笼罩了整个英国文坛。弥尔顿在这方面的创造性发展的标志之一是打破古典题材的限制，运用《圣经》的题材，三大诗作都是采用《圣经》故事为情节线索的。法国古典主义者则禁止采用《圣经》的题材，怕的是亵渎神圣；但拉辛晚年被迫搁笔十二年之后再从事创作时，因不满于当时政府压制民主的政策，愤而用《圣经·旧约》的故事，写了《以斯帖》和《亚她利雅》两个剧作，前者以红颜战胜权奸，救了自己的民族；后者由民众动手，格杀了专权的皇太后。雨果认为这两出戏是卓越绝妙的好作品。

弥尔顿的古典文学知识和《圣经》文学知识都很丰富，常把希腊罗马的神话和《圣经》的传说交织在一起，结合在一起。弥尔顿身为清教徒，却竭力反对清教的长老会派，说他们是雇用的狼。清教徒关闭了剧场，他却为戏剧辩护，并写过悲剧和假面剧。他不是"清教诗人"而是"民主革命诗人"。他是一个宗教改革的改革者。他的宗教哲学和他的文学作品都是为民主革命服务的。

弥尔顿有句名言："谁要希望自己能成功地写出值得称赞的东西，就得他自己成为一首真正的诗。"弥尔顿本人就是一首真正的诗：青少年时代那天真无邪的心灵美，表现在他前期的短诗里，如出水芙蓉，风格清新；中年时代行动光明磊落，为民主革命贡献全部力量，献出最宝贵的视力和长期修得的学问、才气，投入热火朝天的斗争中去，写出一篇篇慷慨磅礴的散文；晚期则大义凛然，在贫病交加，环境恶劣的情况下，写出三大诗作，把自己的诗魂放到作品中去，发扬革命精神，树立革命道德和舍己的崇高风格。

我们今天不仅要诵读他所写的优秀诗文，还要研究他本人，一首光芒四射的真诗。

本译稿经过二十二年，用业余时间断续译成。其间遭遇“十年浩劫”，译稿丢失、复得、返工等恼人的挫折，终于交卷了。

弥尔顿多才博学，器宇恢宏，风格雄浑、富丽；译者不才浅学，岂止不足以表达原作的宏伟风格，恐怕还有误译或不妥之处。希望海内外方家多多教正！

本书目次中各卷所附的简短说明，是译者为了便于读者了解各卷内容而试加的。

本译稿于每一自然段第一行的页边标上原诗行码（并非译诗行码——拙译和原诗在行数上略有参差），特别长的段落，则于中间加一二个行码，以便专业同志研究弥尔顿这部文学名著时查对、指教。

卷首铜刻插图近五十幅系法国名画家古斯塔夫·多雷（Gustave Doré，1832—1883）所作，采自英国 Cassell 版（1894）插图本《失乐园》。

朱维之

一九八四年七月于南开园

本诗的诗体

本诗的格律是无韵的英语英雄诗体，跟荷马用希腊文写的，维吉尔用拉丁文写的英雄史诗一样。韵脚对于一首好诗的装点或真正修饰并没有必要，尤其是对于较长的诗作。韵脚是野蛮时代的一种发明，用以点缀卑陋的材料和残缺的音步。自从它被后世的一些著名诗人所采用而且成了风气之后，便真正成为一种装饰音了；但它们本身也带来了很多麻烦、障碍和束缚，在表现事物方面，往往不如无韵诗能够更好地表现出来。无怪有些意大利、西班牙的第一流诗人，在长诗、短诗中都不用韵脚；我们英国长期以来最好的悲剧诗也是如此。韵脚在一切灵敏的耳朵听来，并没有真正音乐的快感。悦耳的音乐在于和谐的拍子，配上适当的音节，从一个诗节到一个诗节的推移中，在字里行间给人的各种快感，并不在于句尾音韵的雷同。学习古代的诗歌和优秀的演说词，可以避免这个缺点。本诗不用韵脚不能算是什么缺点，虽然有些庸俗的读者会这样看；其实，它树立了一个样本，在英语诗中第一部摆脱了近代韵脚的枷锁，而恢复了英雄史诗原有的自由。［1668 年增］

第 一 卷

撒旦在地狱召集叛军，宣布复仇，点将

提 纲

第一卷首先简略地点明全书的主题：人违反天神命令，因而失去他所曾住过的乐园。接着叙说他失足的主要原因在于蛇，撒旦寄附在它身上的蛇。撒旦曾反叛天神，纠集了许多天使军在他手下，全被天神下令逐出天界，落入广漠的深渊。本诗简单地交代这事之后，便直叙事件的中心，描述撒旦和他所率领的天军落入地狱之中。这儿所描写的地狱不在地的“中心”（因为那时天和地还没有造成，当不蒙灾祸）而在天外的冥荒之中。管它叫混沌最为适当。撒旦和他的天军在这儿被雷电轰击而惊倒在炎炎的火湖里，过了一段时间之后，他从眩晕中清醒过来，并叫起倒在他身边的，品位仅次于他的一个天使，共同商量这次惨败的事。撒旦唤醒了全体天军，他们一个个都从同样的眩晕中醒觉过来，他们起身，检点人数，整顿阵容，宣告将领名单，这些将领的名字和后来在迦南及其邻近诸国所信奉的偶像相符。撒旦向他们演说，安慰他们，说天界可

望光复;最后告诉他们,根据一个古先知的预言或天上的传闻,有一个新的世界和一种新的生物将被创造出来;按照古代教父们的看法,天使军在这个世界未创造出来之前就存在了。为了探实这个预言并商定对策,决定召开全体会议;因此他的党徒们都跃跃欲试,俄顷之间,就在地狱中筑起巍峨的万魔殿,就是撒旦的宫殿,巨头们就坐在那里会议。[提纲是 1668 年增加的]

关于人类最初违反天神命令
偷尝禁树的果子,把死亡和其他①
各种各色的灾祸带来人间,并失去
伊甸乐园,直等到一个更伟大的人来,②
才为我们恢复乐土的事,请歌咏吧,
天庭的诗神缪斯呀!您当年曾在那③
神秘的何烈山头,或西奈的峰巅,④
点化过那个牧羊人,最初向您的选民⑤
宣讲太初天和地怎样从混沌中生出;

① 《旧约·创世记》:上帝造了一男一女,住在伊甸乐园中,禁止他们吃知识树的果子;他们违背禁令,被逐出乐园。

② 更伟大的人指耶稣,基督教教旨说:人类始祖亚当犯了原罪,失去乐园;后来耶稣下凡为人,死在十字架上,为人类赎罪,恢复乐园。

③ 缪斯(Muse)是希腊神话中的诗神,给诗人以灵感。西方史诗体例,开头必先向缪斯呼吁灵感。弥尔顿在本诗里向"天庭的缪斯"(Heavenly Muse)呼吁,是指基督教的圣灵。

④ 何烈山(Oreb)在埃及和迦南之间,摩西在那山上受上帝的灵感。西奈山(Sinai)是何烈山的别名。

⑤ 牧羊人,即摩西。选民是上帝所特选的民族,指以色列人。

那郇山似乎更加蒙您的喜悦，①
下有西罗亚溪水在神殿近旁奔流；②
因此我向那儿求您助我吟成这篇
大胆冒险的诗歌，追踪一段事迹——③
从未有人尝试摛彩成文，吟咏成诗的
题材，遐想凌云，飞越爱奥尼的高峰。④
特别请您，圣灵呀！您喜爱公正⑤
和清洁的心胸，胜过所有的神殿。
请您教导我，因为您无所不知；
您从太初便存在，张开巨大的翅膀，
像鸽子一样孵伏那洪荒，使它怀孕，⑥
愿您的光明照耀我心中的蒙昧，
提举而且撑持我的卑微；使我能够
适应这个伟大主题的崇高境界，
使我能够阐明永恒的天理，
向世人昭示天道的公正。

27 请先说，天界和地狱深渊，

① 郇山(Sion)即锡安山，指耶路撒冷，圣殿在该山上，被尊为神山。

② 西罗亚(Siloa)，溪名，流经圣殿近旁。

③ 冒险的诗歌指本诗《失乐园》，因为这样的题材没有先例，并且反映革命的精神，在反动复辟的王权治下是危险的。

④ 爱奥尼(Aonion)的高峰，是希腊神话中缪斯所在的圣山。这里是说要超越荷马的杰作。

⑤ 圣灵即天庭的缪斯。这里是本史诗第一次呼吁灵感。

⑥ 《新约·哥林多前书》第3章第16节："岂不知你们是上帝的殿，上帝的灵住在你们里头吗？"

在您的眼中,一切都了如指掌;
请先讲,为什么我们的始祖,[1]
在那样的乐土,得天惠那样独厚,
除了那唯一的禁令以外,他们俩
本是世界的主宰;竟背叛而自绝于
他们的创造主?当初是谁引诱
他们犯下这不幸的忤逆呢?
原来是地狱的蛇;是他由于
嫉妒和仇恨,激起他的奸智,
欺骗了人类的母亲。他的高傲[2]
致使他和他的全部天军被逐出天界,
那时他由于造反天军的援助,
使他觉得自己比众光荣,他相信:
如果他反叛,就能和至高者分庭抗礼;
于是包藏野心,觊觎神的宝座和主权,
枉费心机地在天界掀起了
不逊不敬的战争。全能的神把他
倒栽葱,全身火焰,从净火天上
摔下去,这个敢于向全能全力者
挑战的神魔迅速坠下,一直落到
无底的地狱深渊,被禁锢在
金刚不坏的镣铐和永不熄灭的刑火中。
　　依照人间的计算,大约九天九夜,

① 本诗常提“我们的始祖”,即亚当和夏娃。
② 夏娃轻信蛇的话,吃了禁果而致失乐园。蛇是魔王撒旦所托身的动物。

他和他那一伙可怕的徒众，
沉沦辗转在烈火的深渊中。
虽属不死之身，却像死者一样横陈；
但这个刑罚反激起他更大的愤怒，
既失去了幸福，又受无穷痛苦的煎熬。
他抬起忧虑的双眼，环视周遭，
摆在眼前的是莫大的隐忧和烦恼，
顽固的傲气和难消的憎恨交织着。
霎时间，他竭尽天使的目力，望断
际涯，但见悲风弥漫，浩渺无垠，
四面八方围着他的是个可怕的地牢，
像一个洪炉的烈火四射，但那火焰
却不发光，只是灰蒙蒙的一片，
可以辨认出那儿的苦难景况，
悲惨的境地和凄怆的暗影。
和平和安息绝不在那儿停留，
希望无所不到，唯独不到那里。
只有无穷无尽的苦难紧紧跟着
永燃的硫磺不断地添注，不灭的
火焰，洪水般向他们滚滚逼来。
这个地方，就是正义之神为那些
叛逆者准备的，在天外的冥荒中
为他们设置的牢狱，那个地方
离开天神和天界的亮光，

相当于天极到中心的三倍那么远。①
啊,这里和他所从坠落的地方
比起来是何等的不同呀!
和他一起坠落的伙伴们
淹没在猛火的洪流和旋风之中,
他辨认得出,在他近旁挣扎的,
论权力和罪行都仅次于他的神魔,
后来在巴勒斯坦知道他的名字叫
别西卜。这个在天上叫作撒旦的②
首要神敌,用豪言壮语打破可怕的
沉寂,开始向他的伙伴这样说道:

84 “是你啊;这是何等的坠落!
何等的变化呀!你原来住在
光明的乐土,全身披覆着
无比的光辉,胜过群星的灿烂;
你曾和我结成同盟,同心同气,
同一希望,在光荣的大事业中
和我在一起。现在,我们是从
何等高的高天上,沉沦到了
何等深的深渊呀!他握有雷霆,
确是强大,谁知道这凶恶的

① 天极到中心,天极是天顶,中心是地。二世纪时托勒密的天文学以为天居上,地居中,地狱居下。天堂离地狱相当天离地的三倍远。

② 别西卜(Beelzebub)是鬼王的名字。《马太福音书》第12章第24节:“这个人赶鬼,无非是靠鬼王别西卜啊!”

武器竟有那么大的威力呢？
可是，那威力，那强有力的
胜利者的狂暴，都不能
叫我懊丧，或者叫我改变初衷，
虽然外表的光彩改变了，
但坚定的心志和岸然的骄矜
决不转变；由于真价值的受损，①
激动了我，决心和强权决一胜负，
率领无数天军投入剧烈的战斗，
他们都厌恶天神的统治而来拥护我，
拿出全部力量跟至高的权力对抗，
在天界疆场上做一次冒险的战斗，
动摇了他的宝座。我们损失了什么？
并非什么都丢光：不挠的意志、
热切的复仇心、不灭的憎恨，
以及永不屈服、永不退让的勇气，
还有什么比这些更难战胜的呢？
他的暴怒也罢，威力也罢，
绝不能夺去我这份光荣。
经过这一次战争的惨烈，
好容易才使他的政权动摇；
这时还要弯腰屈膝，向他
哀求怜悯，拜倒在他的权力之下，

① 真价值，在撒旦看来是武力（参看第六卷第820行），在神子则为功德（参看第三卷第309—311行），二者适成对照。

那才真正是卑鄙、可耻，
比这次的沉沦还要卑贱。
因为我们生而具有神力，
秉有轻清的灵质，不能朽坏，①
又因这次大事件的经验，
我们要准备更好的武器，
更远的预见，更有成功的希望，
用暴力或智力向我们的大敌
挑起不可调解的持久战争。
他现在正自夸胜利，得意忘形，
独揽大权，在天上掌握虐政呢。”
125 背叛的天使这样说了，虽忍痛说出
豪言壮语，心却为深沉的失望所苦。
他那勇敢的伙伴立即回答他说：
128 “大王，掌权天使的首长啊，
掌权者们率领英勇的撒拉弗天军②
在您的指挥之下去作战，
大无畏地，投身于惊险的行动，
使天上永生的王陷于危急，
他靠暴力、侥幸，或靠命运，
来支持自己至高无上的权力，

① 轻清的灵质，是说天使不是由肉体构成，是一种清纯的火。

② 罗马教皇格列高里一世说，天上精灵分为九等：一是天使（Angels），二是天使长（Archangels），三是德行（Virtues），四是权势（Powers），五是王国（Principalities），六是治权（Dominations），七是宝座（Thrones），八是撒拉弗（Seraphim），九是嗟喀咱（Cherubim）。

我目睹而哀痛这次可怕的事件，
可悲的覆没，可耻的败绩，
使我们失去天界；这样的大军
竟遭到这么大的失败，
沉沦到这样的阴间里来，
我们原是神灵，气质轻清，
论破灭可说已经到了尽头，
因为我们还留有心志和精神，
不可战胜，很快就会恢复元气。
虽然我们的全部光辉暗淡了，
快乐被无限的悲惨所吞没；
可是他，我们的征服者，（现在，
我只能相信他的全能，否则，
他不可能击破我们这样的大军，）
他使我们还留有这样的精力，
大概是要使我们更能忍受痛苦，
吃足苦头，承受他那报复的怒火；
或者是要我们服更大的苦役，
把我们当作俘虏，当作奴隶，
在地狱猛火的中心来干苦活，
在幽暗的深渊中为他奔走。
这样，我们将永受无穷刑罚，
即使是自己觉得力量还没衰退，
甚至是永生的，那又有什么好处？”
大魔王立刻用急激的话语回答他：

157 “坠落的噻嚹啪呀，示弱是可悲的，
无论做事或受苦，但这一条是明确的：
行善绝不是我们的任务，
作恶才是我们唯一的乐事，
这样才算是反抗我们敌对者的
高强意志。如果他想要
从我们的恶中寻找善的话，
我们的事业就得颠倒目标，
就要寻求从善到恶的途径。
如果我不失算，定会屡次奏效，
使他烦恼，搅乱他极密的计划，
使它们对不准所预定的目标。
你看，那愤怒的胜利者已经
把复仇和袭击的使者召回天门；
暴风雨一般追击我们的
硫磺火霰已经静下来了，
迎接我们从天界的悬崖上
坠落下来的火焰的洪波也平静些了，
以赭红的闪电和狂暴的愤怒，
因为带翅膀的轰雷，大概已经
用完了弹头，现在已经不在
这广漠无边的深渊中吼响了。
我们不要放过这个机会，
不管这是由于敌人的轻蔑，
或者是由于他气头已过的机会。
你没看见那一片荒凉的原野吗？

寂寞、荒芜、绝无人迹、不见亮光，
只有这么一些铅色的幽焰，
闪着青灰色的，可怕的幽光。
我们往那儿去，一避火浪的冲击，
可以休息的话，就休息一下，
重新集合我们疲惫的队伍，
大家讨论，怎样给敌人更多的损害，
怎样弥补我们自己的损失，
怎样战胜这个可怕的灾祸，
从希望中可以得些怎样的援助，
或从失望中来一个怎样的决策。”

192 撒旦这样对他最亲近的伙伴说着，
把他的头抬出火焰的波浪上面，
两只眼睛，发射着炯炯的光芒，
身体的其他部分平伏在火的洪流上，
又长又大的肢体，平浮几十丈，
体积之大，正像神话中的怪物，
像那跟育芙作战的巨人泰坦，地母之子，①
或像百手巨人布赖利奥斯，②
或是古代那把守塔苏斯岩洞的

① 育芙（Jove）是罗马神话中的主神，相当于希腊神话中的宙斯（Zeus）。泰坦（Titan）是地母所生的巨人族，躯体硕大。

② 布赖利奥斯（Briarios）为百手巨怪，曾助育芙对泰坦巨人族作战。

百头神台芬，或者像那海兽①
列未坦，就是上帝所创造的②
一切能在大海洪波里游泳的生物中
最巨大的怪物：据舟子们说，
他有时在汹涌的挪威海面上打瞌睡，
常有小舟夜航而遇险的时候，
以为他是个岛屿，抛锚扎在他的
鳞皮上，碇泊在他身旁的背风处，
在黑夜的笼罩中等待姗姗来迟的黎明。
大魔王就是这样横陈巨体，
被锁在炎炎的火湖上面，
既不能起立，也不能昂起头来；
但由于那统治万汇的天神的意志
和他的洪量，让他自由地
得逞阴谋，他心想危害别人，
却终于加重自己的罪行，刑上加刑，
让他懊恼地看见自己一切的恶意
怎样在他所引诱的人身上
带来无穷的善意、恩惠和怜悯，
而在他自己身上却招来了
三倍的慌乱、惩罚和报复。
他那硕大的身躯，从火湖中

① 台芬（Typhon）为泰坦巨人之一，曾在塔苏斯营巢。他是百头蛇的巨大怪物，为育芙的雷弹所中而死，埋在埃特那山下。

② 列未坦（Leiviathan）是海中巨兽，就是鲸鱼，被认为是最大的动物。

站立起来；两旁的火焰向后退避，
斜吐尖尖的火舌，卷成两条巨浪，
中间现出一个可怕的溪谷。
他张开翅膀，腾上高空，
使阴沉的空气感觉得异常沉重；
他在一块干燥的陆地上降落，
那土地永远被固体的火烧着，
跟那炎湖被流体的火烧着一样；
它的颜色，好像皮洛卢斯地岬，①
被地底潜风的强力掀掉一个山峰
或像爆裂的艾特那火山的斜坡，②
风扇硫磺猛火，烧到内部易燃的矿质，
留下一片焦土，弥漫着恶臭和毒焰。
这就是他那不幸的脚所停歇的地方。
他和他的亲密伙伴飞到哪儿，
都洋洋自得，夸耀自己神通，
能够逃出地狱的火焰，全凭自己，
而不是由于至尊大能者的默许。

242　　那失位的大天使说道："难道
这就是我们用天堂换来的地盘？
换来的就是这片土地，这个疆域？
天上的光明只换得这可悲的幽冥？

---

① 皮洛卢斯（Peilorus）在西西里东北尖角上，有山被旋风拔去。
② 艾特那（Etna）为火山名，在西西里岛东北角。

也罢，他如今既然是统治者，
他想要怎样就怎样安排吧。
论理智，他和我们仿佛，
论实力，却超过他的侪辈，
像这样的家伙，离开得越远越好。
再见吧，幸福的园地，永乐的住处！
来吧，恐怖，来吧，冥府！
还有你，最深的地狱，来吧，
来欢迎你的新主人吧！他带来
一颗永不会因地因时而改变的心，
这心是它自己的住家，在它里面
能把天堂变地狱，地狱变天堂。
那还有什么关系，如果我能不变，
屹立不动？我将要仅次于他，
他不过霹雳在手，显得强大些；
在这儿，我至少是自由的，
那全能者营造地狱，总不至忌妒
地狱，决不会把我从这里赶走。
我们在这里可以稳坐江山，
我倒要在地狱里称王，大展宏图；
与其在天堂里做奴隶，
倒不如在地狱里称王。
可是，为什么我们还让那些
忠实的朋友，患难中的伙伴，

惊魂失魄地蜷伏在茫茫的忘池中呢？
为什么我们不去叫唤他们起来，
在这块不幸的地方再共患难呢？
又为什么不再兴兵作战，
试一试天上还有多少东西可以收复，
地狱里还有什么可以损失的呢？”

271　　撒旦这样说后，别西卜答道：
“除了全能者，谁也不能战胜的，
光辉的三军首领呀，他们正在
恐怖和危险中切望生命的保证，
他们一听到您的声音，马上就会
重新鼓起勇气，振奋精神，
他们往常在激战中陷于苦斗时，
在危急的前线进行冲锋时，
总是听您可靠的号令的；
现在，他们匍伏偃卧在火湖里，
跟我们刚才一样，惊魂、失魄，
那也难怪，从那么高的天上摔下来！”

283　　他的话音一落，那大魔王
便向岸边走去；他那沉重的盾牌，
天上铸的，坚厚，庞大，圆满，
安在背后；那个阔大的圆形物
好像一轮明月挂在他的双肩上，

就是那个突斯岗的大师①
在黄昏时分,于飞索尔山顶,②
或瓦达诺山谷,用望远镜探望到的③
有新地和河山,满布斑纹的月轮。
从挪威群山上采伐下来的,④
可作兵舰桅杆用的高大松树,
跟他的长矛比起来不过是小棍,
他拄着这长矛,踏着沉重的脚步,
走在燃烧着的灰土上,不像当初
走在天界的青空时的轻捷步伐,
而且遍地是火,热浪袭击他,
直烤得他浑身疼痛。
但他忍受这一切,走到火海岸边,
他站住,招呼他的众官兵,
他们虽然具有天使的容貌,
却昏沉地躺着,稠密得像秋天的繁叶
纷纷落满了华笼柏络纱的溪流,⑤

① 突斯岗(Tuscay,今译托斯卡纳)的大师指伽利略(Galileo),十七世纪意大利的大科学家、大思想家。他造了大望远镜,在星学上发现了许多东西,证明了哥白尼的地动说。弥尔顿游意大利时特地去走访这位大师,受他影响。突斯岗在意大利中部,首府是佛罗伦萨。

② 飞索尔(Fiesole)是诗人但丁的故乡,在佛罗伦萨东北三英里的小山,上有伽利略观测的高塔。

③ 瓦达诺山谷(Vadarno)在佛罗伦萨。

④ 挪威是产松的著名地。

⑤ 华笼柏络纱(Vallombrosa)为地名,有浓荫蔽天之意,谷在佛罗伦萨附近。弥尔顿于一六三八年曾亲游其地。这几行的原诗以音调铿锵著名。

那溪流夹岸古木参天，枝丫交错；
又像红海面上漂浮着的海藻，
当勇猛的罡风袭击海岸时，
使红海的浪涛卷没布西利斯[1]
和他的孟斐斯骑兵，因为他食言，[2]
恨恶寄居歌珊的民众，派兵追赶，[3]
结果，眼看被逐的民众跻登彼岸，
而自己反全军淹没，只剩浮尸和
破败的车轮；天使军的狼藉横陈，
正是这样，密密层层漂浮在火的洪流上，
为了他们境况的惨变而黯然神伤。
他高声呼喊，使整个空洞的
地狱深渊都响起了回声：

“王公们，战士们，天国的精英，
天界本是你们的，如今失去了，
难道像这样惊人的巨变，就使得
不朽的精灵从此不能动弹了吗？
难道你们竟甘心用这样的地方
作为艰苦战斗之后的休息、
安睡的场所，像在天上的乐土吗？

---

① 布西利斯(Busiris)是埃及的王，淹死在红海中。

② 孟斐斯(Momphis)是古埃及的首都，这里指埃及的军队，埃及全军覆没，以色列人逃出埃及的事见《旧约·出埃及记》第14章。

③ 寄居歌珊的民众指以色列人。《创世记》第47章第27节：“以色列人住在埃及的歌珊地。”

难道你们竟用这样颓唐的姿态
向那胜利者表示低头屈服吗？
他目前瞧着撒拉弗和嗟咯咱天军
偃旗息鼓，辗转于洪流之中，
不久就会有神速的追兵赶来
看准机会，从天门下降，践踏
如此颓唐的我们，或用连珠似的
轰雷把我们打进地狱深渊的底层。
快醒！起来！否则就永远沉沦了！”

331　　他们听了这话，都很惭愧，
急忙振翮而起，像站岗的士兵
正在打盹时被官长发觉，
在睡眼惺忪中猛醒过来一样。
他们不是没有看见自己处境悲惨，
也不是不觉得剧烈的痛楚；
但一听到大将军的声音，便都
立刻从命，纷纷起来，不计其数。
好像暗兰的儿子在埃及蒙难时，①
挥动神杖，击遍全地，招来了
一阵蝗虫的乌云，乘东风而来，
像夜色一般覆盖法老国境的天空，
使尼罗河流域的全地暗黑无光，②

① 暗兰的儿子是摩西，率领以色列人出埃及。见《出埃及记》第6章第20节。
② 埃及的君民不让以色列人离去，上帝降灾之一是蝗灾。《出埃及记》第10章第13—15节：“摩西就向埃及地伸杖……蝗虫遮满地面，甚至地都黑暗了。”

那不可计数的恶天使也这样，
在地狱的穹隆下面回翔飞舞
于上下左右周围的火焰中间。
接着，他们的大王举起长矛，
挥动着，作为信号，指挥进路。
他们飞行得很稳，矫健地
降落在坚硬的硫黄地上，
挤满了原野的每一个角落，
连那人烟稠密的北方蛮族
也没有这么众多的人群
从天寒地冻的地域繁殖出来。
那些蛮族子孙昌盛，像洪水一样①
涌向南来，越过莱茵、多瑙流域，
冲过直布罗陀到了利比亚沙漠时，②
也不见得有这样密集的队伍。
各队的队长，各班的班长，
都急忙地奔向他们的大司令
站立的地方；个个神姿英发，
状貌超过凡人，有王者的威严，
都是天上有座位的诸掌权者；
虽然他们的名号，因为叛逆

① 蛮族子孙指哥特和汪达尔人。哥特人于三、四世纪时从多瑙河下流侵入罗马帝国；汪达尔人于五世纪前叶进攻高卢、西班牙、非洲北部等地，四五五年蹂躏了罗马。

② 直布罗陀海峡的南面就是非洲北部。利比亚沙漠就是撒哈拉大沙漠。利比亚是非洲的古名。汪达尔王根赛利克于四三九年侵入迦太基而建立王国。

已经从生命册上被一笔勾销，①
在天上群生的记忆中，如今
已被淡忘，在夏娃的子孙中
也没有得到过新的名号，
一直到后来，得到天神的允许，
得以一游大地来试探世人，
用各种的诡计、谎言去腐蚀他们，
使他们被弃于天神，他们的创造者，
并且把创造主无形的光彩，
转化做兽类的形象，
用浮华的装饰，打扮得金碧辉煌，
用淫乐的仪式，把魔鬼尊为神明。
于是他们便以各种不同的名号，
各种不同的偶像传遍异教世界。

376　　天庭诗神缪司呀，请说，那时
诸将领的名字，谁最先，谁最后，
听见大王的呼声，便在火焰的床上，
从瞌睡中醒来，撇下无数的从属，
按名分次序，一个一个地来到，
挤满大王离群而立的空虚的湖岸上？
那些将领就是后来从地狱出来
漫游大地上，寻找牺牲品，

① 生命册上勾销即除名，《启示录》第20章第15节："若有名字没记在生命册上，他就被扔在火湖里。"

敢于把自己的座位安置在神座附近，
让四邻各国的人民供奉为神明，
把自己的祭坛设在神的祭坛旁边，
同那位坐在基略啪天使中间，①
从锡安发出雷鸣的耶和华分庭抗礼。②
但他们屡屡拿自己庙中不洁的祭品
放在圣庙中，拿可咒诅的东西
来玷污真神的圣典和圣品，
用黑暗来遮掩天神的光明。
头一个来到的可怕魔王摩洛，③
以人为牲，全身沾满了人血
和亲人的眼泪，孩子在狰狞恶魔手中的
哭喊声，淹没在大鼓、小鼓的嚣声中。
亚扪人崇拜他，并在拉巴及其沟渠纵横的原野，④
在亚珥歌伯、巴珊，直到亚嫩河滨，⑤
都受到供奉。他不以这些淫邪的邻国
为满足，还施展狡计，迷惑了

① 耶和华上帝坐在基略啪天使之间。见《列王纪下》第19章第15节。
② 锡安是建圣殿的地方，即耶路撒冷。
③ 摩洛(Moloch)是亚扪人所崇拜的日神。它的偶像是黄铜制牛头人体。祭品是小孩，用烈火烧烤，行祭礼时用鼓猛敲，喧声淹没儿童和父母的哭声。
④ 拉巴(Rabba)是亚扪人的首都，在耶路撒冷东五十英里，有“水城”之称。《撒母耳记下》第12章第27节：“我攻打拉巴，取其水城。”
⑤ 亚珥歌伯(Argob)、巴珊(Basan)地区是约旦河东岸的肥沃土地。亚嫩河(Arnon)在亚扪南端，注入死海。

绝顶聪明的所罗门,在不洁的山上①
立庙建祠,面对真神的圣殿。
又把秀丽的欣嫩子谷,封山为圣林,②
因此被称为陀斐特和格痕拿,
那就是阴间地狱的称号。

406 其次一个是基抹,为污秽可怕的③
摩押的子孙所崇拜,享祀的地域
从阿洛埃到尼波,一直到南端④
亚巴林的山野;还有希实本、何罗念⑤
和西宏的领土,以及披着葡萄藤的
西比玛百花之谷的那一边,⑥

① 所罗门在当时是最聪明的王,极尽豪奢,后宫佳丽三千,为嫔妃们所迷惑,用七年的工夫在耶路撒冷的橄榄山上建筑摩洛、基抹、亚斯他录等外族的神庙。(见《列王纪上》第11章第3—8节)所谓"不洁的山""邪僻山""可耻山"就是橄榄山。(见《列王纪下》第23章第13节)

② 欣嫩(Hinnom)子谷在耶路撒冷的西南,沿着橄榄山南麓的深谷。见《列王纪下》第23章第10节:"又污秽欣嫩子谷的陀斐特(Topher),不许人在那里把儿女经火献给摩洛。"陀斐特有鼓的意义。格痕拿(Gehenna),犹太语有地狱之意。

③ 基抹(Chemos)是摩押人所崇拜的日神。

④ 阿洛埃(Aroer)是亚嫩河畔一小城。尼波(Nebo)是摩押一小镇,亚巴林群山中的一高峰,在死海东北七英里处,摩西死在该地。

⑤ 亚巴林(Abarim)是死海东面的山地。希实本城在耶路撒冷东三十六英里。何罗念城的地点不明,但知在摩押。见《以赛亚书》第15章第5节:"我心为摩押悲哀……在何罗念(Horonaim)的路上因毁灭举起哀声。"

⑥ 西宏(Seon)是摩西同时代的亚摩力的王。西比玛(Sibma)盛产葡萄。《以赛亚书》第15章第9节:"因此,我要为西比玛的葡萄树哀哭!"

还有以利亚利的境地到死海之滨。[1]
后来他又用别名毗珥，去蛊惑[2]
以色列人，那时他们刚从尼罗河境
出来，到了什亭，就为他建立淫祠，[3]
举行淫秽的祭祀，致遭灾祸。
他还把淫祀扩大到那邪恶的山边，
到凶杀者摩洛所在的林荫附近，
使凶残和淫逸相接为邻；
终于被善良的约西亚统统赶进地狱。[4]

419　　跟他同来的有古河幼发拉底
和埃及、叙利亚界河之间的神祇，
男的总名巴力，女的通称亚斯他录：[5]
原来天上的精灵为男为女可如意，
也可以兼有两性；因为他们的素质
柔软轻纯；不必裹紧四肢和关节，
也不必笨重的肉体和脆骨撑持；
他们可以随心所欲地变形，

① 以利亚利(Eleale)是希实本附近一小城。死海为耶路撒冷东南十六英里处一咸海，湖面浮着土沥青，故又名沥青湖。

② 毗珥(Peor)原为山名，因巴兰在那里筑坛，故名。

③ 什亭(Sittim)在约旦河东八英里。什亭建祠后的灾祸是犹太人死于疫者二万四千人。

④ 约西亚(Josiah)将前述橄榄山三邪神庙砸烂，将欣嫩子谷改做烧垃圾的地方，人们称为地狱之口。

⑤ 巴力(Baal)是古叙利亚人的太阳神；亚斯他录(Ashtaroth)是他们的月亮女神。

或伸或缩，或明或暗，随意飞行，
随爱憎的不同，遂行各种工作。
以色列族人，屡因这些伪神
而丢弃那赐予生命力的真神，
对正当的祭坛冷落，却向兽神叩头，
因此他们在战场上也照样把头颅
低垂在鄙陋的敌人刀剑面前。

437　　在这些精灵中，有个亚斯托勒，①
是腓尼基人称为亚斯他脱的，②
头上长了新月形双角的天上女王；
每当月明之夜，西顿的处女们③
便向她们那漂亮的偶像发誓、唱歌，
在锡安也不无歌颂，还在耻辱的
山上耸立她的庙宇，就是那个
好色的君王所营造的，这君王的心④
是练达的，但因被艳丽的偶像崇拜者
所蛊惑，自己也拜倒在淫邪的偶像面前。
跟在她后面来的是塔模斯，
他一年一度在黎巴嫩受伤，⑤

① 亚斯托勒(Astarte)是腓尼基人崇拜的月亮女神。

② 亚斯他脱(Astanc)是叙利亚语“星”的意思。

③ 西顿是腓尼基的古城之一，后与推罗齐名。

④ 好色的君王指所罗门。参见第23页注①。

⑤ 塔模斯(Thammuz)是叙利亚的神，相传为爱恋亚斯托勒的王子，一天在黎巴嫩游猎中被野猪咬死，每年死一次，死后复活。叙利亚有条河叫阿多尼斯，仲夏潮盛，河水尽赤，说是这神的血染而成的。祭祀仪式是先哀悼他的死，继而庆祝他的复活。希腊有神名阿多尼斯，盖取自河名。

每当夏季来临时，吸引叙利亚的处女
成天唱着情歌来哀悼他的命运，
那时奔流的阿多尼斯河水变为红色，
传说是塔模斯伤口的血所染成的，
从河源的山崖上奔流到海：
这个恋情的故事，也以同样的热情
感染锡安的女儿们，为他洒泪痛哭，
这丑态正是以西结在异象中所见的①
背弃真神的犹太人崇拜淫祠的情景。

457 跟在他后面的神魔，着实伤心，
他被囚禁在自己的庙宇里，
被夺来的约柜毁坏了自己的兽像，
头和两手分离，扑倒在门槛上，
他自己的崇拜者都觉得耻辱，
他名叫大衮，是海中的怪物，②
上半截是人，下半截是鱼，
可是他有庙宇高耸在亚琐都，
巴勒斯坦境内的人莫不敬畏：
迦特、亚实基伦、以革伦，

① 以西结是公元前六二〇年左右所生的先知，在巴比伦被掳时，神从异象中让他看犹太人拜偶像的丑态。（见《以西结书》第8章第14节）

② 大衮（Dagon）为非力士国神。非力士夺得以色列的约柜后，搬到亚琐都大衮庙中，放在像旁。第二天早晨大衮像扑在柜前。人们把像归原位，第三天又扑倒在门槛上，身、首、双手折断。（见《撒母耳记上》五）约柜是藏上帝法版的柜。用皂荚木制成，长二肘半，宽一肘半，高一肘半，里外用纯金包裹。（见《出埃及记》第25章第10节）

直到迦萨的边界，到处慑服。①

467 跟在他后面的名叫临门，②
他的庙宇坐落在秀丽的大马士革，
亚罢拿和法珥法两条清澈肥沃的河滨。
他也敢于和上帝的宫殿分庭抗礼。
他曾失去一个癞子，得来一个君王，③
那王名叫亚哈斯，一个愚蠢的征服者，
他蔑视真神的祭坛，而醉心于
叙利亚的祭坛，把不洁的牺牲品
焚烧献上，叩拜自己所征服的神祇。

476 继着出现的是一群自古知名的
奥西利斯、埃西斯、奥鲁斯，以及④

① 亚瑣都、迦特、亚实基伦、以革伦、迦萨为巴勒斯坦近地中海的五大名城。迦特以产巨人哥利亚而出名，迦萨为斗士参孙死地。

② 临门为叙利亚司暴雨的神。

③ 癞子是叙利亚的将军乃缦，以色列的先知以利沙叫他到约旦河去洗七次，可以医好。乃缦怒说："大马色的河亚罢拿和法珥法岂不比以色列一切水更好吗？我在那里沐浴不得洁净吗？"从仆劝他不妨一试，试后果然病愈，就说自己以后不再祀别神，单祀耶和华。所以说"失去一个癞子"。（见《列王纪下》第5章）犹大王亚哈斯在征服大马士革时，看见他们的祭坛美丽，回来后把本国的祭坛改筑成大马士革的式样，所以说"得来一个君王"。（见《列王纪下》第16章）

④ 奥西利斯（Osiris）是埃及的农业之神，被其弟所杀，切成块，抛在尼罗河中；他的妻子埃西斯（Isis）收集一块块的残体，精心看护，使他复活。埃西斯是土地的女神，后传到希腊、罗马，变为星、月的女神。其偶像的特征为头上有牛角，也有作新月形的。奥鲁斯（Orus）是上述二神所生的儿子，和希腊的阿波罗同样为日神，这偶像的特征是有鹰的头。

他们的侍从，奇形怪状，具有妖术，
蒙骗了狂妄的埃及人和他们的祭司，
宁在兽状的神祇中寻找一些
到处游荡的神魔来供奉。①
以色列人也不免受这风气的影响，
曾在何烈，用借来的金子铸造牛犊；②
那叛王也在伯特利和但地重犯此罪，③
把创造主耶和华制成草食的牛形，
当他们逃出埃及时，一夜之间
全族人的长子都和这些做牲畜鸣的
神祇一起被杀死了。④

　　彼列走在最后，在坠落天使中⑤
没有比他更荒淫、更顽固不化的了；

① 埃及有拜活神的风俗。比如遇到一头额有三角斑点，胸有半月形的牛就认为奥西利斯的化身，便设祭坛，并牵到孟斐斯大庙去，当作活的牛神来崇拜。他们到处寻找这样的“游荡之神”。

② 摩西领以色列人出埃及时，曾向埃及人借来金银珠宝而逃走。到了何烈山时，摩西的哥哥亚伦便收集金子来铸造牛犊，叫人民崇拜。（见《出埃及记》第 32 章第 4 节）

③ 叛王是所罗门臣子的儿子耶罗波安，他是个能干的人，深得所罗门王的信任。王死后，王子罗波安继位，而耶罗波安挑拨人民反对罗波安而迎他为王。他即位后，在伯特利和但两地立金牛叫百姓敬拜。（见《列王纪上》第 12 章第 28 节）

④ 长子被杀死，见《出埃及记》第 12 章第 29 节：“到了半夜，耶和华把埃及地所有的长子，就是从坐宝座的法老直到被掳囚在监里之人的长子，以及一切头生的牲畜尽都杀了。”耶和华是以色列的神。

⑤ 彼列（Belial）犹太语“坏”“没有价值”的意思。在《旧约书》里是抽象名词的拟人化；在《新约书》中为撒旦的别名。（见《哥林多后书》第 6 章第 15 节）

他虽然没有立庙，祭坛上也不冒烟，
但当祭司叛离上帝时，像以利的儿子那样，①
把淫乐和暴力充斥上帝的圣殿时，
又有谁比他更频繁地来到神庙祭坛呢？
他的恶势力还侵入朝廷、宫室，②
以及豪华的都市，宴乐、狂暴、
迫害、骚乱的喧闹声，上闻于高塔。
夜幕遮暗了街道的时候，彼列的
子孙便出来漫游，横行、酗酒。
请看所多玛街上的丑事，和基比亚③
那一夜，主人的大门挡不住残暴，
异乡客旅的女眷受到凶残的凌辱！

506　　这些神魔，论地位和能力都是首领；
其余的说来太长，然而也很出名。

---

① 以利（Ely）作祭司四十年，他的两个儿子是邪恶的。见《撒母耳前书》第2章第12节："以利的两个儿子是恶人，不认识耶和华。"直译可作"以利的两个儿子是彼列之子，不认识耶和华"。"彼列之子"即淫荡、暴行之意。

② 侵入朝廷、宫室是对查理二世宫廷的讽刺。

③ 所多玛多坏人，连十个好人都选不出来。一天罗得家里来了两个天使，所多玛人成群地来要侮弄这两个人，罗得要求他们不要这样，愿意把两个女儿交给他们侮辱，他们还是不肯。两天使便使他们都瞎了眼，不能摸到房门。后来天降火烧掉所多玛和蛾摩拉两个城。（见《创世记》第19章）
基比亚是个小城，一个老农家里留宿一位客人带有一妾，基比亚的歹徒包围老农的家，强要把客人的妾拉出去轮奸，到天明放回时，几乎死了。故事见《士师记》第19章第16—30节。

中有爱奥尼诸神，受到雅完子孙的崇奉，①
后来被夸说是天和地的子孙。②
泰坦是天的长子，同胞弟妹众多，③
他被弟弟萨吞夺去了长子的名分：
萨吞也受到同利亚亲生儿子的报应，
这样，育芙便掌握了更大的权柄。
这些神魔起初在克里特岛和伊达山称神，④
后来在严寒的奥林匹斯雪峰上，⑤
掌管半空，就是他们最高的天界；
有的在特尔斐悬崖上，多陀那山城，
并遍及多利安人的全部国境；⑥
有的和老萨吞飞越过亚得利亚海，

① 爱奥尼（Ionian）指希腊，爱奥尼亚人是在史前原住小亚细亚，后来迁居希腊，和以色列人接触机会很多，转用为“全希腊”之意。雅完（Javan）是挪亚小儿子雅弗的第四子。雅完的子孙分开居住在各国和海岛中，为希腊人的祖先。（见《创世记》第10章第2、4、5节）

② 以色列的神称为创造天、地的主神。希腊诸神被认为天神和地祇的子孙，地位较低。

③ 泰坦（Titan）为十二巨神的兄长，萨吞（Saturn）（克洛诺斯）为小弟弟。萨吞夺了兄长的天神位置，但他的儿子育芙（宙斯）照样夺了天位。利亚（Rhea）是克洛诺斯的妻子，生宙斯、赫拉、波赛冬等有本事的神。和普通希腊神话故事有出入。

④ 克里特（Crete）岛是小亚细亚西南，地中海里一小岛，为弥诺斯王的封地。伊达（Ida）是克里特岛中央的一座高山，育芙就是在那山的洞穴中养大的。

⑤ 奥林匹斯（Olympus）山是马其顿与帖撒利之间的山脉。高约九千英尺，峰上终年积雪。希腊诸神所居住的地方称为神山。

⑥ 特尔斐（Delphi）为阿波罗显灵之地；多陀那（Dodona）为宙斯显灵之地。多利安（Dorian）指希腊。

到达希斯波利安的原野，①
飞越开尔特而漫游于地极诸岛。②

522 这些神魔和其他同来的一群群，
看起来不免形容枯槁，精神颓丧；
但一看见他们的首领并不失望，
就觉得他们自己并没有完蛋，
眉宇之间便微露欢喜的神色。
在首领的脸上也是忧乐相交织，
但他很快就恢复了往日的骄矜，
故作豪言壮语，耸人听闻，
渐渐地振起他们消沉了的勇气，
驱除了他们的忧惊和疑惧。
继着便下令吹起喇叭、号筒，
发出战斗的高音，并举起大王旌旗。
有一个颀长的基路伯名叫阿撒泻勒，③
请求给他扛大旗的光荣权利：
那面大王旗立刻从晶光闪烁的
旗杆上扩展开来，高高飘扬，
好像在风中飘荡的流星。
旗上满是宝石，金光灿烂，
辉映着天使们的徽章、刀剑

① 希斯波利安（Hesperian）是意大利。维吉尔《伊尼德》第1卷第530行：“有一个国，希腊人称为希斯波利安的。”

② 开尔特（Celtic）即高卢，指法兰西。地极诸岛指英格兰、爱尔兰等。

③ 阿撒泻勒（Azazel），犹太语有“行进”之意，又有“山羊”之意。

和战利品。那时大小喇叭、号筒
齐奏战曲；全体官兵扬声呐喊，
喊声震裂了地狱的苍穹，并且
震惊了天外的浑沌界和夜的古国。

544 一时间，从朦胧中可以看见
千万旌旗在空中竖起，飘扬着
东方鲜艳夺目的色彩，同时出现了
一片长矛的森林，金盔簇簇，
甲盾排排，深不可测的密阵。
密阵立刻移动了，伴随着庄严的横笛，
柔和的洞箫，吹出多利亚的曲调，①
把古英雄武装出征的堂皇气概
提高到了极度。鼓吹起来的不是
一时血气之勇，而是慎重、坚定，
不为死的恐怖所吓退或逃跑。
用庄严的调子减轻忧愁、烦恼，
有使凡人和天人从心底里拂除
疑惑、恐惧、悲伤、痛苦的力量。
他们就这样显示统一大军的威力，
心志坚定，在柔和的箫笛声中，
沉着地前进，忘却脚下焦土的烧灼。
不一会儿，他们已经站在大王的面前，
只见一片刀枪耀目，长阵森严，

① 希腊古乐中，多利亚曲调庄严，弗利加曲调轻快，利得亚曲调柔和。

古战士的装束，长矛与甲盾齐整，
听候伟大的首领下令，给与任务。
首领向武装的队伍投射老练的眼光，
急速把整个战阵巡视一周，看他们
秩序整齐，状貌、姿容都不愧为神祇。
最后，他检点了他们的数目。
于是他心高气傲，踌躇满志，
凭着这样的武力而愈加顽强起来。
因为自有人类以来，从未见过
这样雄厚的兵力；古来有名的军队
跟这支军队比起来，都不过是那
被鹤鸟袭啄的小人国的步兵一样：①
无论是弗勒格拉的巨人族，②
加上在底比斯和伊利翁交战的，③
得了群神援助的英雄部族；
无论是稗史、传奇中有名的

① 荷马《伊利亚特》卷三描写特洛伊的军队："他们的喧哗声弥漫天空，好像一群鹳鹤受到寒风骤雨的袭击，发出粗粝的唳声，动身飞过大洋去给小人国赍送死亡和毁灭。"

② 弗勒格拉(Phlegra)的巨人族和天神育芙作战，为育芙所破。

③ 底比斯(Thebes)和伊利翁都是古希腊的名战场。悲剧之父埃斯库罗斯有杰作《七雄攻底比斯》。荷马的史诗《伊利亚特》就是写伊利翁之战的。伊利翁(Ilium)就是特洛亚(Troy)，和希腊联军交战，双方都得了群神的援助：援助特洛亚的有阿芙洛狄忒、阿波罗等，援助希腊联军的有赫拉、雅典娜等。

以攸瑟之子为中心的,①
不列颠和亚摩利的骑士们;
无论是圣教徒或是邪教徒,
一切在阿斯波拉门、蒙塔班,②
在大马士革、摩洛哥、特列皮松,
各地参加教内外比武的好汉阵营;
无论是毕色塔人,从非洲海岸派去的,
在封太拉比亚打败查理曼大帝③
和他全部勇士的大军,都是如此。
他们的勇武虽远不是人世所能比,
却都驯服地听从他们威严的大司令。
大司令的身躯状貌,在群魔之中
巍然耸立,好像一座高塔。
他的姿容还没有全失去原来的光辉,
仍不失为一个坠落的天使长。
他那洋溢的荣光蒙受消减,
好像旭日初升时被天边雾气

① 攸瑟(Uther)为不列颠之王,其子亚瑟(Arthur)的骑士冒险故事记叙于传奇《圆桌故事集》。亚摩利(Armoric)在法兰西西北部,为传说中亚瑟王活动的地方。

② 阿斯波拉门(Aspramont)是尼德兰的小城市,荷兰人显示武勇的地方。蒙塔班(Montalban)在法国南部,和大马士革、摩洛哥、特列皮松等城都是基督教徒与回教徒一决雌雄的地方。

③ 查理曼(Charlemagne)是西罗马和法郎克的皇帝,传说他在公元七七八年为讨伐撒拉森人而从西班牙撤退到法郎克,有名的十二勇士中有一个叫迦内龙的叛徒,在途中埋下伏兵,在封太拉比亚(Fontarabbia)使查理曼全军覆没,使勇将罗兰(Roland)牺牲。
毕色塔(Biserta)是北非突尼斯的一个港口。

夺去光芒,又如在昏暗的日食时,
从月亮的后面洒下惨淡的幽光,
投射半个世界,以变天的恐怖①
使各国的君王惊惶失措。
天使长的光芒虽然这样消减了,
但他仍比众天使光亮得多。
他的脸上刻有雷击的伤痕,
忧虑盘踞在他憔悴的两颊上,
但眉宇之间还有准备复仇的
不挠的勇气和傲岸的神色。
他的眼光凶狠,但也显示出
热情和怜悯的光焰,注视
他的同谋者,其实是追随者。
他们原来在天上享受清福,
如今被判决无期受苦的惩罚;
千百万的精灵为了他的过错,
而被剥夺了天上的幸福,为了
他的叛逆而抛弃了永恒的光荣;
他们虽然憔悴、枯槁,
却仍然忠诚地站在他的面前:
好像被一阵天火烧了的橡树林
和山上的松林,树顶枯焦,
枝干光秃,却亭亭挺立在焦野。

① 变天,暗喻革命。当时管书刊检查的坎特伯雷大僧正的执事董金斯和托兰,认为这几行含有政治颠覆之意,几乎危及本诗的发行。

他准备发言了：于是队伍的
两翼向前迈进，成了半圆形，
向他和他的全体大天使围拢，
全场肃静，大家都注意谛听。
他三次要开口，三次泣不成声，
天使的骄泪，不禁夺眶而出，
终于声泪俱下地说道：

622 “啊，千百万不死的精灵！
除了全能者以外，无比的权力者们！
这场战斗不是不光彩的，虽然
按目前的景况看，是悲惨的，
这样的惨变，说来叫人痛恨！
但是，即使有伟大心力能预见预料，
即使有博古通今的大学问，
怎能预料到这样一支神祇的联军，
像站在这儿的，这样的军容，
会被击败的呢？又谁能相信，
像这样一支强大的队伍，——
一追放就使天庭空虚的队伍，①
会在失败之后，不会卷土重来，
不会再登天界而恢复原来的地位呢？
至于我，全体天军可以为我作证，
是否有跟你们不一条心，或者

① 使天庭空虚，是撒旦的夸大的话，应该说是少了三分之一。

回避危险而造成大家的失望。
只是那天上的君王稳坐宝座，
依仗着旧名声、老习惯来维持，
虽然十足地显示帝王的威严，
但常自隐藏实力，引诱我们
逞雄一试，致使我们遭受沉沦。
从此以后，我们得知己知彼，
我们不随便向人家挑衅，
也不怕人家来挑起新的战争；
实力不及处，要靠权谋诈术，
定出锦囊妙计方是上策。
这样，叫他也学一点儿乖，
知道以力取胜，只是胜了一半。
太虚中将要产生一些新的世界；
在天上传开了一个消息，
说他不久就要创造一个世界，
用以繁殖一个高贵的族类，
那就是他的选民，等于天之众子。
我们要去那儿，去探索一下也好；
现在第一要紧的是到哪儿去，
因为这个地狱深坑决不能
囚禁我们这些天上的精灵，
也不能把我们长淹在黑暗深渊里，
但这种想头必须好好考虑，
好好讨论，和平是没有希望的了，
谁甘心屈服呢？战争，只有战争，

公开宣战或是不宣而战，必须决定。”

663 他说完了；立刻就有千万把
闪着寒光的宝剑从雄伟天人的
腰间拔出，响应他的话语；
霎时间，那刀光剑影照彻了
地狱的每一个角落：个个怒气冲天，
瞪视着那至高者，手中的武器
猛敲铿锵的盾牌，发出战斗的喧噪。①
挑战的吼声，响彻天穹。

670 附近有一座山，那可怕的
山顶喷着火焰和涡卷的烟尘；
全山各部都发出萤光，那无疑是
它腹内隐藏的硫黄焚化着金银矿砂。
有一大队天军急忙向那儿飞去，
好像是王师的先头部队，
拿着锄头和鹤嘴锹，在那儿
挖掘壕沟，筑建堡垒。
带领这支军队前去的是玛门。②
玛门在天上坠落的天使中
是最卑屈的一个，当初在天时
便是低首下心，佝偻不伸的，

① 古罗马的战士，以拔剑击盾表示赞同将军的演说。
② 玛门（Mammon），叙利亚语是“财富”的意思。《圣经》中作财神解。（见《马太福音》第6章第24节）

他的眼睛总是向下看，最称羡
天庭的黄金砌地和豪华铺道，
却不欣赏神圣、光明的良辰美景。
他首先破坏宇宙的中心，
后来的人类也是由于他的教导，
用不孝的手，搜索地球母亲的内脏，
夺取其中该好好保藏的宝库。
不久，他那队人马便凿开了那座山，
把它划开一道很大的伤口，
挖出黄金的肋条。不要惊奇
地狱产生的财富；因为那儿的
土壤最适合于这个重价的祸根。
让那些夸耀人世事物的人们，
惊叹巴别高塔和孟斐斯诸王业绩的①
人们知道，他们的名誉、武功
和最大的艺术纪念碑，在这些
坠落的天使们是轻而易举的，
他们在一小时之内，就能完成
人间在一个世代里，无数人手
所不断操劳而辛苦做成的事。
第二队天使在附近的野地上
准备了许多洞穴，洞穴下面
有从火湖引来的火液的动脉管，

① 巴别塔(Babel)是巴比伦的名建筑物。今人常作巴比伦塔，孟斐斯为古埃及之首都，多金字塔，纪念诸王的业绩。

用奇妙的技术来熔化金属粗块，
分别品种，去掉金砂的浮渣。
同时，第三队天使在野地中
制造出各种的模型，用奇妙的方法
把沸腾着的洞穴中的金液引来，
灌满所有的模型，无孔不入，
好像一架风琴，传音板一鼓气，
风便吹进每一枝簧管里去一样。

　　不一会儿，一座巨大的建筑物，
便像烟雾一般从地里升腾起来，
同时发出美妙愉快的乐音。
那建筑物造得跟神殿一样堂皇，
周围都有壁柱和多利亚式圆柱，①
柱的上端顶着黄金的主梁，
也少不了飞檐和饰带，都是浮雕的。
屋顶平台镂金错彩，金碧辉煌。
当初亚述和埃及比富斗奢，
豪华到极点时，无论是巴比伦
还是阿尔开罗为他们的神祇②
庇露斯、赛拉比斯建筑庙宇，③

① 壁柱是墙中的柱，半露在外，又名半露柱。
多利亚式圆柱的特点是不用柱础。
② 阿尔开罗（Alcairo）即今埃及首都开罗。
③ 庇露斯（Belus）是巴比伦的神，女王赛米拉米斯曾为它建筑金字塔形的大庙。赛拉比斯（Serapis）是埃及的死神，庙宇宏大。

或为他们的王室营造宫殿时，
都没有这样的奂轮奂美，庄严宏伟。
庞大的建筑物高高地升起了，
俄顷之间，青铜的门扇洞开，
可以看见里面有广大的空间，
地面是光泽平滑的砌石；
穹形的屋顶上挂着一行行神奇的
灯盏，闪耀如星星，点着石脑油
和沥青油的篝灯，辉煌得像是
从天上放出来的光明。急忙忙
进去的群众惊叹着，有的欣赏
建筑物，有的称赞建筑师。①
这建筑师的手艺在天上早已知名，
他曾营造过许许多多的巍峨宫殿，
供给那些掌权的天使们作住宅，
并且坐在那儿做王；因为至尊者
授予他们如此大权，分别治理
光荣的天族，他的名字在古希腊
也不是默默无闻，或不受尊敬的，
在俄索念国里，人们叫他玛尔西巴；②

① 建筑师就是玛门。弥尔顿认为玛门又名玛尔西巴，就是希腊神话中的赫斐斯塔司（Hephaestus）或罗马神话中的武尔纲（Vulcanus），工匠、火神与建筑师。

② 俄索念（Ausonian）国指意大利。玛尔西巴（Mulciber）为罗马火神武尔纲的姓，就是希腊的赫斐斯塔司。据希腊神话说，火神被宙斯从天上摔下来，落在爱琴海的楞诺斯岛上，成了瘸子。弥尔顿说那说法不对，他就是玛门，早就同坠落天使一起坠落了。

据说他从天上坠落是因为激怒了
育芙，被他摔出了水晶的城墙：
从早晨到中午，从中午到黄昏，
在整整一个长夏的日子里降落，
和夕阳一同落下，像流星一样
从天心落在爱琴海的楞诺斯岛上。
这一说法是错误的，因为他和这些
叛逆的徒众一起，在很久以前就坠落了。
他有一身的本领也不能脱逃责罚，
虽在天上曾筑高塔，结果反被放逐，
和他的工匠们同在地狱里造屋。

752 　　那时长着翅膀的天使们，
由于元首的命令，用威严的仪式
和号筒的声响，传达给全体官兵，
宣布在元首撒旦和大天使们的
最高首府“万魔殿”开一个严肃的会议，①
被召集来开会的是各队各团中
有地位的，或是经过选拔的
最优秀者。不久，他们就成千成百
成群结队地，蜂拥而来参加。
各个出入口都被挤满了，
每扇大门，每条宽大的走廊，
尤其是那广阔的大厅——

① “万魔殿”是弥尔顿拟的，可联想到罗马的“万神殿”。

这大厅虽然好像一个大圆场，
勇士们可以在那儿驰骋比武，
异教武士的精英可以在苏丹的
王座面前格斗或骑马投枪，——
这样的大厅竟挤得水泄不通，
地面和空中，一片羽翼相擦的声音
好像春天里的蜜蜂，当日轮
和金牛宫并驾齐驱的时节，①
在窝边放出一群群的幼蜂，
在新鲜芳香的花露之间飞舞，
或者在它们草建的城郭，
新抹香蜜的光滑的板上②
来去徘徊而商谈他们的国事。
那聚集在空中的天使也是
这样拥挤，密密稠稠。不一会儿，
一声号令下来，看，真奇怪：
他们本来都是巨大的身躯，
胜过地母所生的巨人族；
现在却变得比最小的小人还小，
在狭窄的房间里会集的群众
多到不可计数，像印度山外的
侏儒国人，或像灵界小妖精，
他们在林边泉畔，深夜游宴，

① 太阳入金牛宫的时间是四月十五日至五月二十日。金牛宫为黄道十二宫之一。

② 蜂房口外嵌一块板，像是城郭。

晚归的农夫似曾看见过，或恍惚见过；
月轮高高在天心，做个公断者，
循着苍白的轨道渐向地面驶近。①
他们专心一意地在跳舞、宴乐，
还有悦耳的音乐使他销魂，
他的心跳跃，且惊且喜。
那些没有肉体的精灵，也是这样，
他们把硕大的身躯变成
极微小的形相，但数目不变，
多得不可计数，使这地狱的大殿
顿显宽大，可以自由飞翔。
只是远在内庭的，伟大的撒拉弗
首领们和嗤嗒啪等大小天使
仍保原形未变，满满地挤在一间
密室里，约有一千个“半神”②
坐在黄金的椅子上密谈。
静默片刻之后，便宣读
集会的宗旨，开始了盛大的会议。

① 月亮向地面驶近，语出于维吉尔的诗句“歌声魔力大，月从天来听”。也出于民间俗传：妖魔的歌舞能吸引月亮走近地来。

② 撒旦的党徒原来都是天使，其中权力较大的近似神明，可称半神。弥尔顿在这里暗讽当时教会的主教们，用“Conclave”这个教会的用语，指出红衣主教们选举教皇时的秘密会议，神乎其神地搞公开的秘密。

第 二 卷

会议决定，由撒旦亲自去侦察人类的乐园

提 纲

会议开始了，撒旦提出一个问题来辩论：为了恢复天国，有没有必要再冒一次战争的危险。有的说要，有的说不要。结果采用了第三个提案，就是撒旦以前提起过的，去探索一下天上的预言或圣传是否正确。据传说，目前天神正创造了一个新世界和一个新族类，一种跟他们自己差不多的生物。疑难的问题是派谁去做这一艰险的探索。他们的首领撒旦独自承担了这个任务，博得了赞赏和喝彩。会议结束了，其他会众各自按照自己的爱好去寻欢作乐，等候撒旦的归来。撒旦在征途中经过地狱的大门，门正关着，有守门人在看守。最后，守门人开了门，看见地狱和天堂之间有一个大深渊，就是“混沌界”。由于混沌王的指点，经过极大的困难，才看到了他所寻求的新世界。

撒旦带着王者赫赫的气概，
高高地坐在宝座上，那宝座的豪华，

远远胜过奥木斯和印度地方的富丽,①
或鲜艳的东方,不惜蛮夷的金银珠宝,
像雨一样洒在他们君王的头上;②
他凭实力登上高位,意气扬扬,
出乎意料地,在绝望之余,能升到
如此高度,更引起他的雄心壮志,
虽经对天交战而徒劳、败绩,
却不灰心,向大众披露傲慢的遐想:

11 “各位掌权的、执政的、天上的神灵们!③
既然地狱深渊不能羁绊我们这些
不死的精灵,虽经逼迫而坠落,
但我决不让天国失去。沉沦而再起的
天人,比没有沉沦的更光荣、可畏,
坦然无惧,不怕再遭同样的命运。
我现在做你们的领袖,首先是因为
这是正当的权利,并且合乎天理,
其次是由于自由选举,再加上我
在计谋策划和战斗中所立的功绩;
至少是把损失恢复到这个地步,
大家一致同意,没有异议,

① 奥木斯(Ormus)是波斯湾入口处一小岛中的小城市,十三至十七世纪时极为繁荣,是东方珍珠宝石集散地。在这里代表波斯古国,与印度并称。

② 用珠宝撒在头上,是帝王即位时的仪式之一。

③ 掌权的、执政的,是高级天使的称号。天上的神灵、天人也是天使的别称。

也没有妒忌，让我坐定这个宝座。
在天上，地位一高，享受较多的利益，
就会引起部下的妒忌；可是
在这里，树大招风，为首的必定要
做雷神轰击的目标，做你们的屏障，①
受尽无穷的痛苦，谁还要嫉羡呢？
正因为没有可争的利益，不会引起
党派的纷争；在地狱里谁要
争居优先呢？大家受的痛苦并不多，
谁愿意胸怀野心去招来更多的苦呢？
因此，比天上更有利于团结，
更加赤胆忠心，更加齐心协力。
现在我们要恢复旧时的产业，
不要求大家保证能够成功，
更重要的是要确信必定成功；
问题是公开宣战，还是用权谋诡计，
哪一个方法最为妥善？我们要
展开辩论；谁有高见，就请发言。”

43　　撒旦说完了；接着，执杖的鬼王②
摩洛站起来，他在天上的战斗中是
最勇猛的精灵，现在因为失望，反而

① 雷神指上帝，和希腊神话的天神宙斯(Zeus)一样，掌握着雷电为武器。

② 执杖，手执节杖，表示有发言权。荷马的《伊利亚特》第1卷276行有“凭这王杖”句，表示阿喀琉斯(Achilles)的权威。这里指摩洛(Moloch)，“摩洛”是“王”的意思。

更加勇猛起来：他相信，论力量，
和那永生的王相等，即使差一点儿，
却什么也不怕，只要不怕死，一切
恐惧都会消失：不怕上帝，不怕地狱，
不怕一切更坏的东西；他就这样发言：

51 “我主张公开宣战。论智谋诡计，
我欠缺经验，不敢夸口，让那些谋士
去策划，将来需要时再说，现在谈不上。
当运筹帷幄坐着计谋策划时，
难道要让其余百万雄师都手执兵器
而鹄立，或徘徊等待，作天国的逃兵
而苟延残喘，住在这可耻的黑洞里，
徒然迁延时日，任凭暴君施展淫威吗？
不能！我们不如用地狱的烈火和狂怒
作为武器，直向天上的高塔袭击，
给以措手不及的进攻，拿我们残酷的
刑具，转化为可怕的凶器来回敬；①
让他那万能的弓弩轰响时，也听到
地狱的雷鸣；在天上的电光闪烁时，
看到他的天军中也出现黑色火焰
和同样骇人的火箭；连他的宝座，
也被包围在地狱硫火和奇异的火焰——②

① 刑具指地狱中的硫黄火。
② 奇异的火焰即不发光的火焰。

他自己发明的凶具中间。也许有人
认为这道路是艰难的,鼓翼直上,迎头
袭击居高临下的敌人是太危险了。
如果忘湖的催眠剂还不曾使他们昏迷,
就让他们清醒一下:升天返归故居
是正当的举动,沉沦下去是不利的。
谁不记得我们这次遭到强敌的凌辱,
在我们后面追赶、辱骂,把我们赶到
这样的深渊之下,是何等的迫害,
何等的艰苦飞行呀?也许有人说,
登天并不难,后果却十分可怕;
我们若再次触犯强权,激起他更大愤怒,
会导致更坏、更可怕的惩罚;使我们
在地狱里受到更不幸的遭遇;
却没想到,我们从幸福中被赶出来,
到这可诅咒的地狱里来受尽苦难,
忏悔、哀求也不能幸免;煎熬我们的
孽火,永远没有熄灭的希望,
我们反正已经在地狱里,还怕什么毁灭?
如果还有更大的毁灭,那么,我们
将彻底消灭而归死亡。这样,死后
还怕什么?还犹疑什么,不去把他的
怒火全盘烧起来?让他愤怒到极点,
让我们烟消云散,而本质不受亏损;
比起永久活着受罪,岂不远为痛快!
如果我们的本质真是神圣的,

那就永远不会停止生存,毫无缺损;
而且可以证明我们有能力大闹天界;
即使不能摧毁他的宝座,
也要使他永远担心我们不断的入侵;
即使不算胜利,也总算是复了仇。”

106 他说毕,紧锁双眉。在他的
神色之间显露孤注一掷的复仇心理,
急于作冒险的一战,有失
神灵的体统。在另一边,
站起来的是彼列,他的举止雍容大度,①
从天上坠落的天使中,算他最优雅。
他看起来很是尊严,一副劳苦功高的样子
其实都是空虚、伪装的;他口甜
如蜜滴,愈坏的事,愈能被说出
好的道理来。他在辩论中,
圆熟地混淆是非。他的思想卑鄙,
一心只想坏事;对高尚的事情
却逡巡不前。他用悦耳的甜言蜜语,
娓娓动人的调子,这样开始说道:

119 “各位尊贵的战友们呀!
我也十分赞成公开宣战,我的仇恨

① 彼列(Belial)原是流氓盗匪的意思,后渐成为专名,弥尔顿用作个别天使的名字。

决不比别人差；只是立刻出征的
第一个理由，我还不能同意，它
好像对整个结果投上了不祥的阴影。
因为最娴熟于刀兵，最善于策划制胜的，
自己都还怀疑，不过是把勇气
放在失望和完全崩溃的基础上；
他的整个目的，只是做些可怕的复仇
妄图一逞罢了。首先要问：这将是
怎样的一种复仇？天上的塔楼里
满是武装的卫兵在那里把守瞭望，
所有的关口都被堵截了；就是
在混沌深渊的边境上，也屡见
天兵在扎营，或在昏暗的'夜'国里
也有暗中振翮远出侦察，
广设警戒，以防奇袭的，纵使我们
能用武力冲进，我们后面全地狱的
黑叛军都起来响应，一起去
混进天上最纯洁的光明，
也不能使我们不朽的大敌受污损，
他稳坐在他的宝座上，丝毫无恙；
天上不可污损的灵质自能排除祸害，
自能消除卑下的火焰，而奏凯歌。
我们遭到这样的反击，最后的希望
只能是完全的失望：终于激起
那全能的胜利者全部的愤怒，
一起倾向我们，使我们死亡，

我们的对策只能是死亡,
以死亡为对策,可悲的对策呀!
虽然我们全身都是痛苦,
可谁愿意死亡,愿意使这
有理性的生命,彷徨于永劫中的
才智消灭于无知无觉,
麻木不仁的‘暗夜’的大腹之中呢?
即使死亡是好事,又谁知
我们愤怒的大敌肯不肯允许呢?
他怎么肯呢? 决不肯,一定的。
他那么聪明,怎么会那么大意,
克制不住自己一时的气愤,让他的
敌人随心所愿地死去,
而不留着慢慢加以无尽的刑罚呢?

　　“主战派说:‘为什么停止战斗呢?
我们既然被注定要受无尽的苦难,
那就怎么做都一样,还有什么
更难堪、更坏的遭遇呢?’请问:
这样手执兵器,这样坐着、辩论着,
就算是最坏的遭遇吗? 当时我们
拼命逃奔,后面有天上的雷霆
追逼、鞭打,寻到地狱来躲避,
那时你觉得怎样? 这个地狱
不就是灾难的隐避处吗? 当我们
身戴镣铐躺在燃烧的湖中时怎样?

那当然要坏得多。当他一口气
吹燃了可怕的火种,吹燃了
七倍的烈焰,让我们在那里受煎熬
又是怎样呢?当他为平息心中怒火,
从天上伸出火红的右手来
降灾祸给我们时,那又怎样呢?
假如有一天,他把全部手段都使出来,
在地狱的顶上倒下瀑布般的火阵,
落在我们的头上,那时又怎样呢?
正当我们讨论、鼓动光荣的战争时,
卷起火焰的风暴和严酷的旋风,
把我们一个一个卷去刺穿在岩石上,
成了他们的玩具或食饵,或者
被链条捆起,永远沉在沸腾的海底;
同不断的呻吟为伴,年年岁岁,
没有希望,没有容赦,没有宽免,
长久处在无穷的失望里又怎么样?
当然,那是更加难堪的处境。
所以战争,不论是公开的或隐秘的,
我都同样反对。因为用武力或阴谋,
对于他都无损毫毛。他一眼就
明察秋毫,谁能骗得过他?
他从高天上,把我们的行动
看得清楚,而且发笑。不但他的
大能足以抵制我们,而且他的
智谋足以挫败我们的阴谋诡计。

194 “那么，我们就这样卑屈下去吗？
天上的种族，坠落而被蹂躏，
竟永远在这里锁链加身受苦刑吗？
我说，我们的现状还是比
更深一层的悲惨生活要好一些；
因为这是命中注定无可避免的，
也是胜利者的意志，无上的命令。
忍受和行动，我们的力量相等，
这样的判决也不是法律的不公平。
假使我们聪明些，首先得下决心，
同这样一个大敌相对抗，
很难料结果是怎样的沉沦。
我笑那些拿剑而勇猛作战的，
一旦失败，便担惊，害怕他们
自己也知道的后果，不能忍受
征服者必将施行的放逐、欺凌、
捆绑、苦刑；我们现在正在受罪，
如能支持、忍受，那无上的大敌，
或许会减低愤怒，或者会因为
相隔如此之远，我们又不再干犯，
他或将以此为满足，不去吹风
扇火加添烈焰，火刑徐徐减弱。
到那时，我们的纯质便能战胜
他们的毒焰，或者习惯了便不觉得；
或者我们终于起了变化，变得

适合于这里的性质,以至于能够
接受炙热而觉得亲切,不觉痛苦;
恐怖会变缓和,黑暗变光明。
而且光阴如不停的飞箭,很快将
带来希望、机会和所期待的一切,
只要我们不自作孽,自取更多灾祸,
目前的命运还不算是最坏的,
这就是不幸中的幸运。”

226 彼列这样强词夺理地说了
一大套,无非是为了躲懒求安逸,
不是为了和平。继着玛门开口说:[1]

229 “如果说战争是最好的上策,
那么战争不外乎要推翻天上的王,
或者是要夺回我们自己失去的权利。
只有在永恒的‘命运’让位给无常的
‘机会’,让‘混沌’来判决争端时,
我们才有希望推翻天上的王。
推翻既无望,便证明夺回权利的落空。
除非我们的权力胜过天界的主宰;
可是现在却在天的界限内,
哪有回旋的余地?即使他变缓和了,
在新的屈辱条约下,宣布宽待我们;

① 玛门(Mammon)是财神或贪婪鬼。

我们有何面目卑躬屈节地
站在他的面前？有何面目去接受
他那严厉的法律，歌颂他的宝座，
他的神性，被迫歌唱哈利路呀；①
眼看他俨然以君王的身份，
高高坐在他的宝座上，并在
他的祭坛上供着我们这些
奴才们所供献的天香和天花？
这本来是我们在天上干的事，
也是我们的赏心乐事；现在
却要费事向我们所痛恨的王崇拜，
多么无聊的永恒呀！
纵然在天国里，这种光荣的
奴隶地位，也不是用强力所能得，
允许给你也不一定能到手，所以
我们不要追求这种光荣，
要从自己身上寻求优点，
从自己的生活中寻求生趣。
虽然在这不毛的边境上，我们
倒可以自由自在，不受谁的约束，
宁要艰苦的自由，不要做
显赫、安逸的轭下奴隶。
有朝一日，我们能将小事成大业，
化有害为有利，化腐朽为神奇；

① 哈利路呀（Hallelujah）是“赞美主”的意思。

通过劳动和忍耐，在荒地上
繁生花果，从苦难中制造快乐，
那时节，我们的伟大就充分显现了。
我们真害怕这个黑暗的幽冥世界吗？
天上全权的君王，不也时常选择
浓云和幽暗做他的住处，却没有①
遮掩住他的荣光吗？他常用
威严的黑暗来包围他的宝座，
从里面深处发出雷鸣，激起漫天的
狂风暴雨，那时天不和地狱一样吗？
他既可以模拟我们的黑暗，
我们不也可以随意模拟他的光明吗？
这片荒地并不缺乏金玉隐约的灿烂；
也不缺少建筑起庄严境地的技能艺术；
天上岂能显示比这更优越的东西？
我们所受的刑具，时长日久，
也会变成我们的元素，这些灼人的②
火焰，也会从严峻变为温柔，
它们的性质会同我们的性质融合，
灼痛的感觉也必定会消除。
一切事物都有利于我们作和平的建议，

① 上帝以浓云和幽暗为住处，见《旧约·诗篇》第18章第11节："他以黑暗为藏身之处，以密云带水，天空的厚云，为他四围的行宫。"

② 希腊哲学说，万物各靠其元素而活，鱼以水为元素，鸟以空气为元素，鱼无水即死，鸟无空气不能活。玛门意思是说，天使靠以太(Ether)轻清之气而活，今在地狱火中，久之，火也会变成天使的元素，习惯成自然。

导致局势的平定有序，去掉一切
战争的思想，反省自身的现在和过去，
安全地处置目前的灾情。这就是我的意见。”

284　他的话音将落时，会场里就
充满了窃窃私语，好像彻夜狂吹
扰乱大海的暴风停止时，岩洞里
残余的刁刁调调的催眠调子，安慰那
守夜劳累的舟子——他那时把小船
或快艇碇泊在暴风雨后巉岩耸立的港湾。
玛门发言终止时，爆发了一阵喝彩，
他那建议和平的话，正为大家所欢喜。
因为他们害怕另一次的战争
会带来比地狱更难堪的苦楚；
雷神和米迦勒的刀锋，①
现在想来，心中犹有余悸。
而且他们都喜欢在冥土另建王国，
或用策略，或经长时间的进展，
希望能巍然崛起，与天国分庭抗礼。
那时除撒旦外，别西卜坐在最高位，②
他看了这情况，便威严地站起来，

① 米迦勒（Michael）是天军的大将，《启示录》第12章第7节：“在天上就有了战争，米迦勒同他的使者与龙争战。……大龙就是那古蛇……又叫撒旦。”

② 别西卜（Beelzebub）在《圣经》中是鬼王之一。

好像一根中流砥柱:在他的前额①
刻着为大众的安危而熟虑的深纹;
虽然憔悴,但在眉宇之间仍闪耀着
威严王者智慧的光辉。他站着,
像个大智大贤,耸着阿特拉斯式的②
双肩,能担当几个最大帝国的重任;
他的目光吸引会众的注意,静听,
静得像夜间或夏天中午的空气,他说:

"得位的天使们!帝国掌权者们!
天的子孙们!大力的天使们!③
这些称呼是否都得放弃,改称为
地狱诸公?因为大家的公论所向,
是继续待在这里,建立另一帝国。
毫无疑问!我们都在做梦,
天上的王早已指定这个地方
作为监禁我们的牢狱,并不是
给我们逍遥自在,安稳退居之地,
可以避过他的铁臂,绕开高天的
严刑峻法,听凭我们组织新党
去同他对抗;而是要严密拘禁我们,
虽然两地距离很远,却不能脱离

① 中流砥柱,原文是"国家的栋柱"。

② 阿特拉斯(Atlas)是希腊神话中的巨人,和天神战,被罚为天柱,肩负着天而站着。

③ 四者均为天使称号。

他的羁绊，永远做他的俘囚。
因为他无论在高天或在深渊，
都已确定，始终是唯一君临的
独裁君主，他的帝国决不因
我们的反叛而丧失尺寸土地，
反之，他还将扩张到地狱来，
用铁杖治理我们，像在天上①
用金杖治理天国的民众。②
那么，我们为什么还坐在这里
讨论战争或和平呢？战争已经
决定了我们，受了无可比拟的损失；
还没有提出和平的条件来考虑；
因为我们这些奴隶只配严加幽闭、
鞭挞和残酷的刑罚，怎能给予和平？
在我们的权限之内只有敌对和痛恨，
只有不屈服的反抗和复仇，
虽然缓慢，但复仇心不死，
永远设法尽量减少他的胜利成果，
尽量减削他对我们受苦的高兴，
怎么能以和平来回敬他呢？
机会不是没有，但我们不需要
冒险的远征，去向天上进攻，

① 铁杖表示严峻无情。《启示录》第2章第27节："他必用铁杖管辖他们，将他们如同窑户的瓦器打得粉碎。"

② 金杖表示恩受。《旧约·以斯帖记》第5章第2节："王见王后以斯帖站在院内，就施恩于她，向她伸出手中的金杖。"

天国的城墙高峻,不怕我们
从地狱去的围攻或突然袭击。
我有一个比较容易实行的计划,
你们看怎样?有一个地方
(如果天上从古流传的预言属实)
这时候正创造出一个新世界,
里面住有叫作‘人’的新族类,
同我们相似,只不过在
权力和优雅方面比我们差一点儿,
却得到天上主宰的更多宠爱。
这是他的意愿,早已向众神宣布,
并且发了一个震动周天的大誓言,
把它确定下来。我们的心思
尽往那方面想,去探明住在那儿的
生灵是什么,怎样的形状姿态、
资质和禀性,有多大力量,有什么弱点,
凭暴力或诡计,哪一样容易试探他们。
虽然天门已经关闭,高贵的专制者
凭自己的势力稳坐那里;可是这里,
他的帝国边疆,会下放给各领主
自己去布防:在这里,可能有机可乘,
发动突然袭击,可能会成功,
或用地狱的火去把他全部的造物烧光,
或者占领它,驱逐其中力量微弱的居民,
好像当时他驱逐我们一样,或者,
引诱他们来加入我们的党,使他们的

上帝一旦变为他们的仇敌，
使他后悔并毁弃自己的作品。①
这个计划要比普通的复仇好，
因为我们的扰乱，妨碍他的欢欣；
因为他的混乱，提高我们的欢欣：
他的宠儿们将跟我们一同叛逆坠落，
诅咒他们那弱质的迅速凋零，
诅咒他们那幸福的容易消逝。
这个建议值得一试，请大家考虑，
否则就坐在这幽冥里梦想空虚的帝国。”——
别西卜这样提出了魔鬼的建议。
这原来是撒旦的计划，部分已经提过；
因为这样毒辣的老谋深算，除了
那万恶的主谋者外，还有谁能想得出：
把人类连根拔掉，使大地和地狱
混成一气，大家都憎恨伟大的造物主？
但他们的憎恨，往往只能增加他的光荣。
这个大胆的诡计，使地狱诸公大大欢喜，
在他们的眼睛里都闪出欢喜的光芒；
表示他们一致赞成。于是他又继续说：

“很好的决定，冗长的辩论完满结束了。
诸位神灵呵，你们能解决这伟大的事，

① 后悔而自毁作品，《创世记》第6章第9节：“耶和华说，我要将所造的人和走兽，并昆虫，以及空中的飞鸟，都从地上除灭；因为我造他们后悔了。”

不愧为神明。总有一天，不管命运怎样，
会从地狱的最深处，再一次升起，
上升到我们原来的住处近边，
看得见天界的光明；再从那里
就近准备武器，等待远征的机会，
再进天国。否则也可以安居温暖地带，
得到天上美艳的光辉来映照，
以东方旭日的灿烂来涤除心中的幽暗，
借柔和爽朗的空气来医治孽火创伤的
腐烂，而散发芳香。但是，首先
得决定派谁去探寻这个新世界。
谁最能胜任？谁能试行漫步而走出
这黑暗无底的广漠深渊，通过
伸手可摸的浓暗，找到崎岖荒凉的路，①
或者在广阔的太空飞行，越过大裂口，②
振起不挠的双翼，到达那幸福的岛屿？③
那时，他须有何等的气力，何等的伎俩，
或者用怎样的借口，才能逃过那
有天人四面严守的哨岗而平安过关？
那时，他必须非常小心谨慎，
现在我们决定人选也须这样谨慎；
我们的全部重任都放在他身上，

① 可摸的浓暗，《出埃及记》第10章第21节："使埃及地黑暗，这黑暗似乎摸得着。"形容极度的黑暗。

② 大裂口指新世界与地狱之间的混沌界。

③ 太虚中的岛屿，指地球，即新世界，像太虚茫茫大海中的小岛。

我们的最后希望寄托在他身上。”

417　　这样说后，他坐下，眼光里显露
期待的神情，等待谁来赞成，或反对，
或起而表示自己甘冒风险一试。
可是大家都默坐，噤若寒蝉，
沉思那危险而面面相觑，各从
别人的脸上照出自己的心惊胆战。
就是在天战中最勇敢的精英，
也没有一个自告奋勇敢于承担
这个可怕的远征。直到最后，
撒旦，那时他的荣光超群，
自觉力量最大，俨有寡君的
骄矜，神态自若地开口说道：

430　　“啊，天的子孙！得座的天人们！
刚才大家的沉默和迟疑，
虽不是由于害怕，却是有原因的：
走出地狱到达光明，道路是漫长
而险阻的；我们所居的坚固牢狱，
这个暴烈地吐着火舌的大火团
四面包围我们有九层的深厚，
还有燃烧着的金刚岩的大门
把我们关锁在里面，所有的
出口都断绝了。如有关口可越，
即使越过了关，还会遇见虚幻的

‘夜’，张开大口来接受他，
以灭绝生命来威胁他，要
把他下沉到不毛的深渊里。
逃出那一关后，还会到另外的
什么世界，或不知名的国土，
谁知道还有什么未名的危险，
难逃的关口呢？啊，战友们！
如果我也逡巡不敢前去承担
这个大家决定的，有关公益的
艰险使命，那我就不配这个
王者的尊严，不配高坐在这
光华璀璨、威势赫赫的宝座上。
如果我也拒绝艰险而光荣的任务，
为什么还要僭取王权，
而不拒绝统治呢？这是统治者
应尽的任务；他享受尊荣的高位，
为什么不应该承担更多的危险呢？
因此，我去了，大能的诸天人啊！
虽然坠落，仍是天上所惧怕的！
我们既然把这里当作家，那就请
把家里的事多想想，怎样好使
目前的悲惨变得宽舒些，
怎样好使地狱的痛苦变缓和些，
有什么办法可以自慰、自骗，
使这座火牢的苦楚轻松一些？
我这次外出，要走过黑暗、

破败的境地，去寻找大家的救星，
这期间，你们要加强警惕，
对惊醒的大敌不可粗心大意。
我这次冒险，不需哪一个做伴。”

466 大魔王说了这话就起身，不许
大家响应，因为他知道诸首领中
有的见他已表示决心，也会起来
申请去冒险，明知会被拒绝，
既可以显示自己的能干和他相等，
又可以不费力地赢得廉价的高评；
他却须经历万险才能成功。
但众精灵害怕冒险，也同样害怕
首长的呵斥声，便立刻一同起立。
一同起立的响声，犹如一阵远雷。
他们向他卑躬敬畏地弯腰，
歌颂他、好像天上至高的神一样；
并且都表示自己对他的谢意，感谢
他为了大众的安危而忘己的精神，
这些判了罪的精灵还未全失德性，
免得坏家伙们骗取世上的令名，
或为不可告人的野心所驱使，
假装热诚，夸说表面的功绩。
这样，他们疑难的阴暗会议结束了，
大家都为他们无敌的首领而欢喜：
好像北风入睡时，从群山顶上

升起乌云,遮住天空晴朗的面容,
沉闷的低空向阴暗地面撒下雨雪;
偶然出现一轮残阳,放出一抹斜晖,
表示临去时的迷人的光艳,使得
田野复活盎然生气,百鸟啭出新歌,
咩咩的羊群也表示它们的欢喜,
一片欢声响遍了山和谷。
啊,人们真可耻!判了罪的群魔
都能紧紧地团结一致,可是人们,
虽然是有理性的生灵,且有
得天惠的希望,却相互憎恨、
敌对、自相纷争,而且挑起
残酷的战争,毁坏田地,互相残杀。
这事使我们一致地认识到,
他们似乎不知道有幽冥的敌人,
日夜在身旁窥视,等待毁灭他们的机会。

506 地府幽都的会议就这样散了。
顺序走出来的地狱诸公中间,
有大能的魔王,看起来完全是个
能独力对天的敌人,又是地府中
可畏的皇帝,俨然如壮丽无比的天神。
在他的四周,围着撒拉弗的火球阵,[1]

① 火球阵是撒拉弗天使手挥火剑的圆阵,好像火的球,《复乐园》第四卷有“摆了个火球阵”。

像一个烈火的大球，各有耀眼的旗号
和各种闪烁着光芒的武器。
喇叭爆发出的高音远播，
宣告会议结束的伟大结果：
有四个健翼的嗤嘚咱飞向四方，
金银的号筒凑在嘴上，吹出传令，
爽朗的声音说明了它的宗旨。
在广漠的深渊里，响遍远近，
地狱里的徒众一齐欢呼，震耳欲聋。

521 从此他们比以前安心了，
被这个缥缈的希望所鼓舞，
大天使们纷纷散去，各自分途，
心中闷闷，何所追求何所向，
感到纷乱迷惑，各自去找一个
最喜爱的地方来休息，使不安的
思想有个着落，消遣这苦闷时光，
直等到他们伟大将领的回来。
有的在旷野里竞走赛跑，
有的在空中高处飞行比胜，好像
奥林匹克的竞技或派西亚的田赛；①
或御喷火的骏马，奔腾飞驰，

① 奥林匹克是古希腊祭神时的竞技大会，每隔四年举行一次。派西亚(Pythia)是在奥林匹克之后两年举行的竞技大会。派西亚是阿波罗所打退的大蛇名。

或制飞轮，军车巧避标杆，①
或取前线对垒的阵势。
霎时间，空中纷乱，出现战争阴影，
好像是警告骄傲的名城，军队②
在云霄冲入战阵，在各先锋的前头
都有空中的骑士策马横刀，
等待密阵军团的接战，天的两极
都见干戈挥舞，气焰烧灼苍穹。
有的发出比残忍巨人更凶的怒吼，③
拔山裂岩，扶摇直上时卷起旋风，
连地狱也受不住这样的狂叫。
好像戴上胜利冠冕，从艾加利
凯旋的阿尔克得斯，衣袍染着④
毒汁，苦痛之余，把帖撒利的松树
连根拔起，连同送衣人利察斯，
从艾塔的峰顶，抛进优卜伊大海里。

① 古希腊、罗马的军车竞赛，车绕标杆而取近路前行，但不可触杆。

② 名城指耶路撒冷。提多将侵入耶路撒冷时，约瑟弗说："在日未落之前，将见战车与军队奔腾于云端。"

③ 巨人即希腊神话中的台芬。

④ 阿尔克得斯（Alcides，即海格勒斯，希腊神话中的大力士。）他同河神争夺公主得阿尼拉，胜利而归，归途中有一河，不能渡，一半人半马的怪物自动帮忙，背新娘子过河，但一过河，怪物想背她逃走，被一箭射死，死前把血衣交新娘子，说：这是毒袍，日后你丈夫不忠时可给他穿上而制服他。多少年后，她风闻海格勒斯有外遇，便派利察斯把毒袍送给他，他穿上毒袍，全身如焚，急忙撕下，皮肉随之而下。他怒拔松树连同送衣人抛入海里，然后自焚而死。这故事来自奥维德《变形记》第九章。

546 有的比较心气和平地退居到
寂静的山谷中去，用天使的曲调，
应和着许多的竖琴，歌唱自己
英勇的行动，和不幸而战败，
竟遭沉沦的事；且自怨命蹇，不该
让自由的德性做暴力和机会的俘虏。
他们的歌唱是有偏向的，但很谐和，
（不死天人所唱的岂有不和谐之理？）
使蜂拥而来的全地狱听众销魂恍惚。
有的在谈话，那更是赏心乐事
（因为歌唱悦耳，雄辩悦心），
有的胸怀高尚的思想，坐在
偏僻的小山上面，就理性、
先见、意志和命运，就是定命、
自由意志和绝对的先见等问题
试作高谈阔论，但都很迷茫，
如堕五里雾中，得不到结论。
也有的就幸福和终极的不幸、
同情和冷淡、光荣和耻辱等
问题大发议论，全不过是
空洞的智慧，虚伪的哲学！
然而，其中也另有一种魅力，
能暂时驱除心头的苦闷，
激起对未来的浮幻的希望，
能武装心胸，使能坚忍，
像是三重的钢铁铸成一般。

还有的结队成群，向幽冥界
作广泛的，勇敢的探险，
看是否有个安身居住的地方，
他们分向四方，沿着四条
地狱火河飞行而进，这四条河
是地狱里有毒的河，流进火湖。——
一条是恨水，奔流着可厌的死的憎恨；①
一条是泪河，水黑而深沉；②
一条是叹息川，忧愁的水③
哗哗地高声叹息着，声闻远近；
一条叫火江，火的瀑布倾泻直下，④
卷起滚滚烈焰的狂涛，猛火熊熊。
离这四河的远处，有一条静静的
川流，水流缓慢而曲折蜿蜒，
名叫利西，就是忘河，喝了它的水
就会把以前的事情全都忘光，
忘记了喜，也忘记了忧，
忘记了幸福，也忘记了痛苦。
忘河的那边，横着一个冰冻的大陆，
那儿黑暗而荒凉，不断地受
风暴、冰雹、大旋风的袭击；
冰雹落在那坚硬的地上就不消融，

① 恨水，原文是希腊语"Styx"，憎恨之意。

② 泪河，原文是希腊语"Acheron"，悲哀和流泪之意。

③ 叹息川，原文是希腊语"Cocytus"，忧愁之意。

④ 火江，原文是希腊语"Phlegethon"，燃烧之意。

堆积成山，看来像古塔的断壁残垣。
此外只有很厚的积雪和冰；
一个无底深渊，像是古代那
达米亚达和加修两山之间的
撒卜尼斯大泽，曾有全军沉没在那里。①
那儿的空气干燥而严寒，
冻得你肌肤疼痛，有如被火灼伤，
那些被判罪的犯人，定期被
有怪鸟巨爪的凶女神抓来②
这里，在烈火的煎熬刚完之后，
就在这里受寒冰僵冻，全身的热气
被僵住，不能行动，不能转移，
一经期满，仍旧被赶回烈火中去；
这样，以极冷和极热交相变换，
因为变换过于急骤而觉得加倍痛楚。

604 他们一次次在利西忘河上过渡，
来去频繁，悲伤愈益增加，
因为过渡时，眼看忘河水近在身旁，
渴望一饮河水，哪怕只要一小滴，
就可使痛苦和忧愁一齐忘掉；

---

① 撒卜尼斯（Serbonis）大泽，在下埃及海岸上，从巴勒斯坦去往埃及的路中的大湖，四围都是沙漠，大风一吹，飞沙走石，水陆难分，曾有军队误入而落其中，全军覆没。

② 怪鸟是希腊神话中的鸟，有处女的脸和强有力的爪。凶女神是司复仇的三女神。

但命运不允许，从中阻止他们，
还有女魔美杜萨，用戈耳工的恐怖①
把守渡头，严格禁止他们尝试；
那河水本身也飞速逃开活人的嘴，
像当初飞速逃开汤达拉斯的唇吻。②
这样，那些进行探险的队伍，
在绝望、迷惘中继续漫步向前走，
脸色苍白，心惊胆战，眼发呆，
开始看到可悲的命运，而且
找不到休息的地方：他们行经许多③
暗黑、凄凉的山谷，经过
许多忧伤的境地，越过许多
冰冻的峰峦，火烧的高山，
岩、窟、湖、沼、洞、泽，
以及“死”的影子。“死”的宇宙，
是上帝用咒诅制造的“恶”，
那儿只有“恶”活得好，在那儿，
一切生者死，一切死者生，
反常的自然所繁殖的，全是
极其狰狞、极其古怪的东西，

① 美杜萨（Medusa）为希腊神话中三女怪戈耳工（Gorgon）之一，头上以蛇为发，只有一目一齿，人见了她，就立刻变为石头，状极可怕。

② 汤达拉斯（Tantalus）是希腊神话中宙斯之子，因泄密而罚入地狱，浸身水中，水与颔平，渴极思饮，水即退去；又头上果实累累，饥而思食，转眼成空。

③ 《马太福音》第12章第43节：“污鬼离了人身，就在无水之地过来过去，寻求安歇之处，却寻不着。”

讨厌，不可名状，比神话寓言
所臆造的还要丑恶，其可怖
更甚于蛇发怪戈耳工，蛟龙海德拉[1]
和喷火炎炎的怪龙基抹拉。[2]

629 这时，神和人的仇敌撒旦，
怀着更高的计谋，心热如火，
乘健翮，试作孤独的飞行，
直向地狱大门飞去；有时往右，
有时往左，探视着高空；
一会儿平飞掠过渊面，一会儿
奋翮高翔，直向火的穹顶冲去。
如在海上遥望，见一缥缈船队，
群帆高挂云端，乘彼岸的贸易风
从孟加拉或特拿德、替道诸岛，[3]
就是商人们贩运香料的地方，
冒着季节潮的危险，越过茫茫的
埃塞俄比亚海，遥望好望角，
连夜向南极挺进，那飞行的[4]
魔王高飞远去，仿佛就是这样。

① 蛟龙为海格勒斯在拉那湖所击败的九头龙。

② 喷火龙的上身是狮子，下身是蛇，中间是山羊，口喷火焰。见《伊利亚特》第六卷。

③ 特拿德（Ternate，今特尔纳特岛）、替道（Tidore，今蒂多雷岛）是南洋群岛中的两小岛，盛产香料，又称香岛。从五月到十月间有东风，西方商人乘此东风之便，把香料贩往西方，称贸易风。

④ 向南极挺进，是说以南极十字星为指导，在印度洋上，逆潮而挺进。

他终于飞到了地狱的关口，
高耸可怕的穹顶；那关口，
有三重三叠的大门：三重铜造，
三重铁铸，又三重金刚岩炼成，
坚牢难破，四面包围着火，却不焚烧。
大门前的两旁各坐着一个可怕的怪物：
一个上半身是女人，相当美丽，
下半身巨大，盘蜷，满是鳞甲，
是一条长着致命毒刺的大蛇：
她的中部围着地狱的群犬，
张着塞倍拉斯的巨口，不停地①
高声狂吠，狺狺吓人。但当
它们高兴或有喧哗的声音扰乱时，
就爬进母亲的肚子里去，
但仍在母腹内隐隐吠狺不已。
这种可怕的情景，不下于
愤怒的西拉在卡拉伯里和②
脱里那克里亚中间的海里洗澡时；
也不下于那丑恶的夜之魔女，③

① 塞倍拉斯（Cerberus，今译刻耳柏洛斯）是地狱里所养的猛犬，有三个脑袋。

② 意大利与西西里之间有墨西拿海峡，两岩对峙，岩上有凶猛的吃人怪物，岩下是急漩涡。据荷马《奥德赛》第十二卷说，西拉是凶猛的怪物，有六头十二足，每次吃六个人，住西岩上。加里布提斯怪物每天三次出来吞食海水，住东岩即脱里那克里亚（西西里之古名）。西拉原是个仙女，被赛西用魔法把她的下体变成许多狂吠的狗，投身于海峡中，狂怒可怖。终化为岩石。

③ 夜之魔女，于夜间带鬼魂出来，施教妖术，常住墓间或死人旁。

因为嗅到婴儿的血腥气味，
便悄悄地从空中飞来，
邀同拉波兰的妖女们跳舞，①
用符咒弄得月亮亏蚀无光。
另一个怪物，实际上不成形，
因为它的耳、鼻、手、足、关节
都模糊不清，看起来像是一个
物体的影子，像影子又不是影子，
形、影二者互相仿佛；漆黑一团，
像“夜”一般站着，比凶神更凶十倍，
像地狱一样可怕，挥舞着标枪；
头上似乎戴着王冠模样的东西。
撒旦走近去，那怪物离座迎上，
用可怕的步伐，急速走向前去；
他的脚步踏得地狱都震颤起来。
那无畏的恶魔觉得奇怪，这是什么；
只奇怪，却不怕；除了神和神子，
一切被造物全不放在他心上，
他不避开，却轻蔑地看他，说道：

681 “你这个丑恶的形象是什么？
哪儿来的？你虽生得狰狞怕人，
却怎敢在那门口挡住我的去路？
我决定从那儿出去，不用你许可，

① 拉波兰(Lapland)是北欧神话中妖魔行妖术的场所。

滚开吧，否则自讨没趣，闹笑话，
你这地狱儿，别同天国精灵对抗！”

688　　那妖怪便大怒回答他：
“你莫非是那个叛逆的大天使？
你首先打破天上的和平和信仰，
胆敢不逊地动用了武器，还阴谋
鼓动了三分之一的天国子孙，
共同反对那至尊，你和他们
都被至尊所驱逐，罚在此间，
把无穷的时日消磨在受苦受难中。
你现在既经定罪，沉沦在这里，
怎么还敢自称天国的精灵，
在这里出言不逊，猖狂挑衅？
我君临此地为王，你也许更不服，
又怎敢在你的君王和主人面前放肆？
快回去受刑吧，你这撒谎的逃犯！
展开双翼赶快飞走吧，别迟延了，
免得我用蝎尾的毒鞭赶你走，①
或者用这标枪刺你，给你
尝一尝从未尝过的奇痛滋味。”

704　　那奇丑的可怖怪物这样说了，

① 蝎尾的毒鞭，即蝎子鞭，见《旧约·列王纪上》第12章第11节：“我要用蝎子鞭打你们。”

由于他这么说,这么恫吓,
他的形象更显十倍的狰狞。
对方撒旦听了愈加气愤,
毫不惧怕地毅然站立在那里,
好像北极空中燃烧着的彗星,
纵火烧遍巨大的蛇星座的长空,
从他的怒发上抖落瘟疫和杀气。
那二魔都向对方的脑袋上瞄准,
准备给以致命的一击,不必再动手,
相对怒视的姿势,好像两朵乌云,
都满载着天上的炮弹,隆隆地
来到里海的上空;然后面对面①
峙立一会儿,等到风的信号一下,
便在半空中作暗黑的交锋一般。
两个大力的角斗士这样严峻对立,
使地狱也显得更加阴沉。
双方都除此一回,永远没再②
遇到这样强大的对手。
那时本来会发生重大的事件,
可以在全地狱里传遍的;
但那坐在地狱大门另一边的,

① 里海是传说中波涛汹涌,风云险恶的海。

② 另一次的大敌是基督。《哥林多前书》第 15 章第 26 节:“因为基督必要作王,等上帝把一切仇敌都放在他的脚下。尽末了所毁灭的仇敌就是死。”《约翰一书》第 3 章第 8 节:“上帝的儿子显现出来,为要除灭魔鬼的作为。”

掌握命运钥匙的蛇尾女魔王
站起来,惨叫着冲到二魔中间。

727　　她叫道:“啊,父亲,你的手
怎么同你的私生子相对抗?
啊,儿子,你怎么发怒,
用致命的标枪向父亲的脑袋瞄准?
你们知道这是为了谁?是为了
那高高坐在天上的神,他看到
你们这种行动,正合心意,正是
他发怒时的命令,他正在发笑,
却说是义愤命令你们做的事呢!
他的愤怒迟早会把你们同归消灭。”

735　　她说罢,那地狱的瘟神
就罢手;于是那撒旦回答说:

737　　“你的叫喊声真古怪,你阻止的
话也真稀奇,竟使这敏捷的手
停住,不能逞我所欲,给你看清;
我首先得知道你这是什么玩意儿?
你这二重的形象,为什么在这
地狱的幽谷中,同我初次相见面
就管我叫父亲,管那幻影叫作
我的儿子,可我不认得你们,从来
没有见过像你和他这么奇丑可憎。”

地狱大门的女司阍如此回答他：
746 “这么说，你把我忘掉了？
如今我在你眼里显得这么丑了吗？
当时在天上，曾被看作美艳的呢。
在一次的集会中，你大胆地
和众撒拉弗计谋反叛天帝时，
你忽然觉得一阵剧烈的疼痛，
双眼眩晕昏暗，从你的脑袋里，
有浓焰急速向外面喷迸，
终于在左边裂开一个大口，我从
那儿崩迸而出，一个武装的女神，①
光辉鲜艳，有天仙般的美丽，
状貌容姿都和你一模一样，
使天上的众神全都惊奇不止，
他们最初是一齐惊讶而后退，
管我叫‘罪恶’，认为不祥之兆。
后来逐渐熟悉了，连最讨厌我的
也喜欢我的妩媚富于魅力，特别是你。
你从我的身上看到你自己的圆满形象，
便同我爱恋，和我幽会行乐，
使我怀了孕，身子逐渐加重。
就在那时节，战争开始了，
战场就在天上；天庭大乱了，

① 武装的女神从撒旦的脑袋里崩迸出来，来源于希腊神话，雅典娜女神武装着、大叫大喊着、从宙斯的脑袋里崩迸出来的故事。

(怎么能不乱呢?)我们全能的敌人
得到了全胜;我们这方面呢,
直到最高天,无处不败北而失坠;
从天顶,被放逐,倒栽葱,摔下来,
摔到这个深渊里,我也随同摔下,
就在那时,这把钥匙交我手里,
我就看管这永远禁闭的大门,
没有我的开启,谁也不能通过。
我孤苦伶仃地坐在这里,但不久,
你种下的孽种,在我的肚子里
长大膨胀了,剧烈地蠕动,
使我感觉得一阵阵钻心的痛楚。
终于,你看见的这个可厌的孽种,
你自己的儿子,撕裂我的柔肠
挣扎出来,恐怖和痛苦扭绞我,
使我的下半身变成这个样子。
可是我这个冤家仇人生出以后
就挥动致命的标枪,要毁掉我。
因此我逃奔,口里直喊着:‘死!’①
全地狱听到这个可怕的名字
都震动了,从所有的洞穴里
都发出叹息声,响着‘死’的回音。
我逃,他赶,与其说是愤怒,

① “死”是“罪”的产物。《新约·雅各书》第1章第15节:“私欲既怀了胎,就生出罪来;罪既成长,就生出死来。”

不如说是恼人的欲火燃烧着他。
他跑得比我快得多，捉住了我、
他的母亲，还秽亵地猛烈拥抱我——
和我相交，由于那次的凌辱，
生下这些猖猖狂吠的一大群怪物，
你看他们不断地吠叫着，围着我，
我每时怀孕，每时生产，给我
无穷的痛苦；因为他们随意地
回到我的肚子里来，仍旧吠叫着，
咬我的肝肠做食物，然后又
破迸出来，用恐怖包围我，
使我烦恼，不得休息，不得中止。
在我眼前，和我面对面坐着的，
是我亲生的儿子和仇敌，狰狞的
'死'，因为没有别的牺牲，便
唆使他们来把他的亲娘吞噬，
但他知道把我吃光了，他也
活不了，也知道我随时会变成
苦肉，成了他的毒饵，
这是'命运'早已宣告过的。
你，父亲啊！我预先警告你，
要避开他那致命的箭，别以为
你那发光的武器是不会损坏的，
那虽然是天上炼成的，但除了天上
君临者外，谁也不堪他致命的一击。"

　　她说罢，聪明的魔王便警悟，
立刻放温和些，这样委婉地答道：
“亲爱的女儿，你既然叫我父亲，
又把俊美的儿子指给我看，
这是我在天上和你嬉游时的纪念品，
当初的欢喜、甜蜜，今天已不堪回首，
都只因这不可预料的不幸变故。
要知道，我这次来不是要同你们敌对，
而是要把你们和一切为正当的权利
而武装起义，并从天上坠落的
天使军的精灵们解放，从黑暗和
痛苦中解放出来。我辞别他们，
独自出来，为大众敢冒万险，跋涉
无底深渊，越过茫茫太虚无限境界，
上下漫游，去探索一个地方，
据预言传说，那是一个福地，
根据各种现象，那福地现已建成，
近在天国的边缘上，是个巨大的圆形，
其中安置着一族新崛起的生灵，
大概是用以填补我们的空缺的，
那地离开天庭稍有一些距离，
为的是怕天庭里充斥强项的族类，
难免再起新的纷争。我现在急于
要知道这件事或其他更秘密的计划。
一经探明，便急速归来，带你
和‘死’一同前去一个可以安居之地，

可以在那清鲜、芬芳的空气中，
自由自在地从容飞行。在那儿有
无穷的给养，一切都是你们的食饵。”

他说罢，母子俩大为高兴，
“死”一听说有这样可以吃饱的地方，
不觉便露出狰狞的牙齿微笑，
预祝自己的肚皮将交好运，邪恶的
母亲也同样欢喜，这样对她父亲说：

“我所管理的这把地狱的钥匙，
就是我的权利，并由于天上全能王
的命令，禁止把这金刚的大门开启；
‘死’站在这里把守，手持标枪，抗拒
一切强力，不被活的威力所压倒。
可是全能的王恨我，把我从天上扔下，
扔进这幽暗深沉的地府，把我
幽禁在这儿，担任这可恨的职务，
我是一个天上的居民，天所生的，
为什么要在这里受永久的痛苦，
四周围绕着我亲生的骨肉冤家，
咬啮我肝肠的各种恐怖和纠纷？
我为什么要遵守他的命令呢？
你，我的父亲，我的创造主，
你给了我生命，除了你，
我还该听从谁，跟着谁走呢？

你很快就要带我去光明幸福的
新世界,快乐地住在众神灵中间。
我将坐在你的右手,君临那里,
纵情享乐,不愧称为你的女儿,
做你的情人,天长地久,永无绝期。”

871 她这样说着,便从身边取出
那不祥的钥匙,人间万祸的媒介,
向着大门转动她的兽尾,将巨大的
格子吊闸,高高地拔起来。
那吊闸坚固、沉重,除了她,
即使用全地狱天使的力量也拔不动;
随后她拿钥匙放进锁眼里,
旋开了复杂的弹簧,轻轻松开
所有铁铸石炼的门鼻、门闩,
哗的一声,地狱的大门忽然开了,
因为用力过猛,造成反跳,
使得门键上的粗粝声响如雷鸣,
连地狱最深的底层都震动了。
她开了门,但没有力气再关上,
所以大门洞开着,大张旗鼓的大军,
战马兵车并列的队伍都可畅通无阻,
好像一个洪炉张开大口,
喷吐出浓烟和深红色的火焰。

890 忽然间,在他们眼前出现

一片茫茫混沌的神秘景象,
黑沉沉,无边无际的大海洋,
那儿没有长度、阔度、高度,
时间和地点也都丧失了;由于
最古老的“夜”和“混沌”,“自然”的始祖,
从洪荒太古就掌握了主权,
在没完没了的战争喧嚣、纷扰中,
长期保持无政府状态,
并依靠混乱、纷扰,以维持其主权。
冷、热、燥、湿四个凶猛的战士
在那里争霸,还带了未成形的原子
去参加战争。那些原子围绕各自党派的
旗帜,荷着各种各色的武器,
或轻、或重、或尖、或平、或快、或慢,
群集纷纭,多如巴卡或西陵①
热地上的沙,被招收来加入斗争的风,
加重了他们轻捷翅膀的重量。
混沌王坐着作裁判,由于他的判决,
增加了混乱,他靠混乱而统治。
其次是“机会”,作为高级裁判,
总管一切。这个狂乱的深渊
是“自然”的胎盘,恐怕也是坟墓,
既不是海,也不是地,不是风,
不是火所构成,而是这些元素的

① 巴卡(Barca),也称西陵(Cyrene),在非洲北部的沙漠地方。

纷然杂陈，产生了原子，
因此必然不断纷争、战乱，
一直到那万能的创造主把它们
用做黑色的材料去建造新世界。

917　那时那深思熟虑的魔王站在
地狱的岸边，向那狂乱的深渊
观看了一会儿，思虑前去的航程，
因为他要渡的不是普通渡口。
他耳中听到的那猛烈的破坏声，
以小喻大，不弱于别洛娜的暴风雨，[1]
用破城的大炮或摧毁京城的
攻坚器械，轰隆的响声；或者是
天的框架倒塌了，这些元素分裂了，
从地轴处，硬把坚实的大地崩裂了。
终于，他张开广大的翅膀，
像巨帆一般，乘涌起的烟波，
蹴地而起飞。他飞过几十里后，
坐上了云椅，傲然而乘云上升。
但不久云椅忽然散了，于是
遇到了一个大真空，觉得自己双翼
徒劳地振拍，直坠落万寻之深，
幸有一团乱云升上来，

① 别洛娜（Bellona）是罗马神话中的女战神，战神玛尔斯（Mars）的妹子或妻子。

其中蕴藏着火种和硝石，
把他托住，再往上带到原来的高度。
否则，他到现在还在坠落的途中。
他的狂暴平息了，消失在一个沼泽的
流沙里，那不是海也不是陆地，
他脚踩泥淖，几乎要沉下去，
半走半飞地，拼命往前奔。
这时节，他需要桨，需要帆；
好像鹰狮格里芬，看见偷金贼①
独眼龙窃取他所监守的黄金时，
急忙忙飞过旷野，越过山谷和沼地。
那魔王也这样急忙忙，越过
低洼、险峻，经过平直、崎岖、
茂密和空蒙，用头、手、翼、脚，
拼命赶路前进，或泳、或潜、
或涉、或爬、或飞。终于听到
一片震耳欲聋的喧哗声，
粗野、混乱、聒耳的噪音，传到
空无所有的黑暗中来，侵袭他的耳朵。
他却不怕，大胆地急速向响处去，
希望能遇见下界的精灵或天人，
好打听从黑暗到光明，哪条路最近。
终于望见“混沌”的宝座和他那

① 鹰狮格里芬（Gryphon）是半鹰半狮的怪物，监守黄金。在欧、亚北部有一种独眼人种偷了格里芬的金子去装饰头发，因而斗争不止。

阴沉的大天幕广被在狂乱的大海上。

962 　　跟他同坐的有黑衣的“夜”，
她是万物的老大姐，混沌王的妻子，
旁边站的有奥迦斯、阿得斯①
和可怕的狄摩高根。还有“谣言”②
“投机”“骚扰”“混乱”，乱纷纷，
混成一片，外加千嘴的“吵架”。
撒旦大胆地向他们这样说道：
“你们下界深渊的掌权者、天使、
‘混沌’和古老的‘夜’啊！
我来不是要侦探你们国中的秘密，
或者从中扰乱你们，而是不得已，
为要走向光明，经过你们广大的
帝国，孤单一身，没有引路人，
几乎迷了路，在黑暗的旷野中彷徨；
你们的幽冥地和天国接壤，
想请教哪一条是通天国的近路。
如果我能寻到那个地方，
对于你们大有好处，因为我到了
你们的失地，便把窃据者全都
驱逐出去，恢复原来的幽冥，
并且把统治权归还你们，

① 奥迦斯（Orcus）是罗马神话中地府之神；阿得斯（Ades）是希腊神话中地府之神。

② 狄摩高根（Demogorgon）是个神秘的怪物，有力气能使全地狱震动。

重新树立起古老的‘夜’的旗帜。
这就是我这次来的目的，
你们得到全部利益，我得到复仇。”

988 撒旦说罢；那混沌老王
声音抖颤，容色不安地回答道：
“客人啊，我知道你是谁，
是最近背叛天神的大能天使长，
可惜没有成功，这事我亲见亲闻。
因为这么多的军队纷纷逃往
深渊时不是静默无声的，
它使这幽冥界尽都惊骇，
毁灭上加毁灭，溃败上加溃败，
紊乱上加紊乱；天门里倾注出
千百万乘胜追击的庞大队伍。
我住在这片领地里，尽力保持它，
这古老的‘夜’的主权一天天缩小，
因为内讧频仍，致令四面八方
都向我蚕食；首先是地狱，
拘禁你们的地狱，从下方
向我们拓展广大的地盘。
其次是天和地，也向我侵占，
最近你的部队坠落下去的
天的一边，有金链系着另一世界，
就悬挂在我的头上！现在你
所要探寻的若是那个世界，

那就不远了，这是你最后的冒险了，
去吧，祝你成功！破灭、
掠夺、毁坏，都是我的收获。”

　　他说后；撒旦踌躇满志，
一时说不出话来，心里高兴，
他的苦海竟有了边，重新振起精神，
恢复气力，升腾而上如一座火的高塔，
飞入狂乱的混沌界，在四周都是
诸元素纷争冲突的夹缝中夺路而前。
其艰难与危险，更甚于阿尔戈斯船①
穿航在两岸巉岩的博斯喜鲁斯海峡中间；
更甚于攸力栖兹左舷为避开巨魔②
加里布提斯，沿着右舷漩涡而航行。
他正是这样在艰难危险的围绕中
奋勉、辛苦而前进，前进而奋勉、辛苦。
到了他渡过这一关，继着是人类坠落，
便起了奇异的大变化！“罪”和“死”
也急速追踪而去，这是天的意志，

① 阿尔戈斯(Argos)船是希腊神话中第一大船，为造船师阿尔戈斯所造。伊阿宋(Jason)率众力士盗取金羊毛后，乘此船而归，路经黑海入口处的海峡，峡的两岸巉岩耸立，船过时两岩夹击，船便粉碎。但伊阿宋得赫拉女神之助，幸而脱险。

② 攸力栖兹(Ulysses)即奥德修斯(Odysseus)，攻打特洛亚的希腊联军中的智多星，著名的木马计是他设计的，最后攻破强大的城。胜利后归国，由海路经墨西拿海峡，左边有凶猛的怪物加里布提斯，右边有急漩涡，在左右为难中，凭他的聪明，巧渡险峡。

在他的脚迹后面，铺成一条宽广、
平坦的道路横贯在暗黑的渊面上，
沸腾的深渊支起一条奇长的大桥，
从地狱到脆弱人类居住的星球，
由这条桥，坏天使可以往来无阻，
去把人类引诱或施刑，除非有
天神和善天使的殊恩保护。

1032 现在那神圣的光明余波终于出现，
从天壁，把曙光远射到黑暗的"夜"。
从此"自然"开始划定界线，混沌退避，
好像败敌从第一道防线后撤，
扰乱和战斗的动乱一时平息。
于是撒旦少劳而心安，如一叶扁舟
在熹微的晨光中，平浮在静波上。
又如舟行出险，虽然桅绳船具破败，
却欢欢喜喜地进入港内时一样。
他那时在空气稀薄的太虚中，
舒展开他的双翼，悠然遥望最高天，
一个广阔无际的地方，不辨是圆是方，
有乳白色的塔楼和城堞，饰着碧玉，
那里曾是他的故居之所在；在那近旁，

就是用金链条悬挂在空中的这个世界,[1]
好像月亮旁边一个最微细的星球。
他满怀怨恨,要去那儿复仇,他诅咒,
并在这诅咒的时辰,急忙前进。

① 这个世界——地球用金链条悬挂在空中的设想,出自荷马《伊利亚特》第八卷,主神宙斯对群神说:“你们可以从天上挂下一条金链,大家合力去拿住那一头。无论你们怎样用力,也决不能把我宙斯从天上拉下地去。可是我只要一动手,把我的一头一拉,就可以把你们大家连同大地、海洋什么都拉上去。然后我把那链条拴在俄林波斯山的尖顶上,使一切东西都悬宕在半空中。”

第 三 卷

神子声言自愿为人类赎罪;撒旦飞向乐园

提 纲

上帝坐在宝座上望见撒旦正飞向这个新造的世界,把他指给坐在他右手的独子看;预言撒旦要诱惑人类,使之坠落的阴谋会成功;人原本是自由的,能抵抗诱惑,清扫一切对正义、智慧的诽谤。他还宣称:人的犯罪,不像撒旦那样出于恶意,而是被诱骗而坠落的,因此要对人施加慈恩。神子对他父亲的施恩于人表示赞赏。但上帝又宣称:如果神的正义不得满足,慈恩还不能给人,因为人有野心,觊觎神格,有渎神格的尊严,难免一死,而且累及子孙;除非有人为他替罪受刑。神子声称自愿舍己为人赎罪;圣父赞赏他,预定他将化为肉身,并宣称他的荣名高于天地之间一切的精灵;叫全体天使向他礼赞,一时琴声大作,伴奏大合唱,颂扬祝贺圣父、圣子。与此同时,撒旦歇翼于新宇宙的外缘,一片荒地上,在那儿彷徨了一阵,看见被称为“空虚边境”的地方,有人与物向那边飞升;继着,描写可用梯子攀登的天门和苍穹上面的水流。他再飞到太阳球,遇见管理太阳的尤烈儿。他先变形作下级天使模样，假装热诚，要瞻仰一番新世界和住在其中的人，并探问人的住处。他受到尤烈儿的指点，便向乐园飞去。首先降落在尼法提斯山上。

　　美哉！神圣的“光”，上天的初生儿！①
把你写成与无疆共万寿的不灭光线，
谅必不算渎圣？因为上帝就是光，②
从永劫开始就住在不可逼近的光里，③
因为他住在你里面，那么你就是
辉煌素质所固有的辉煌的流光！
或者称你为纯净空灵的光之流，
谁知你的源泉在哪儿？未有太阳，
未有天以前就有你了，由于上帝
一声号令，你便像一件大氅披盖④
那从空虚、无形无限中新兴的，
黑暗、深沉、苍苍茫茫的新世界。⑤
我如今又大胆地鼓翼重来寻访你，
我虽然久被拘留在幽暗里面，
但当我逃离那冥湖，长途跋涉

① 上天的初生儿，据《创世记》第1章，上帝创造天地，第一天把光叫出来。从第1—55行是诗人的抒情插曲。

② 上帝就是光，《约翰一书》第1章第5节：“上帝就是光，在他毫无黑暗。”

③ 不可逼近的光，《提摩太前书》第6章第16节：“就是那独一不死，住在人不能靠近的光里。”

④ 一声号令，《创世记》第1章第3节：“上帝说：‘要有光’，就有了光。”这意味着，未有天地之前，光就已经存在，一叫就出来了。

⑤ 此句指黑暗而深沉的大水，《创世记》第1章第1节：“上帝创造天地，地是空虚混沌，渊面黑暗，上帝的灵运行在水面上。”

阴暗的旅程，飞过全暗和半暗的①
境地时，唱着天庭诗神所教的新曲，
与俄耳甫斯的竖琴所奏的不同调子，②
歌咏“混沌”和“永恒的夜”，
翱翔着，先向下方幽冥界降落，
再向上方返航升起，冒险飞进。
如今安然向你重访，感觉到
你那回生的明灯；可是你却③
不再照顾我这双眼睛，它们只④
徒劳地回转着寻求你那尖利的光线，
却没找到黎明；如此浓翳厚障
蒙住我的眼球，使它们暗淡无光。
可是我仍雅爱圣歌，逸兴遄飞，
不断地徘徊在缪斯所常临的
清泉、深林和日光照耀的小山，
尤其是你，锡安山，以及你山下⑤
百花竞艳的清溪，冲洗着你的脚，
低吟潺湲的地方，我每夜必到。
我也忘不了另外两位和我

① 全暗和半暗的，全暗指地狱，半暗指混沌界。

② 俄耳甫斯(Orpheus)，希腊神话中叙事诗女神卡里俄珀的儿子，荷马以前的最大诗人，有鬼才，从阿波罗处得竖琴，从缪斯处学音乐。

③ 回生的明灯指太阳。

④ 弥尔顿四十三岁，由于白内障，双目失明。这一段抒情诗插在长诗里，打破长诗的体例，诗句壮丽，音调高雅，为无韵诗的奇葩。

⑤ 锡安山是大卫得灵感的山。山下有西罗亚清溪缓流。弥尔顿常于深夜和清晨有感而赋诗。

同命运，声名相似的人，
盲人撒米利斯和美奥尼得斯，①
以及古先知太利夏斯和菲纽斯。②

37 以能激起微妙和声的思想
为食饵，好像那不眠的鸟儿③
在暗夜中歌唱，隐身于浓荫密林，
独自谱奏她那夜的歌曲：这样，
一年四季不停轮转，但白昼总
轮不到我，无论清晨的或黄昏的
赏心乐事，或春天的百花，
或夏日的蔷薇，或羊群，或牛群，
或圣贤的面容，都光临不到我。
只有阴云和无穷的黑暗包围着我。
人世间享乐的一切渠道都断绝了，
美丽的知识书本，大自然的杰作，
到我这里便成消削了的无字书，

---

① 撒米利斯（Thamyris），赛雷斯古诗人，曾大言与九诗神赛诗而胜，诗神怒而夺其视力，歌才全失，手指也不知怎样弹琴了。据说是多利雅派音乐的创始人。

美奥尼得斯（Maeonides），古希腊盲诗人荷马的别名。他生在小亚细亚的美奥尼。

② 太利夏斯（Tiresias），忒拜著名的先知兼诗人，因为看见了阿董尼（Adonis）沐浴，被女神罚为盲人，七雄攻忒拜时，他预言守军将胜利。

菲纽斯（Phineus），赛雷斯王，著名的预言者兼诗人。因听后妻的谗言把前妻之子弄瞎了，被神罚为盲人，受怪鸟哈比的虐待，被阿各船的二勇士所救，他以他们航海的前途奉告，作为报恩。

③ 不眠的鸟儿指夜莺，弥尔顿称之为非常的好鸟。

智慧被关闭在这一重门外。
因此，我迫切需要你，天上的光呀，
照耀我的内心，照亮我心中
一切的功能，在那儿移植眼睛，
把那儿所有的云雾都清除干净，
使我能把肉眼所看不到的东西
都能看得清楚，并且叙述出来。

56　　这时全能的天父从天上，
从他所坐的高高的诸天之上的
清虚境，向下瞰视自己的作品
和作品的作品，都一览无余。
在他的周围，侍立着天上的圣者，
密如群星，得亲见他的容姿，
都有说不尽的至高幸福。①
在他的右手，坐着他的独生子，
是他自己荣光焕发的真象。②
在地上，他首先看见的是
我们的始祖父母，那时人类只有
他们二人，被安置在那幸福的园中，
喜获欢娱和爱恋的不朽果子，
无人阻梗的欢娱，无人争夺的爱恋，
独得天惠。其次，他俯视地狱

① 《马太福音》第5章第8节："清心的人有福了，因为他们必得见上帝。"
② 《希伯来书》第1章第3节："他是上帝荣耀所发的光辉，是上帝本体的真象……他洗净了人的罪，就坐在高天至大者的右边。"

和中间的深渊，撒旦正在夜国边境
薄暗微明的高空，沿着天国城墙飞来，
正想暂停疲劳的双翼，用两脚
踏上这个世界的外缘一片荒地，①
那外缘看来像是坚硬的土地，
包围着它的不是苍穹，不知是海
还是空气，一种未定形的东西。
上帝从一目望尽过去、现在、未来的
高处望着他，向独生子预言说：

“我的独生儿呀，你看见吗？
我们的仇敌是何等的狂怒暴跳，
无论是划定的界线，或地狱的门闩，
或锁链的重重加身，或茫茫深渊
的阻隔，都不能制服他；他好像
专心一致于拼死的复仇，终必
反倒祸及自己叛逆的脑袋。
现在他已经挣脱一切的枷锁，
奋翼飞到天国附近的光明界，
计划直接飞向那新造的世界，
安置人类的地方去，将在那儿
试用暴力把人灭亡，或用更坏的
阴谋诡计，设陷阱使他坠落，

① 这个世界的外缘，或宇宙的外缘，就是宇宙的外侧；苍天在宇宙的内侧，所以说“包围它的不是苍穹”。

人将受骗，因为人将听了那些
谄媚的谎言，很容易违犯
他所必须谨守的唯一禁令，
他和他不忠的子孙从此坠落。
这是谁的过失？除他自己还问谁？
他不知恩，他应有的一切都有了，
我凭正直公平创造了他，本可以
站得稳，然而也有坠落的自由。
我造大天使和天人也是这样，
不论站稳的，还是站不稳而坠落的。
如果不给以自由。只照不得已行事，
显不出本心的主动，那么凭什么
证明他们的真诚、实意、忠信
和挚爱呢？意志也好，理性也好
（理性也包括选择），若被夺去自由，
二者都变为空虚、无用的了，
二者成了被动，只服从不得已，
而不服从我，这样的服从，
有什么可赞赏？我怎么能高兴呢？

111 　　“因此，他们的创造是正确的，
不能归咎于创造者，或他们的造法，
或他们的命运；不要以为宿命
支配他们的意志，由绝对的天命
或高远的预见去安排。是他们自己
决定他们自己的背叛，与我无干。

如果我预见到，预见也不会影响
他们的犯罪；如果我没有预见到，
他们犯的罪也已形成，丝毫不减。
同样，他们的犯罪也没有丝毫
命运的动机，或命运的影子；
更无关我不变的预见，他们背叛，
一切由于他们自己的判断和选择。
因为我造成他们自由，他们必须
保留自由，甚至可以自己奴役自己。
否则我必须改变他们的本性，
收回给他们自由的不变成命。
他们自己决定自己的坠落。
坠落的天使，是自甘坠落，诱惑自己，
而人的坠落是受骗于前者，
所以人可以蒙恩，前者则不能。
我将施慈惠和正义，使我的荣光
得彪炳于天地之间，尤其是慈惠
将始终一贯地，永古光华四射。”

　　上帝这样说时，满天都弥漫着
天香，在蒙恩、被选的精灵中间
扩散着一种说不出来的，得未曾有的
喜悦的感觉。神子的仪态，
看来最为光辉灿烂，无可比拟。
天父的神性，在他身上显示出
实质，在他的脸上显现出一种

神圣的怜悯，无限的慈爱，
无可测量的恩惠；他对天父说：

144 “父亲啊，您最高的恩谕，
结句说人应该得到慈惠，纶音可贺；
为了这个纶音，天和地一齐都
高声颂扬赞美你，无数的天乐，
千万种圣歌和圣颂，响彻云霄，
清音袅袅，永久缭绕你的宝座。
难道人最终得失坠吗？人是你
最近心爱的创造物，您的幼子，
虽然因为他自己的愚昧无知，
难道竟受诡计蛊惑，就得沉沦吗？
您不会这样做的，这样做的不是您，
父亲啊，您是一切创造物的总裁判，
您的裁判没有不是公正的。难道
我们敌人的计谋就这样得逞，
使您的创造工程中途受挫折吗？
难道他的恶意得成功，而您的
善心终成一场空吗？或者，
他虽然罪孽加深，但已遂行报复，
得以意气洋洋地凯旋，并且把
受蛊惑的人类全都带到阴间去吗？
或者，把您所创造的作品毁掉，
原来是为了您的光荣而创造的，
如今竟为了他而前功尽弃吗？

这样,您的善心和您的伟大
都要受到怀疑和嘲讽,无可辩护。”

167　　伟大的造物主这样回答他:
“儿啊,你是我心中最大的喜悦,
你是我的怀中儿,是我的智慧、
我的言辞和实力的独生儿子,
你所说的正是我所想的,
全都合乎我所宣布的永久目的。
人不会完全失坠,愿者可以得救;
不过拯救不是出于他的意愿,
而是由于我所自由施与的恩惠。
我要再一次恢复他失去的权利,
虽然因犯罪而被剥夺、被奴役,
因为非分的妄想而蒙受污损。
只要他得到我的帮助,就可再次
使他能同死敌站在敌对的地位,
有我的帮助,他就会知道
他坠落的情形是何等的不妙,
也会知道他的拯救完全靠我。
其中有些人,我要赐给特殊恩宠,
被挑选来置于其他人等之上。
这是我的意志;其他人等,
要听我的呼唤,我要时时警告
他们犯罪的征兆,警告他们
要恰当地趁施恩的时机,止息

神的怒气;因为我将充分清除
他们阴暗的感觉,软化他们的
铁石心肠,能祈祷、悔改、适当的顺从。
这祈祷、悔改、适当的顺从,
只要能有真诚,我的耳朵并不迟钝,
我的眼睛也不会紧闭的。
我还要把公断者的良知安置在
他们的心里,作为他们的向导;
如果他们能听从它,而且善用它,
便会得到一个光明接着一个光明,
忍耐到底,安全地达到目的。①
在我这长久容忍的期间,
施恩的日子里,那些蔑视、嘲骂的,
将得不到恩惠;顽固的更加顽固,
盲目的更加盲目,他们必然失足,
愈陷愈深;慈惠只有排除这些人。
可是事情还未完了;人类不忠、
不顺服,破坏自己的信义,得罪了
天上的至高权,觊觎神性,②
这样就丧失了一切,想要赎罪,
再也没有什么剩余的本钱了,
有的只是判定的特重死罪,他
和他的子孙代代都要灭亡;

① 《马太福音》第10章第22节:“唯有忍耐到底的,必然得救。”

② 《创世记》第3章第5节:“你们吃的日子眼睛就明亮了,你便如上帝能知道善恶。”这是撒旦引诱夏娃的话。

他若不死，正义就得死；除非
有个具有强大能力和意志的人
为他作严峻的赎罪，以死替死。
天上的掌权者们呀，你们说，
我们将从哪里找到这样的爱？
你们中间有谁愿意化为凡人
去救赎人的死罪，用正义救不义？
全天庭中可有这样可贵的慈爱？”

217 他这样问了之后，天上的乐队
全部停止而肃立，全天充满寂静。
没有一个出来为人辩护、调解，
更何况为人赎罪，把违反神命的
死罪承担过来，加在自己头上。
这样，全人类得不到救赎，
都得失坠，由于严厉的审判，
定下死罪和沉沦地狱的极刑；
幸亏有满怀神圣慈爱的神子
出来为人调解，作中介人，
他用最诚恳的言辞这样再说一遍：

226 “父亲啊，您的话一言为定，
人将蒙受恩惠；何不想方设法
派遣您长翼的使者中飞得最快的
去遍访你的一切生灵，叫他们
都前来领受幸福，不受阻挠，

不等哀求,也不用请愿!
这样前来的人们,真值得庆幸!
否则,一经判罪而死,而且沉沦,
便永远不得救助;负债而破产,
赎买自己的东西都拿不出来了。
那好吧,请看我,我为他献身,
以命抵命,请把怒气发在我身上;
把我当作凡人看,我要为凡人而
离开父亲的怀抱,自愿舍弃
仅次于我父的光荣地位,甘愿
为他终于一死;任凭'死'把他
全部的愤怒都发泄在我身上。
在他的黑暗统治下,我不会
长久屈伏;您既把生命给我,
永远为我所有,我因您而活,
虽然如今我对'死'让步,凡我
应当死的一切,都算是他的所有,
但别让我所还的债,作为他的①
食饵,把我遗留在可厌的坟墓里,
别让我无瑕的灵魂,永远
住在坟茔里,与腐朽同居。
我将要胜利而再起,制胜我的
征服者,夺取他所夸耀的战利品。

① 《诗篇》第16章第10节:"因为你必不将我的灵魂撇在阴间,也不叫你的圣者见朽坏。"

那时，‘死’将受到致命的创伤，
拔掉他那致命的毒刺，解除①
他的武装，使他大大丢脸。
我将经过广阔的天空，获得
高天的胜利，把地狱俘虏，②
把黑暗的统治者绑扭示众。
您看见高兴，从天上俯瞰微笑，
那时，我由于您的提携，歼灭
一切敌人，最后歼灭的是‘死’，③
把他的尸首塞满了坟墓。
然后，我带领所赎回的大众，
进入久别的天庭，回家重见您的面，
父亲啊，在您面上，不再残留
丝毫愤怒的阴云，只有确定的和平
与和解：从那时起，您的怒气
消失了，在您面前的只有一片喜悦。”

266 他的言辞到此完了，但他那
温柔的脸容仍在静静地说话，
对必死的世人表示不朽的慈爱，
更焕发出对父亲孝顺的光辉。
作为牺牲，自甘献身的他，
等待他那伟大父亲的旨意。

① 《哥林多前书》第15章第56节：“死的刺就是罪。”“刺”一译作“毒钩”。
② 《诗篇》第68章第18节：“你已经升上高天，掳掠仇敌。”
③ 《哥林多前书》第16章第26节：“尽末了所毁灭的仇敌，就是死。”

全天庭都觉得惊奇，不知道是
怎么回事，为什么要这样做。
但全能的父很快就回答他说：

274 “啊，你为了那些在愤怒之下的
人类，在天上地下找到了
唯一的和平，啊，你是我唯一的欢喜！
你完全知道，我是怎么喜爱
我所有的创造物，对人也一样，
虽然他是最后造成的，为了他，
我舍得你离开我的怀抱和右手，
暂时失去你，去拯救失坠的全人类。
因此，把那唯有你能够救赎的
人的本性，加在你是本性上；
你自己要化为人的肉身，
生活在地上、凡人的中间，
到时候，要由处女怀胎，
来一个奇迹的出生：你作为亚当的
子孙，却代替亚当做全人类的头。①
由于他，全人类灭亡了；
由于你，第二条根子，将被恢复，
凡能恢复的都恢复，但没有你不成。
他的罪行使他的代代子孙都受罪，
你的功德为他们替罪，只要

① 《哥林多前书》第11章第3节：“基督是各人的头。”

他们把自己的正义与不义的事业
都打消，将自己移植在你身上，
从你那里承受新的生命。
这样，一个最公正的人救赎了人类，
被判决而死，死而复活，
而且和那些用自己宝贵的生命
赎来的同胞兄弟一同起来。
这样，天国的爱，战败了地狱的恨，
因他献身而死，以死来救赎；
如此高价地救赎了地狱憎恨
所轻易摧毁的人，而那些可以
受恩而不去接受的，继续受摧毁。
你虽然从天上降生，取得人性，
却没有减少或降低自己的本性。

“因为你本来位极群神，和上帝
相等，同他一样享受神的至福，
却舍去一切，为了救赎一个
被宣判沉沦的世界，与其说
你生而为神子，毋宁说凭功德，
你的善心最有价值，伟大和高贵；
在你身上慈爱比光荣更为丰盛。
因此，你的谦逊把你的人性
也高举起来，举到你这个高位；
在这个高位上，坐着你的肉身，
在这个高位上，你将治理神和人。

你是神子又是人子，将受膏封为
宇宙万物的王；所有的权柄，
我都赐给你，永久归你治理，
确定你的功勋；任命你作为
众首领的首领，一切得位天使、王者、
掌权者、领主，都归你的手下：①
无论是住在天上、地上、地下阴间的
都得向你屈膝。你将率领
华光四射的从者自天而降，
显现在云端，派遣传令的大天使
去宣告你召开森严可怕的大法庭，
命令四方生灵，以及一切过去
各时代死去的死者都赶来，
参加这个最后的大审判，
喇叭的响声将把他们从长眠中唤起。
于是，你的一切圣徒云集，你要
审判一切的坏人和坏天使。
他们被起诉的，将在你的判决下，
投入地狱；地狱的人数满时，
就把它永远关闭。同时，要
火烧这个世界，从它的灰烬中
造出新的天地，为正义所居住。②
在长时期的苦难之后，可以得见

① 得位天使、王者、掌权者、领主，都是天上大天使的不同称号。

② 《彼得后书》第3章第12—13节："在那日天被火烧就销化了，有形质的都要被烈火熔化；但我们照他的允许，盼望新天新地，有义居在其中。"

黄金的功绩所产生的黄金日子，
带着喜、爱和美的真理而凯旋。
到那时，你可以把王杖抛弃，
因为从此以后，王权不再需要了，
上帝本身无所不有。但是，
众神们，都要尊崇他，他为此而死，
尊崇神子，尊敬他和尊敬我一样。”

344 全能神的话一说完，
天使之群便全体高呼喝彩，
响亮如成千上万人的呼喊，
美妙如祝福的温语，
都表现喜悦，欢声响彻钧天，
嘹亮的“和散那”充满永恒的国境。①
向两宝座鞠躬深深，庄严礼赞，
严肃恭敬地把黄金和不枯花②
编成的花冠，投掷在地上，
那永荣不枯的花，最初曾在乐园
生命树旁开始含苞，后来因为
人的犯罪，被移栽在天国里，
在那里生长开花，高处的花树

① “和散那”(Hosannas)的呼声有赞美、求救的意思。“永恒的国境”指天国。

② 不枯花是地上没有的花，传说花枯时加水便又鲜艳如初。把花冠掷地表示恭敬，参考《启示录》第4章第10节。

荫庇生命之泉,荫庇那条①
横贯天国中部,流经极乐花野,
转为琥珀之泉的祝福清川。
被选的精灵们用这永不凋枯的花
扎在用光线缠绕的灿烂鬓发上。
在碧玉之海般的璀璨的地面上,
在投掷得密密稠稠的花冠中间,
反映着紫色的天花蔷薇在微笑。
然后,他们重新戴上花冠,
拿起黄金的竖琴,琴弦永远调好,
发着光辉,像箭袋一样佩在身边,
从美妙动人的交响序曲开始
他们的圣歌,挑醒高度的欢喜。
那乐歌中没有噪音,没有不谐之声,
只有美妙的和声,构成天上的仙乐。

372 他们首先歌颂您,天父,全能、
不变、不死、无限、永生的王;
颂扬您,万物的创造主,光的源泉,
您自己隐身在那荣耀的光明里,
坐在那不可向迩的宝座上,无人
能见,但当您把煌煌炫目的光辉

① 《启示录》第22章第1—2节:“当中一道生命水的河,明亮如水晶,从上帝和羔羊的宝座流出来。在河的这边和那边有生命树,结十二样果子,每月都结果子。”

隐去，引来浓云围绕圣身的四周，
您居云中，犹如一个光的神龛，
从异常的光中露出黑的衣裾，①
使全天庭炫目，使最光辉的
撒拉弗天使也不敢逼近，
只好把双翼来遮掩双睛。
其次，他们歌颂您，第一个创造物，
独生子，神的肖影，在他那
清秀的容颜上，并无云彩遮掩，
显露出谁也不能见的全能神
所发出的光辉，他的荣光
辉映在您的脸上，他那
精深博大的精神转移在您身上。
他借着您创造诸天中的天，
以及其中的一切掌权者，
借着您把野心、图霸的天使
摔下天庭。在那一天，您不惜
您父的可怕雷霆，也不停止
您那火焰熊熊的战车的巨轮，
使天国永固的结构都震动，
在叛乱天使的颈项上驰驱而过。
追击归来后，您的从属权贵，
都高声颂扬您，称您为
天父威力之子，向他的仇敌

① 过分光亮使人目眩而成黑。

进行了猛烈的复仇。对人却
不这样,人是由于被陷害
而失坠的,天父怜悯而加恩,
您对他并不加严厉的审判,
却倾向于多加同情哀怜。
您亲爱的独生子见您对人
不加严刑,却倾向于同情,
便想平息您的怒气,终止您
容颜上所表现的慈悲与正义之争,
不顾自己仅次于您的位置与幸福,
甘愿舍身,为人的罪孽而死。
啊,无可伦比的爱!无愧于
神圣的爱呀!善哉!神子,
人类的救星!从今以后,
您的圣名成为我诗歌的丰富题材,
我的竖琴将永远不忘对您的
赞美,也不会不参加对您父的赞美。

416 他们在高天上,在群星灿烂的
诸天上面,这样歌颂、欢娱,
正过着快活的时辰,
撒旦降落在这个圆形世界①
坚硬而粗糙的球面上行走,

---

① 这个圆形世界是指宇宙,不是地球。当时撒旦还只到达宇宙的外缘,就是“球的表面第一层”,与“混沌”“夜”的分界处。

球的表面第一层和下面光辉诸圜
分界,以防止“混沌”“夜后”的入侵。
它远看像个球,但就近看来,
像是茫无际涯的大陆,黑暗、
荒芜、凄凉,在无星之夜的颦眉下,
不断威胁着的“混沌”界的风暴,
构成四围险恶风波的太空。只有
一侧,却得薄明大气幽光的反射,
虽然距离天国的城垣也不近,
但受到猛烈风暴的侵扰却较少,
那魔王自由自在地在那大地上阔步。
好像一只伊马乌斯山上生长的秃鹫,①
在雪岭围绕着鞑靼人流浪的地方,
因为缺乏食饵而到放牧羊群的
诸小山上去,吃饱了羊羔的肉之后,
飞向印度恒河或印度河的发源地;
途中降落在丝利刻奈的荒野,②
那儿的中国人用风帆驾驶藤的轻车。
魔王也和这鸷禽一样,独自徘徊在
多风的海洋一样的大地上寻觅食饵。
他真觉孤单,因为那里还找不到
其他生物,不管是活的或是死的;

① 伊马乌斯山(Imaus)即雪山,在中国的西部。

② 丝利刻奈(Salicana)的荒野,据十七世纪出版的黑凌的《世界志》说,在中国的西部,是“丝绸之野”的意思,希腊文丝绸叫“丝利刻姆”。该书说中国是个平原国,大小藤车用风帆驾驶。

只是后来，罪恶用虚荣填满了
人的事业，才从地上升起一切
缥缈虚幻的东西，像飘浮的
气体一般升腾到那里：包括一切
虚幻的东西，以及一切把他们的
光荣希望、不朽声名、今生来世的
幸福都建筑在虚无缥缈上的人们。①
有些人在今世得了酬报，即可悲的
迷信和盲目的热狂所结的果实，
只追求凡人的称赞，和他们的
空虚行为相称的酬报，空虚。
自然所未完成的工程，流产的、
畸形的、杂七八糟混合一起的，
在地上消灭了，都飞到这里来，
在这里徒然彷徨，直到最后破灭；
有些人梦想，寄托在邻近的月球上，②
那也是荒谬的。在那银色的世界里，
有近乎真实的居民，有超升的圣者，③
有介乎天使和人类之间的中性精灵；

① 这里是宇宙的外缘，“地狱的边缘”或“愚人的乐园”的所在地。地狱的边缘在西方是家喻户晓的“limbo”，为基督降生前的好人死后所在地。但丁《神曲》的地狱第一圈的“候判所”就是。但丁把他的limbo放在地底下，弥尔顿把它放在宇宙的外缘。

② 这是阿里奥斯托（Ariosto）的说法。他把他的limbo放在月亮世界的山谷里，地上无用的东西都像垃圾一样，堆在那里，见《疯狂的奥尔兰多》。

③ 超升的圣者是活着升天的，如《创世记》第5章第24节提到的以诺，《列王纪下》第2章第11节提到的以利亚。

有神的众子和人间女子所生的[1]
巨人族，首先从古代世界来，当时
很出名，还带来了许多虚空的功业。
其次是示拿平原上巴别塔的建筑者，[2]
他们还有虚空的计划，如果还有
材料的话，还要建筑些新的巴别塔。

469　　此外还有些是单独来的。
有个恩披多克斯，为要使人信他是神，[3]
愚蠢地跳进伊特拿的火焰。
还有个克略姆柏洛图，为要享受[4]
柏拉图的“极乐”而跳进大海。
此外还有很多，说来太噜苏，
无非是些未成熟的，痴呆的，

---

① 《创世记》第 6 章第 4 节：“后来上帝的儿子们，和人的女子们交合生子，那就是上古英武有名的人。”《复乐园》第一卷第 368 行，第二卷第 179 行把神的众子称为坠落天使。

② 《创世记》第 11 章第 3—9 节，说挪亚的子孙在示拿平原住下，计划造城和塔，塔顶通天，后因口音变乱，没有造成通天高塔。那城就叫“巴别”，意思是变乱。

③ 恩披多克斯(Empedocles)，公元前五世纪时生在西西里的希腊哲学家、诗人兼政治家，自信魔术和预言是超众的，要人信他被神接去，投身于伊特拿火山口。后来因他穿的一只铁靴被喷出喷火口，被揭穿了。

④ 克略姆柏洛图(Clemprotus)，希腊哲学家，因慕柏拉图在《斐陀》中描写的“极乐”，相信灵魂不死，来生比今世好，因此跳水，希望早日到极乐去。

穿着黑、白、灰色衣的隐士①
和托钵僧，都有骗人的假法宝。
其中有的在这里云游巡礼，
曾到各各他去寻觅那活在天上的②
死人，为要证明自己确实去
极乐天堂，临终穿上圣多明我派
或圣方济派的袈裟，误以为
这样打扮就可通行无阻。
他们通过七星天，通过“恒星天”，
通过那权衡黄道振动均势的
“水晶天”，并且还通过“原动天”。③
圣彼得站在天堂的边门口，④
手拿钥匙，像是在等待他们，
正要举步登上天堂的阶梯时，

① 罗马教的托钵僧中穿黑衣的是多明我派(Dominic)，穿白衣的是伽美尔派(Carmelites)，穿灰衣的是圣方济派(Franciscan)。假法宝就是念珠、遗骸、赎罪券等。

② 各各他(Golgotha)，耶稣被钉死的地方，在耶路撒冷附近。公元四世纪罗马皇帝君士坦丁的母亲希利娜在那里建庙，为巡礼的圣地。新教徒不巡礼，说耶稣已复活在天上。《路加福音》第24章第5—6节：“为什么在死人中找活人呢？他不在这里，已经复活了。”

③ 弥尔顿依照旧天文学的概念，说这宇宙有十层天，最近地球的是“七星天”，其外有“恒星天”，是第八层，第九层是“水晶天”，它的作用是平衡黄道的振动，是由透明如水晶的水所成的。第十天是“原动天”，是诸星天运动的起点，是由坚硬的物质构成。“原动天”之外就是宇宙的外缘了。

④ 圣彼得是十二使徒之一，罗马教认为他是最初的教皇，他掌握天国的钥匙。弥尔顿说他站在天堂的边门口，有讽刺意。把他写成可笑地位的人物。因他认为当初耶稣对彼得说“我把天国的钥匙交给你”(《马太福音》第16章第19节)是比喻的说法，和罗马教的解释不同。

看吧！一阵猛烈的横风
从左右吹来，把他们斜吹到
十万里外的远空中去：那时
看见僧帽、头巾、袈裟，
连同它们的穿戴者一起被吹翻撕烂，
还有圣骨、念珠、免罪券、
特免证、赦罪证、训谕，都成了
风的玩具，全被高高卷起，
飘过这世界的背面而远落在
广大的地狱边缘，被称“愚人的乐园”，①
很久之后将是家喻户晓的，但是
现在却是人迹不到的地方了。
魔王走过这整个黑球，在长久的
漫游之后，终于发现一线曙光，
便加紧他的步伐，向那边走去。
他遥远地望见一座高大的建筑，
从它那宽大的阶梯拾级而上，可以
上达天国的城垣，在它的顶上，
像有宫门，比王宫远较富丽的建筑，
它的正面镶有金刚石和黄金；
大门上密饰着东方的珠宝，闪闪发光，
不是人间的浓淡画笔所能描绘的。

① 中世纪斯可拉学派认为地狱边缘有三种乐园：“圣者的乐园”“初生儿的乐园”和“愚人（或虚荣者）的乐园”。弥尔顿取其第三者。

那阶梯，像是雅各逃离以扫，①
往巴旦亚兰去的途中，在路斯的
野地里露天宿夜时梦见的，
一队队灿烂的天使卫士
上去下来，醒后叫道："这是天门。"
阶梯的每一级都有神奇的寓意，
也不永久固定在那儿，时常
被拉到天上去，不见踪影。
下面是一片晶莹的海，似从
碧玉或珍珠的溶液流漾而成的，②
后来从地球上来的，必经此海，
由天使驾帆而来，或乘火马
拉的轻车飞越水面而来这里。
那时，这阶梯正放下，这或者
是故意对魔王示意，登天并不难，
或者是为增加他被摈福门外的悲伤。
门的对面，正在幸福乐园的上方，
有条广阔大道，下通人世地球，
它的广阔远非后来通到锡安山顶的
大道可比，也远非通往上帝

① 雅各和以扫是孪生兄弟，以扫是长子，雅各却用诡计骗得长子的名分，得了父亲的祝福，以扫要杀死他，他便逃往哈兰，路上经过一个地方，太阳落了，便露宿那里，梦中见有梯子通天，天使们上上下下，上帝在天上对他说话，说他的子孙要像地上的沙一样多。醒后说，这原来是天的门。故事见《创世记》第27、28章。

② 此处"'碧玉''流漾而成的''晶莹的海'"即"水晶天"。

所爱的“应许美地”的大道可比。
在后一条路上，天使们时常
受命往来走访那些有福的种族，
上帝也垂青顾盼，从帕内亚斯，[1]
约旦的河源，直到别士巴，[2]
就是埃及与阿拉伯岸中间的圣地。
那大道的广阔，像围住大海洪波的
堤坝，连绵到“黑暗”的边界。
用黄金铸成的梯级上达天门，
撒旦那时攀上天梯的下段，
向下面一看，忽然见到这
整个世界的奇景，十分惊叹。
好比一个侦察兵彻夜冒险在
黑暗的荒野上摸索前进，
终于在破晓的熹微中，到达
一个高耸的山崖顶上，没想到
骤然瞥见异国的好风光，
或瞥见一个著名的都城，[3]
点缀着亭台楼阁的辉煌尖顶，
镀上旭日的金辉，光灿晶莹。

552 那恶魔，虽然曾见过天庭，

① 帕内亚斯(Paneas)，在约旦河的发源处，巴勒斯坦北端的城市。

② 别士巴(Beersaba)，巴勒斯坦南端的城市。

③ 著名的都城，和《复乐园》第四卷第50行以下所描写的比较一下，可以说是罗马。

却也觉得惊异;他看到了
全世界是如此美丽,便妒心
横生,更甚于惊叹。他向四方巡视,
因为他站的位置远高出夜之阴影
所张的天幕之上,看得很清楚,
从东头的天秤星座,到水平线外
远离大西洋的肩负着仙女宫的①
白羊星座。他再从这极到那极,
纵览无遗。随后便奋翮而下,
向这个世界的第一区域疾飞,
从无量数的星辰中间绕道而飞,
通过清鲜澄洁的空气,飞得平稳;
繁星璀璨,远看只是闪亮的星星,
但就近看来,又似各别的世界,
或者是幸福的岛屿,好像那些
古来驰名的海斯帕利亚花园,②
里面有快乐的田野,小森林
和百花的山谷,是极其幸福的岛屿。
是谁住在那里,他不去问。
在群星中,金色的太阳最近似

① 仙女宫,星座名。希腊神话:仙女安德洛梅达原是个公主,因为母亲夸口自己比海的仙女更美,激怒了海神,把女儿判为海怪的牺牲品,被佩修斯所救而嫁给他,死后升天为星宿,名“仙女宫”。它的位置在白羊星座的右上方,好像被肩负着一般。从英国看,像是在大西洋之外。

② 海斯帕利亚花园(Hesperian Gardens)中有著名的金苹果,四个仙女和一条火龙守着它。神女赫拉嫁给宙斯时,地母该亚赠她仙女海斯帕利亚四姊妹,看守那栽有金苹果树的快乐花园。

天庭的灿烂，吸引他的眼睛；
他转向那个方向，飞过幽静的苍穹。
但很难说是向上或是向下，
是离心或是向心，是横飞或是纵飞。
在那儿，大日轮大放光明，
使那些卑微的星群密密麻麻地退避，
和他那威严的眼光隔着相当距离，
从远空发出光芒。众星宿
按着日、月、年的计数顺序，
有节奏地跳着星星的舞蹈而运行，
他们从各种不同的运动中，迅速地
转向太阳这个万物所喜爱的明灯，
或者是受他的磁光吸引而旋转，
他那光线给宇宙以温暖，
无形中静静地贯穿到内部，
把肉眼不可见的效果射入深处：
他那发光的位置安得真是奇妙！

588 魔王到了那儿便歇下来，
给太阳增加了一个黑点，就是
天文学家的望远镜也不能发现。
他在那里看见了说不出来的光亮，
地上的金、玉，都难与比拟。
各部分虽不相同，但都同样是
火烧着的铁一般，辐射着灼光。
若说金属，便是半黄金、半白银；

若说石类,便多半是红宝石、
橄榄石、红玉、黄玉之类,
是亚伦胸牌上闪耀着的十二块宝石,①
此外还有一种宝石,多半是想象的,
下界的炼金术士长期炼不出来的,②
或者和它有些相似的“哲学者之石”;
虽然他们技术高明,能缚住
滑头的赫耳墨斯,从海中唤醒③
善于变形的普洛丢斯老人,④
不加束缚,让他用蒸馏器来蒸发,
还他原形,也总是徒劳无功。
太阳这个大炼金术士,虽然
离开我们很远,但他的灵光一触,
再渗入地上的湿润,便能使这
黑暗的地区产生许多贵重的东西,
色泽光润,效果奇妙,那么,
这儿山野里出产的仙药,江河里

① 亚伦,摩西的哥哥,他的胸牌上有十二块宝石,代表他的民族的十二支派。详见《出埃及记》第28章。

② 中古时代的炼金术士想用铜、铁、水银等下等金属炼出金银来,或者炼出可医百病的,长生不老的仙药来,自信可以点石成金,称为“哲学者之石”。

③ 赫耳墨斯(Hermes)本是希腊的神使,管商业等。在罗马成为水银之神,水银圆滑易变。

④ 普洛丢斯(Proteus)老人,希腊神话中海神的海善管理者,他有先见之明,善于预言;但他又善于变形,不易被捕或被缚,到了真正无法脱逃时,才露原形,说出真正的预言。弥尔顿借他的变形,比喻万物的变化无穷,借他的原形比喻万物的本质。

流出服饮的黄金,又有什么奇怪?
那时恶魔在这里看了新事物,
并不眼花,他向远处、宽处看,
因为没有碍眼的东西,也没有阴影,
有的只是日光照彻;日光笔直地
向上照射,犹如正午时光由赤道
直照下来一样,所以不透明的物体
也不向那一个方向投影;加上
空气无比清澄,使他的远望眼力
更加敏锐。不久便有一个光明天使
站在他的视线里,那是后来
约翰也看见过在太阳中的那一个。[1]
虽然背朝他,但他的光辉并没遮隐;
太阳光线织成的金冠戴在头上,
同样闪耀着金光的鬈发,围绕在
长翅膀的双肩上,翻动如波漾;
他好像负有重大的使命,
一动不动地站在那里深思。

　　那不净的神魔,这时正高兴,
希望从他得到指点,好飞向
乐园,人类幸福的住处。
他的旅途终了,我们的苦难开始。
但他首先得改换自己的姿容,

① 《启示录》第 19 章第 17 节:“我(约翰)又看见一位天使站在日头中。”

否则是危险的，并且会误事。
于是他变成个年青的嗟嚼啪出现，
未到壮年，眉宇之间还显有
青春微笑的仙气，手足也都灵便，
风度翩翩，化装得极为巧妙。
冠下的垂发，涡卷而飘拂在两颊；
两翼彩色缤纷，再散上黄金，
他的束装是简便的羽衣，以利迅速飞行，
在他迈开庄重的脚步之前，手挥银杖。
他轻声地向前走，未走近时，
那光明天使就察觉到，受耳朵警告，
急速回过身来：马上就被认出来，
原来是大天使尤烈儿，上帝御座前
侍立听命的七天使之一，①
他的眼睛望彻遍天，下到地上
踏遍干与湿，跨越海与陆，
传达信息极为迅速。撒旦招呼他道：

654 “尤烈儿啊，你是上帝高高
御座前侍立的光辉七灵中的
第一位，是解释伟大圣旨，宣传
到整个最高天的，全体天使都
倾耳等候你的信息。如今，你

① 尤烈儿（Uriel）是神的光明的意思。七大天使或七灵，见《启示录》第1章第4节和第8章第2节。

在这里，大概就是领受至高者的
谕旨，有同样光荣的使命，
作他的眼目，常到这世界来巡视。①
我以不可名言的愿望，想去看看
他所创造的神奇作品，尤其是人，
他最喜欢最宠爱的人，为了人，
把这所有的作品安排得如此奇妙，
吸引我离开嗤嘧咱的歌唱队，
独自来此漫游。最光明的撒拉弗啊，
请你告诉我，在这些发光的星球中，
哪个安置人，哪个不安置人，
或者是这些星球都任他选住？
我想去找他，或者私下窥探，
或者公开瞻仰，看伟大的创造主
如何把世界赐给他，把这些
恩惠全部赐给他；我要借他
和一切物品来歌颂宇宙的
创造主，这是完全应该的。
他正确地逐出他的背叛仇敌，
到最深层的地狱去，为了弥补
损失，创造了这个幸福的新族类，
希望他更好地为自己服务。
他的一切部署都是贤明的。”

① 《旧约·撒迦利亚》第4章第10节：“这七个是耶和华的眼睛，遍察全地。”

681 伪善者这样说了,没有
被识破;因为人和天使都不善于
识别伪善,这是唯一无形的罪恶,
只有上帝知道,由于他的意志,
纵容它独步天上和人间。虽然
“智慧”是时常清醒的,但“疑心”睡在
“智慧”的门口,把责任委托给“单纯”;
“善良”看见似乎不坏的,就认为不坏;
这次尤烈儿就这样被骗了一回,
虽然他是太阳的管理者,又是
天上目力最灵敏的一位天使。
他对那卑鄙的诈伪者真心回答道:

694 “美丽的天使啊,你的心愿,
想要去见识一下上帝的工程,
借以歌颂光荣伟大的创造主,
这样的心愿不能说是过分而
受到非难。其他天人只以耳闻为
满足,你却在耳闻之外要求目见,
竟为此离开了天上的住处,
独自来到这里,这样的愿望,
愈被认为过分,愈值得称赞。
因为神的工程确实是奇妙,
见识它确是赏心乐事,而且
值得高兴地把这一切永记在心!
但是,有哪一个被创造的心,能知

造物总数？或了解无限智慧中
深藏的创造原因？我曾目见，
这世界实质不成形的块块，
听了神的话就变成这许多东西。
‘混沌’听从神的话，犷野的喧哗
镇静下去，广大无边的空间，
也有了界限；到神第二次发言时，
‘黑暗’就逃走了，‘光明’来照耀，
秩序从混乱中产生了出来。
从此，地、水、火、风等粗笨的
元素都赶快各归自己的地位去；
同样地，天上轻灵的第五元素①
也以各种不同的形式产生出来，
升到空中，滚成球形，正如你
所看见的无量数的星辰怎样运行。
它们各有指定的地方，各有轨道，
剩下的灵气，成了宇宙的城郭。②
你往底下看那个球吧，它的这半边
虽只是反射，是从这里照过去的光。
那就是人所住的地球，光的是昼，
相反的另一半球被夜所占领。
他的邻近有月亮（就是地球对面那

① 西方古代认为，地、水、火、风四行是万物的主要元素；此外还有第五元素就是以太，是轻清的灵气，它总是依圆形而运动着。

② 诗中的第十天是由灵气以太形成的。宇宙的外围，城郭是用以太筑成的。

美丽星球的名字),按时帮助他,
在半空中,每月绕他转一周,
终而复始,从这里借去的光
照耀着大地,依照盈虚圆缺、
嫦娥三相的形式照亮着地球,①
在她苍白的领域内控制着夜。
我所指的那个地点,就是亚当的
住所,乐园;那高大的森林
就是他的幽居处。你去吧,决不会
迷路。我要往我所要去的地方去。”

736 这样说后,他转过身去,
撒旦向他深深鞠躬,依照上等
天使的习惯;在天上没有忽视
礼貌和敬意的。他离开那里,
从黄道向下面地球的方向飞去,
为成功的希望所驱使,他在空中
打几个回旋,直向下面不停地飞,
飞到尼法提斯的山上才停下来。②

① 嫦娥三相是新月、半月、满月,也就是盈虚圆缺的形状。

② 尼法提斯山(Niphates)在美索不达米亚,幼发拉底、底格里斯两河的上游,在它的顶上可以俯瞰传说中的伊甸乐园。

第 四 卷

撒旦潜入乐园，被逮

提 纲

撒旦到了可以纵览伊甸乐园的地点，接近他所要到达的，反对神、人，独自进行大胆计划的地方。这时他自己陷于种种疑虑之中，恐惧、嫉妒和失望等许多的强烈情绪，盘踞在他心中；但最后把心一横，决定了罪恶的计划，径向乐园前进。乐园外景和地位的描写。他越过境界，化作一只鸬鹚，蹲在生命树上，乐园的最高处，环视四周。园景的描写。撒旦最初看见亚当和夏娃。他惊羡他们姿容的俊美和快乐的情景，决心要使他们堕落。偷听他们的谈话，知道园中知识树的果子是禁止他们吃的，吃了要受死的刑罚。他决定从这里着手，引诱他们违犯禁令。于是他暂时离开那里，另行设法进一步了解情况。同时，尤烈儿乘着一道阳光线下降，通知那管理乐园的加百列，说有一个恶魔，从地狱里逃出来，中午时分，装做一个善良天使，经过他所管天界，飞下乐园来。后来发现他在山上的疯狂暴戾的容态。加百列答应在天亮以前找到他。夜来临了，亚当和夏娃安排就寝。描写他们的住屋和他们的晚祷。加百列派出天使,分为两队,在园内巡逻;并指定两名强有力的天使去亚当的住屋,以免恶魔陷害睡眠中的亚当和夏娃;他们发现他在夏娃的耳旁,在她的梦中引诱她。恶魔当场被捕,带到加百列那里。审问时,他的回答很强硬;但因天上的示警,便飞出乐园。

啊,希望来一个警戒的声音,
就是那目睹天启的圣者,①
正当那恶龙第二次败北,②
气愤地下到人间来报仇泄恨时,
听到天上大声呼喊道:
"地上的居民有祸了!"
但愿现在再来这一声,
使我们的始祖父母受到警戒,
知道他们的隐敌即将来临,
可以及早躲避,免入致命的陷阱!
因为这时撒旦初次怒火中烧,
下到人间,作为人类控诉者以前的③
诱惑者,前来要把自己第一次

① 目睹天启的圣者,指约翰。据传说他在拔摩岛得天启而写《启示录》,时为第一世纪末。弥尔顿写地狱的伟观和撒旦的雄姿时,多得自该书。

② 恶龙即撒旦,在天上战争中被摔下去了。后来,他气愤地来到地上报仇泄恨,天上便发出呼声:"地上居民有祸了!"(见《启示录》12章)撒旦在《失乐园》是第一次失败,《启示录》所说的则是第二次失败。

③ 撒旦在第二次失败后,向上帝控诉人类。他诱惑人共两次,一在第一次失败后,诱惑亚当、夏娃,即控诉人类之前的一次;第二次是诱惑耶稣,即《复乐园》的题材,远在控诉人类以后的一次。

失败和溃逃地狱中去的怨气
都发泄在脆弱、无辜的人类身上：
他的大胆远征，勇敢沉着的成功
还不能说可喜，也没有夸口理由，
他正要着手一个阴险的企图，
像产前的阵痛，混乱的心胸
澎湃，沸腾，像一架魔鬼的机械
反跳过来，打在自己的身上。
恐惧和疑虑在混杂的思想中交拼，
把心中的地狱从底层扰乱，
因为从他心中带来了地狱，
并且围绕在他自己的四周，
他不能踏出地狱一步，正像
他不能离开他自己，也不能
用转换地方的手段以求逃离。
现在良知唤醒了沉睡中的失望，
唤醒了过去的惨痛回忆，现在的
愁苦和未来更难堪的情景；
意识到作孽更深必蒙更重的灾殃。
他有时面对伊甸，幸福的景色
呈现在他眼前，可是他那
愁苦的眼光只盯着悲愁，
有时举目望天，炽热的日轮
正高踞在正午的塔楼上；
他转入沉思默想，这样叹息道：

32 “啊，你戴着卓越光辉的冠冕，
从你那无上的高位上下瞰，
俨然这个新世界的尊神，
群星见了你都失色而隐退。
我如今呼吁你，不用亲爱的声气，
却直呼你的名儿，太阳啊，
我要告诉你，我怎样恨你的光线，
它使我回忆起当初我是从什么
境遇中坠落的，那时曾居你这
太阳天之上，是何等的光荣；①
到后来，因骄傲和更坏的野心，
掀起天上的战争，反对天上
无敌的天帝而被迫坠落！
啊，为什么开战？由于我
以怨报德，真是对他不起，
他把我创造得光辉、卓越，
施恩于我，丝毫没有亏待我，
要求对他的服务又不难。只要
对他的赞美，很容易得到满足，
还有什么比这更轻易的报答呢？
对他表示谢意是太应该的了！
可是他对我的德，在我都变成怨；
我被升到那么高的地位，
便不愿服从，妄想再进一步，

① 撒旦起初原住最高天，太阳天是第四天，远在其下。

要升到最高位，并且想在一时间
就把无穷无尽的恩债都还清，
免得负债累累，还了又欠无尽期；
却忘了我仍继续受他的恩惠，
也不懂得只要存心感激，
就是受恩再多也不算亏欠，
可说是随时结算，随时还清，
那还有什么重负呢？啊，如果
他那强有力的命运注定我做个
下级天使，那倒要幸福得多；
不会有无限的希望，引起我的
野心！可是那又未必！可能
会有别的天使也有我这样的
权位，还妄想更高的地位，
我虽卑微，也会被引为同党。
但也可能会有别的掌权天使，
权力和我一般大的，却不坠落，
拒绝一切从内部来的或从
外部来的诱惑，决不动摇。

66 “你不是也有同样的自由意志
和力量，可以站得住吗？
是的，你有；但除了天上
自由的爱，平等地给予大家外，
谁又能拿什么来责难你呢？
那么，我要咒诅他的爱，因为

爱和憎同样给我永远的灾祸：
不，该咒诅的是你自己，因为
背叛上帝，如今又正当地悔恨，
全是由于你的意志自由选择。
我真是可悲！我该何从逃避
无限的愤怒，无限的失望？
我的逃避只有地狱一条路；
我自己就是地狱；虽然在地狱的
底层，仍有更深的一层张着大嘴
在等待把我吞下去；同那相比，
我目前的地狱简直是天堂了。
啊，这样看来，最后得让步讲和！
终究没有宽恕和悔改的余地吗？
没有，只有屈服。可是我正蔑视
屈服这个词儿，而且我有何面目
去见地下精灵们，我曾向他们作
豪言壮语，要征服全能的神！
哎！我曾大言不惭地许下种种诺言，
希望，远不是屈服这样泄气的话。
啊，他们不知道我为这空虚的大言
而受尽苦楚，为这苦楚而几经哀叹！

89 “当他们推崇我高坐地狱的王位上，
手执王杖，头戴王冠而受尊敬时，
我却愈陷愈深，离悲惨只差一步；
这就是野心所得到的欢乐！

即使我能后悔,得到了恩赦,
恢复到以前的境遇,也很快就会
因居高位而唤起向上爬的思想,
很快就会把假屈服的誓言取消。
痛苦中的誓言,每到安乐时
就会被废弃,认为无理而无效。
因为被死对头刺得如此深透的
创伤,不会有真正的愈合;
那只会导致我更坏的逆转
和更深的坠落。这样,我得
用双重的痛苦去买得短暂的
休息,这代价未免过高了些。
我的惩罚者也深明此理;所以
同我的不求和解一样,他也不给。
一切的希望都断绝了,看吧,
他放逐、摈弃我们,代以他的
新欢,人类,为他创造了这个世界。
别了,希望;别了,和希望一起的恐惧;
别了,悔恨!对我来说一切的善都
丧失了。恶呀,你来作我的善;
依靠你,我至少要和天帝平分国土,
依靠你,将要统治过半的国土;
过不久,人和新世界都会明白。”

114 他这样自语着,愤怒、嫉妒、
绝望的激情,使他的脸色阴暗,

三次变铁青,损毁他那假装的面容,
如有人从旁观察,定会揭露他的
伪装。因为天人的心清洁,从未经受过
这种污秽的烦恼。所以他马上便
自觉失态,急忙装出泰然,安静,
他原是一个装假的巧匠,
欺诈的能手,在道貌岸然的外表下
弄虚作假的祖师爷,心怀叵测,
把复仇的意图深深掩盖;不过他的伎俩
还不到家,欺骗尤烈儿的事已被
发觉;尤烈儿的锐眼跟踪他的去路,
直跟到亚述的山上,见他毁形,①
现出善良天使所不应有的丑态,
他心想,在此空山不见人,
便露出凶暴姿容和疯狂的举止。

131　　这样,魔王走向前去,
到了伊甸边境,乐园的近旁,
见一片碧绿的围场,好像田园的
护堤,冠在峻峭荒山的平顶上,
山坡上有毵毵密林,荒莽瑰奇,
难以接近;山头上长着无比
秀丽的高大林荫,有杉、松、枞

① 伊甸是乐园所在的地区,后转化为乐园的名字。伊甸在古国亚述境内,这里的亚述山,就是第三卷末的尼法提斯山。

和枝叶舒展的棕榈，好一片
园林的景色。层林叠翠，荫上
有荫，构成一个森林剧场的
无比庄严景象。高出树梢的
有乐园的青翠围墙耸起，
我们的始祖可以从这里纵观
下面四邻的疆土。比围墙更高的
是一圈最美的树林，满载
最鲜艳的果子，花、果都呈金色，
枝杈交错，五色缤纷，光润夺目：
太阳更加乐意把光线照射在那些花果上，
比照在美丽的晚霞，或神降时雨
给大地时的彩虹，更为悦目赏心。
这一派风光真是可爱可喜：
这时迎着他的四围清鲜的空气
也更加清鲜了，徐来的清风，
把春天的快乐吹进心中，除了失望
以外，一切的悲愁都能吹掉。
软风阵阵，扇动含香的羽翼，
吹送土地的芬芳，并向人私语
盗取名香的地方。譬如航海者①
挂云帆于好望角的彼方，正经历
莫桑比克海峡，东北风在海上

① 莎士比亚《第十二夜》的第一节："吹在一丛蔷薇上的微风轻柔的声音，一面把花香偷走，一面又把花香分送。"雪莱的《云雀曲》亦有此意："暖风破花心，沥沥清芬吐，偷香重翼儿，神魂已陶醉。"重翼儿指风。

从盛产香木的阿拉伯幸福的海岸
吹来沙巴的妙香时,他们感到①
精神爽快,故意停滞而缓行;
而且那大海原也喜欢这种妙香,
行过一程又一程,都见它笑逐颜开。②
那乐园的甜蜜妙香,使怀毒心
而来的魔王也喜欢,虽然他的
喜欢香气,比阿斯摩丢斯喜欢③
鱼腥气要好些,后者因追求
托比的儿媳妇而被鱼腥所驱逐,
怀着嫉恨,从米狄亚被赶到
埃及,终于被牢牢地缚住。

172 于是撒旦登上险峻荒凉的山崖,
一路上沉思默想,行步迟迟;
但到了一处,找不到前进的道路,
树丫交错,像是无尽的丛林,
灌木丛薮下蔓生枝藤相纠结,

① 沙巴(Sabea),也称示巴(Sheba),是著名的示巴女王住过的城市。示巴女王曾以香料和金银珠宝赠给所罗门王。见《列王纪上》第 10 章第 1、2 节。

② 海洋的笑逐颜开,形容海波大兴貌。

③ 阿斯摩丢斯(Asmodeus)的故事出于《圣经》外典《托比传》:托比(Tobit)的儿子托比阿斯,被父亲派到米狄亚去,大天使拉斐尔化为人状做他的带路人。他和犹太女子撒拉订了婚。撒拉以前曾结过七次婚,因色鬼阿斯摩丢斯的热恋而杀了她七个新郎。托比阿斯听大天使的话,用鱼的下水烧出奇臭来驱逐色鬼阿斯摩丢斯。色鬼逃到埃及地界,被大天使逮住。米狄亚(Media,一译玛代),是波斯的一部分,在里海的西南。

阻塞所有人、兽能行的蹊径。
那儿只有一扇门，侧面向东。
魔王见此，心怀藐视，嘲笑它，
不愿从正面进去，只轻轻一跳，
便越过一切的高墙和山界，
轻易地落入园内站定。
好比一只徘徊的狼，为饥饿
所驱使，去寻求新的猎场，
看见牧羊人，傍晚把羊群赶进
田间槛护的羊圈中去关好，
便轻易地跳过栅栏到圈内；
又好比一个贼人，为要窃取
富民的钱财，不管坚牢的门户，
门闩严紧，不怕侵袭，却从窗口
或者屋顶椽瓦之间爬进去。
这个最早的大盗闯进了神的羊圈：①
近来渎神的雇用者照样爬进神的教会。②

194　　这时恶魔飞上那生长在园的中央
最高大的生命树，像一只鸬鹚
蹲在上面。那不是为了再得生命，

---

① 《约翰福音》第10章第1、2节："人进羊圈不从门进去，倒从别处爬进去，那人就是贼，就是强盗。"诗人以此讽刺当时不称职的牧师，暗讽长老教会。

② 弥尔顿《给克伦威尔将军》的末句："这些雇佣的狼，所传的福音是无穷的欲求。"指当时的长老会牧师，他们代表新贵族、大资产阶级，想吞食革命果实。

而是企图把活的弄死；也不思想
那树给予生命的功能，只是
利用它作瞭望的据点，而不知道
善用它可以作永生的保证。
除了上帝以外，谁也不知道
怎样去正确评价当前的善，
却把最好的事曲解为最坏的，
或者派作最卑鄙龌龊的用场。
于是他怀着新的惊奇俯瞰人间
一切的幸福，一块儿小小地区，
展现出全部自然界的丰富宝藏，
比天上地下一切的幸福还多。
那乐园是上帝在伊甸的东部
所安置的极乐的园林。
伊甸地区是从浩兰向东伸延，①
直到希腊诸王所建筑的大都城
西流古的王塔，或古代伊甸②
子孙们所住的提拉撒一带。③
上帝在这片快乐的土地上
营造起远为快乐的园林。

① 伊甸地区，据弥尔顿的想象，大部分在美索不达米亚，直到叙利亚，东西约五十英里。浩兰在约旦河东，大马士革之南五十英里。

② 西流古(Seleucia)，亚力山大王手下最得力的名将，公元前三三〇年，利用巴比伦废墟的材料建筑大都城。在底格里斯河右岸，巴格达南十七英里处。

③ 提拉撒(Telassar)，在美索不达米亚的南部。《以赛亚书》第37章第12节和《列王纪下》第19章第12节都有“属提拉撒的伊甸人”的话。

在这片丰腴的土地上，他命令
生长各种色、香、味都高尚的
树木；而在各种树木的正中央，
有一棵生命树耸立着，高大挺秀，
结出鲜润金色的仙果，累累满枝；
在生命的近旁有我们的死亡，
就是知识的树，生长在它旁边；
好的知识是用坏知识高价买得的。[1]

223　纵贯伊甸，向南流着一条大河，[2]
那河道没有变迁，却被吸入地下，
穿过林木繁茂的山下，潜流而进，
因为上帝把这座山放在湍流之上，
干渴的土地由脉管把水吸上来，
成了一派清泉涌出，由许多细流
去润湿整个园林；然后又汇流
到峭壁下面的沼泽，再下去又合流
成河，暗流的河道重新成了明河；
从此分为四道主要的河流，[3]
各奔前途，经历许多著名的

① 知识的树，即《创世记》第2章第9节："分别善恶的树。"知善必须知恶，所以说是高价买得的。

② 大河是指底格里斯河。

③ 《创世记》第2章第11—14节："第一道名叫比逊，就是环绕哈腓拉全地的，在那里有金子，并且那地的金子是好的，在那里又有珍珠和红玛瑙。第二道河名叫基训，就是环绕古实全地的。第三道河名叫底格里斯，流在亚述的东边。第四道河就是幼发拉底河。"

国家和胜迹,这里不必详细叙述。
不过,艺术如果能描述,可以
叙说一下那碧玉清泉如何流成
涟漪的小河,滚流着东方的
珍珠和金沙,在两岸垂荫之下
蜿蜒曲折地流成灵醴甘泉,
遍访每一株草木,滋养乐园中
各种名花,这些花和园艺的花床、
珍奇的人工花坛中所培养的不同,
它们是自然的慷慨赐予,
盛开在山上,谷中,野地里,
或旭日初暖时照耀的开朗田畴,
或中午太阳当顶时的浓荫深处。
这里是如此气象万千的田园胜景:
森林中丰茂珍木沁出灵脂妙液,
芬芳四溢,有的结出金色鲜润的
果子悬在枝头,亮晶晶,真可爱。
海斯帕利亚的寓言,如果是真的,①
只有在这里可以证实,美味无比。
森林之间有野地和平坡,
野地上有羊群在啃着嫩草,
还有棕榈的小山和滋润的浅谷,
花开漫山遍野,万紫千红,

① 海斯帕利亚(Hesperian)的故事,参见第122页注②。希腊神话:海斯帕利亚四姊妹看守金苹果园。该园是地母该亚赠给赫拉为嫁妆的。

花色齐全，中有无刺的蔷薇。①
另一边，有蔽日的岩荫，
阴凉的岩洞，上覆繁茂的藤蔓，
结着紫色累累的葡萄，悄悄地爬着。
这边的流水淙淙，顺着山坡
泻下，散开，或汇集在一湖中，
周围盛饰着山桃花的湖岸

264 捧着一面晶莹的明镜，注入河流。
各色的鸟儿应和着合唱；和风，
春天的和风，飘着野地山林的芳馨。
微颤的木叶在试调音阶时，
宇宙的潘神和“美”“时”诸女神②
携手舞蹈，领导着永恒的春。
古时候有个美丽的恩那原野，
比花更美丽的普洛萨萍在那儿采花，③

① 《创世记》第3章第8节：“地必给你长出荆棘和蒺藜来。”经文引起一种传说：在亚当未犯罪以前，蔷薇是无刺的。公元四世纪的圣阿姆布洛斯和圣倍其尔首先传出这个传说。

② 潘(Pan)神，希腊神话中的山林牧野之神，最善音乐，曾教阿波罗吹笛。常为仙女歌队中的领唱。画和雕刻中多做山羊形，头上长角。象征自然。“优美”是裘匹特和维纳斯的儿子，“时节”是裘匹特和西米斯的女儿。

③ 普洛萨萍(Prosérpine)的希腊原文是卜赛芳(Persephone)，是个极美的处女，母亲是西丽斯(Ceres)。一天，她在野外采花，地突然裂开，从下面出来冥王狄斯(Dis)把她抢走了，便做了冥后。她被抢的地方是小亚细亚尼萨附近的原野，罗马诸诗人把它移到恩那(Enna)之野，在西西里。狄斯为冥王普鲁托(Pruto)的别名。

她自己却被幽暗的冥王狄斯
采摘而去，害得西丽斯历尽①
千辛万苦，为她找遍全世界；
还有个甘美的达芙涅丛林，②
在奥伦特斯河畔，卡斯特利亚③
灵泉之滨，都不能与伊甸乐园媲美。
再如那尼栖亚岛，为特利顿河④
所环绕，有个查姆老人，被异邦人
叫作亚扪，或利比亚的育芙，
曾在这里匿藏阿玛娣和她的
年轻漂亮的儿子巴克斯，
不给他的大母雷亚看见；
又如阿比西尼亚的王防守
他诸皇子的住处，阿玛拉山，⑤

---

① 西丽斯是管农业和水果的女神，宙斯背着她把她的女儿普洛萨萍许配给冥王。女儿失踪后，她怒极，寻遍大地，直到下界，受尽艰辛，她咒诅大地，五谷百果都枯萎了。后知真相，乃释怒，决定闺女一年三分之一时间住冥府，三分之二时间住地上。

② 达芙涅（Daphne）是黎巴嫩奥伦特斯河畔一个优美的森林，有阿波罗神庙。传说女妖达芙涅逃避阿波罗的追求，被抓住，便化为桂树；后代称桂为阿波罗的圣树，以桂冠赠给艺术的圣手。

③ 卡斯特利亚（Castalia）为达芙涅林中之一泉，传说饮其水可得灵感，故曰灵泉。

④ 尼栖亚岛（Nyseia）在利比亚，特利顿河环绕它，丰饶优美。利王亚扪，被称为利比亚的育芙（宙斯），先和雷亚结婚，后又和阿玛娣恋爱，生子巴克斯；但恐雷亚知道，把母子藏在尼栖亚岛上。

⑤ 阿玛拉（Amara）山在埃及尼罗河的上游，赤道之下。阿比西尼亚王阿巴兴恐诸王子叛逆，于阿玛拉山顶营造三十四座宫殿居之。那里气候四季如春，有乐园之称。

在埃塞俄比亚的赤道地方，
离尼罗河源头不远，包围在
光辉灿烂的岩石环抱之中，
它的高度有一天的路程，
有些人把它看作真正的乐园；
但比起这个亚述的名园相差很远。①
那时魔王怀着不愉快的心情，
观看那些真正愉快、新奇的生物。
中有两个高大挺秀的华贵形象，
他们的高大挺秀俨然神的挺立。
以本身原有的光彩，披在庄重的
裸体上，看成万物灵长也很相称。
因为那神样的容颜，映照出
造物主的光辉影子，即真理、智慧
和严肃、清纯的圣洁；他们严肃，
却有真正子女的自由意志为基地，
人间真正的权威从此而来；
虽然二人不相同，似乎是两性的
差异：他被造成机智而勇敢，
她却柔和、妩媚，而有魅力；
他为神而造，她为他里面的神而造。

　　他那俊美的广颡和高尚的眼神
显示出绝对的治权，青紫色的

① 亚述的名园即伊甸乐园。因伊甸地区的大部分在亚述境内。

鬈发从前额分开，一绺绺地下垂，
但没有垂到两个广阔的肩膀。①
她那没有装饰的金发，像头巾
披垂到她的细腰，乱蓬蓬的，
好像葡萄的卷须，曲成波轮，
这意味着她的服从，要她
使用委婉的主权，她的服从，
既含羞怯，又带骄矜，温情
脉脉，欲顺故忤，欲爱还嗔，
这样的态度，最受他的欢迎。
那时人体的神秘部分还没遮掩；
也还没有不纯洁的羞耻。
对自然作物的不纯洁的羞耻，
不荣誉的荣誉心，罪恶的根源啊，
你的外表，貌似纯洁的外表，
是多么的使全人类烦恼呀！
你从人的生活中驱除最幸福的
生活，单纯和无瑕的天真！
他们这样赤身裸体地行走，
也不躲避上帝和天使的视线；
因为他们心中没有想到坏事。
他们这样手牵手地行走，
自从他们相遇作爱的拥抱以后，

① 暗讽当时王党的长发，清教徒重短发。《哥林多前书》第11章第14—15节："你们的本性不也指示你们，男人若有长头发，便是他的耻辱吗？但女人有长头发，乃是她的荣耀。因为这头发是给她做盖头的。"

便是最可爱的一对:那亚当,
他的子孙中没有比他更善良的,
那夏娃,比后代一切女人都美。
他们在青草地上,丛林荫下,
一道清澈的泉水旁边坐下来,
那丛林挺立着,温柔地私语;
在他们不很辛苦的,甜美的
园艺工作之后,正好可以欣赏
凉飔吹拂,田畴远风,通体舒坦,
而且促进饥、渴,更觉晚餐的甜美。
他们并坐,斜倚在花团锦簇的
柔软的堤上,顺手采摘枝头鲜果。
他们先嚼果肉,如果口渴,
就用果壳向盈盈的流泉中舀水,
少不了温柔的情话,爱的微笑,
青年人的戏谑和夫妇的柔情缱绻;
因为除他们二人外,别无他人。

　　在他们的四周,所有地上的百兽
都跳跃嬉戏;只是后来百兽变野了,
只在丛林、荒野、洞窟中供人狩猎。
狮子玩耍,用后脚站起来,
用前爪抚弄小羊羔;熊罴、虎、豹
和山猫,在他们面前跳跃;
笨重迟钝的大象也尽它的所能,
卷起长鼻子,博得他们的欢笑;

他们身边那条狡猾的蛇，
用辫样的尾巴盘起高尔甸的结，①
足以证明他那致命的奸智，
不为人所识破；此外还有的
吃饱了，蹲在草地上闲眺；
有的在作临睡前的反刍。
因为红日已经西倾，疾步
向西海的诸岛降落，天秤座升起的②
一方，传报黄昏来临的晚星升起了。
撒旦仍旧站着凝视，终于恢复了
一度失去的说话能力，这样表露悲鸣：

358 “啊，地狱！我这悲愁的眼
所能看见的是什么？这些异质的
生灵，被提升到我们从前幸福的地位，
他们怕是地之所生，不是精灵，
却比天上光辉的精灵所差无几。③
这不能不使我心生惊奇，甚至
到心爱的程度，他们如此生动地

① 高尔甸（Gordeus），弗鲁吉亚的王，他的车辕上有一个非常复杂的结子，没有人能解开。他死后，这车放在宙斯庙内为纪念，并有神谕说，谁能解此结，便为亚洲的主宰。当亚力山大东征时，路过此庙，抽刀斩断此结。

② 西海，指大西洋；诸岛，指葡萄牙西八百英里外的亚速利斯九岛。“天秤”在空中，日落时是秤的一头重，沉下去了；另一头即星月之夜，上升了。

③ 《诗篇》第 8 章第 5 节：“你叫他比天使微小一点儿，并赐他荣耀尊贵为冠冕。”

反映着神圣的面影，创造者的手
在他们身上灌注许多优雅的素质！
啊，优婉的一对情侣，你们不曾
想到你们的变故已经迫近，
这一切的欢乐都将幻灭，陷于灾祸；
现在享乐愈多，将来受祸也愈多：
目前虽然幸福，但防备欠周，
难以长久继续；这么高的地方
就是你们的天堂，作为天堂，
你们的防御未免欠周，不能
防止现在已经闯进来的仇敌；
不过我来不是要同你们敌对，
而是可怜你们孤零寂寞，
虽然我自己没有人怜悯。
我心想和你们联合，相互亲善，
相互爱护，彼此相亲，没有隔阂。
我要来和你们同住，或者
你们去和我同居：我的住处
也和这个乐园一样美丽，也许
不中你们的意；但也是你们的
创造主之所造，你们不妨接受；
他给了我，我就可以自由施与：
地狱将为迎接你们而广开大门，

并且撵出所有的王公，那里地方①
宽畅，可以容纳你们众多的子孙，
不像你们这里的狭窄，受限制。
如果不比这里好，那就感谢
那个逼我来向你们复仇的天神，
不是因为你们得罪了我，而是他。
你们的天真无邪，使我不忍心，
却也有诉诸公众的正当理由：
我为了复仇，才想通过征服
新世界而扩大我的荣誉和权位，
否则，我虽坠落也厌恶这样做。”

393 魔鬼这样说，以“不得已”的
暴君口实来开脱自己邪恶的行为。
然后从高耸的树上，高高的立脚点，
降落在嬉戏着的四脚兽群之间，
他自己时而变成这，时而变成那，
努力装扮成接近他的牺牲品的形状，
以便在不被发觉中详细侦察，
从他们的言语和行为，进一步
观察他们二人的情况。他首先
变成一只目光闪烁的狮子，
在二人的周围阔步环行，

① 地狱中的坠落天使，有皇帝、王侯将相。《以赛亚书》第 14 章第 9 节：“你下到阴间，阴间就因你震动、来迎接你。又因你惊动在世曾为首领的阴魂，并使那曾为列国君王的，都离位站起。”

其次变成一只老虎,偶然看见
两只驯善的幼鹿在林中游戏,
便前去蹲在近旁,并时时更换
伏伺的地方,像在选择地点,
以便一扑而获两鹿,一爪一只;
那时第一男人亚当和第一女人
夏娃开始娓娓而谈时,魔鬼便
侧耳倾听,汲取新的语言之泉:

411 “你是这一切快乐的唯一分享者,
你自己本身就是比一切都可爱的,
那天上的掌权者创造了我们,
并为我们创造了这个广博的世界,
想必是无限的善良,而且和善良的
无限一样,还有无限的宽宏大量,
他把我们从尘土里提高,
安置在这儿一切幸福的境地,
我们有什么功德配受这些?
我们一点儿没有帮他的什么忙,
他所要求我们的只有这一件
轻而易举的事,就是在这乐园
鲜美纷纶的百果中,只不吃那
生长在生命树旁的知识树的果子;
死是生的近邻;死必定是狰狞
可怕的东西。你知道得很清楚,
上帝曾明令:偷尝那树便得死,

这就是他给我无数指示中唯一
必须服从的指示，此外都是赐给
我们权力，管理地、水、空中的生物。
因此，我们不能把这一条
仅有而易行的禁令当作严酷难行的，
因为其他的一切东西，林林总总，
不单让我们自由取用，并且还
可以选择那么多的欢乐，不加限制；
我们要时常赞美他，称颂他的恩赐，
要从事我们所喜爱的工作，
修剪小树，浇灌百花；这些工作
虽然辛劳，跟你在一块就觉甜美。”

　　夏娃这样回答道：“啊，我是
你的肉中之肉，为你，并从你而造，①
没的你，就没有目的，你是
我的导引，我的头；你说的都正确；
我们对他，确实只有赞美，感谢！
特别是我，分享更多的福分，
享受你的卓越人品，而你却
一时无从觅得和你对等的匹配。
我时常记起那一天，我先从睡中
醒来，发现自己躺在浓荫之下，

① 《创世记》第 2 章第 22—23 节：“耶和华上帝就用那人身上所取的肋骨，造成一个女人，领她到那人跟前。那人说：‘这是我骨中的骨，肉中的肉，可以称她为女人，因为他是从男人身上取出来的。’”

百花茵上，很奇怪，我是什么？
从哪儿来的？怎样来的？
忽然听得不远处有喁喁私语的
流水，从一个洞里流出，
流成一片平湖，于是停住不动，
水波平静，和浩浩的苍天一样清莹。
我天真烂漫地往那儿走去，
躺在绿色的长堤上，看进
湖水里面，似有另外一个天空。
我屈身窥视，看见发光的水里
出现一个和我面对面的形象，
屈身看我。我一惊退，它也惊退；
过一会儿，我高兴地再回头观看，
同时，它也回头看我，眉眼之间，
似有回报我以同情和爱恋之意。
那时，若不是一种声音的警告，
我恐怕会对它凝视，直到如今，
空劳虚幻的愿望。那声音说：
'你看什么？你在那儿所看的
就是你自己，美丽的人儿啊；
它和你一块儿来一块儿去；你跟我来，
我要领你到一个不是影子，却在
等着你，和你作温柔拥抱的地方去。
你是他的形象，你将要享受他，
他是你的，和你不能分离，你将
为他生下众多和你们一样的人，

因此,你被称为人类的母亲。’
听了这声音,虽不见人,怎能
不顺从? 只能一路跟他走;
走到一株梧桐树下遇见了你,
确实是俊秀而高大,但我想
还不如平湖水中的影子那么
美丽、妩媚和温存;我转身走了,
你跟着后面大声叫道:‘回来,
美丽的夏娃,你逃避谁? 你所
逃避的是谁? 你是他的肉,他的骨,
你是属于他的。用我心肝近旁的
肋骨造出你来,给你血肉的生命,
放在我的身边,永不离开,安慰我。
我追求你做我灵魂的一部分,
我把你叫作我的半边身。’这样说时,
你那温存的手把我抓住,我顺从了。
从那时起,我觉得男性的恩情和
智慧胜过美,只有这才是真的美。”

492 　　人类的母亲这样说后,带着
夫妇间的爱娇和温柔的目光,
半抱半倚地靠在我们始祖的身上,
她那隆起的胸脯,在她那一绺绺
下垂的金色散发的遮盖下,
裸露着,半贴在他的胸膛上,
他见她那多娇与顺从的魅力,

心里喜欢，用高尚的爱微笑着，
好像裘匹特孕育洒雨五月繁花的[1]
云彩时，对着神后朱诺的微笑那样，
在她那母性的唇上，压上纯洁的频吻。
魔王见状便因嫉羡而转过头去，
却又心生恶念，侧目而视，自语道：

“可恶的景象，恼人的景象啊！
这一对手挽手地出现在幸福的
伊甸园里，享受福上的至福，
无比美满；我却被抛进阴间，
既没有欢乐，又没有爱情，只有
强烈的愿望，这比其他各种痛苦都更
难熬，不能实现，徒劳苦闷而消亡。
但不能忘记从他们口中所得的东西。
似乎园中的一切不都是他们的所有。
有一株叫作知识的树，不准他们吃，
知识得禁止吗？很可怀疑，没有道理。
为什么他们的主宰要嫉恨知识呢？
知识是罪恶吗？有知识是死罪吗？
他们只靠无知无识就能立身吗？
无知无识就是他们的幸福生涯，
他们顺从和忠信的保证吗？
啊，这是建造他们灭亡的好基础！

[1] 裘匹特即希腊神话中的宙斯，他的妻子朱诺即希腊的赫拉。

因此，我要挑动他们的心，
使他们更增加求知的欲望，
抗拒那条深含妒意的禁令，
因为天神害怕知识把他们提高到
和诸神相等，设法把他们放在
低等的地位。我要使他们
起这样的心，宁愿尝禁果而死去。
还有比这个更稳妥的方法吗？
但首先，我得巡视全园一周，
不要漏过一个角落；走运的话，
可以遇见在泉边徘徊，或在
树荫下休息的天上精灵，
可以向他们打听到更多须知的事。
好好过活吧，快乐的夫妇；
得享乐就享乐吧，等我回来，
短暂的欢乐，将继以永久的祸患。”

536 这样说着，向四周瞭望了一下，
便把他那趾高气扬的脚步，
骄傲地转过去，开始去漫游，
穿过森林和荒野，越过小山和深谷。
那时，在地的西极，天、地和海洋的
会合处，夕阳徐徐降落下去，
晚照的光辉正对乐园的东门平射。
那门高耸入云，由雪花石膏岩凿成，
从远处就望得见，只有一条通路，

可以上登高处的入口，此外都是
巉崖峭壁，透顶突出，不可登攀。
在崖柱之间，天使长加百列坐着①
守卫，等待夜的来临。他的四周，
有天国的青年战士在锻炼竞技，
旁边高挂着天国的盔、甲、矛等
各种武器，闪耀着黄金和钻石的光芒。
那时尤烈儿乘着一线的阳光，
从黄昏的天空滑下，好像一颗
秋夜的流星，闪过苍茫的夜空，
使航海者知道暴风袭来的方向。
他急忙说道："加百列啊，
抽签决定由你承担监护这个②
快乐地方的任务，要严加防范，
别让坏家伙接近或者进入。
今天中午有个心怀妒意的天使
来到我所管的太阳界，要求多了解
全能者的工程，尤其是关于人，
最近天神的肖像；我为他指点
他所急于要去的路途，并且察看
他轻捷的飞行。他飞后不久，

① 加百列（Gabriel）是七大天使之一，和撒旦作战时天军的大将。《但以理书》第8章第16节，《路加福音》第1章第26节。

② 犹太官员祭司分班次掌职，由抽签决定。见《历代志上》第25章第8节："这些人无论大小，为师的、为徒的，都一同掣签分了班次。"又第26章第13节："他们无论大小都按着宗族掣签分守各门。"

便在伊甸北边的山上降落，在那儿
显露出他那卑劣、狰狞的状貌，
不像是一个普通的天使，
我继续观察他，盯住他的行踪，
但他一会儿便在树荫下消失踪影；
我猜想，他是坠落天使群中的一个，
从地狱里逃出来找新的麻烦。
你应该注意把他找出来。”

576 那个长翼的卫士这样回答他：
“尤烈儿，你坐在日轮的光圈中，
怪不得你的眼光这么清澈完满，
看得又远又宽。在我这里警戒得
很严，除了天上相识的来者以外，
谁也不能通过这扇门。况且
从中午以后，谁也没有到过这里。
倘有异类的天使，有意飞越城墙，
你知道，物质的障碍是抵不住
灵质的。虽然如此，在我的监护
范围内，如有你所说的可疑者潜入，
我在明天破晓之前一定要查明。”

589 他这样许诺了；尤烈儿便乘
光线回到自己的岗位，那光线
已经把尖端转而向上，冲入苍穹，
把尤烈儿斜带而下，到沉入亚速尔岛

下面的太阳那儿去。不知是那颗主星
以不可思议的速度每天向那儿滚转，
还是较迟钝的大地另有到东方的捷径，
把他留在那里，把在西方宝座上
侍候的云彩，用回光饰成紫金辉煌。
这时夕暮悄然前进，苍茫的夜色
把万物包进深灰色的衣裳里。
寂静也伴同前来，群兽已归窝，
百鸟已归巢，一切都已经就睡，
只有夜莺清醒着；她彻夜歌咏
韵味无穷的恋歌。“寂静”深感欢心。
那时苍穹放出碧玉般鲜艳的萤光。
领导各星群的金星，最为明亮，
直到月儿在云彩簇拥的庄严中升起，
终于脱去面纱，显露女王的丰姿，
放出无比的光辉，把她那
银色的宽袍，披在“黑暗”上面。

　　那时亚当这样对夏娃说：
“美丽的配偶啊，现在是夜了，
万物都回去休息，我们也当休息，
因为上帝安排我们劳逸轮流，
如日夜交替，而且及时的睡眠的露水
已经轻柔地降落，点在我们眼睑上。
其他生物整天闲游，无所事事，
不必要很多的休息；人却每天都有

一定劳心劳力的业务，这正显示
他的尊严，天对他一切作为的关心。
其他动物不知劳动，只知游玩，
上帝并不关心它们的所作所为。
明天，在清爽的晨曦初映东方之前，
我们就得起来，去从事快乐的劳动，
去改筑那边的花亭，修理那边
我们在中午时散步的绿色小径。
现在那儿的枝条蔓密，嘲笑
我们平时的手足不勤，需要更多的
人手去剪刈清理那些蔓生的枝柯。
还有那些繁花和滴沥着的树脂，
散满一地，很不整齐，很难看，
我们想要好走一些，也得清除整理。
可现在，得服从自然，夜叫我们休息。”

634 　　美艳无缺的夏娃对他表示：
“我的创作者和安排者啊，你所
吩咐的，我都依从，从不争辩，
这是神定的。神是你的法律，
你是我的法律；此外不识不知，
这才是最幸福的知识，女人的美誉。
同你谈话，我总是忘掉了时间，
忘掉季节的转换，无论何时都高兴：
早晨呼吸清鲜空气，和早鸟一同歌唱，
觉得酣美；初升的太阳也把他那

蔷薇色的光线，抛洒在愉快的大地上，
照耀着草、木、花、果，带露晶莹；
细雨阵阵过后，丰腴的土地流芳；
夕暮来临时心神愉快，继着是
沉静的夜，她那严肃的鸟儿、[1]
美丽的月亮和繁星，天上的宝石。
但没有你时，便觉得晨风不鲜，
早鸟的歌唱不欢，尽管有太阳
照耀大地，草木花果的露珠晶莹，
雨后的流芳，愉悦的夕暮来临，
沉静的夜带来她那严肃的鸟儿，
在月亮或亮晶晶的星光下散步，
这一切，若没有你便不见快乐。
但当一切的睡眼都闭上时，
为什么这些星月仍彻夜照亮着呢？
这个灿烂的景色又为了谁呢？”

659 我们的始祖这样回答她：
“神和人的女儿，白璧无瑕的夏娃啊！
这些星、月有它们必经的轨道，
到明天的黄昏，绕地循环一周，
顺序巡行各地，所照耀的虽然还有
未生出的民族，却预先为他们

[1] 严肃的鸟儿是夜莺，弥尔顿最爱夜莺的彻夜不眠，编唱着无尽的歌曲。在《沉思的人》中称赞夜莺：“美妙的鸟儿避开愚蠢的嘈乱，最和谐，最悲哀！”

把光明预备着，沉而复升，免得夜国
占领全部黑暗，恢复她的旧地盘，
使自然和万物的生命全部消灭；
不仅用这些柔和的火光照耀，
并用各种天然的暖气熏蒸、养育，
或者把部分星星的效能洒落
在地上一切生物上面，使它们
更容易完全接受太阳更强的光线。
深夜里，人虽然看不见这些星月，
但也不是白白照耀；也不要以为
没有人，便没有观赏天空者和颂赞者。
无论我们醒时或睡时，都有
不可见的千百万灵物在地上行走，
他们昼夜瞻仰神功而赞叹不止。
我们岂不常听见回声在悬崖
或茂林的山坡上，响彻夜空，
天人的声音，独唱，或互相应和，
歌颂伟大的造物主吗？
当他们结队守卫或夜巡时，
常听见天上丝竹和鸣，妙音合奏，
以歌声报更，交代夜间警卫，
使我们的思想高驰于天界。”

689　　他们这样谈着，手携手地
走向他们那多福的庐舍；那是
造物主在创造万物时，特地

为人选择的。屋顶浓荫交错，
由月桂和山桃，还有更高拔挺秀，
枝叶馥郁的乔木编织而成，
左右两旁有莨菪和香气袭人的①
各种灌木构成绿色的墙壁，
还有各种颜色的鸢尾、蔷薇、
茉莉等美丽的花朵，开在树枝间，
抬着秀丽的头，像精巧细工的镶绣；
脚下有紫罗兰、番红花和风信子
嵌绣的地毯，比最贵重的宝石
铺成的纹章图案更为富丽。
这里的走兽、飞禽、昆虫等生物
好像都敬畏人，不敢走进里面去。
在如此神圣、幽邃的绿荫的庐舍里，
虽说来荒唐，潘神、赛尔凡纳斯②
从来不睡；宁芙、浮纳斯③
也不曾来住过。只有新嫁娘夏娃
最初用花朵、花环、香草来装饰
新婚的床。天上的歌队唱婚歌，
天上的媒使把她带到我们始祖那儿的

① 莨菪，多年生的长茎草，一名天仙子，叶互生，长椭圆形，端尖。哥林多式建筑的柱头多雕这种草叶。

② 潘神和赛尔凡纳斯(Sylvanus)都是山林牧野之神。他们都有恋人，但没有成家。

③ 宁芙(Nymph)是山林的女神，仙女，住在山林、河海、树木中，没有固定的家。浮纳斯(Faunus)是罗马的农林守护神，经常在野地里，相当于希腊的潘神。

时候，用裸体的美来盛装的她，
比那接受了诸神所赐礼物的潘多拉①
更为可爱。啊，她们二人的
悲惨命运太相似了！潘多拉被
赫耳墨斯带到雅佩特的不肖子那里，②
用美色陷害了人类，用以报复
那盗窃育芙秘藏真火的怨恨。

　　这样走到他们的庐舍前面，
二人站住，转身，在广阔的苍穹下，
仰望赞叹天神创造天宇、空气、大地
和高天，澄澈的月球和天际的繁星：
“全能的造物主啊，你创造了昼，
又创造了夜。昼间有一定的业务，
我们已经完工，你给我们幸福的
绝顶，互助互爱，快乐无比。
还给我们造了这个愉快的地方，
这对我们二人是绰有余裕的，

① 潘多拉(Pandora)是希腊神话中女人的始祖，比她的女儿们更美，但又是世间一切苦难的播种者。普罗米修斯偷了天火给人后，宙斯大怒，命令赫斐斯特斯用泥土捏出一个美人，送来世间，散布各种灾难。美神赠她美貌，赫耳墨斯赠予狡智，奥林匹斯山上诸神都赠以各种礼物，故名“潘多拉”，为“全部礼物”之意。神使把她送到普罗米修斯那里，没有收；又送到他弟弟艾皮米修斯那里，马上被娶为妻。潘多拉带来一个美丽的匣子，里面装着一切人间的祸患。一开匣子，一切祸患都飞出来了，只有“希望”还留在匣底。

② 赫耳墨斯(Hermes)是希腊神话中的神使，又为商业之神。雅佩特的不肖子是艾皮米修斯，愚蠢，眼光短浅，不若乃兄普罗米修斯之有先见。

受您丰实恩赐的人是太少了，
没有收割好，白白落在地上。
但您曾允许我们生下一个族类，
充满地面，他们将和我们一起
赞美您的无限慈惠，无论是
在日间清醒的时候，还是如现在，
求您赏赐睡眠之恩的时候。”①

736 这样说时，二人同心合意，
只有神所嘉惠的诚心敬虔，
此外没有其他任何仪式，
便携手进入庐舍的内室，
用不着解脱我们这样烦累的衣饰，
便直上床，并头儿就寝。我料想，
亚当不会转身背对娇妻，
夏娃也不会拒绝夫妻的爱，
神秘的仪式，这是神宣布纯洁的，
任大众行而不禁，不能诽谤
说什么秽亵。伪善者伪装正经地
说什么纯洁、无邪，身份。②
我们的创造主却命令繁殖，
若不是神和人的敌人与破坏者，

① 《诗篇》第127章第2节：“唯有耶和华所亲爱的，必叫他安然睡觉。”《伊利亚特》第九章末句：“他们躺下，享受睡眠的恩赐。”

② 天主教的神甫不能结婚，说什么纯洁、无邪、身份；宗教改革后取消了这一决定。

谁命令禁欲？善哉，结婚的爱，①
神奇的法律，人类繁衍的真源，
乐园一切共有物中唯一的私有物啊！
由于你，淫欲从人间被逐出，
而彷徨于兽群之间；由于你，
得以理性、高尚、正直、纯洁
为基础，开始知道伦常关系，
开始知道父、子、兄、弟之爱。
我决不把你写成罪或耻辱，
以为你不配至圣的地位，
你是家庭快乐的永久泉源，
你的床纯洁无垢，正如古来
圣人、族长们所宣言的。
小爱神在这里射出黄金的箭，②
在这里，点着长夜明灯，③
挥动紫艳的翅膀，在这里统治
而尽欢；不是从娼妓买来的浅笑，
无爱无欢无情谊，一时的作乐；

① 反对天主教的禁欲主义。根据《新约·提摩太前书》第4章第1—3节：“在后来的时候，必有人离弃真道，听从那引诱人的邪灵和鬼魔的道理。……他们禁止嫁娶。”

② 小爱神丘匹德（Cupid）的希腊名叫厄洛斯（Eros），他的母亲维纳斯（Venus）即希腊的阿佛洛蒂忒（Aphrodites）。丘匹德是个淘气男孩的形象，手持二箭，一为金头，一为铅头，人被金头箭射中时便心生爱情，被铅头箭射中时，爱情便消失。

③ 这里的明灯是火把，丘匹德除箭外，还带火把。因为爱情是盲目的，很容易变迁，诗人加上“长夜”二字，象征不变的爱情。一说婚姻之神海门（Hymen），手中常提一灯，象征不变的爱。

也不是宫廷艳事，男女混舞，
或淫荡的假面剧，半夜的舞会，①
或忍冻的情夫，对他高傲的
美人儿唱的小夜曲，这些都被唾弃。②
二人被夜莺的歌声哄着，相抱而眠。
从满开花卉的庐顶上，早晨修剪过的
蔷薇，落在他们赤裸的四肢上。
幸福的夫妇呀，继续睡吧！如果
不求更大的幸福和更多的知识，
这就是至高无上的幸福了。
夜已经伴着圆锥形的阴影，
到达了月下穹隆的半路；③
嗟咯咱天使按时从象牙的门中④
出来，武装列队去值夜警。
那时加百列对他的副将说：

782 “乌薛，你把这一半队伍带去，
到南边巡视，务须严加防范；
另一半开往北去；我们南北巡回，

① 假面剧是一种乐剧，十七世纪宫廷和贵族宴会时演出。诗人在这里暗讽当时查理二世宫廷的腐败，如宫廷艳事，混舞，半夜舞会，假面舞等盛行，荒淫无耻。

② 小夜曲是夜间在女子窗下演奏的乐曲，演奏者露立门外，所以“忍冻”。

③ 这是说时间在夜间九点钟光景。日落时太阳的阴影成椭圆形投到地面上，它的尖端渐渐上升，到天顶时为夜半。到半路就是九点钟光景。

④ 嗟咯咱（Cherubim）是天使的一种，相当于天上的警卫队，加百列为队长，乌薛（Uzziel）为队副。乌薛是“神的力量”的意思，在《圣经》中是人名。（《出埃及记》第25章第18节）

到极西端会合。”说后便像火焰分开，①
一半去盾的方向，一半去矛的方向。
那时他把站在一旁的两个强壮敏捷的
神灵叫到跟前，如此命令道：
“伊修烈，洗分！你们用飞快的速度②
搜索全园，不可漏掉一个角落。
特别注意这两个俊美的生物正在
天真地睡觉的庐舍一带地方。
今天晚上，从落日下来的天使告警，
有个地狱精灵模样的来到此地，
这样的事谁能预料？他从地狱的
关口逃出，你们若是找到了，
立刻把他逮住，带到这里来！”

797　　说着，他率领那光辉队伍前进，
使得月亮眩晕；那二灵直接飞向③
庐舍去搜寻他们所要寻找的。
他们看见他像蟾蜍一样地
蹲在夏娃的耳边。他在用魔术
接近她想象的器官，借此可以
任意构成虚境、幻境、梦境；

① 噻嘞啪是燃烧的灵体，所以说“像火焰”。

② 伊修烈（Ithuriel）是“神的发现”之意，不见经传，似为弥尔顿所创造；洗分（Zephon）是“警戒”之意，在《圣经》中是人名。（《民数记》第26章第15节）

③ 天使的队伍极其光明，使月亮为之眩晕。

或者吹进毒素，想玷污她的
动物的精神，这精神是从纯清血液[1]
提升的，好像清溪上飘动的微风；
这样至少可以引起骚扰，引起
各种不满的思想，空虚的希望，
虚幻的目的，和非分的欲求，
吹起她的狂妄自高自大。
伊修烈见此情景，便直举矛
轻轻触他一下；因为无论怎样
伪装的东西，一经天器的接触，
便立刻回复原形；他一警觉，
便惊跳起来，好像战争风声紧时，
贮备的火药桶，忽然落下星星火花，
那黑色的烟硝便爆发而火焰冲天：
那恶魔便以原形惊跳起来。
那两个健美的天使看见这个
狰狞魔王的丑态，不禁半惊而后退，
但心里不怕，便走上去对他说：

823 “你这地狱的逃犯，是那些
判在冥界的反叛精灵中的哪一个？
为什么变形守在睡眠者的枕头边，
好像一个潜伏的敌人在坐等机会？”

---

① 公元二世纪，小亚细亚有名医加林(Galen)，把人类精神分为三种：一是自然的精神，二是生机的精神，三是动物的精神。

827　“这么说,不认识啦,”撒旦轻慢地说,
“你不认得我吗?当初我高高坐在上位,
你们便不敢飞近去,明知我
是不与你们平等的。现在不认得我,
表示你们没有自知之明,是天使中的
最下层。如果知道,为什么还要问?①
为什么拿废话作开端,而结果
仍不能不以废话而告终呢?”

834　洗分以轻侮还轻侮,这样答话:
“背叛的精灵,你不要以为自己的
状貌和从前一样,光彩还没有减退,
会被认为和过去那时一样,
正直而清纯地站立在天上。
你那光彩早已和你分手了,因为你
不再向善;你如今正如你的罪行
和受刑的地方一样黑暗而污秽。
走吧,去向那派我们来的
那一位说个清楚,他的任务是
保卫这个地方不受侵犯,
保护这里的人不受伤害。”

844　那嗤略帕这样说了,他那
严厉的谴责,在青春之美中显露

① 下层天使不能常见上层天使,所以不认识。

威严，更加增添无敌的魅力：
魔鬼羞惭地站着，觉得善是
何等的威严可畏，德性的状貌
是何等的可爱，回顾自己，
自惭形秽；特别是在这里，
更显出自己的光彩显然消减；
但仍装出泰然自若的样子说：
“如果我必须搏斗，要有好对手，
我要的是将对将，不同你们这些
手下兵卒较量；或者你们一齐来，
使我得到更多的光彩，或少一些损失。”
勇武的洗分说：“你的害怕，
省得我们亲自动手，像你这样的
坏蛋，只消一个最小的精灵就能
对付。因为你的罪恶招致你的脆弱。”

857 　　恶魔不回话，却憋着一肚气。
好像一匹桀骜不驯的马被羁轭，
不住地咬着铁嚼子，傲然而行，
自知争辩和逃亡都无用，
因为有天上的恐惧使他慑服，
此外一无所怕。现在他们
走近园的极西端，将和另一支巡逻了
半园的警卫队会合，拼成一大队，
等待新的命令。队长加百列
向他们迎面而来，高声喊叫：

866　　“朋友们！我刚才听见
急促的脚步声走向这边来，
现在又望见伊修烈和洗分的
影子穿过林荫而来，他们
带来第三者，虽有王者之风，
但光彩已经变苍白了，看他的态度
和步伐都像是地狱的君主，
谅必非经一阵战斗不会离开这里；
站好，因为他眉宇间有挑战神情。”

874　　话犹未了，二天使已走近了，
简明地报告，带来的是谁，怎样发现，
他的形状和他蹲着的姿势。

877　　加百列如此严厉地对他说：
“撒旦！你为什么冲破禁闭你的
界限，出来为非作歹，扰乱别人？
他们不能学你犯罪的坏样子，
但我有权质问你大胆闯进的理由。
你来似乎是要干扰二人的睡眠，
破坏天神为他们特造的幸福住处？”

885　　撒旦用轻视的态度对他说：
“加百列，你在天上是有名聪明的，
我也曾这样看待你；但你问了这个

问题，使我怀疑。有喜欢受苦的吗？
被判在地狱的，谁不设法冲破牢笼？
若是你自己处这境遇，也必定要
奋勇冒险，远离苛刑，尽快以逸乐
代替悲愁吧。因此，我找到这儿来。
你们只知善而没有尝试过恶，
对于这事，你们是不能理解的。况且
是反对那捆绑我们的神的意志呢？
如果他想永远把我们禁锢在黑狱里，
就该把铁门锁得更牢固些。
这样，你的问题都得到回答了。
其他的报告都是实情。他们
找到我时，正是那个地方；
但我并没有存心捣乱或危害。”

902 　　他这样嘲讽。那勇武的天使
激怒了，轻侮地微微一笑，回道：
“啊，自从撒旦坠落以后，天上
便失去一个能判别贤愚的了。
他因愚蠢而沉沦，现在又蠢蠢然
越狱来归，问他为什么未得许可
便擅敢从地狱限禁来到这里，
他竟认真怀疑问者是否聪明！
他倒以逃避苦境和刑罚为聪明！
你尽管这么判断，这般放肆吧，
到头来，终因逃亡而遭愤怒，

因逃亡而给你七倍的打击，
把你的聪明重新打落地狱里去，
教训你知道，逃亡没有好处，
任何痛苦都比不过激起无限愤怒。
但你为什么独自来？为什么
不带全地狱的徒众一起越狱呢？
难道他们少受些苦？没有来得及？
或者是你比他们都缺少忍耐？
勇敢的首领，逃离痛苦的第一个！
你如果把逃亡的因由向同伴说清，
决不会做个孤独的亡命徒。”

924 恶魔厉色颦眉地回答道：
“不是我缺少忍耐，也不是我怕苦。
无礼的天使啊，你知道我是你
最强劲的对手，当初你我交锋时，
赖有狂暴的雷霆齐发给你助急，
否则你的长矛几乎支持不住了。
但你刚才的一番胡言乱语，
证明你还没有从过去的失败
和艰苦的经验中吸取教益，
仍不配做一个忠实的领导，
自己未曾经历过的危险道路，
决不贸然率领全军踏上去。
因此我，首先自个儿承担
飞越荒旷的深渊，来侦察这

新造的世界，它在地狱里已经
名噪一时，想在这里找个较好的
住处，来安顿我那些受难的天使们，
在这地面上或在半空中。
不过我们来占领时，未免再一次
遭到你和你的喽啰诸军的反对；
你们轻松的任务不是打仗，
而是侍奉你们高高在天上的主宰，
对着他的宝座歌唱颂扬，
在相当的距离之外卑躬敛容。”

946　　那天使军战士马上就回答：
“先假说自己聪明地逃离痛苦，
接着又声称自己是来侦探，
出尔又反尔，足见你不配当领导，
只是个撒谎者，是撒旦，
你怎么能说是忠实呢？啊，名义！
忠实的神圣名义被玷污了！
你对谁忠实？对你那群叛党吗？
恶鬼的军队，正配你这样的首领！
背叛天上公认的至上权威
便是你的训诫，你的军纪，
便是你信誓旦旦的忠实？
你这狡猾的伪善者，如今
假装为自由的保护者，而当初
在天上对那可畏的天帝，谁比你

更为卑躬、谄媚、奴隶般崇拜?
除了妄想夺权取代外,还为什么?
我现在告诉你,听清楚,滚吧!
滚回你逃来的地方去吧!
从今后,你若再在这圣地出现,
我就把你扣上镣铐,牵回地狱,①
密封紧闭,让你不再能嘲笑
地狱的铁门太轻,闩得不紧。”

968 他这样恫吓;可是撒旦丝毫
不在意,反而更加愤怒地回答:
“看守边境的高傲的嗟嘧咱啊,
等我做你的俘虏时,再侈谈镣铐吧;
可是你自己先得小心,我这
高强的手腕比镣铐远为沉重,
让你经受不起,虽然天帝常骑
你的翅膀,但你们惯在轭下②
牵引他的凯旋车,沿着铺星的天路而进。”

977 他如此说时,光辉的天使军
火冒三丈,将方阵变为新月形,

---

① 《启示录》第20章第1—3节:“我又看见一位天使从天降下,手里拿着无底坑的钥匙,和一条大链子。他捉住那龙……也叫撒旦,把他捆绑一千年,扔在无底坑里,将无底坑关闭,用印封上。”

② 《撒母耳记下》第22章第10—12节:“他又使天下垂,亲自降临,有黑云在他脚下。他坐着嗟嘧咱飞行,在风的翅膀上显现。他以黑暗和聚集的水、天空的厚云为他四围的行宫。”

举矛向他包围拢来，密密麻麻，
像西丽斯稻田里秋熟时，①
一片垂须吐穗，在微风中飘动；
多虑的农民站在旁边发愁，
生怕打谷场中全是皮壳，希望全空。
对方撒旦却十分警惕，
集中全力，鼓足劲道站着，
像忒涅列夫岛或阿特拉斯山一样②
岿然不动。他的头直顶到天，
饰着翎毛的“恐怖”坐在他的盔上；
他的手中似乎也有矛和盾。
看形势，不免要发生恐怖的行动，
不仅乐园将受骚动，恐怕
整个繁星密布的天宇都要被扰乱，
或者诸元素至少要因激烈的
冲突而混乱灭裂。幸亏永生的
神为防止这场可怖的战争，
在空中高悬金天秤，那天秤③

① 西丽斯是管农业果木的女神。（参见第 145 页注③）

② 这一句换成中国的说法则是“稳如泰山”。忒涅列夫岛（Tenerife）是古人想象中的幸福岛，传为加拿列（Canary）群岛最大的岛，中有高达 12182 英尺的火山。
阿特拉斯山（Atlas）是巨人阿特拉斯肩负着天的地方，是横亘摩洛哥、阿尔及利亚、突尼斯的大山脉。在摩洛哥的最高峰高达 14000 英尺。

③ 天秤宫为星座名。用金天秤测量事物的轻重，最初见于荷马《伊利亚特》第八章，宙斯用天秤测量希腊军和特洛亚军谁胜谁负。同书第二二章，用以测量阿喀琉斯和赫克脱的命运。维吉尔的《伊尼德》第一二章，用以测量伊尼埃特和塔那斯的命运。弥尔顿用以测量魔鬼与天使的力量，战与和孰重，万物孰重，诗的效果更大。

现在还挂在处女宫和天蝎宫①
之间，起初用以平衡空气和
空悬在宇宙的地球，测量万物；
如今则用以测量一切事件，
战事和国事。他在两头放两个砝码，
一头是和，一头是战，后者跳起，
碰到秤杆。加百列见此朕兆，②
便对魔王说："撒旦，我知道
你的力量，你也知道我的：都不是
你我所固有的，而是神所给的；
所以自夸腕力是愚蠢的。
你我的力量都不能超出天限，
即使我的力气增加一倍，能踩你成泥，
也有什么可夸？要证据，请往上看，
从天兆读你的命运吧；在那儿
秤着你，是何等的轻，何等的弱，
你要抵抗也徒劳。"恶魔仰头一望，
见空中自己的秤盘偏高，便不再言语
口中喃喃而逃，夜荫也随他逃遁。③

① 处女宫和天蝎宫为黄道十二宫中的两个星座，天秤宫在其间。希腊神话中处女名阿斯托利，是正义的女神，在黄金时代原住人间，但末世腐败，她升天而为星宿。天蝎宫，十月二十三日前后，太阳进入这个星座。

② 砝码轻所以秤盘上升。

③ 夜的阴影逃遁，即天亮了。

第五卷

敌人撒旦的来历

提　纲

晨曦来临，夏娃把她的噩梦向亚当叙述，亚当不喜欢这个梦，却安慰了她。他们出去劳动，先在草庐的门口唱了早晨的颂歌。上帝为了有话向人说清楚，特派天使拉斐尔下来向亚当说明他应该顺从，说明他有自由意志，说明他的仇敌将要来临，说明敌人是谁，为什么他是敌人，以及其他应该知道对他有利的事。拉斐尔降临乐园；描写他的姿容。亚当坐在家门口，远远地望见拉斐尔到来，出来迎接他，带他到家里，用夏娃从园中采集的果实款待他。他们的桌上谈论：拉斐尔说明自己的使命，告诉亚当关于他的处境和他的敌人。经过亚当的询问，说明敌人是谁，怎么会成了他的敌人；从天上的初次叛乱，及其原因，说到他怎样带他的部队进入天国的北部，在那里鼓动部下跟他一起造反；只有一个撒拉弗天使名叫亚必迭的不赞成，同他辩论一场后，决裂了。

晨曦在东方移动她那蔷薇色的①
脚步,在大地上撒布晶莹的彩珠。②
亚当照常在这时醒来,因为
他的睡眠轻得像空气一般,
是由清纯的饮食和雾霭散发而成,
一经曙光的扇拂,树叶的沙沙声
和小河水汽升腾的微音,以及
枝头啼鸟清脆的晨歌,便会消散。
更使他惊奇的是看见睡中的夏娃,
云鬓散乱,两颊发光如火烧,
似乎是没有好好地安眠。
他支起了半身,斜倚在一边,
面露笃爱的神情,俯视她那
睡时醒时同样有特殊魅力的美丽。
于是用和风吹拂百花仙子般的③
温柔的声音,轻轻地抚摸她的手,
如此向她私语:"醒来吧,我的美人,
我的佳偶,我最近新得的礼品,
上天最好,最后的赐予,常新的欢忭!
醒来吧,晨光在照耀,清鲜的野地

① 晨曦的拟人化,在希腊神话中为曙光女神伊奥斯(Eos),在罗马神话中为奥洛拉(Aurora)。"蔷薇色的脚步"出自荷马《伊利亚特》第一卷第477行:"蔷薇色的手指点亮了东方。"

② 彩珠,指露珠。《仙后颂》第四卷有"珍珠般的露水"语。

③ 和风,原文是Zephyrus,是希腊神话中西风之神,为森林诸神中最温和的神。但西风在我国多联想到秋风萧杀,所以译为和风。百花仙子(Flora)是罗马神话中春和花的女神。

在招呼我们。我们将失去最好的时光
去看看我们栽培的草木怎样发芽，
香橼的丛林怎样开花，
没药和香苇怎样滴露，
大自然怎样用五彩描绘，
蜜蜂怎样在花上吮吸甜汁。”

26 这样的耳语唤醒了她，她用
惊奇的眼光端详亚当，拥抱他，说：

28 “我心所寄托的唯一的人，
我的光荣，我的完人呀！
我看见你的脸，又看见晨光回来了，
着实高兴；昨夜是不同寻常的夜，
我好像做了个梦，梦的不是
平常事，不是你，也不是昨天的工作，
或第二天的打算；却是个烦恼，
在这恼人的夜以前，从未知道的事。
我好像听见一个温和的声音在耳边，
叫我出去散步。我当是你的声音，
说，‘为什么还睡，夏娃？现在是
快乐的时刻，凉爽、清静，除了
夜啼的歌鸟之外，全都幽静，
这夜鸟现在清醒着，唱着她的恋歌。
现在月亮正圆，领导着群伦，
用更加欣乐的幽光装饰着万物的脸，

没有人去欣赏，辜负了这番美景。
整个天体清醒着，睁开所有的眼睛。
一切有情的都在看你，被你的美迷住，
永远用羡慕的眼光盯着你。'
我像是听了你的召唤，就起来了，
但没有看见你，便迈步出去找你；
我仿佛独自走过几条道路，
忽然走到了被禁用的知识树旁边。
它看来很美，比我白天所想的
要好看得多了；我惊奇地一看，
看见树旁站着一个带翅膀的，
样子很像我们常常看见的天使，
他那露湿的鬈发，蒸发着天香。
他也在那儿观看那棵树；还说：
'啊，真是美丽的树，结实累累，
竟没有神或人来尝味你的甘美，
从而减轻你的重荷？知识是那么贱？
是为嫉妒或是什么用心，禁止尝味？
不管谁禁止，都不能阻止我享受
你的盛惠，不然，为什么栽在这儿？'

64 　　他说了这话，便毫不迟疑地
伸出手去摘来尝味了。我听了
这么大胆的话，看了这么大胆的行动
便吓得浑身冷战；可是他极高兴地说：
'啊，神圣的果子，你的味道本自

甘美,但因这样的采摘便更甜蜜,
禁止人采食,大概是专为神们所享用,
而且还能把人变为神,
人变成神有什么不好?好事愈推愈广,
创造者无所损失,反更受尊敬呢!
幸福的,天仙般美丽的夏娃啊!
你也来一份吧。你现在很幸福,
可以更幸福些,但不能更有价值些。
尝一尝这个吧,尝后可和群神交往,
你自己也将成为女神,不受地球限制,
有时还可以像我们飞在空中,
有时还可以按你的身份升上天去,
看看神们的生活情况,你自己也参加。'
他这样说着向我走近,把他所摘的
果子拿给我,直送到我的嘴边。
那果子的香味立刻引起我的食欲,
我馋涎难禁,不能不去尝味。
后来便和他一同飞升到了云中,
可以俯瞰广阔的大地,气象万千。
我正觉得自己飞得这么高而迷离
惝恍时,我的向导者突然不见了。
我仿佛又降落下来,再入睡乡。
现在醒来,原来是个梦,多高兴!"
夏娃这样陈述了昨夜的梦境,
亚当便严词厉色,忧郁地答道:

“我自己最好的肖像，亲爱的半边身呀，
你昨夜梦中的烦恼，使我也不安。
我并不喜欢这个怪梦，我怕这是
从邪恶来的，但邪恶从哪儿来呢？
你本造就纯洁，本身不包藏祸心。
可是要知道，人的心灵里有些
低劣的机能，奉理性的主脑；
在各机能中，幻想居次位，明敏的
五官呈现一切外界的事物，
幻想便用来构成想象和幻影，
跟理性或合或分，构成我们肯定或
否定的东西，这就是我们的知识或判断。
当五官休息时，她也退入私室睡觉。
当理性睡觉时，幻想却往往清醒着，
模仿她的动作；但时常弄错了形象，
制造出不伦不类的东西，特别是在梦中，
把从前和最近的言行混淆起来。
我想你的梦很像我们昨夜的谈话，
却增加了许多离奇的东西。
可是也不必难过：邪恶进入
神或人的心中，来而又去，
只要心意不容许，便不会留下
半点的罪污，这就给我希望：
你会厌恶睡时所梦见的那些事，
醒来以后决不会同意去做的事。
因此你不要灰心，不要脸带愁云，

应该比那美丽的晨光更加兴高采烈，
笑容满面地迎接世界的新事物，
现在我们起来吧，到树林、泉水
和花丛中去，神清气爽地工作吧。
现在花儿正在敞开最精妙的胸怀，
放出一夜来为你贮蓄的香气呢。”

129 他这样安慰了他的佳偶，
她心神舒畅了，但她的双眼
默默地流下柔和的眼泪，
她用美发拭去泪珠，但两眶里
仍含着晶莹的两颗，在未落下之前，
他把它们吻去了，表示心中快慰，
因为这两颗泪珠表示她的悔悟和敬畏。

136 一切疑惧消散，便相将奔赴田间。
首先从密林如盖的荫翳下，走进
一望无际的晨光明朗的广野，
太阳还没有升起，他的车轮
还在天边海际徘徊，他那
带露的光线，平射在大地上，
显现出乐园东部和伊甸福地的
辽阔土地的风光，他们二人
便卑躬敬虔地礼赞天神，
像每天早晨一样，用各种体裁的
颂歌赞词，向创造主唱念，

出口成章，或为合乐的歌曲，
或为即兴的颂词，都成神圣的欢乐，
或为美妙的韵语，或为无韵散文，
比之丝竹合奏，更加和谐合律，
更加熨帖亲切，于是二人开始唱道：

153　　“至善的，全能的父啊！
这一切都是您光荣的创造物，
您的这个宇宙结构如此奇妙美丽，
那么，您自己该是何等的神奇呀！
简直是不可以言语形容！您坐在
诸天之上，我们看不到您，
但看见您这些最卑微的作品，
仿佛可以知道一二；这些东西
已经宣说您的至德和神奇大能。
说吧，您最能说会道的，光明之子，
天使们呀，因为你们看见他，
你们在天上，用歌词和交响曲，
长昼不夜地围绕着他的宝座欢唱，
在地上的芸芸万类呀，你们合声
歌颂他，起、承、转、合，永无终穷。

166　　“最美丽的星辰呀，你是夜的
最后一员，纵不属于曙光，
也该是白昼的先驱，你用
辉煌的光轮，装饰笑容满面的清晨，

你要在朝暾初升的时候，
在甜蜜的清晨，在空中赞美他。
太阳，你这大世界的眼睛和灵魂啊，
你要知道他比你更伟大；无论在你
初升时，高在中天时或落山时，
在你永恒的轨道上赞美他。
月亮，迎接赫灼的日轮，而又
避开他的月亮呀，要和固定在
飞转着的天体中的恒星们，
以及其他五个既歌且舞的行星
互相唱和，赞美这位从黑暗中
呼召光明出来的大能者吧。
空气、水、火等元行们呀，①
你们是自然的腹中最初孕育的，
相互结合，变成种种形象的，
永久循环回复，千变万化，
混合而滋养着万汇的元素，
要唱出变化无穷，万古常新的
赞歌来，颂扬我们伟大的创造主。
雾气和水汽们呀，你们从
山中和烟水蒸腾的湖上升起时，
还只是土色或灰色，等到太阳出来
把你们绒毛似的衣裾染成金色，

① 地、水、火、风（空气），古代被视为宇宙的四大元素，犹我国之以金、木、水、火、土为五行，所以译为“元行”。

你们要为世界的创作者而升腾；
或升为云彩，装饰那万里澄碧的晴空，
或降为甘霖，滋润干渴的大地，
或升或降，你们都要扬声赞美他。
四方吹拂的风呀，不管是柔和的
或是凄厉的，都要赞美他。
松树们呀，摆动你们的头，
跟所有的草木一同鞠躬向他膜拜。
流泉们呀，你们奔流要婉转歌吟
发出妙音，合乎韵律地赞美他。
一切有生命的东西都要合声歌唱。
唱着歌飞登天门的鸟儿们呀，要用
你们的双翼和鸣声运载颂词。
你们在水中泅泳的，地上步行的，
高视阔步的，或卑躬匍匐的，
都证明我是否在早晨或夜晚，
向山、谷、林、泉，扬起歌声，
曾否教导他们都来供献颂歌。
宇宙的主宰，万岁！愿您永远
单把善德赐给我们；如果黑夜
把邪恶搜集、暗藏起来，请把
它们驱散，像现在光明驱散黑暗。”

209 　　他们这样天真地祷祝之后，
便心气和平，恢复平日的宁静。
他们急忙到田野中去做早工，

露里花间，果木成行，干长叶茂，
有伸得太长的枝丫，也有
不结实的空花，都得人手去修整。
或把葡萄藤牵上榆树，把她嫁给他，①
使她用多情的手臂抱住他，
用她累累的果实装饰他那无花的枝叶。
高天上的王看见他们如此勤勉，
心生怜悯，便召来拉斐尔，那善于
交游的天使，叫他和托比阿斯同去，
并且保证他跟那嫁过七次的处女结婚。②

224 　　他说：“拉斐尔，你听着，
撒旦从地狱里逃出黑暗的深渊，
在地上乐园中掀起了骚动，
昨夜搅扰了那人间夫妇，并打算
在两个人身上下手毁灭全人类。
你们去，用半天工夫，和亚当交谈，
像跟老朋友一样，在他的幽栖处，
或在树荫下，在他午歇的时候找他。
在谈话中要启发他是身在福中，

① 把葡萄藤嫁给榆树的说法始于罗马文学。如奥维德的《变形记》第十四章第669行以下写得很明白。（见杨周翰译，作家出版社，201页）

② 嫁过七次的处女故事见140页注③，据《托比传》，说托比的儿子名叫托比阿斯，在外面娶了这个处女，她身上有妖气，色鬼缠住她，她曾结婚过七次，七个新郎都在新婚的晚上死于非命。托比阿斯在结婚前得到大天使拉斐尔的教示，用鱼心鱼肝同香料一起焚烧，熏烟把色鬼赶走而完婚。

他的幸福是享受意志的自由，
他的意志是自由的，但不够坚定；
警戒他，不要太大意，陷入邪道；
告诉他，他的危险从谁而来，
现在有怎样的敌人从天下降，
阴谋拉别人下水，和他一样
从幸福的境地坠落下去。
他用暴力吗？不，那是容易防范的；
他用的是欺骗和谎言。这一点儿
要说清楚，让他知道，免得他犯了
天条而推说没有预先警告，未加防范。”

246 　　永生的父这样说了，大义凛然。
带翼的天人接受了任务，马上便从
千万穿华丽羽衣而立的撒拉弗中①
轻捷地飞起，飞过天庭的中央；
天上的乐队迅速地左右分开，
为他让出一条漫长的天上玉道；
飞到天的大门处，大门自动地
在黄金的户枢上大开，这真是
伟大建筑师的圣斧神功。
从这儿起，万里无云，没有什么
妨碍他的视线，连小星星也没有，

① 撒拉弗是天使的一种，其特征是身有六翼。（见《以赛亚书》第 6 章第 1—4 节）

他望见地球,和其他闪烁的
星球一样,望见乐园,诸山顶上
都有香柏树;隐隐约约的,
好像伽利略夜间从望远镜中所见的
月亮中的想象境界,或像
船长从西克拉德群岛中远望德洛
或撒摩那样的小岛,如一抹云影。①
他连忙向前飞去,穿过广阔
无垠的太空,飞翔于大千世界之间,
时而挥动稳健的翅膀,以乘极风;
时而用急速的风翼鼓扇柔和的空气,
不久就飞到了鹰隼所能飞到的高处,
在百鸟们看来像是一只凤凰,
所有的羽族都争看这只不群的鸟,
以为是把自己的遗体飞往埃及的
底比斯,陈放在灿烂的太阳神宫里。②

① 西克拉德(Cyclades)群岛是伊琴海中的希腊的群岛,德洛(Delos)岛是其中最小的岛屿。据说是海神呼叫出来的浮岛,宙斯用链条把它系在海底,让勒托(Leto)隐居在那里,生下了阿波罗和阿耳忒弥斯双生儿。撒摩(Samos)也是伊琴海中的一个岛,靠近爱奥尼亚,公元前六世纪时曾为希腊文明的一个中心。

② 凤凰(Phoenix)是传说中无比美丽的鸟,在阿拉伯森林中棕榈树上筑巢,每五百年一次在名香的坛上,用日光点火把自己烧死,在遗骨中再生为新鸟,在众鸟的凝视中高飞远走,遗骨收在下埃及的一个日神的庙里。

他直接在乐园的东头山崖上降落,①
重现撒拉弗天使带翼的原形:
有六只翅膀遮掩他那神圣的容姿,
一对护着宽阔的双肩,垂在胸前,
俨然帝王的装饰;中间一对
好像星光灿烂的晶带,围住
腰身和大腿,上面一层茸毛,
金色斑斓,像在天上浸染过的;
第三对护在双脚上,从后跟起,
都是天上染就红霞色的羽甲。
他站在崖石上,好像迈亚的儿子,②
把羽翼一振,使天香四散,
满播四野。守卫的天使们一看
就知道他是带有崇高使命来的,
都对他的威严和使命起了敬意。
他走过他们那辉煌的帐幕,
走到那幸福的田野,走过没药树丛,
走过肉桂、甘松、白壳杨的花香;
到了一个芬芳、甘美的原野。
这里的自然,回荡她的青春活力,
恣意驰骋她那处女的幻想,
倾注更多的新鲜泼辣之气,

① 乐园唯一的大门在东头,天使进出也由这门;亚当、夏娃被赶出乐园,也由东门出走。

② 迈亚(Maia)的儿子,指赫耳墨斯(Hermes),希腊神话中的神使。

超越乎技术或绳墨规矩之外；
洋溢了无限的幸福。当他从那
芳林里走出来时，那坐在阴凉的
幽栖处门口的亚当便认出他了，
那时太阳当顶，赤炎直射，
放出过分的热力，烘暖大地
直到深处，超过亚当所需要的。
夏娃那时在里面准备午餐，
可口的果实，合乎真正的食欲，
还有乳样的清泉、浆果或葡萄等的
玉液琼浆。亚当这样向她招呼：

308 “夏娃，快来看，一饱眼福，
看，东面的树林中，有一个
光辉的形象正往这儿走来，
好像是另一个曙光在正午时升起；①
大概是从天上带来伟大的使命，
在这个日子光临做我们的客人。
快去拿出你所贮藏的东西来，
供献最好的果品，丰盛地款待一下
这位从天上来的贵宾。拿礼物
回敬赠送礼物的人，要从众多的
礼品中，多拿一些来供应，
这儿的‘自然’肥沃，滋长繁荣，

① 正午的太阳光比起天使的荣光来算是暗的。

愈多采摘，愈能结实累累；
那就是教导我们不必过分节俭。”

　　夏娃对他说：“亚当呀，
你是地上圣洁的典型，受了
上帝的灵气而活的，我们四季①
都有佳果悬挂枝头；不必过多
贮藏，只把一些干硬之后
而更加滋养的东西收藏就够了。
但我要赶快到茂林中去，
从每株树的枝头精选甘美多汁的
瓜果款待这位天人，让他看见，
上帝的恩赐分到地上的不下于天上。”

　　她这样说着，一面急速转身，
带着急迫的神情，一心想着招待的事，
怎样精选最上等最可口的东西，
风味若不调和，便会变成粗劣，
务必要按照自然的变化而加调味，
一样接着一样，有条不紊，引人入胜；
于是忙着去采集各种的果品，
从大地母亲所生产的万汇中精选，
无论东西印度、地中海滨各国、

① 受了上帝的灵气而活的，见《旧约·创世记》第2章第7节：“耶和华上帝用地上的尘土造人，将生气吹在他鼻孔里，他就成了有灵的人。”

本都、布匿沿岸或阿西诺斯国中①
所出产的各类果子，样样都有，
有的结在柔枝上，有的果皮光滑，
有的粗糙，有的果壳带须，
有的包在荚里，她都不吝惜地采摘，
堆积在桌子上。饮料则有
葡萄新酒，并不醉人，还有从多种
浆果中压出的甜汁，从甜果仁中
榨出的美味软膏，样样盛在洁净的
器皿里；然后在地上撒播蔷薇，
以及树丛中取来的自然的香气。

　　同时，我们伟大的始祖前去
迎接那位神光焕发的客人，
他只凭自身圆满俱足的仪态，
没有其他任何仪式；他自身的威严，
就比王侯的马队，成行的侍从，
金光璀璨，徒使观众目瞪口呆的
那种盛仪，更加庄严、隆重。
到了他的跟前，亚当虽然心不惧怕，
却恭敬、严肃地对他行礼，
好像面对长者，鞠躬深深地，

① 本都(Pontns)是亚洲一地名，黑海之南，盛产胡桃、樱桃。布匿(Punic)为非洲北部的迦太基，盛产无花果。阿西诺斯(Alcinous)是《奥德赛》中的一国王，他的女儿把奥德修带到宫中去受隆重的招待。

如此说道:“天上的天人呀,若非
天上那得如此光辉的形象!
你从天上的宝座降临,暂时离开
那个快乐的地方,光临到我们这儿来,
我们只有两个人,天神却惠赐
这么广大的土地给我们,
请到那边荫凉的幽栖处休息休息,
请坐下,尝一尝这个乐园中出产的
美味,直到中午的炎暑退去,
红日西沉,稍为凉爽的时候。”

371　那天人和蔼地如此答言道:
“亚当呀,我就是为这个而来的;
你这样的身份,这样的住处,
即使天使也不是不可以
时常接受你的邀请来访问你。
那么,请带我到你们的那个
浓荫遮盖的幽栖处去吧。
从这正午时刻直到黄昏时分,
可以在那里随意谈话。”于是,
他们来到了那荫翳的住家,
那儿饰着各种的花朵和香气,
好像波莫娜的亭子,显露笑容。①
但夏娃,除了己身之外,没有

① 波莫娜(Pomona)是罗马神话中的果树与果实的女神。

丝毫的装饰，却比山林仙女，
或在爱达山上争吵的三位裸体女神中
最美的一位，还更美丽，①
她站着招待这位天上来的客人。
她穿戴着美德，无须面罩，
也没有思想上的缺点使她脸红。
天人给她一声“祝福你”
这个神圣的祝词，在很久之后，
也用以祝福马利亚，第二夏娃：②

388　　“祝福你，人类的母亲，
你那多产的肚子，将生下众多子女，
充满世界，比这桌子上堆积的
各种神树的果子还要繁多！”
长了草皮的隆起土堆是他们的桌子，
四围有几个长了青苔的座位，
大桌子上满堆着秋天的果实，直到
四隅，在这地方，秋和春常携手对舞。③
谈了一会儿话之后，怕食物冷了，
我们的始祖这样说道：“天上的
客人呀，请尝尝这些恩物吧，

---

① 爱达(Ida)山上三女神中最美的是阿佛洛蒂忒(Aphrodites)，即美的女神。她和赫拉、雅典娜，请巴黎斯(Paris)评判，谁最美，结果评她最美。

② 基督教认为耶稣的母亲马利亚是“第二夏娃”。天使祝福马利亚，见《路加福音》第1章第28节。

③ 乐园里四季常春，四季常秋。

这些是我们的哺育者，圆满无量的主，
使大地滋生而赐给我们
作为食物和娱乐的东西。不知
这些东西合不合天人的口味，
可是我知道一件事，就是：
唯一的天父，赐给一切群生。”

404 　　那天人对他说：“因此，他
（必须永远颂赞）给予半灵质的人类的
食物，也给予纯灵质的天人来欣赏。
那些纯智者也和你们有理性者
一样需要食物；二者的身上，
都具有低级的感觉机能，
因而能见、闻、嗅、触、味，
并能品尝、消化和吸收。
而且把有形化无形，肉化为灵。
你要知道，被造之物都需要给养。
论到各元行，都是以粗养精、
地以养海，而地与海以养空气，
空气以养天上的火即星星，
首先以养星中最下级的月球。
月球圆脸上的斑点，就是她那
不纯的蒸汽还没有化为她的本质。
月球又何尝不从她温润蒸发的
大陆上喷吐养分以供养较高级的星。
太阳把光明给予万汇，同时，

又从万汇吸收蒸汽作为报酬，
到了夜晚，便和西海同进晚餐。
虽然天上的生命树繁生仙果，
还有葡萄提供仙浆，虽然在那儿
每天早晨从枝头拂落甘露，
地上满是珍珠一般的小米粒，①
但天神又在这儿广施异样可喜的
新品种，别有风味，可以比美
天庭；别以为我对食物挑三拣四。"
于是他们坐下来一同饮食，
原来天使并不是有影无形的，
也不是雾中朦胧的幻象，如一般
神学家们所说的，他们真有
强烈的食欲，能够狼吞虎咽，
也有消化，变革食物的热力，
吃了过多的东西，精灵都能消化，
难怪那些有经验的炼金者，
能借乌煤的火力，把粗糙的矿石
化为纯金，跟矿中开采的一样。
那时夏娃赤身裸体站在桌边侍候，
甘美的饮料倾入杯盏，洋溢淋漓。
啊，真是适合于乐园的天真呀！

① 珍珠一般的小米粒，是《圣经》中说的"吗哪"。见《出埃及记》第16章第14、33节。

假使有神子们对这景象而销魂,①
那也是无可非议的;但他们的心
不为情欲的爱所支配,他们不懂得
嫉妒,被损害的“爱者的地狱”。

他们既饮且食,满足了食欲,
却不使胃囊有过重的负担。
这时亚当忽然想起,要借这次
谈话的好机会,知道一些
上界的事物,和天上居民的生活;
因为他们远比自己优越,
他们那光辉的形状,神圣的光彩,
以及高强的能力,都比自己优越。
于是用谨慎的语言向天的使者问:

“和上帝同居的天人呀,
由于您这次光临人间,深感厚意。
惠然肯光临我这低矮的檐下,
又肯尝味这些地上出产的果子,
这些不配作为天使的食品,您竟
吃得津津有味,好像在享受
天上的宴飧。这怎能比较呀?”

① 神的儿子们为人间美女而销魂,见《创世记》第6章第2节:“上帝的儿子们看见人的女子美貌,就随意挑选,娶来为妻。”

468　　披羽翼的天使长回答他说：
“亚当呀，只有一位全能者，
万物从他生出，又转归于他，
万物如不从善良坠落，
可说是创造得完美无缺；
万物同一原质，而赋予各种形状，
依照本质的程度而给群生以生命；①
各种不同程度的生命、活气、
各种生灵，在活动的世界里，
逐渐净化、灵化、纯化，逐渐接近
神灵，终于在各自的界限内，
由肉体努力提高而变为灵质。
所以植物从根上生出较轻的绿茎，
再从绿茎上迸出更轻盈的叶子，
最后开出烂漫圆满的花朵，
放出缥缈的香气。花和果，
人类的滋养品，也逐步上升，
沿着阶梯，上升到生物，到动物，
到万物的灵长，给以生命和感觉，
想象和理解，灵魂从中接受理性，
理性是她的本体，有推理的
和直观的两种：推理多半是你们的，
直观多半是我们的，这只是
程度的不同，实际是同类。

① 本质的程度，指物质的充实性、流动性、密度等。

所以你不必奇怪，我怎么不拒绝
上帝认为于你有益的食物，
和你一样吃它，化为我的本质。
将来会有一天，人和天使同吃，
而不觉得那些食物太轻，不习惯。
而且，你们由于那些食品的滋养，
时长日久，会使你们的五体变得
轻灵起来，终于全部化灵，
同我们一样长了翅膀，飞升天上，
随心所欲地住在这里或天上乐园，
只要你们始终顺从，完全保持那
创生你们的上帝的爱，永不改变。
这时，你们就尽量享受
这个福地中至高无上的幸福吧。”

506 人类的族长回答他说：
“慈惠的天使，和善的客人呀，
您教导我们知识该遵循的方向，
指示我们以自然的阶梯，
静观被造物，从中心到周围，
一步步向上攀登，接近于神。
可是您最后说的‘你们若是顺从’
究竟是什么意思呢？他用尘土
造了我们，把我们安置在这儿，
凡人所需要，所能寻求和享受的
最大幸福，样样都有，我们还能

对他不顺从,对他的爱背弃不顾吗?”

519　　那天使对他说:“天、地之子呀,
你听着!你现在的幸福是由于神,
但幸福的继续却由于你自己,
就是说,由于你的顺从,站定脚跟。
我给你的警告也是为此,要记住。
神造你是完全的,但不是不可变的;
他赋予善性;但也给予力量去保持,
你的意志本是自由的,不为那
难逃的命运和严酷的必然所支配。
他要求我们主动地服务,
决不要我们勉强地顺从,
勉强顺从不被他所采纳;如果
人心不自由,意欲由命定,
没有其他选择的可能时,那么,
拿什么来考验人们的服务
是否出于真心呢?我自己和
全体站在上帝宝座前的天使军,
也和你们一样,只有保持顺从,
才能保持幸福;没有其他保证。
爱和不爱都由于自己的意志,
正因自由地爱,所以自由地服务。
我们也由此而决定坠落或站稳。
我们之中有些已经坠落了,
由于不顺从而坠落了,

从天上坠落到地狱深渊，
从何等幸福的高处，落进何等大的灾祸呀！”

544　　我们伟大的祖先对他说：
“神圣的导师呀，听了您殷勤的话，
比夜间嗤嗒啪的歌声，从附近
群山间送来的缥缈仙乐，更加悦耳欢心。
意志和行为，造来就是自由的，
这事我不是不知道；可是我们总是
常常坚定自己的心，永不忘记
我们的创造者，遵守他的
简单而公正的命令，这个信念，
一直到现在都是坚定的；
但是，听了您所谈天上的事，
使我起了一些疑心，还想多听些，
如果承蒙原原本本地说给我听，
我想那一定是十分奇异的珍闻，
值得敬虔地洗耳恭听的。况且
我们还有时间，太阳刚走完一半
路程，另一半辽阔的长天才开始呢。”

561　　亚当这样请求之后，拉斐尔
迟疑了一会儿，点头说道：

563　　“人类的始祖啊，这是件大事，
是难说又可悲的事。对人类的感性，

怎么能讲解不可见的战斗天使的业绩呢?
这么多原来是光荣而完善的天使,
一旦坠落了,说来怎不令人心伤!
况且泄露另一世界的秘密,
恐怕是不大合法的吧?然而为了你,
我不妨说一说;依照人类感官
所能理会到的,用俗界有形的东西
来尽量表达一下灵界的事:
地界虽然不过是天界的影子,
而天地之间相似的事物,
要比地上所臆想的多得多。

577 “起初还没有这个世界的时候,
空漠的混沌占领着如今旋转着的诸天,
地球凌空悬挂在中心的地方;
有一天(时间是永恒的,无始
无终,但也用过去、现在、未来,
用以测量万物连续不断的运动),
那天正是天上大年的开始,①
各天使军由敕令召集而来,
分别在各自首领的麾下,
成千上万,从天的四隅出来,
闪动着灼眼的光亮,排列成行,
在全能者的宝座面前显现。

① 天上大年,柏拉图说三万六千年中诸天一次大循环,回到原来的地方。

千万种旌麾旗号高扬在空中，
在前锋和后卫之间迎风招展，
标志着天族、等级和阶级的不同；
有的用炫眼的金银线，把纹章
绣上，用作神圣的纪念，标志
他们卓越的虔诚和爱的功绩。
这样，他们排成广大无边的圆圈，
一圈套一圈，层层重叠地站定，
永恒的圣父，伴随着万福环抱中的
圣子，坐在中间，光辉夺目，
好像从炫目的火焰山中，这样说：

“‘你们众天使，光明之子听着！
诸位王、公、有势、有德、有权的，
听永存不灭者，我的宣言！
今天，我宣布我的独生子的诞生，①
并在这个圣山上受膏即位，
他就是你们现在所见在我的右边，②
我指定他做你们的首领；③
我亲自宣誓，天上众生灵都得
向他屈膝，承认他是主宰。

① 独生子的诞生，见《诗篇》第2章第6、7节：“我已经立我的君王在锡安我的圣山上了。……你是我的儿子，我今日生你。”

② 我的右边，见《诗篇》第110章第1节：“耶和华对我主说：你坐在我的右边，等我使你的仇敌作你的脚凳。”

③ 首领，见《以弗所书》第4章第15节：“凡事长进，连于元首基督。”

在他伟大的摄政之下，
团结成单一的灵体，永乐无穷。
背叛他，就是背叛我，
一旦破坏统一，便要从神和福地
抛掷出去，落到天外的黑暗深渊，
他所设置的拘留所，永远不得救赎。’

614 “全能者这样说罢，他的话语
好像为大众所喜欢；实际上不全如此。
那一天，和其他的节日一样，
他们同在圣山周围唱歌跳舞，
那是神奇的舞蹈，行星、恒星，
诸星天都照常运转着，
错综、纵横、迂回，如入迷阵，
看似最不规则，却是超过寻常整齐的规律。
它们的动作合乎神的谐调，
如此柔和、有魅力的乐曲，
使上帝自己听着也心花怒放。
夕暮莅临了（我们天使也有我们的
晨昏，但不为需要，只为变化多趣），
跳舞的兴趣便转到饮食，
全体排成圆圈，摆好食桌，
俄顷之间便堆满了天使的食品；
红玉色的琼浆，洋溢于珍珠杯盏，
钻石杯和沉沉的金杯里，
都是天上生长的甜葡萄的玉液。

他们在百花上休息，鲜艳的小花
戴在头上，且食且饮，相互
交杯，痛饮永生和欢悦，
以果腹为度，不愁过食，
在广施丰产的大慈惠神面前，
尽量欣赏着他们的欢乐。

642 “天香弥漫的夜，散发烟云，
从那迸出光和影的高高神山上，
把那最光亮的天容，变成快乐的
暮色（因为夜在那儿不戴黑面纱），
蔷薇色的露珠使众生安眠，
只有天神那不眠的双眼未闭；
那时天使之群一队队地散布在
整个原野上，远比地球广阔的
天原上（这是天神的庭院），
在流水溪畔，生命树林中间，
张开天幕，霎时间便搭起无数
大帐篷，天界的帷幄，他们在
那里，在凉风习习的吹拂下安睡；
还有一些天使彻夜在轮班歌咏，
在帝座的周围歌唱和谐的颂诗。
但撒旦却不这样清醒——他现在叫
撒旦，原名已经失传了，他虽不是
第一大天使，却是属于第一流的，
他的权力、恩宠、地位都极优异，

可是对圣子却深怀嫉恨。
那一天，伟大的天父宣布圣子
被封为弥赛亚，受膏的王，
由于他的傲气，觉得不能忍受，
这光景对于他自己是一个损害。
于是他深怀恶念和轻侮，
在夜半更深，黝暗来临，正好
清静、睡眠时，决心把他的全军
撤走，悍然反抗，对至上的宝座，
不拜也不顺从，并唤醒那仅次于
他的大天使，对他秘密地说道：①

673 “‘亲爱的伙伴呀，你怎么还能
合眼？你该记得昨天出自天上
全能者的口所宣布的是什么？
平常总是你把所想的告诉我，
我把自己所想的告诉你，
我们在醒时总是一条心，
现在怎能由你的瞌睡而离异？
你知道，新的法令已经颁布；
治人者既发布新法，我们治于人者
也可以改变初心——召开新议会
来讨论可能发生的疑问，
在这儿多言是危险的。你去召集

① 仅次于他的大天使，指别西卜，第一卷中已有描述。

我们所统率数以万计的天军首脑们，
说我命令，在夜的阴云未退之前
全军出发，在我的大旗飘舞之下，
飞速进军，回到我们的领土北方去，[1]
在那儿准备欢迎我们新封的王，
伟大的弥赛亚和他的新命令，
他很快就要扬扬得意地巡行
整个天国，并颁布他的新法律。'

694 “伪天使长这样说罢，给他那
毫无思想准备的伙伴以坏影响；
他召集了手下的许多军政长官，
有的分别一个一个传达命令，
正如刚才所吩咐的，向他们说是
至高者的命令，要在天亮之前，
在黝暗的夜未从天上消去之前，
揭起大天军的旌旗而进军；
还向他们说些臆造的原因，
用暧昧的话语，易于激起嫉恨的
言辞，说得堂堂皇皇无可指责。
他部下全都习惯于服从他，
伟大首领的卓越号令，
因为他的名声实在大，

① 恶魔住在北方，见《以赛亚书》第 14 章第 12—14 节：“我要坐在聚会的山上，在北方的极处；我要升到高云之上，我要和至高者平等。”

在天上的地位实在高，
他的容貌，像领导群星的晨星，①
迷惑了他们，谎言骗取三分之一天军。
那时，永生者的眼，洞察隐微思想的
慧眼，从那神圣的山边，
或从每夜在他面前点燃的金灯里，
不必借用它的光照，已经看见
叛乱的兴起——看见谁在发动，
向朝晨之子中间扩大，
怎样纠众结党，反对他的敕令，
他微笑着对他的独生子说：

719 “‘儿呀，在你身上可以看到
我全部的荣光都充分显明出来了，
你是我全部权力的继承者，
关于我们的全能，关于我们
从古以来的神性和主权，
该用什么武器来确保的问题，
对我们来说是很迫切的了。
现在崛起一个仇敌，他想
在辽阔的北方国土上树立起
一个和我们分庭抗礼的王权；
他不以此为满足，还想要

① 晨星即撒旦，别名鲁西弗(Lucifer)，就是明星，晨星，金星。《以赛亚书》第14章第12节：“明亮的星，早晨之子啊，你何竟坠落！”

在战场上考验我们的权能和威力。
我们要注意,在这危急的当口,
必须火速召集剩下来的部队,
用全力来防御,以免在突然袭击中,
丧失我们这个高地、圣所和圣山。'

733 "神子以静穆明朗的神色,
光辉神圣,静妙难名的态度对答他:
'大能的父呀,你正直地嘲笑
你的敌人,胸有成竹地笑他们
徒劳的计谋,徒劳的叛乱。
他的憎恨将是高举我的名,
是我的荣誉。他们将看见我
承受统治的王权,制服他们的
骄矜,终将证明我确有征服
叛军的权力,还是天国最无能的。'

743 "圣子这样说了,而撒旦
却率领他的军旅,迅速飞行远征,
数目无可计算,就像夜间的繁星,
或像太阳照出所有树叶和花朵上
珍珠般滴露的众晨星一样。
他们行经许多大国的国土,
经过那分为三个等级的撒拉弗、
王者和霸者所统治的疆域。
亚当,你的全部领土,和这些

大国比较起来,简直是小花园
比环球的全部大地和全部海洋。
他们经过这些国土,终于到达北国,
撒旦就在一座高山上登基即位,
光芒远射,好像山上升起一座山,
还有用金刚石、金岩砌成的
塔楼和金字塔。在这个鲁西弗的
宫殿里(这是人类对这建筑物的俗称)
他不久就在众天使之前宣布自己
是救世主,俨然和天神一样,
把那座山冒称为‘会议之山’;
因为他在那儿召集他的党羽,
诈称要讨论如何去迎接大王的来临,
用造谣艺术,以假乱真,向他们宣言:

772 “‘诸位王、公、有势、有德
和有权的!但愿这些尊严的称号,
不是徒具虚名;因为如今由神敕
另立一王,独揽大权于一身,
以受膏王的名义,大损我们的权力。
因此,我们才做了夜半的行军,
急急忙忙地聚集在这儿,
就是要讨论该怎样去欢迎他,
我们这些一向对他屈膝献殷勤,
卑躬恭敬的,该怎样迎接这位新贵!
侍奉一位,已是难堪;况且是两位!

如今他宣布，他的影子也该受尊敬，
双倍的奉承，我们怎么受得了？
我们必须想个较好计划以自壮胆，
并且教我们怎样摆脱这个重轭？
难道你们愿意伸出头颈去受缚，
愿意屈下软弱的双膝在他面前？
不，我想你们是不愿意的，
如果我没有错认你们，
你们必也自知都是天上的子民，
本来不从属于谁，即使不完全平等，
却都自由，平等地自由；
因为地位和等级，跟自由
不相矛盾，可以和谐地共存。
那么，论理性或正义，谁能
对平等的同辈冒称帝王而君临？
论权力和光荣，虽有所不同，
但论自由，却都是平等的。
我们本没有法律，也不犯罪，
怎能拿法律和敕令压在我们头上？
用它来主宰我们，硬要我们尊敬，
简直是冒犯我们赫赫的名号，
我们的名号理应治人而不是治于人！'

803　　“他这样狂妄大胆的言论，
耸人听闻，但在众撒拉弗天使中，

有一个叫亚必迭的站起来，①
他是最热心于敬神，最能遵守
神的命令的，他义愤填膺，
以热忱的火，冲击狂暴的逆流道：

809 “‘啊，你这狂妄、虚伪、傲慢的
议论，你这话，在天上谁也不愿听；
尤其是出于你的口，你在伙伴中，
居于何等高的位置，忘恩负义者！
他合法地宣布他的独生子继承王笏，
天上的每一精灵都当向他跪拜，
恭恭敬敬地承认他为正统的王才是；
你怎么能用不敬的诽谤来
责备天神正当的宣告和誓言呢？
你说他不公正，倒是太不公正了，
不应该用法律来束缚自由，
不应该让同辈来统治同辈，
不应该由谁来独揽永恒的大权。
难道该你把法律颁给上帝？
你是他造的，他如心所欲地
创造一切天上的诸当权者，
他们的存在都是由他规定的，
难道要你跟他辩论自由的主旨？
亲身的经验教我们知道他是

① 亚必迭（Abdiel），一天使之名，神仆之意。撒旦叛党中唯一的反对派。

何等善良，何等关心我们的
善良和尊严，完全无意于贬损
我们的幸福，只想在一个首脑之下
更易于团结，更能提高我们的幸福。
即使如你所说的，以同辈君临
其他同辈的事是不公正的；
你又怎能自以为伟大而光荣，
自以为具备所有精灵美德于一身，
而自以为真和独生圣子同辈呢？
岂不知大能的父凭他创造万物，
就是凭他的“言辞”去创造，
就是你，也同样是他造的，
天上各等级的精灵都是他造的，
并且凭他得享荣冠，享有
王、侯、有势、有德、有权的①
光荣称号；不因他的统治
而黯淡无光，反而更加辉煌；
由于他屈尊来做我的头，
成了我们的同侪，我们的伙伴，
他的法律就是我们的法律；
一切的光荣归他，由他而归还
我们自己的。因此，你必须停止
这不敬的狂妄，不要引诱这些天使，

① 见《歌罗西书》第1章第16节：“因为万有都是靠他造的，无论是天上的、地上的、能看见的、不能看见的，或是有位的、主治的、执政的、掌权的，一概都是借着他造的，又是为他造的。”

赶快去平息圣父和圣子的激怒。
去祈求赦免,现在还不迟。’

849 “热诚的天使说罢,但他的
诚意却得不到赞助者,大家都认为
他不识时务,或简单、粗鲁,
那谋反者见此很高兴,更高傲地说:

853 “‘照你这么说,我们都是被造的?
而且是副手的产品,是父传于子的
作品?这说法真是新鲜、奇闻!
我们倒要学习这闻所未闻的
高论是从哪儿来的,谁曾看见
这项创造工程?你能记得造物主
是怎样造你的吗?我们无从知道
我们自己的前身;当命运循着
他的路程巡行周轮时,凭我们
自身的活力,自生,自长,
自成天上成熟的产物,神灵之子。
我们的权力是我们自己的,
我们自己的右手,教我们最高的
业绩,证明谁是我们的同辈。
那时,你将看见我们是否愿意
向他祈求,看见我们究竟是
向他全能的宝座围攻呢还是围拜。
你去报告,把这消息报告受封的

新王吧；赶快，免得灾祸阻你飞行。’

872 “他说罢，便有不计其数的天使军
力竭声嘶地向他的话喝彩响应，
犹如深水訇哮砰磅的声音。
可是那愤怒的撒拉弗丝毫也不
因此而胆怯，虽然孤独地处在
敌人包围之中，却勇敢地答道：

877 “‘啊，你这天神的背叛者，
被咒诅的精灵，你自绝于一切的
善；我眼见你决心堕落沉沦，
你的不幸党徒也卷入这个背信的
阴谋，你的罪与罚也殃及他们。
从此，你再也不必考虑怎样摆脱
上帝弥赛亚的轭；那些宽大的法律
也不必颁发，却已无可挽回地
发出了对你的讨伐令。
你所曾经拒绝的金笏，
将成为粉碎你反叛的铁杖。
你刚才叫我飞走，那很好；
我将要从你这罪恶的篷帐飞走，
却不是因为你的警告或威胁，
而是要免受行将到来的天威震怒，
恐怕俄顷之间玉石俱焚；
因为他的迅雷即将临到，

吞没一切的火焰，即将临到你身上。
到那时，你就会痛苦地理会到
是谁创造了你，谁能灭掉你。’

896 “忠诚的撒拉弗天使亚必迭说罢，
发现在众背信者中间只有他忠信。
在无数的虚伪者之间，只他不移本心，
不动摇，不受诱惑，不怕威胁，
保持他的忠贞，他的爱和热诚；
他虽然孤立，但不为多数，不为
坏榜样而改变初衷，违背真理。
他从他们中间走出，在一条长路上忍受
敌意的轻慢，他器宇轩昂，
不为暴行所恐吓，以轻慢相报，
转向背对那些行将消灭的高傲塔楼。”

第六卷

天界的三天大战

提　纲

拉斐尔继续叙述:米迦勒和加百列怎样被派去讨伐撒旦和他的天使军。描绘第一个战役。撒旦和他的部下众将领,在夜幕之下撤退,开了一个会议;发明一种极猛烈的机器,第二天打乱了米迦勒的一些军队;但他们拔起群山来投掷,压倒了撒旦的军队和机器。但叛乱并没有因此而停止。上帝在第三天派他的儿子弥赛亚出征,为他保证胜利的光荣。他带着父亲的权力来到了战场上,先把他的军队分开在左右两边站稳,然后把战车和轰雷驶进敌阵中去,使他们不能抵抗,追奔逐北,直到天边的城墙处;天墙崩裂,他们都恐惧而混乱地跳下去。下面就是深渊,特为他们准备的刑场。弥赛亚凯旋,回到圣父处。

那无畏的天使,整夜飞行,①

① 无畏的天使,指亚必迭,他和撒旦一党决裂后,从北方国飞回神山。

后面没有追兵，飞过天界的广野，
直到“晨曦”被循回的“时间”唤醒，
用蔷薇色的手去打开“光明”的大门。①
神山上，宝座的近旁有一个洞，
光明和黑暗，永远在那儿
轮流住宿，互相交换着进出，
使整个天上不断变化，景象常新，
像白昼和黑夜一样。光明一出来，
紧跟的黑暗便从另一扇门进去，
直到她该出来掩盖天空的时刻；②
但那儿的黑暗，跟这儿的薄幕相似。
现在晨光已经出来，像在最高天上，
披上璀璨的金色朝霞，把净火天的
绚丽的光箭射遍天宇，黑暗消逝了。
首先进入他视线的是：广野上
遍布光辉的队伍，密密层层的，
都是战车，炫目的武器和喷火的
战马，交相辉映。他看出，战备
已经就绪，风云紧迫，他所要
报告的消息，天上早已知道。
于是他高兴地参加那些友好的

① “时间”女神唤起“晨曦”女神，表明天亮了。“时间”女神是天门的看守者，“晨曦”女神是她的侍女，看守“光”“暗”轮流居住的洞穴之门。“蔷薇色的手去打开‘光明’的大门”，见奥维德《变形记》第二章第112—114行。

② 直到她（黑暗）出来掩盖天空的时刻，指直到夜幕降临。

天使群里去，他们也欢迎他，
为他欢呼；因为他是千万坠落者
中间，失而复得的唯一人物。
他们把他带到神山上，在大家
喝彩声中，来到至高者的宝座面前。
在金色的云彩中，有和蔼的声音说：

29 “做得好，神仆啊，你打了①
一个美好的仗，你为维护真理，②
敢于只身抵抗反叛的乌合之众，
用语言胜过他们的刀枪，
为真理做证而遭受众人的责骂，
比受暴力的威胁更为难堪；③
因为你全心全意只考虑到
在上帝面前蒙受嘉许，
不管全世界都说你顽固。
现在，较容易的胜利留待给你，
有这支友军的协助，再去迎敌，
定可更光荣地回来，虽曾蒙羞而离去。
用武力征服那些不肯把理性
当作法律的叛徒，他们不肯

---

① 神仆，即“亚必迭”这天使名字的意义。

② 美好的仗，《新约·提摩太前书》第6章第12节：“你要为真道打那美好的仗。”

③ 比受暴力的威胁更为难堪，《仙后颂》第四卷第9行：“恶行比恶言容易忍受。”

承认那理合君临的弥赛亚为王。
前去吧，米迦勒，你，天军的大王呀，①
前去吧，你，武勇仅居其次的加百列，
率领我这些无敌的孩子们前去，
率领我这些武装的圣徒们前去；
千军万马已经列队待发，
数目和那叛乱的无神之徒相等。
用火和刀剑向他们勇猛进攻；
把他们追到天界的尽头，
从神境福地赶到刑场，落入
地狱深渊，在那儿早已广辟炎炎的
混沌界，等待着他们的坠落。”

56 　　至尊的声音这样说了以后，
朵朵云彩荫暗了全山，烟雾滚滚，
灰色的涡卷包着翻腾的火焰，
这是他的圣怒已经激发的征象；
同样可怕的天喇叭在高处猛吹。
命令一发，卫护天庭的天使军
排成无敌的强大方阵，
光辉闪耀的队伍，静静地
踏着和谐的乐音而前进；
乐音激荡英雄的热情，

① 米迦勒(Michael)，“谁像神”的意思。《旧约·但以理书》第12章第1节：称为“大王”，同书第10章第21节：“除了你们的大王米迦勒之外，没有帮助我抵挡这两个魔王的。”

在神圣的领导下，甘冒万险
为上帝和他的弥赛亚而决战。
他们以牢不可破的整体，
向前进军，不论高山、深谷、
森林、河流，都不能拆散
他们完整的队伍；因为他们的
行军是高高地离开地面，
踏着驯柔的空气，健步而前。
犹如当初百鸟列队飞来，
奉命集合于伊甸的上空，
接受你给它们的命名一样。①
他们飞过天上的许多区域，
飞过许多广阔的国土，
范围的广袤，十倍于这个地球。
终于在天国北边地极的远方，
摆开战斗的阵势，从这端
到那端，只见一片火光烛天。
从近处看，撒旦的天使联军
急忙出征，无数的刀枪林立，
甲胄云集，盾牌千变万化，
上面描绘着种种夸张的口号。
因为他们预谋在那一天，
用进攻或奇袭的方法去夺取上帝的

① 给它们的命名，《旧约·创世记》第2章第20节："那人便给一切牲畜和空中飞鸟、野地走兽都起了名。"

神山，让那嫉羡天国威光的，
骄傲的大野心家占据他的宝座。
可是到了中途便证明他们的
想法都是愚蠢而徒劳的。
起初我们觉得奇怪：天使和天使
竟会以干戈相见，战争如此激烈，
他们原来都在欢乐、爱的筵席上
相见，好像一个家长的儿子们，
众口同声颂赞永生的父。
但现在战阵的喊声甚嚣尘上，
冲杀的喧声打消了安稳的思想。
那叛徒高高地坐在他那
光如日轮的战车中央，
俨然一个威严的神明，
四周围照耀着金光闪烁的盾牌，
和喷射着火焰的嗤嘧啪天使。
他从豪华的宝座上走下来，
两军之间只留一片狭窄的地带，
前线和前线，森严地对立，
形成漫长、可怕的战阵。
在阴云密布的先头部队的前面，
两军还未接战之先，撒旦身裹
金刚石和黄金的盔甲，
高视阔步像高塔一样昂然而来。
亚必迭站在最强大的、好大喜功的
两雄之间，看这情景，忍耐不住，

便向自己无畏的心探问：

114 “天啊！忠信既已荡然无存，
怎么能保留如此高大的威仪呢？
他貌似强大，不可攻克；为什么
不让那失德的也失去势力和威力？
为什么让最虚弱的反显得最勇敢？
靠全能者的帮助，我试验过他的力量，
我曾试验他的理性，证明
其虚伪、不合理；在真理辩论中
得胜的，在武力上也当胜利，
两种斗争同样得胜才是正确的。
理性和暴力搏斗时，那搏斗虽然
像野兽般粗鲁丑恶，但理性的得胜
那才是最合乎理性的。”

127 他这样想着，离开武装的伙伴
独自向对方迈进，在半路上遇见
勇敢的敌人，见他先发制人，
更加怒火中烧，便坚定地向他挑战：

131 “高傲的家伙，是你吗？
你妄想毫无阻挡地达到你所
憧憬的高处，以为神的宝座
已经没有守卫，他的左右都
怕你的强权和毒骂而放弃了他。

蠢货，你不想想，举兵反对
全能的神不是徒劳无益的吗？
他从最微小的东西里送出
无限的兵力来挫败你的愚妄；
他一伸手，就超过一切限制之外，
伸到各方，不借旁力，只一击
便能结果了你，把你的军旅
沉沦到黑暗渊底；可是你知道，
并非全都听从你的；重信义，
忠于上帝的大有人在，只是
你当初没有看出来罢了。
当时我在你的支配下，似乎不该
独违众议；现在看看我的队伍吧，
虽然为时已晚，也该知道：
千万人错误时，会有二三知情者。”

149 　　大敌用轻蔑的眼光斜视他，
回答道：“你这捣蛋的天使，
为了你闯的祸，正要找你算账时，
你自己倒先回来领受应得的奖赏，
首先尝试我这激怒的右手的厉害，
当初你的舌头为反对的偏见
所驱使，反对三分之一神军
在会议上所主张的神性，
他们正觉得自身内部有神力，
你却对谁都不承认他的至尊大能，

你来当你同僚的前锋,妄想
要从我的身上取得一根毫毛,
好吧,你的厄运,将显示余党的毁灭。
这短暂的休止,让你知道
(不容回答,免得你夸口);
我起初以为自由和天国对
天上的精灵都是一回事,但是
现在看来,大多数因为天生惰性,
宁愿做伺候的精灵,做奴才,
训练自己,专工侍宴和歌咏:
你所武装的正是这种天上的侍宴,
自由与奴役将拼搏较量,
今天他们两方要分个高低。”

171　　亚必迭这样简短严厉地回答:
“你这背信者,一误再误,
永远错下去,远离真道。
凡照神或自然的命令而行的,
你都要不公正地诽谤为奴才,
神和自然的要求相同,
如果治人者是最高尚的,他就胜过
他所治的;说到奴才,就是那些
伺候不贤者或作乱犯上者,
像如今你的徒众伺候你一样。
你自己并不自由,做了你自己的
奴隶;还敢污蔑我们的服侍神。

你到地狱去治理你的王国吧；
让我们在天上服务万福的神，
服从那最值得服从的圣命吧。
但在地狱中等着你的是锁链，
不是王国；此外，还请你这
邪恶的头盔受我这逃兵的敬礼，
我就是你刚才说的归来的逃兵。”

189 说着，便高举巨棒，给以
豪爽的一击，像飓风中的疾雷一样
落在撒旦的头盔上，他目不及瞬，
脑不及晃，盾牌更不及抵挡。
他后退十大步，到第十步处，
才能用重矛支住屈折的双膝。
好像地球上有一股底风，
或横决的大水，把一座大山拔起
冲走，山上的松树都沉下了半截。
那些叛逆的大天使们大吃一惊，
他们见最能干的受到这样的挫败，
便更加愤怒。我军则充满着欣喜，
欢呼，胜利的预感和战斗的热望。
于是米迦勒下令吹起天使长的喇叭，
它响彻广漠无垠的天宇，
忠诚的战斗队向至尊者高唱“和撒那”；
敌军也不站着观望，也一样
凶猛地加入这可怕的激战。

那时，起了暴风雨般的狂乱、喧哗，
是天上从来未曾听见过的：
刀枪砍击盔甲的噼啪声，
黄铜的战车疯狂地滚动，
冲击碰撞的骚音凄厉可怕；
头上有火箭横飞，烟焰齐发，
两军都笼罩在火的苍穹之下。

火的苍穹下，两军的无数战士
都带来毁灭性的袭击和不熄的
怒火，互相冲杀，全天都轰响了，
那时有地球的话，连地心也会战栗。
那有什么奇怪？两军各有几百万
天使在猛烈战斗，其中最弱小的
也能驱使各元行，用各元行领域中的
全部力量来武装自己。况且这么多
军队在火拼时，会增加多大力量！
眼看将要发生可怕的混乱，
使他的故乡纵不全毁，也要骚乱不安，
要不是那全能的永生王
从他那巩固的天营上，从高处
管理他们，节制他们的力量；
那么，一支小分队便像个大兵团，
一个武装士兵便是一支队伍；
个个在指挥之下作战，看来
像是一个首长，一个指挥员，

知道何时宜进，何时宜止，
知道战局的变化、转移，
残酷的战斗该在何时开始，何时了结。
没有一个想逃跑，没有一个想退却，
没有表示惧怕的失体行为；
个个都能自恃，好像自己手中
完全掌握着决胜的机宜。
永垂不朽的功绩说也说不完；
因为那战役蔓延得很广，
而且变化无穷：有时陆上迎战，
有时矫翮高翔，骚乱满空，
把整个天宇播满了战火。
这场战斗，久久胜负难分；
到了那一天，撒旦显示异常能力，
武勇无比，撒拉弗天军在
紊乱的战阵中横冲直撞，
终于看见米迦勒挥剑奋击，
砍倒了几队天军，那巨大的双手
高高挥起，可怕的剑锋广施威力，
于是他急忙招架这歼灭性的猛攻，
举起他那十重钻石制成的
圆圆大盾来迎战。米迦勒见他
走近时，暂停战斗，希望能
降伏这个大敌，或者把他擒缚，
便可结束这场天上的内战，
他皱起敌意的眉头，

脸上火红地如此开腔：

262 “罪恶的制造者啊，你在
天上本来无名，在反叛以前
一向默默无闻；现在你看，这场
纷争多么可恨，大家都痛恨，
正确估计，感觉得最难堪的
该是你自己和你的党羽。
你的罪行多么妨碍天上的幸福
和安宁；给自然闯下了多大灾祸！
你把自己的恶念灌注给千万精灵，
使原来忠诚的，变成背信弃义的；
但休想在这儿扰乱这神圣的安静，
天国已经把你逐出一切的境界；
天是至福的住处，容不得暴行或战争。
因此，你和你的万恶徒众，
带同你们所生的罪恶一起去，
往罪恶的住家——地狱去吧！
往那儿纷争去吧！别等我这把
复仇的剑对你施刑，或者从
天神飞来更迅速的处分，那时
你必陷入更大的痛苦。”

281 天使王这样说后，那劲敌
对他说：“你休想用虚声恫吓来
威胁我。你岂曾把我军中最弱小的

打败吗？他们即使一时倒下，
仍旧会不屈地站起来。你以为我
容易对付，想用虚夸的豪言壮语
把我吓走吗？你把这场战争称作
罪恶的战争，我却称它光荣的战争。
休想这场战争就此完了；我们要胜利
还要把这天国变成你空想的地狱；
这儿，纵使不归我管辖，也要让我
自由居住。现在，你使出了全身的
力量，还有那名为全能者的帮助，
我决不逃避，却要远远近近地追你。”

296　　辩论告终，双方准备一场
不可名言的战斗。纵使有天使的妙舌，
也难能叙述；况且要用地上的
东西来比拟，用人间的想象，
决不能达到神力的高境。
因为他们或行或止都像神明，
他们的身材、动作、武器，
都足以操纵伟大天国的主权。
这时他们挥动火剑，在空中
划了很多可怕的圆圈；他们
紧张地站住，他们俩的盾牌
相对闪耀，犹如两面大日轮。
众天使在两雄交锋之前，
急忙退避三舍，留下一个

广阔的场地，挨近这样的战斗
是危险的。那场剧战如可以小
喻大，则如大自然失去协调，
在星宿之间开仗，两颗行星
在不祥的对座冲道上正面猛冲，①
在空中搏斗，使混乱的诸星球
惊惶不安。两雄都使出仅次于
全能者的膂力，都想一击而定局，
都想使对方一蹶不振，永远休战；
双方的膂力和敏捷，不分高下。
但米迦勒的剑是从天神武库中
取来的，锋利刚劲无比；
那剑一经猛力砍下去，便把
撒旦的剑，劈得截然两断；
但还没有停止，锋刃急速一转，
便深深地劈入撒旦的右肋。
那时撒旦第一次尝到痛苦，
不住地把身子旋转扭曲；
利剑过处，创伤深长，疼痛不止，
但灵体的创伤不久便愈合；
在伤口深处，有一道灵液
像流泉一样涌迸出殷红的
天使的鲜血，溅满了光辉的盔甲。

① 不祥的对座，古代天文学认为在天的两极端的双星相对是不祥的，因为二星争辉，把毒气落在地上。

335 于是有许多矫健的天人，
从四面八方奔驰而来救助他，
有的驰进战阵，为他掩护，
有的用盾牌把他抬出战阵，
放在战场外面的战车上；
他躺在车上，为了种种屈辱
而切齿痛恨，他痛苦、愤恨，
自愧不是无敌的，并且受了
这样的惩罚，威风大杀；他的
权力和天神相等的信念破碎了。
可是，不一会儿他就痊愈了；
因为精灵的活力遍布全身各部，
（不比凡人只在心、脑、肝、肾
或腑脏）不会完全消灭，不会死；
他那流动的组织，不受致命伤，
好像流动的云气一样。
他们全身是心、是脑、是耳、
是目、是知觉、是意识，随心所欲地
长出手足，如心所好地采用合适的
颜色、形状、大小或疏密。

354 与此同时，在别处也有战迹
值得记忆，强有力的加百列
在战斗中举起勇猛的军旗，

突破凶猛魔王摩洛纵深的阵列。①
摩洛被他所激怒，便出言不逊，
要把他缚在战车上拖拉，
还对神圣的上帝不断渎骂；
但不久，一直伤到腰的下部，
带着奇痛和破军装，吼叫着逃走。
在两翼，尤烈儿和拉斐尔，②
各自击破了那些自负的劲敌，
巨大而穿了金刚石铠甲的
亚得米勒和阿斯玛代③
这两个大天使也不甘示弱，
但当他们身负可憎的重创，
连同铠板和锁子一齐迸裂，
只得逃走时，却有了卑劣思想。
还有亚必迭，他对目无神明者
并不袖手旁观，他把亚利、亚略④

① 摩洛，或译摩洛赫，亚扪人的日神，祭祀用儿童为牲。

② 尤烈儿(Uriel)是神之光明的意思，管理太阳的天使，眼睛最亮。拉斐尔(Raphael)是最善于交际的天使。亚当还不知道他的名字。

③ 亚得米勒(Adramelec)是俊王的意思，是撒玛利亚人的日神。《旧约·列王纪下》第17章第31节："西法瓦音人用火焚烧儿女献给他们的神亚得米勒和亚拿米勒。"阿斯玛代(Asmadai)是个妖淫的恶鬼。即第四卷第168行的阿斯摩丢斯(Asmodeus)，附在"嫁过七次的处女"身上。(见《旧约·次经》的《托比传》)

④ 亚利(Ariel)是神狮的意思，据说是罗马战神的化身，为亚利安人所崇拜。亚略(Arioc)，据《创世记》第14章第1节载是以拉撒的王，是掠夺亚伯拉罕的四王之一，由于反抗而夺回财物。

和粗暴的拉米埃打败,①
像烈火,把他们烧成焦黄枯萎。
我还可以叙述千百种的战功,
使他们的名字在地上万古流传;
但精选的天使只满足于天上的
名声,不求人间的赞美。
另外一群,能力和战功也很可惊,
荣誉心也很急切,但已判罪,
从天国和神圣的记忆里勾销,
默默无闻地住在黑暗的地境。
因为武力和真理、正义分离,
便不足以表扬,只值污名与耻辱,
却又自恃虚荣以求光耀,
通过污名而寻求荣名;因此,
他们的命运正是永远的无闻。
现在,他们的最强者已被
打倒,加上多次袭击,望风披靡,
因而秩序混乱,溃不成军,
满地都散布着破盔碎甲,
战车的御者倒地,吐白沫的烈马,
也仰卧、堆积在一起。
那些防守在后阵的撒旦军,
也都疲惫不堪,失去防御能力,

① 粗暴的拉米埃(Ramie)是"狮子一样"的意思,是一个因和人间女子私通而坠落的天使。见《以诺书》第4章第7节。

有的惊惶而奔逃，面如土色，
因为初次受惊吓，初次尝到痛楚。
　　这场灾祸，只因不顺从的罪孽，
才尝到了担惊受怕、逃亡和痛苦的滋味。
那些不容侵犯的圣徒却大不相同，
他们穿上坚固耐磨的武装，
以正方的阵形，无隙可乘地前进；
因为天真纯洁，未曾犯罪、抗命，
所以有这样压倒敌人的优越性；
作战时，虽或因猛袭而变更地位，
却经久不倦，不因伤而觉痛楚。

406　　现在“夜”已开始向轨道上走了，
召来黑暗笼盖天宇，以可喜的
休战和静寂，镇压可憎的战争骚音。
胜者和败者，双方都退处
在夜云的荫下。在战地上，
米迦勒和他的部下广扎营盘，
四周布置哨兵，闪耀着火焰的
嗟嚹啪天使。在另一边，
撒旦和他的叛众一同撤退，
远远地深入昏暗区域，不休息，
连夜召集将领们，开了个会议，
他站在中央，这样大胆地说：

418　　“亲爱的伙伴们啊，现在，

经过了危险的考验，我们知道武器
不足以制胜；不单要求自由，
这个要求太低了，还要求荣誉、
主权、光荣、声名等更高的东西。
我们在胜负难分的战斗中支持了一天，
（一天如此，为何不能永久如此？）
天上的主宰从他左右派出最强悍的
来讨伐我们，以为可以降服我们，
归顺他的意志，结果没有如愿。
以此看来，那一向认为全智的，
将来可能会有很多的失策。
我们现在武装单薄，容有不利，
可能会吃些苦头，我们从未受过苦，
一旦有了经验，便觉得没有什么。
因为我们知道自己的轻灵体质，
不受致命之伤，也不会灭绝形体，
即使受了伤，不久便会愈合，
依靠自身的活力而自然复原。
如今吃了小小的亏，很容易
想个补救的办法：今后得要
更强的武装，更猛烈的兵器，
加强我们自己而削弱敌人，
或使本质相同的双方不分高低。
若有其他隐秘的原因使他们
占上风，就要趁我们心力未损，
理解力强时，经过适当的研究、

讨论，便可以发现其中隐秘。”

446　他坐下；接着在会议中
站起来的是王侯之首尼斯洛。①
他站着像个刚从残酷的战斗中
逃出来的，显得疲倦不堪，
他的手臂被砍得伤痕处处，
带着惨淡的面容，这样答道：

451　“从新君手中解放我们的救主，
争取享受自由神权的领导者啊！
对武器不如敌人而作苦战，
同那不知痛苦，不会受伤的对敌，
对诸神来说，也是无比的苦事！
由于这场灾祸，必定带来毁灭；
痛苦压倒一切，使最强者的手萎靡，
虽有无比的勇和力，又何济于事？
也许我们不妨从生活找到乐趣，
不发牢骚，心满意足地过着
最安静的生活。但是当前的痛苦，
祸患太深了，超过了忍耐的限度。
因此，若有谁能发明更精强的
武器，更猛烈的军火，让我们

① 尼斯洛（Nisroc）是大鹫的意思，是尼尼微人崇拜的神。《旧约·列王纪下》第19章第38节：“……住在尼尼微，一日在他的神尼斯洛庙里叩拜。”

去攻打未受重创的敌人，
或者使我们得和他势均力敌的话，
那便等于是拯救我们的恩人。”

469 撒旦神态自若地回答道：
“你正确地认为在我们的功业上
如此重要的利器，我已经到手了。
我们站立的这块天上的陆地，
这一片光明的广漠灵境，
上面饰着草木、果实、香花、
宝石和黄金，看见了这些
光辉的表面，谁不想进一步
去窥探一下地下深处的蕴藏呢？
它们原是暗黑而粗糙的物质，
由灵气和火的泡沫浸成，直到
接触天光，经过锻炼之后，
才变成如此美丽，光焰四射的东西。
它们是从黑暗的地下深处来的，
它们本身孕育着地狱的火焰；
把它们满满地填塞在长圆中空的
机器里面，再在另一端的小孔里①
点上火，便会使它膨胀而暴怒，
一阵雷鸣，远远地射入敌阵，
这种烈性的机械，猛不可当，

① 长圆中空的机器，指恶魔发现的大炮。

谁要挡住它的去路，都要被粉碎；
敌人们将疑心我们是从雷神手里
夺下他那唯一可怕的霹雳。
这个工程费不了多长时间，
天明以前就可以实现我们的心愿。
现在你们要振作精神，丢弃惧怕，
齐心协力，不用顾虑困难，
更用不着什么灰心失望。”

496 他说罢，他的话使他们
枯萎的意兴重振，凋零的希望复苏。
他们个个都将惊叹这个发明，
却不明白他是怎样发明的。
未经发明的事，大家以为不可能，
一旦发明了，便又似乎很容易！
恐怕将来在你的族类中，
恶意充盈，其中有的包藏祸心，
或有为恶魔的阴谋所驱使，
由于战争和相互残杀的习性，
会去发明同样的武器，
去屠杀生灵，祸害人间子孙。
于是他们都从会场奔向这项工程，
没有一个站着空发议论。
无数的手臂一齐挥动起来，
一会儿就把天上的土地翻起来，
看见下面自然的元素粗具雏形。

他们发现硫黄和硝石的泡沫，
拿来混合，妙法调配、烘焙，
制造成纯黑的颗粒，运入库存。
有的挖掘了隐藏的矿脉，
（我们这地球也不乏同样的内脏）
用来铸造放射破坏的机器和炮弹。
有的准备一触即发的危险引火线。
这样，在天亮之前，在清醒的
夜间密谋下，一切都制成了；
为了装置，他们静悄悄地，
四周严加防范，免得走漏风声。

524 当美丽的晨曦在东方出现时，
那些胜利的天使们都已经起来，
晨号响彻天宇，命令拿起武器，
穿戴黄金甲胄的队伍很快集合，
金光灿烂，军容整肃地站着。
另外一些，从曙光照射的山上巡视，
轻装的斥候到各处侦察探视，
看敌军驻扎在哪里，或逃向何方，
看他们是否在备战，或进或止。
他们不久就望见他，只见他
在旌旗招展下，渐渐向近处移动，
军队的行进缓慢但很坚劲：

嗤略帕天使中最能飞的佐飞儿①
用最快的速度飞回来，在半空高呼：

537 “战士们，拿起武器准备战斗！
我们以为已经逃走的敌人来了，
省得我们今天长驱而穷追；
再也不怕他逃走了；我看见
他带来的战阵稠密如云，
意志坚定，毫无沮丧的神色。
个个都把金刚的甲衣穿紧，
带子束好，头盔戴稳，紧握
圆盾，举得平平的，或高高的。
我推测，今天下的不是纷纷细雨，
而是呼啸着的箭和火的暴风雨。”

547 他这样警告他们，他们便
各自警惕起来，放下包袱，
轻装便捷，拿起武器，阵容严整。
正当那时，看见不远的地方，
那巨大的粗汉，迈着沉重的步伐
走来，在那中空的方阵里，
拖着他那魔鬼的机器，
四周围有密层层的队伍围绕它，
用以隐蔽他的狡计。两军

① 佐飞儿(Zophiel)是“上帝的侦探”之意，来源不可考。

对立少时，撒旦忽然出现在阵头，
听见他如此高声地发出命令：

558　　“前卫军，正面向左右分开；
让那些憎恨我们的都看清楚，
我们是怎样寻找和平与和好，
并且敞开胸怀，准备迎接他们，
只要他们乐于接受我们的提案，
并不顽固抗拒。我怀疑，纵有皇天
为我们做证！天啊，立刻做证吧！
我们已经自由地做到仁至义尽。
你们负有使命站在这儿的，
也要尽你们的职务，干脆回答
我们的提案，高声说，让大家都听见！”

568　　他用暧昧的语言这样嘲讽，
话音未落，前卫军便向左右分开，
纷纷向两翼退去。我们便发现
一个新奇的东西，用钢、铁、石铸成，
排成三行的圆柱，架在车轮上，
（它们像圆柱，像从林中砍下，
或从山上倒下，被削去枝叶
而挖成空心的枞树或橡树）
张开狰狞的大口对着我们，
表示那休战的宣言是空的。
每根圆柱的后面站着一个撒拉弗，

手里摇曳着点着火的芦秆；
我们心里觉得纳闷儿，踌躇不前。

582　　不一会儿，三个撒拉弗忽然一齐动手，
将芦火伸出去，很巧妙地
轻轻触动那个狭小的火门。
立刻看见一片火光烛天，
霎时间，从那些机械的长颈中
喷出浓烟，弥漫着全天，一时昏暗，
轰轰的狂怒声，使大气震动，
连五脏六腑都要裂开了，
连珠似的轰雷，雹雨似的铁弹，
都从魔鬼的脏肚子里倾泻出来，
对着战胜的军队猛烈射击，
即使当初屹立如磐石的脚，
遇到它也不可能站立得稳。
成千成万地倒下去了，
小天使滚在大天使的身上，①
身穿盔甲的倒下得更快；
没有武装的精灵倒可以
更快地收缩或退去，灵敏闪避。
可是如今只得乱纷纷，溃不成军，
却仍不能松散那密密的阵列。
他们怎么办呢？若再挺进，

① 这是《失乐园》中写大小天使之间关系的仅有一行。

就会再次被击退,重复可耻的失败,
给敌人以笑柄,更加被轻视;
因为他们看见第一队撒拉弗
并排站在前面,准备放第二列轰雷。
如果撤退,便会使他们更加看轻了。
撒旦看了他们这个两难的情景,
便带讽刺地向他的部众高呼:

609 “朋友们!这些高傲的得胜者,
他们先前来势凶猛,可是如今
为什么不进攻了呢?我们已经
把前卫军散开,敞开胸膛欢迎他们,
并且提出了讲和的提案,①
这在我们岂不是仁至义尽了吗?
可是他们却忽然变心,想要逃走,
竟陷于荒唐的想法,想跳舞,
那舞又未免怪异而狂妄,②
以为我们要求和平而欢喜如狂,
但我想,他们如果再听听我们的
提案,就会迫使他们急速收场。”③

① “敞开胸膛”是说阵线已经摆开。“讲和的提案”包括炮弹在内。

② 嘲笑别人走路跌跌倒倒,好像跳舞。《伊利亚特》十六卷第617行,埃涅阿斯嘲笑墨里涅斯用舞蹈躲过他的投枪。

③ “收场”原文为“result”,兼有“结果”和“舞蹈”之意。

620 彼列也用打趣的话帮腔说:①
“首领,我们送出去的提案不轻,
内容强硬,充满强大的压力,
使他们一个个晕头转向,多数
摔倒了,如我们所见的;
谁要正确接受它,就必须从头到脚
神志清楚。他们步履不正,摇摇晃晃,
神志不清,得再送给他们一些礼物。”

628 就这样,他们相继讥讽以自娱,
意气高昂,认为胜利在握,丝毫无疑,
心想自己的发明可与“永恒之力”比拟,
不在话下,于是嘲笑神的雷霆,②
并藐视他的全军,在他们踌躇不前,
疑惑不解时,这样轻侮他们。
但他们站立不久,终于激怒起来,
他们发现一种武器,正适合于
对抗这种恶魔的鬼把戏。
(你看上帝的力量施展在他的强大
天使身上的是何等的神奇!)
他们抛掉武器,飞奔群山中,
(原来地球上的山川溪谷,变化

① 彼列(Beliel)在本诗第二卷中是个只会说漂亮话的,态度文雅的坠落天使。

② 上帝手中有雷霆,威力无比,但还没有使用,魔党便以为自己的大炮比它厉害。

无穷的美景,都是模仿天上的)
他们身轻如闪电,奔跑,飞驰,
先把群山来去摇摆,从根拔起,
连同岩石、泉水、林木都拔起来,
还把毛糙的诸山顶托在手里。
叛军走近一看,心惊胆战,
他们看见群山翻底朝天;
他们眼看那些可咒的三列机械
都被压坏,他们的一切自信
也都被深埋在群山下面;
其次便要轮到他们自身,
巨大的山峰,向他们头上扔过来,
空中一阵阴暗,压倒了武装的全军。
他们的盔甲使他们受伤更甚,
全被压得粉碎,蚀进他们的体内,
痛楚难忍,发出阵阵悲惨的呻吟;
他们挣扎多时,很难脱离这样的
牢狱,虽说是本体轻灵的精灵,
本质原是纯清的,可是现在因
作孽多端而变轻清为重浊了。
其余的部队也学用这个武器,
把四邻附近诸山连根拔起;
于是在半空中,山和山相碰,
往来投掷,造成可怕的砰訇,
两军在地底阴处交战。
地狱的喧声呀! 这场骚乱,

可比市井竞技的嘈杂，混乱上
再加可怕的混乱，层起不穷。
如果没有全能的天父，如今
全天早已毁坏，成了一片废墟；
天父安坐在天庭的圣庙里，
早已把万物作了通盘打算，
这一场骚动早已预料到，
却故意让它发生，而完成夙愿。
为了使受封的圣子得到
复仇雪恨的荣誉，好宣布
一切的权力移交给他。于是
他对圣子，宝座的继承者说：

“我荣耀、光辉、亲爱的儿呀
在你的脸上，把不可见的神性
显现出来，我敕令的事业
在你的手中实现，我的儿，
第二全能者啊，两天过去了，
（依照天上计算时间是两天）
从米迦勒率领众天使去镇压
这些抗命者，两军相敌，
以兵戎相见，战争猛烈非常，
因为我放任他们，让他们自由；
你知道，创造他们时是平等的，
但其中有的因犯罪而稍受损害，
不过损害不很明显，因为

我延缓了他们的刑期；
所以他们之间的长期战争
要继续下去，永久不得解决。
这场疲劳的战争，双方都尽了力，
甚至都已拔起山来当武器，
大发雷霆，放纵得无法无天，
势必至把天庭毁灭，危及全宇宙。
两天已经过去，第三天该是你的了。
我已经替你布置好，容许他们
直到现在，就是打算让你荣膺
终止这场大战的光荣盛誉，
因为除了你谁也不能把它制止。
我曾把无限的恩和德移植你的身上，
好使天堂和地狱都知道
你的权威高于一切，无可比拟。
你平定了这样邪恶的骚乱，
使你有资格做万有的继承者，
你的权利是做继承者和受膏的王。
那么，去吧，你秉有你父的权力，
是最有力者，乘坐我的战车，
长驱快速的车轮，震撼天基，
拿去我全部的装备，弓箭和雷霆，
束上我的大能武器，把宝剑束在
你那矫健的腰上，去把那些
黑暗的子孙驱逐出去，逐出
诸天境界，落进外边的深渊，

让他们在那儿如心所欲地学习
怎样去轻视天神和圣王弥赛亚吧。”

719 他说了这话，就把全部威光
直接照射在他儿子身上，他把父亲
的样子不可名言地摄收在脸上，
于是神王之子如此答言：

723 “父啊，天上至高无上的尊王，
您是最初、最高、至圣、至善的，
您常求儿子的荣耀，我也应该
常求父的荣耀；如果您的圣意祝福
在我身上实现，那是我真正的光荣、
幸福，是我完全的喜悦。
您给我的王笏和权力，我领受，
但到最后我更加高兴地归还，
到那时，一切的一切都归您所有，
我永远在您里面，您所爱的也都
在我里面。您所憎恨的，我也憎恨，
万物所呈现的都是您的影子，
我能够披上您的威严，一如
披上您的温柔；不久就要披上
您的力量为武装，把这些
叛乱者逐出天庭，打落到
那为他们准备的地狱幽冥，
落到阴暗的锁链和不死的

蛆虫中去；都只因他们背叛您①
而不服从。对您服从是完全的幸福。
那时，您的纯洁圣徒，远离邪恶，
围绕着您的圣山，诚挚地
为您高歌‘哈利路呀’，崇高的
赞美诗歌，由我带头领唱。”

746　　他说完了，鞠躬于王笏的上面，
从他所坐的光荣的右手座位上
站起来，第三天神圣朝日初照，
满天透彻霞光；父神的战车②
奔驰着出动，发出旋风般的声音，
闪着浓烈的火焰，车轮里面
再套车轮，它本身有灵性，
能自动，不必推挽、引曳，
却有四个嗟略帕的形象护车；
那四个形象各有奇怪的四张面孔，
全身和翅膀上都有星星般的眼睛，
车轮上也有绿玉石的眼睛，
在四个形象之间还有飞迸的火星。
在他们的头上有一个水晶的穹隆，

① 不死的蛆虫，典出《马可福音书》第 9 章第 48 节：“……地狱里，在那儿虫是不死的，火是不灭的。”又《以赛亚书》第 66 章第 24 节：“因为他们的虫是不死的，他们的火是不灭的。”

② 关于父神的战车，详细描述，见《旧约 · 以西结书》第 1 章，这里是极简练的转述。

那上面有青玉的宝座，镶着
纯琥珀，并雕刻着雨后的彩虹。
圣子升车，身穿天上的全副武装，
是灿烂的“乌陵”所制的神器；①
“胜利”在他右边，身插鹰翼，②
身边挂着他的弦弓和箭囊，
箭囊里存放着三箭的雷霆，
从他的身旁喷射滚滚的浓烟，
摇曳的火焰和可怕的火花。
有千万圣者随从跟着前去，③
辉煌的队伍，远远就可望见，
还有天神的战车二万辆（我听说过
这个数目）左右各半分两边。④
他乘着嗤嘧咱们的翅膀，⑤
在晶莹的高空中，坐在青玉的
宝座上，威光照射远且广，
但他自己的队伍得先睹为快。
当天使们把他的大旗揭起
在高空飘扬作为弥赛亚标志时，

---

① 乌陵（Urim）是光亮的意思，是钻石或其他宝石，放在祭司亚伦胸前所挂的“判断胸牌”里。（见《出埃及记》第28章第30节）

② “胜利”，古罗马将军凯旋时，战车中放上“胜利”神像。

③ 千万圣者随从，典出《新约·启示录》第5章第11节。

④ 战车二万辆左右各半分两边，《旧约·诗篇》第68章第17节：“神的车辇累万盈千。”

⑤ 乘着嗤嘧咱们的翅膀，参见《旧约·撒母耳记下》第22章第11节：“他坐着嗤嘧咱飞行，在风的翅膀上显现。”

他们一见，都惊喜出于望外。
于是米迦勒听他的指挥，
立刻把分散在两翼的队伍集中，
在统率之下全部合成一队。

　　“神圣权力”在他前头开路；
他命令，被拔起的群山回归原位，
诸山一听到他的声音，
便遵命各归各位。于是
天空的容貌恢复原来的光辉，
山谷带着鲜艳的花朵微笑。
那些不幸的敌人看见这个情形，
却仍顽强，纠集兵力，依然顽抗，
愚蠢地，想在失望中生出希望。
天上的精灵岂容得这样的狂妄？
但有什么神迹能叫傲慢者觉悟，
有什么奇事足以感化顽固的迷惘？
他们非但不觉悟，反而更加顽强，
看见他的光荣，自己心中就悲楚，
面对这般光景，愈加嫉妒，
对于他的高位，私心羡慕，
想用暴力或诡计，重振军威，
妄想最后战胜天神和弥赛亚，
或为玉碎而同归于破灭。
所以，最后的决战已经逼近时，
他们都不想退却，不愿逃亡。

那时伟大的神子向他的
左右军全体成员这样说道：

801 “你们列圣，静静地站着的
光辉的阵容，武装站在这里的天使们，
今天休战，不上战场。你们忠于
战事，蒙受天神嘉许。你们
为了他的正道，无所畏惧，
既能慷慨受命，又能慷慨完成。
但惩罚这些可咒的党徒，却另有人；
复仇由他自己或他所指定的代表，
今天的事，没有派给大众；
你们只需站着，看我把神的
愤怒灌注给这些目中无神之辈。
他们轻侮的是我，不是你们，
他们嫉妒和恼怒都是对着我，
因为享有至高王权与光荣的父，
曾照他的意愿，给我以荣誉。
因此他委派我来惩罚他们；
使他们也得随心愿，来和我
在战场上较量一下，看是谁强，
是他们全体呢还是我自己。
他们既以武力衡量一切，不问其他，
也不注意谁能比他们更优越，
所以我不能舍武力而用别的较量。”

824 圣子这样说罢，脸色大变，
过分的严肃，令人不敢仰视，
对他的敌人发出满怀的愤怒。
霎时间，一片阴翳，那四骏，
张开了星光闪烁的翅膀；
猛烈的战车大轮子滚动起来
发出洪涛激浪或千军万马的声音。
他直向那些不敬的敌人进发，
像“夜”一样阴沉；在他那燃烧着的
轮下，最高的天原全都震荡起来，
只有天神的宝座岿然不动。
一闪眼之间，他到了敌军之中，
右手握着一万个雷霆扔向前去，
像在敌人的心灵里灌注疫疠，
使他们个个骇怕，失去全部抵抗力，
失去勇气，无用的武器纷纷落下。
他的战车碾过盾牌、盔甲，
碾过伏倒在地的大天使和强大撒拉弗
带盔的头颅，他们恨不得群山
再度扔来压住他们，挡住他的愤怒。
还有从左、右两面射来的箭，
也像暴风雨般飞袭而来，
从那四张面孔而多眼的四天使射来。
从那同样多眼的活轮中射来。
它们由一个精灵总管，每只眼睛
都闪出电光，在敌众中放出毒火，

使他们体力枯萎，元气尽丧，
变成疲惫、颓唐、烦恼、消沉。
可是他的力量还未使出一半来，
他的雷轰到半路就停止了，因他
无意于毁灭，只把他们清除出天庭。
他叫那些倒下的重新起来，
好像觳觫的羊群，聚在一起，
逼着他们在前头走，用恐吓和怒叱，
把他们驱赶到天界的尽头，
天上的水晶城墙边，那城墙
向里广开着一个广阔的大缺口，
下临一个广大而荒芜的深渊；
他们看见这个怪异的景象，都害怕
而退却，但后面的追兵加倍可怕，
只得从天边，倒栽葱投身下去，
永恒的怒火燃烧直逼他们到无底深坑。

867　　地狱听到了这难堪的声音，
地狱看见从天上崩落下来的天，
吓得要逃走；但严峻的命运
把黑暗的根基安得太深，紧紧绑住。
他们坠落了九天工夫。混乱的混沌
大声吼叫，觉得他们坠过他的荒乱
境界，增加了十倍的混乱；
如此大溃退将会给他带来毁灭。
地狱终于张口全部接受他们，然后紧闭。

地狱成了他们适宜的住处，
满是长烧不灭的火，悲哀痛苦之家。
天界摆脱了重负而大大欢欣，很快就
合拢缺口，修整，恢复了原样。

880 　　那唯一的胜利者弥赛亚，
把敌人追放之后，驾着战车凯旋。
欢迎他的圣者们静立伫候，
亲眼看见这一场全能的功勋，
便欢欣鼓舞前去迎接，
用棕榈树枝作伞，各队光辉的天人①
都唱着凯歌，歌颂他为胜利的王，
歌颂他为神子、圣嗣和主宰，
合该秉承大权、最配君临。
他那凯旋的车骑，在颂声中驶过中天，
进入他天父高坐宝座的宫殿，
天父把他迎接在荣光里面，
如今坐在他右边的幸福座位上。

893 　　我已经照你的请求，用地上的
事物，说明天上的事，并用过去的
事来警告你，作为你的前车之鉴。
我把该向人类保密的天机向你泄露，

① 棕榈象征胜利。《启示录》第7章第9节：“……是从各国各族各民各方来的，站在宝座和羔羊面前，身穿白衣，手拿棕树枝。”

天上怎样发生不和，怎样在
天使军之间发生战争，他们
希望过高，和撒旦一同叛乱，
终于坠落深渊。他如今正嫉慕
你的境遇，想诱惑你离开
顺从的道路，要你和他一样
被剥夺了幸福，分担他的苦刑，
永远的悲惨。一旦得到你做他的
苦难伴侣，便是对至尊的侮辱，
便是他的慰藉，他的复仇。
你要警告你的弱者，不要听①
他的诱惑；听听叛逆者的报应，
那种可怕的先例，于你有益处
该站立得住的竟坠落了，
要记住，谨防变节犯罪。

① 《新约·彼得前书》第3章第7节："你们作丈夫的也要和妻子同住；因她比你软弱。"

第七卷

创造天地万物

提纲

拉斐尔应亚当的请求，讲述这个世界最初是怎样造起来，又为什么造的；讲述天神把撒旦和他的天使叛军赶出天国以后，宣布他要创造另一个世界，让另一种生物住在那里；派遣神子，带着赫灼的荣光和天使们做伴，去从事六天的创造工作。天使们用颂歌庆祝他的工作和他的荣归天国。

　　尤拉尼亚啊，从天上降临吧！①
如果您的名号没有叫错的话，
我将随着您神圣的声音，
比天马柏伽索的翅膀飞得②

① 尤拉尼亚(Urania)，希腊神话中九缪斯女诗神之一，司天文。但弥尔顿在这儿指的不是她。他的尤拉尼亚不住俄林普斯山，而在天上，就是本诗第一卷呼吁的“天庭的诗神缪斯”，天上唯一的女诗神，或圣灵。

② 柏伽索(Pegasus)，希腊神话中的飞马，是墨杜萨(Medusa)被杀时，和她的血一起喷出来的。

更高，超越过俄林普斯山。
我呼吁的是意义，不是名号。①
您不属于九位缪斯，也不住在
老俄林普斯山上，而是天生的，
在群山出现，泉水喷流以前，
您就和永恒的“智慧”交游，②
智慧是您的姊妹，您曾在
全能的天父面前和她嬉戏，
天父爱听您的绝妙歌词。③
我作为地上的客人，在您的
向导之下，闯进天上的天，
呼吸您所调剂的最高天的空气。
希望同样指导我平安返回故土，
不要让我从不羁的飞马上误坠，
（好像当年的柏勒洛丰，虽然从
较低处）坠落在“流浪”之野，
在那里独自彷徨，流浪，绝望。④

① 弥尔顿呼吁的尤拉尼亚的意义，就是“天上唯一”的意思；比希腊人的尤拉尼亚单是女诗神的意义要大，就是教他关于天上的事的。

② 弥尔顿的天诗神和“智慧”是姊妹，都是在上帝创造万物之前就存在了的。《旧约·箴言》第8章第22—24节智慧自己说：“在太初创造万物之先就有我。从亘古、从太初，未有世界以前，我已被立。没有深渊、没有大水的泉源，我已生出。”

③ 《箴言》第8章第30节：“那时我在他那里嬉戏，为他所爱抚。”《马太福音》第3章第16—17节：“天忽然为他开了，他就看见神的灵，仿佛鸽子降落在他身上；有声音从天上说，‘这是我的爱子，我所喜悦的。’”

④ 柏勒洛丰（Pellerophon）是哥林斯王葛罗卡司的儿子，击退怪物火龙的著名英雄。他为虚荣心所驱使，乘飞马将升天时，宙斯派去牛虻叮他的马，使他跌落地上，因而成跛又成盲。为了群神都憎恶他，只得孤寂地彷徨于“流浪之野”而死。

我的诗还有一半尚未吟咏，①
而界限只在日常所见的
狭窄世界范围之内；站在
地面上，眼光不能超过地极；
我要更扎实地用人的声音歌唱，
即使落难，也决不变哑或沉默，②
在落难的日子里，每遭恶毒的
唇枪舌剑，身在黑暗中，危险
和孤独包围着我；但我并不孤单，
因为您每夜在我睡梦时，
或者晨光把东方染红时，来访问我。③
尤拉尼亚呀，愿您继续眷顾我的歌，
为我寻找适当的听众，哪怕不多。
但要远远地驱逐野蛮的噪音，
驱逐巴克斯和他那些纵酒之徒，④

① 《失乐园》全诗十二卷，第七卷是下半的开始。再度呼吁灵感。诗的上半主要叙撒旦失去天上乐园，下半主要叙亚当、夏娃失去地上乐园。

② 这是弥尔顿自己的处境，在王政复辟的日子里，自己又失明，随时有杀头、被捕的危险，加上世态炎凉，朋友少了，孤独威胁了他。但他自视甚高，岿然独立。如华兹华斯的十四行诗中所说的："你的灵魂像孤星一样离群索居。"

③ 牛顿写的《弥尔顿传》中有这样的一个有名的逸话："问诗人的寡孀，诗神是什么时，她答道，那就是神的恩赐，每夜来访问他的圣灵。"她确信自己的丈夫是受天的灵感的诗人。

④ 巴克斯（Bacchus），罗马的酒神，常饮酒行乐，唱歌，跳舞。

在洛多坡把赛雷斯的歌人撕碎的①
野蛮狂暴种族的骚音。
那时林木、岩石都闻歌起舞，
但野蛮的骚音淹没了歌声、琴音，
连那位缪斯女神也不能救她的儿子。②
您千万别让向您祈求的人失望，
因为您是天诗神，她不过是个空梦。③

　　说吧，女神，关于亚当受警戒
以后的事：当时慈惠的天使长
拉斐尔警戒亚当和他的家族，
不可触摸禁树，那是极容易
遵守的唯一命令，他们即使口味常变，
也极容易在闲游中，从旁的食物，
选择，一饱食欲；他还用可悲的
先例来做警戒，如果违背或轻视
这个禁令，那么，在天上惩罚
违背者的事，就会发生在乐园里。

---

① 洛多坡(Rhodope)，赛雷斯的一座山，著名音乐家俄耳甫斯(Orpheus)住在那山的洞穴里。
赛雷斯的歌人(Thracian Bard)，即乐圣俄耳甫斯，他的琴音能感动草木禽兽，后被巴克斯的徒众所杀，被撕成粉碎。注释家牛顿说，这一段是讽刺复辟后的查理二世王朝。

② 那位缪斯女神，指俄耳甫斯的母亲卡里俄珀(Calliope)，儿子被杀时，她欲救而不得。诗人希望自己的天诗神能帮助他不致死于非命而完成所写的长诗。

③ 此句意即贬低希腊诗神，不过是一个空想。

亚当和他的配偶夏娃很用心地
听了那故事，非常惊异而进入沉思：
故事如此高深而奇异，在他们的
思想中是如此的不可想象，
在天上会有憎恨，在和平幸福的
神座近边会发生战争、混乱。
但邪恶很快就被挡回去，
好像洪水一样返回原地，
邪恶究竟难与幸福相混。
那时亚当消除了心中的疑惑，
却又为天真的欲望所诱引，
想要知道关于自己身边的事，
眼前这个天和地的宇宙，
起初是怎样造成的，是什么时候，
用什么造成的，为什么造的；
伊甸园内外一切的完成，
都是在他的记忆以前的事，
他好像一个干渴未解的人，
两眼一直望着流泉长河，
潺潺的水声激起他新的干渴，
便向他的天上客人这样问道：

　　“神圣的天使啊，您所
说明的伟大事物，在我们的
耳朵里听来全是些奇异的事，
和这个世界是大不相同的。

您从天上惠然肯临,及时地
预先警戒我们人智所不及的,
未知的,可能于我们有损的事。
因此我们要向无限的善神,
致以无穷的感谢,用认真的心情,
接受他的训诫,永远遵守
他的意志,为了我们生存的目的。
但既蒙赐教关于我们该知道的
最高的智慧,地上的思想所不能
及到的事,更希望能屈就一下,
说说较低级的,对于我们有好处的事。
这个天空,看起来是那么高、远,
装饰着无量数的闪闪晃动的火光,①
以及包围着这个花开处处的大地,
广阔无垠,充塞全空间的空气,
最初是怎样造成的,是什么原因
推动那在永恒神圣休息中的创造者,
直到最近才在混沌界动工兴筑;
这工程怎样开始,怎样迅速完工;
如果您不禁止我们探索
永恒神国的秘密,而且认为
我们愈知道得多,就愈能
赞赏他的工程,那就请说吧。
伟大太阳的光轮虽然已经西倾,

① 闪闪晃动的火光,指星星。

却还须驰驱很远的路程，
它一听到您的声音便会停在天空，
听了您的强劲声音叙说它的生成
和‘自然’在不可见的深渊中
怎样产生出来，会停留得更久些。
连夜间的星宿和月亮都要赶来听，
‘夜’还将带‘沉静’一起来，
‘睡眠’一听到您就会清醒，
否则我们叫他缺席，直到您的歌
唱完，晨曦照耀之前，让您回去。”

109　　亚当如此向他那卓越的客人要求，
那天神样的天使便温和地答道：

111　　“你这个诚心的要求也可得到；
但要详细讲述全能者的各项作品，
一个撒拉弗的唇舌怎么能表达呢？
人类的心又怎能理解呢？
不过有些事，可以使你更好地
赞美造物主，使你更幸福的，
不能限制你的听取。我从天上
接受这样的使命，来满足你
在界限内所要求的知识。
超过这个界限以外的事，就不必问，
也不要异想天开，希望探知那
唯一全能的无形的王，在夜间保密，

不能在天和地传开的事。
此外还有许多事够你探求、知晓的。
但是，知识也和食物一样，
既要满足求知心所能容纳的量，
又要抑止过分的饱食，
否则智慧也会变成愚蠢，
滋养也会变成一阵清风。

131 “你要知道，鲁西弗从天上①
坠下（这样称呼他，因为他曾在
天使中，比那星中之星，更加光亮），
经过混沌深渊，落到他的刑场，
而伟大的神子和他的众圣者
胜利归来后，那全能的永生之父
从座上望见他的徒众，对神子说：

139 “‘嫉妒我们的敌人终于失败了，
他以为大家都像他一样背叛，
心想得到他们的帮助便可驱逐我们，
夺去这个力量强大，难能走近的
至高神座；他确信已经把
他们的大多数诱陷在罪孽之中，

① 撒旦原名鲁西弗（Lucifer），是明星、晨星、金星之意。《旧约·以赛亚书》第14章第12节：有这样的名句：“明亮之星，早晨之子啊，你何竟从天坠落！”

他们的老家在这里早已不认识他了。①
可是我知道,更大的多数
仍坚守自己的位置,在天上
仍有很多子民,足以保有
广阔的国土,并且照常来到
这个巍峨的宫殿,献上
适当的供物和严肃的仪式。
但别让他因造成了损失便心骄
气傲,愚蠢地以为天上空虚了,
以为给我以很大的损失了;
如果自我亡失也算是损失的话,
我是能够补偿这个损失的。
我要在转瞬间,另造一个世界,
从一个人,能够产生无量数的人类,
住在那儿,不是在这儿,
他们将经过长期顺从的试炼,
积累功绩而逐步升高,
为自己开拓攀登到这儿的道路;
地变成了天,天也变成地,
和喜悦融合而为一个无穷的王国。
同时,你们天军各首脑可以

① 《旧约·约伯记》第7章第9节:"云彩消散而过,照样,人下阴间也不再上来。他不再回自己的家,故土也不再认识他。"

住得更宽畅些。我的“言辞”,①
我的亲生儿啊,由你完成这个工作,
你一开口,它就完成了。
我也派遣荫庇的灵和力跟你一起。②
上马吧,吩咐混沌把它那
被指定的范围,变成天和地。
混沌是无边无际的,为了充满在
那里面的我是无限的,空间并不空。
我把无限的我自己引退,也不
显示自己或行或止、自由无碍的“善”,
“必然”和“偶然”不能接近我,
我意志所决定的就是命运。’③

174 “全能者这样说了之后,他的
‘言辞’,神子,就去实现他所说的。
天神的行动迅速,比时间
和天体的运行更快,可是人的耳朵
非用语言的顺序来说述,便不能领会,
好像领会地上的思想一样。

---

① “言辞”(word),亦译为“道”,《约翰福音》的首句“太初有道”,歌德的《浮士德》在译经时想把它译成“太初有为”。基督教教义认为,这“言辞”或“道”,就是神子,当初创造万物时是借他而造的。

② 荫庇的灵,指充满着创造之力的灵。《路加福音》第1章第35节:“天使回答说,‘圣灵要临到你身上,至高者的能力要荫庇你;因此所要生的圣者必称为神的儿子。’”

③ 我意志所决定的就是命运,指万物的命运,由神的意志决定。和希腊人的命运不同,希腊的命运(必然),连神也不能抗拒。

听到了全能者这样宣布他的意志，
天上便热烈地祝贺胜利，一片欢腾。
他们歌唱，光荣归于至高者，
善意归于未来的人类，平安归于
他们的住处。——光荣归于他，
他那正义的复仇怒火，把目无神明的
从他面前和正义的住家赶出去，
光荣和赞美归于他，他的智慧
能用恶来创造善，让较好的种族
来占领恶灵所空出来的地位，
把他的善扩散到各个世界去，
千年万载，永无终穷。
各天族如此歌唱，同时圣子出来，
踏上大远征的路途，束起
全能的力量做腰带，头戴
神圣的威严，和无限的智慧，
爱与光辉的冠冕，全部
天父的光辉都在他身上放射出来。
在他的战车旁边，倾注出无数的
嗟嚕啪，撒拉弗，权者，王者，
德者，有翼的精灵，从天神的
武库中驶出有翼的战车，
那武库位于两座铜山之间，①

① 两座铜山，典出《撒迦利亚书》第6章第1节："我又举目观看，见有四辆车从两山中间出来，那山是铜山。"

里面贮藏着千百万天国军装，
以备在重大的日子就近取用。
现在涌现出来的，其中有
侍候他们主宰的精灵。
天庭广开其不朽的大门，
黄金的户枢发出谐和的声音，
让光荣的王，强有力的‘言辞’①
和‘圣灵’出来创造新的世界。
他们站在天界的土地上，
从岸边眺望广大无边的深渊，
像个阴暗茫昧、风波险恶的
大海，由于烈风和汹涌的波涛，
像一群山峰冲上天空高处，
翻江倒海，地心和地极都被搅乱。

216 “于是全能的‘言辞’说：
‘肃静，你们混乱的风波！
安静，深渊，停止你们的争吵！’

219 “他话未说完，就骑上噻嘚啪的
翅膀升起，身披天父的荣光，
远远地飞进混沌和未生的世界；
因为混沌听从了他的声音。

① 光荣的王，指耶和华。《诗篇》第24章第10节：“万军的耶和华，他是荣耀的王。”

他全部的从者都光辉灿烂，
目睹他的创造和他的可惊力量。
燃烧的火轮停下来了，
他手拿金制的双脚圆规，①
是神的永恒仓库所备，
作为规划宇宙万物时用的。
他以一脚为中心，另一脚
则在幽暗茫茫的大渊上旋转一周，
他说：‘扩大到这儿，这是你
的界限，世界啊，这是你的范围。’
天神就这样创造了天和地，
而地却是空虚未成形的物质。
渊面盖着一层深厚的黑暗，
天神的灵张开翅膀，孵覆在
平静的水面上，注进了
生命的力和生命的暖气。
但反生命的黑暗，黄泉的渣滓
沉淀下去，使地渐渐坚硬起来，
圆鼓起来，粗具球的模样；
剩余下来的东西分放在各处，②
在各处中间旋转纺出‘空气’，
地球就自然平衡地悬在中心。

① 金制的双脚圆规，典出《箴言》第8章第27节：“他立高天，我在那里。他在渊面的周围，放上圆规。”

② 剩余下来的东西，指混沌中的沉淀物结成地球之后，剩下的东西附在其他星球上，在各星球之间纺出空气，地球就悬空挂在中央。

243 “‘要有光!’天神这样一说,①
便有天来的光,万物的始初,
纯粹的第五元素,从混沌中迸出,
从她的生地东方,开始作
贯穿朦胧的空中旅行,
她包围在光亮的云团里面,
因为那时还没有太阳,
她只好暂时住在云彩的帐篷里。
天神看光是好的,于是按半球来
区分光和暗,把光亮的叫作昼,
暗黑的叫夜,有夕有朝,这是第一天。②
看见东方的霞光从黑暗中迸出时,
天上不朽的乐队赞美、庆祝
天和地出生的日子;喜悦和欢呼
充满了空洞的宇宙天体,弹起③
他们的金琴,颂扬天神和他的工程,
在第一个夕暮和第一个早晨,
他们一直在歌颂他是创造主。

261 “天神又宣说:‘众水之间

① 见《创世记》第 1 章第 3—5 节。

② 希伯来人算日子的方法是从晚上开始到第二个晚上止是一天。如《出埃及记》第 12 章第 18 节:“从正月十四日晚上,直到二十一日晚上,你们要吃无酵饼。”这里说“有夕有朝”就是有夜晚有白天,是一整天。

③ 空洞的宇宙,是说新造的宇宙,其中的设备装置还没有造好,因为还是创造的第一天。

当有穹苍，众水和众水要分开！’[1]
于是就造成了穹苍：那流动的，[2]
清洁的、透明的元素空气扩展，
直扩展到这大圆球的极外凸面；
扩展到分隔上下水的坚牢岩壁。[3]
因为他把世界筑在平静的水上，
犹如地球一样，筑在广阔的，
在水晶大洋中周流的平静水上，
远避混沌的骚扰和紊乱，
免得接近这样狂暴的极端
致使整个结构蒙受不安。
他把这个穹苍叫作天，于是
一夕、一朝，合唱队歌颂了第二天。

276 “地球虽然形成了，但未成熟，
还包藏在众水的胎里未曾出现。
大洋在整个地面上奔流，
不曾偷懒，用温暖多产的汁液
使全球松软，使伟大的母亲
吸饱生殖的湿润，酝酿受孕。
当时天神宣说：‘现在集合

① 见《创世记》第1章第6—8节。

② 穹苍，这里指地球到第九天之间，充满着灵气，如下文所叙述的。

③ 大圆球的极外凸面，指第九、十的水晶天和原动天。上水，就是天上的水；下水，是地球上的水。宇宙和地球一样浮在水面，只是有上下水之别。

你们天底下的众水,聚集在
一个地方,让干燥的陆地露出!'①
立刻便见庞大的诸山显露出来,
它们广阔而赤裸的背脊
耸入云中,昂首青天之上。
群山如此高高耸立,河床
如此广阔深邃地沉浸下去。
水在那儿高兴地跳跃奔流,
像露珠滚在尘土上一样,
它们在干燥的地上滚动,
有的急速涌成水晶的高墙,
有的直接成为水晶的屋脊。
伟大的命令使急流如此飞奔,
犹如三军听到军营的喇叭,
(关于军队的事你已经听过了)
便一起向他们的军旗集合,
那些群水也这样后浪推前浪,
争先恐后地抢路滚向前去,
若遇峻峭,便激湍奔腾,
若遇平原,便平静退落;
巉岩、山陵,都不能阻止它们,
或在地底下,或迂回曲径,
蜿蜒作蛇行,探求进路,
在软泥上留下深深的河床。

① 见《创世记》第1章第9—10节。

这在当时是方便的，因为那时
天神还未曾命令众水只能
在江河的堤岸内川流不息，
其他的陆地都要抽得干燥。
他把干燥的地方叫作陆地，
把众水的大汇集处叫作海。
他看这很好，就说：‘让地上
萌生青草和结子传种的花草；
长出结实的果树，各从其类，
让种子自然地落在地上。’①

313 “他的话刚一说完，那未经耕种，
一向丑陋荒芜的不毛大地
立刻生出嫩草来，葱茏的嫩叶，
欣欣然把地面全部披上青绿，
各种草儿忽然开花，万紫千红，
使大地的胸怀鲜艳芬芳。
正当这些草花开放的时候，
成串的葡萄生长得繁盛茂密，
肥胖的葫芦爬着藤蔓，
结子的芦苇挺立，布阵于野；
谦卑的灌木林鬈发盘绕。
最后，还有乔木站立起来，
犹如跳舞，伸开枝丫，

① 见《创世记》第1章第11节。

或垂实累累，或初绽蓓蕾。
群山以高林为冠冕，山谷、
泉畔，以丛林球簇为饰，
河流以两岸长长的花坛为荣。
这样一来，地球就像天上一样，
神仙们也乐于来住宿或逍遥，
时常出没于她的神秘树荫里。
虽然天神还不曾降雨在地上，
也还没有人去耕种田地，
但从大地升起的浥露雾气，
滋润整个土地和野地中的草木，
甚至早在未有田地之前，
在花草还未长成绿茎之前。
天神看这很好，有夕暮，
有早晨，记下了第三天。

339 “全能者又说：‘要在广阔的
高天上有发光体用以划分昼夜；①
用作标志，可以计算季节和
日期，以及周流的岁月；还要
用作明灯，照我的命令在天穹把灯光
照在地上。’马上事就成了。
天神造了两个巨大的发光体，
对人的用处是巨大的，大的

---

① 见《创世记》第1章第14节。

管白昼，小的管夜晚，交相为用；
又造星辰，散布在整个天空，
照临大地，并交换着管理昼夜，
划分光和暗。天神俯瞰着
他的伟业，看是好的。因为
在天体内首先造了太阳，一个
巨大的球，虽由天上灵质造成，
最初却没有光；继着造月球
和各等级的星宿，把它们
撒播在天上，密密麻麻的，好像
撒在田野里一样。他从
远处云中，光的庙堂里移来
大部分的光明放进日轮，
日轮多孔，吸收吞饮流光，
并能坚牢地保存所吸收的光线，
现在成了光明的大宫廷。其他
星星经常群集到这光的泉源来，
用金瓶汲取光明；晨星也从
这儿借光辉耀她的犄角。
由于反射的闪光，增加了它们
微妙的特有物，但因距离太远，
在人眼看来显得极其微小。
首先，在他的东方出现光耀的
明灯来主管白昼，给整个地平线
披上光线，欢欢喜喜地去奔上
高空的大路，从东横贯到西：

灰白的曙光和七曜昴星，
在他前头跳舞，放出新鲜活气。
月光没有那么亮，但她安在对面的
正西，作为他的镜子，满面上
借取他的光明，在那方位上，
她完全不需要别的光明；
她保持同样的距离，直到夜间，
然后轮到她在东方照明，
在巨大的天轴上旋转，和成千的
小光体，逐渐出现千万星辰，
闪烁着这半球，平分治权。
这样，最初用升沉的发光体装饰
欢乐的夜晚和早晨，结束了第四天。

387 “上帝又说：‘要在水里产生
大量的卵子和爬行泅泳的生物；
要有鸟在地的上空飞行，在晴朗、
空旷的苍穹中展翅翱翔。’①
上帝又创造了巨大的鲸鱼
和一切生物，就是水中滋生的
各种各类的爬行泅泳的东西，
并创造了各种各类的飞鸟，
他看是好的，并祝福它们，说，
‘丰盛繁殖起来吧，在海里，

① 见《创世记》第1章第20—23节。

湖里，奔流的江河里充满诸水！
让鸟类在地球上繁衍起来吧！’
马上便有不知其数的鱼苗和鱼群
充满着港湾和海洋，江浦和河滩。
群鳍和闪耀的鳞在绿波之下滑行，
成群结队，时常筑成海中的长堤；
或单独，或结伴，以海藻为牧草，
彷徨于珊瑚的丛树之间，
或迅速地闪动着做游戏，
浪激金鳞，显耀于日光之中；
或安心等待于含珠的贝壳中，
乘机撮取水中的滋养；
或穿有褶缝的铠甲，在岩石下
伺待食饵。在光滑的海面上，
有贪玩的海豹和摆腰的海豚；
其中也有身躯巨大，行动迟钝的，
爬行打滚时，把大洋掀起风波：
利未坦是生物中最巨大的，①
横卧海上，犹如海岬在沉睡，
游动时，好像移动的陆地，
从鳃里吸进，从鼻子喷出一海的水。

417 “同时，温暖的洞穴、沼泽、岸边，
同样从卵中孵育大量的小鸟，

① 利未坦（Leviathan），海上巨怪，这里是说鲸鱼。

卵很快就自己裂开,出现了
初生无毛的幼雏;不久就长出羽毛,
长硬了翅膀,翱翔于高空,
远望则群集如垂天之云,
啼叫着俯瞰大地;其中有
鹰隼和鹳鸟,在悬崖上,
或香柏树梢,筑起高巢:
有的独自展翅在高空盘旋,
有的更聪明些,知道节候,
成群结队,组成楔形的阵式,
高飞远走,或超陆,或越海,
并翼齐飞,交替着作先锋,
轻快地执行空中旅队的飞行。
精明的白鹤也是这样,乘风
作一年一度的空航。他们
飞过时,不知其数的羽翼,
扇起了空气的荡漾,波动。
小鸟们从这枝头到那枝头,
用歌声慰安树林,直到晚间,
都舒展他们美丽的翅膀,那时
严肃的夜莺,不住地啼啭,
彻夜鸣啭她那委婉的歌调。
也有的在银色的湖上和河上,
洗涤他们毛茸茸的胸部;
天鹅揭起披风般的白翅膀,
骄傲地把弓样的头颈挺在中间,

用足掌划她的楼船，神气十足。
还时时振起强劲的羽翮，
离开水面，而凌空飘舞。
还有一些用坚定的脚步在地上走。
戴冠的雄鸡，用小喇叭般的
声响报告沉静中的时辰，也有的
饰着华丽的尾翎，上有虹霓
和星眼般闪烁的绚丽色彩。
这样，水中满是鱼，空中满是鸟，
一夕，一朝，庄严地庆祝了第五天。

449 “第六天，创造的最后一天，
在夕暮和早晨的竖琴声中破晓，
天神说，‘要在地上产生各种
有灵性的生物，家畜、野兽、
爬行的生物，各从其类！’①
大地立即从命，敞开丰润的肚子，
产生了一群群的生物，
形状完整，四肢完全发达。
野兽从地里出来，好像从
兽洞里走出来，从它们所住的
荒林、茂草、丛薮的床上起来，
一对对地在树林中散步；
家畜在田野、绿草地里起来，

① 见《创世记》第1章第24—25节。

有些孤单寂寞，有些成群，
万头攒动，一同出来吃草。
草地上的草现在结子了；
黄褐色的狮子露出半身，
用脚爪搔爬，要解放它的后部，
随后一跃而起，像挣断了羁绊，
用后脚站起，抖擞斑驳的鬣毛。
山猫、豹子、老虎，像鼹鼠一样
跳起来，将碎土投掷堆积如小山，
比它们自己还高。捷足的牡鹿从地下
伸出树枝样的脑袋；地上最大的
产儿，大象，从模子里挣扎出来，
好容易才站起他那巨大的身躯。
羊群长了毛，毵毵如草丛，
咩咩地叫唤着。两栖动物河马
和有鳞甲的鳄鱼在海陆之间出现。
昆虫、蠕虫，地上一切爬行的，
都出来了；有的挥动柔软的扇子
作为翅膀，最小巧的身体，
饰以天青色的，可骄傲的夏季彩衣，
上面有金、紫、青、绿的斑点；
有的拖着细长的身子，像一条线，
在地上留下弯弯曲曲的痕迹；
不仅最微小的生物如此；
蛇类中也有怪长的，有粗壮的，
盘着蛇的涡卷，有的还加上翅膀。

先看极细小的蚂蚁，却能知未来，
小小的容器却容得下伟大的心，
可以说是以后正义、平等的模型，
能够团结民众结成共同的团体。
其次看成群出现的雌蜂，①
用美味喂养她们的丈夫——雄蜂，
还筑起蜡窝，贮藏了蜂蜜。
此外还有无数虫类，你知道
他们的性质，也曾给他们起过名，
所以用不着对你再说了。
你也知道蟒蛇，是野地里
最狡猾的兽类，极大的身躯，
有时还有黄铜的眼睛，
可怕的毛毵毵的头，但是
于你无害，却听你使唤。

499 “那时天上极为荣光灿烂，
诸天体转动了，循着伟大的
发动者的手预先所划定的轨道；
大地已经盛装起来，可爱地微笑了。
水、陆、空中满是虫鱼鸟兽，
成群结队地泅泳、飞翔、行走。
第六天还有剩余时间；还有一个
主要的工作，一切造物的目的；

① 当时以为雌蜂是劳动的蜜蜂。

要有一个生物，不像其他生物
只会俯首向下，又愚蠢粗暴，
而是秉有理性的神圣，身向上长，
直立，用冷静的头脑治理
其他创造物，并有自知之明；
因此气量宏大，情理通天。
更有幸的是能认识降善的源头，
并用心、声、眼，向那方面
倾注热情，尊敬并崇拜至尊神，
被创造来做万物的灵长。
因此全能者，永生的天父
（他何处不存在呢）
这样对他的圣子大声宣告：

519 “‘现在要照我们的形象造人，
按我们的姿态创造人，让他
管理海中、空中的鱼和鸟，
治理野地里的牲畜，和地球上
一切匍匐在地的，爬行的东西！’①
他说了这话就造了你，亚当，
一个尘土的人；他把生命的
气息吹进你的鼻孔，照自己的
形象创造了你，你正像他，
于是你成为一个活的人了。

① 见《创世记》第1章第26—31节。

他把你造成男人，但为传种继代，
又造女人，作为你的配偶，祝福
说：‘要繁殖，住满全地并统治它，
驯服海中的鱼，空中的鸟，
和一切在地上活动的生物。
至于造你的地方，说是哪儿都行，
因为各处地方都还没有定名。’
他把你带进这个美妙的丛林，
这个花园，栽培了上帝的树木，
看着游目骋怀，吃着甘美可口；
各种佳果都给你当食物，
自由取用，地上所生产的
无穷种类的东西都在这儿。
但是不可以食用那棵使人
能辨别善恶的树上的果实；
你吃它的时候，就是死的日子。
死亡是他对你的惩罚，要避免，
要好好抑制你的食欲，免得
‘罪’和她的黑从者‘死’来袭击你。
他说到这儿就完了，眺望他的
一切创造物，看一切都好，
如此一夕一朝，结束了第六天。
可是工程还没有结束，创造主
虽然不累，却停止工作，
返回天上的天，去他所住的高处，
从那儿眺望这个新造的世界，

他那神国的新添的部分，
他从宝座上远望，是多么好，
多么美，合乎他伟大的心意。
他乘风上升时有喝彩声，还有
千万竖琴的合奏，谱出天使的
交响乐曲，乐声缭绕天和地，
（你该还记得，因为你曾耳闻），
那时诸天和诸星座都起来和鸣，
各行星也原地站住倾听，
辉煌的行列，欢呼着上升。
他们唱道：'开开吧，永恒的
大门，开吧，你们诸天，活的门！
迎接伟大的创造主进去，①
他完成出色的工作胜利归来，
六天的工作，创造了一个世界。
开吧，今后还要常常开，因为
上帝爱时常访问正义的人的
住处，并且为了频繁的交往，
要时常派遣带翼的使者，
往那儿去施与天上的恩惠。'
光辉的行列在这歌声中飞升。
他行经广开的灿烂天门，
一直通向神的永恒宫廷，

① 《诗篇》第24章第9节："永久的门户，你们要把头抬起！那荣耀的王将要进来。"

一条广大富丽的路，尘土是黄金，
铺地的是星星，像你所见的
天河中的繁星，就是每夜你所见的，
腰带般的银河，撒满星星。

582 “这时，在地球上，第七个夜幕
在伊甸升起了，因为太阳已落，
苍茫暮色，夜的先驱已从东方
来到。那时在天上高镇的神山上，
神王宝座永远坚牢不动；
圣子法驾来到，便和伟大的父
一起坐下。他虽是行无踪迹，
但他留下来（无所不在者有这样的
特权），指挥了创造的工程，
作为万物的作者和目的；现在休息，
庆祝这第七天，定为圣日。
这一天，他停止一切工作，
但不是静默地守这圣日，
竖琴不停地弹奏，庄严的
箫管和扬琴，各色的风琴，①
音色清纯，柱上的琴弦，
金线，各种音响和鸣协奏，
与合唱、独唱的歌声交作。
金炉里冒出芳香的烟云，弥漫

① 扬琴（Dulcimer），一种以金属为弦的打击乐器。

神山。他们歌唱创造和六天工程：

602 “‘耶和华啊，您的工程浩大，
您的力量无边；谁能测度，
谁能讲述？您的这次凯旋，
比战胜神魔归来还要伟大，
当天您的轰雷就已赞美了您；
但创造比毁灭所创造的更加伟大。
大能的君王啊，谁能损害您？
谁能限制您的国度？您轻易
斥退叛逆精灵的大胆企图，
和他们徒劳的策划；他们
胆敢妄想削弱您的威信，
妄想减少对您崇拜者的数目。
企图贬低您的，适得其反，
恰恰更加显出您的力量。
您用他们的恶来制造更多的善。
在水晶天，玻璃海的上面，①
可以亲眼观看离天门不远的
另一个天，就是这个新的宇宙。
它的广袤可说是无限的，
其中有无数的星辰，每个星
可说是某个特定居民的世界；
您知道它们的季节。其中

① 水晶天，玻璃海，参见《启示录》第4章第6节。

有一个人类所喜爱的住家，地球，
被她的下水，海洋包围着。①
天神依照自己的形象创造了
极受天惠的人和人的子孙，
安排他们住在那儿，崇拜他；
还赏给他们治权，管理地、海、
空中一切的创造物，繁殖
圣洁、正直的崇拜者的族类。
如果他们知道自己身在福中，
保持正直，便是极大的幸福！’

633 “他们这样歌唱，哈利路呀！
声震最高天。如此守安息日。
你问的，这世界是怎样开始的，
在你未有记忆之前做了些什么，
可以告诉你的后代知道，这个
愿望想已得到满足。此外的事，
只要不超过人的尺度，想问就问吧。”

① 下水，即地球的水，海洋。

第八卷

创造亚当、夏娃

提纲

亚当问到天体运行的事，得到了拉斐尔天使含糊的回答；拉斐尔劝告他探问一些更有价值的知识，亚当同意；再挽留天使讲说从他被造以来所记忆的事：被安置在乐园里；他和上帝谈话，关于孤独和配以适当伴侣的事；初次和夏娃相见并和她结婚。关于这件事和天使的谈论；天使反复叮咛之后离去。

天使说完了，他的声音
如此迷人地留在亚当的耳朵里，
他仍旧继续凝神倾听，以为
他还在说，一会儿，如梦初醒，答道：①

① 《失乐园》第一版原作十卷，第二版改为十二卷，把原来的第七卷分为七、八两卷，原来的第十卷分为十一、十二两卷。现在的第八卷本是原版本第七卷的下半卷，首句本该是"亚当对此表示感谢，他答道："，但因改为另一卷，开头增加了三行，并且把原来的首句改为："一会儿，如梦初醒，答道："。第三行的"他仍旧继续"原文是"stillstood fixt"，似乎应译为"他仍旧站着"。但亚当那时正坐着谈话，不是站着，所以把 stood 作继续解为是。

"讲述历史的天人啊,我该用
怎样的感谢来报答您呢！您大大地
解了我求知的渴,像朋友一样,
谦和地告诉我许多难以探求的
东西,我听了又是惊奇又是高兴,
光荣该归于至高的创造主。
可是我还有一些怀疑的事,
只有您的解答才能消释。
当我看到这个工程的巧妙结构,
这个由天和地组成的世界,
测量它们的大小——这个地球
比起苍天和那么多的全部星星来
只不过是一点、一粒、一个原子,
群星似乎巡回于无限的空间,
(从它们的距离和每天的回归
可以知道)单在这暗淡的地球,
这一小点的周围照亮,整天
整夜供给光明,对于其他
广大的视界好像全无用处,
推想起来,我常常觉得奇怪:
聪明而朴素的'自然'怎么会
这样不均衡,为了一个用途,
而奢侈地造出了这么许多
各种各式的高贵的天体来,
未免大材小用,纵观一切,
这些球体都被迫旋转回还,

一天又一天地永远不休止，
而安闲的地球却坐享其成，
只在很小的范围内运动，
等待比自己高贵的来侍候，①
她以逸待劳，也能达到目的，
领受他们从不可以道里计的远方，
神速地送来礼品，温暖和光明。”

39 我们的先祖这样说后，
从他的脸色看来，好像是深入了
奥妙的冥想；退坐在一旁的
夏娃，态度谦逊悠闲，看见她的
都喜欢她留在眼前，她看这情况②
便从座位上站起，走到花果中去，
看她自己培养的蓓蕾和花朵，
如何繁荣；当她来时，百花欢喜，
经她那温柔的纤手一触，
便生机蓬勃，欣欣向荣。
她不是不喜欢这样的谈话，
也不是不能听懂高深的话题。
亚当讲述时，她独自听得津津有味；
比起天使来，她却愿意选择
她的丈夫当讲解员，她宁愿向他

① 这是说比地球更高贵的星球。
② 因为天使的谈话进入深奥的地方，她想站起来走开。

探问一切，他总是插进一些
闲谈趣语，用夫妇的爱抚来讲解。
从他的唇吻间，不仅语言使她喜欢。
啊，如今，像这样由于互爱
互敬结成的夫妻，何时可得？
她以女神一般的姿态走出去；
并非没有侍女，种种魅人的“温雅”的
行列，时刻侍候她，像个女王。
从她的四周，有欲望的箭，
射进所有的眼睛，使他们
愿意她停留在眼前。现在，
拉斐尔对于亚当所提出的
疑难问题，亲切温和地答道：

66 “提问，探究，我不责备，
因为天体像是一本神的书放在你面前，
在那上面可以读到他的神奇作品，
知道他的季节、年、月、日、时。
想求得这个知识，只要判断正确，
说天动或地动，都无关重要；
大建筑师聪明地把其余的事
向人和天使隐瞒起来，不向
精究者，宁向赞叹者透露秘密。
或者，他们若愿意臆测，他就
把天体的构造，任他们议论去，
也许要笑他们猜测得过分离奇，

他们后来会模拟天体，测量星宿时，
妄自猜想怎样使用那庞大的构架，
怎样建筑、怎样拆毁、发明一套
学说，说什么用同心圆和异心圆，①
天圈和周转圈，圈中的圈，来
圈住这个大球等说法，离奇可笑。
我根据你的推理，推测是你
带领你的子孙，说发光的大天体，
侍候不发光的小天体，地球稳坐
不动，独享天惠，天星却如此奔忙。
首先，你想，大而发光的却不显优异；
地球比起天来虽小而不发光，
却白白接受日光的照射，得到实惠，
太阳自己徒劳，而给地球以丰盛的实利。
地球首先接受他的光线，否则
光线便不能活动而显示其活力。
然而那辉煌的光体不服务地球，
而是服务你，地上的居民。
广大的周天显示创造主的

① 旧派天文学（托勒密体系）的基本概念是说天体的运动完全是圆形的，为了说明这个假定，提出两个简单的方案，第一方案是说地球为原动天的中心，也就是全世界的中心，但行星诸天，特别是太阳天不一定要以地球为中心，（同心圆）也可以是异心圆，就是在地球旁边的一点为中心而回转运行。第二方案是行星自体不一定有严密的圈（cycle），可以像蝇一样的周转圈，在天圈的一点周围运行也可以。两个方案加在一起，天体的运行就复杂了。弥尔顿所写的圈内的圈，就是最复杂的：第一天圈住第二天，第二天圈住第三天，直到第十天。“这个大球”就是新宇宙。

高大、庄严，他筑建得如此广大，
他的绳墨拉得如此之远，使人①
自知不是住在自己的家屋，
而是在过分高大的殿堂内
一个狭窄的角落，其余部分
都是天神指定所派的用场。

107　　那数不清诸星球的速度，
全是灵的速度加在物质里，
当归功于神的全能。你不要
以为我行动得慢，我早晨
从天上上帝的住处出发，
中午以前就到达伊甸，其距离之远，
不是可以名言的数字所能表达的。
我这么说，并非夸张，天体
确实在运动着，我这么强调，
是怕我的话不足以消释你的疑虑，
认为天体根本不动，那是你
住在这个世界的人看来好像如此。
上帝为要把他的道路，离开人的感觉
远些，把天和地放得这么远，
可以使从地上看来不会产生
误解，以为事物太高了，毫无好处。
倘若以太阳为世界的中心，

① 绳墨，即准绳，见《约伯记》第38章第5节："是谁把准绳拉在其上？"

别的星球都由他的引力而倾向他，
在他的周围作各种舞蹈而回转，
那会怎样呢？他们的行程
时高、时低、时隐，或进、或退、
或停止，如所见的六个行星在彷徨；①
第七颗行星地球，看似不动，
倘若在不知不觉间出现三种
不同的运动，那又将怎样呢？②

131 这三种运动必定被看作几个天体
斜对面冲击运动所产生的结果，
或者，太阳想节省回转之劳，
否则在众星之上看不见
快速的昼夜大圈和昼夜的车轮。③
昼和夜的车轮是明摆着的，
地球自己会旅行到东方去，
取得白天，一部分背对日光，
遇到黑夜，一部分仍受日光。
如果从地球送出光线，经过澄澈的
太空而送到月球，交相辉映，
白天里，地球照亮月亮，
夜里月球照亮地球，又会怎样？

① 这儿说的六个行星是指人的肉眼所能看到的：月，和水、火、木、金、土五个星。以上六星外的第七颗星是地球。
② 三种不同的运动是地球的自转、公转和秤动(Libration)。
③ 这是说原动力的运动。

月球上似乎也有陆地、田野
和居民，她的斑点看来像是云，
云会降雨，雨在软土中产生果实，
预备给住在那里的人吃用。
别的太阳，恐怕也有他们的侍女①
月亮，你可以看出他们传递着
阳光与阴光，这伟大的两性，②
赋予世界以活气，储藏在各个
星球里，那里恐怕也有生物。

153 　　因为自然这么广大的空间，
不为有生灵者所受用，荒芜
和寂寞，只有照明，各星球
也只放出一闪一闪的光，远远地
传到这个可以住人的地球，
地球又返照回去，这可以辩论。
可是这些事是否真是这样的呢？
是统率天空的太阳从地上升起呢，
还是地球从太阳上升起？
是太阳从东方开始奔他的火焰路呢，
还是地球从西方静静地稳步前去？
在她那柔和的机轴上纺织睡眠，
决不跌倒，带同平静的空气，

① 别的太阳，有人说是木星和火星，也有人说是恒星。

② 阳光与阴光，阳光是直接的光，阴光是间接的反射。“这伟大的两性”指阳光和阴光。

轻轻地载着你。你不必为隐秘的事
而忧心忡忡，把它们委托天上的神，
服侍他，敬畏他。其他生物，
都委身于他，由他的高兴，
安置在哪儿就安心在哪儿。
你该满意于他所给的东西，
有这个乐园和你美丽的夏娃。
天太高了，你难以知道那里
所发生的事；要放谦卑、聪明些，
只需思想有关你和你活着的事。
别梦想其他世界，在那儿住着
什么生物，生活是什么情况，
是怎样的境遇或身份，等等。
我已经不单把地上的事，连最高天
的事也指点给你了，该满足了。”

179 亚当的疑云已澄清，回答道：
“天上的纯智，沉着的天使啊，
您真正满足了我的心意，
教导我：当蠲除混乱，去生活，
走最容易的道路，别让疑惑来
遮断生活的快乐，上帝曾命令
一切的烦恼离开，住得远些，
不要折磨我们，除非我们自己
心猿意马自寻烦恼，徒劳空想。
但心思意念，动辄飘荡不定，

一飘荡就没完没了，终于
受到警告或经验的教训，才知：
与其脱离实际，好高骛远地
去探求幽玄奥妙的事物，
不如谈谈目前日常生活的事，
倒是最根本的智慧。更高的智慧
是虚无缥缈的，愚妄的，
使我们对于关系密切的事
反而不熟悉，不注意，一窍不通。
因此，我要求从这样的高峰上
飞下低处，讲求一些手边
有用的东西，或者您好心容许
知道的，以及适合于探问的事。
我已经听您讲述关于我未能
记忆以前的故事；现在请您
听听我的故事，恐怕您未曾听说过。
天还没有暗，在这时间里，
您将会知道我是怎样巧妙地
留住您，我要讲得使您离不开，
——但若不希望您的回答便是愚蠢：
因为我和您坐在一起，就像在天上，
您的话语，对我非常悦耳，
比劳动中休息的时间里，
取枣椰解渴充饥，更加甜美。
枣椰可口，而易于果腹，餍饱；
您的话语却渗透了神奇优雅，

其甘美隽永，令人百闻不厌。”

217　　温柔的天使拉斐尔答道：
“人类的始祖啊，你的唇吻优雅，
你的谈吐也流畅善辩；因为
上帝在你身上倾注丰盛的天惠，
你的内心和外形，都是照他的
美丽形象造的，无论说话
还是缄默，一言一动全都有
优雅和秀气伴随着你。
我们在天上想念地上的你，
不下于想念同辈的从者，
乐于研究天神对人之道。
我们知道上帝给你荣耀，
并给人、天以同等的恩爱。
那么，说下去吧；凑巧那天我不在场，
我接受了命令，全军排列方阵，
踏上了荒凉暗淡的征途，
向着地狱的大门远征，察看
天神进行创造工程时，有没有
敌人或奸细出现，免得发生
意外的大胆妄为，在创造事业中
混进破坏，使他生气。他派遣我们
不仅为了防止企图逃离地狱的，
也为了他作为至尊者的威严，
训练我们迅速服从命令的习惯。

我们很快就去，找到地狱的大门，
很快把它关闭，加以强固的防御。
可是在我们未到那儿之前，
远远就听到喧闹的声音，
那不是歌舞的喧哗，而是痛苦、
高声的悲叹和激烈的愤怒。
我们完成了任务，欢欢喜喜，
在安息日的前夕回到光明境地。
现在我很高兴听你的讲述，
正如你喜欢听我的一样。”

249 大天使这样说罢，我们先祖说：
“人很难讲述人的生活起源；
谁能知道自己的来源呢？
因此我很想再跟您多谈谈。
我好像从酣睡中初醒过来，
流着香汗，横陈在柔软的草花上，
太阳的光线把汗水蒸干，
吸食着蒸腾的水汽。我的游目
转到天上，直向太空凝视，
一会儿，靠本能的动作，
一跃而起，像要朝一个方向走去。
看见周围有山、谷、荫翳的树林，
晴朗的原野和水声潺潺的河流；
这些东西里有生物在活着、动着、
走着、飞着，枝头的鸟儿鸣啭着；

万物在微笑，芳香和喜悦
洋溢于我的心头。我细察自己，
观察手和足，凭柔软的关节，
有时走，有时跑，一如兴之所之。

　　“但我是谁，从哪儿来，为什么来？
却一无所知；我想说话，就说出来了，
我的舌头听话，看见什么就给取名。
我说：‘你，太阳，美丽的光啊，
你，被照耀的鲜美的大地啊，
你们山、谷、江河、树木、原野啊，
你们这些活的、动的、美丽的生物啊，
请说，如果你们看见了，就请说，
我是怎么来的，怎么到这儿来的？
我不会自己生出，一定是靠那具有
至善和大能的，卓越的创造主。
请问，我该怎样认识他，崇敬他。
从他那里我得以生活和行动，
觉得身在福中，而所知有限。’
我这样一呼吁，最初吸入空气，
最初看见这个幸福的光，
不知从哪儿来，往哪儿去，
不见回答，我便在百花烂漫，
绿荫深深的河岸上沉思着坐下。
平静的睡眠最初临到我，
轻柔地压上我的蒙眬睡眼，

我以为自己已经被溶解了，
回到原初无意识的状态去了，
但我的下意识没有乱，忽然间，
在我梦中出现一个影子，
从内心触动我的思想，
相信自己还有生命，还活着。
一个形象，我想是神的形象，
来对我说：‘起来吧，亚当，
你是最初的人，成千上万人的
始祖，你的住处需要你，
我听到你的呼吁，前来为你
指导快乐的园庭，预定的位置。’

　　“他说了这话，便拉着我的手，
带我上升，像在空中滑行，
越过田野、江河，终于到了
一座树木繁茂的大山上；
山顶是平原，周围广阔，有围墙，
栽有佳木，有行道，有凉亭，
我所见的地上的一切都少有乐趣。
每一株树都嘉果累累，
诱人眼目，我顿时起了摘食的
欲望。这时我醒了，看看眼前，
一切都是真的，活像梦中的景象。
从此，我又将开始新的漫游了，
若不是那领我上升的圣像

再度从树林中间出现的话。
我既喜且惧,以崇敬的心情
拜倒在他脚下。他把我扶起,
和善地说:‘我就是你所寻找的,
是你举目所望四周的芸芸万汇的
创造者。我把这个乐园给你,
让你耕种、保存,吃它的果子。
园中生长的每一棵树的果子
你都可以随心所喜地吃食;
在这儿全不怕什么缺乏。
但是,那棵能给你辨别善恶
力量的树,就栽在园的中央,
挨在那生命树的旁边,
作为你的顺从和忠信的标志,
要记住我所给你的警告;
不要去尝味它,免遭痛苦的后果:
要知道,哪一天你尝味了它,
犯了我给你的唯一命令,
哪一天你就活不了,必须死;
还要失去这块幸福的境地,
被赶出到一个悲惨、灾祸的世界去。’
他这样坚决地宣布严峻的禁令,
那声音还恐怖地在我耳中,
虽然我决不愿意招致罪罚;
但他的容貌又转为晴朗,
继续讲述他的慈爱的话语:

338 “‘不仅仅这些美丽的境地，
且把全地球都给你和你的族类；
你们是主宰，享有它和住在
其中的一切生物，一切在海中、
空中生活的鱼、鸟和兽类。
你看所有的鸟、兽都各从其类
就是明证；我把它们叫来，
由你取名，恭顺、忠实于你。
住在水中的鱼类也这样，
不过不能叫它们到这儿来，因为
它们不能离开它们所居住的水，
而来呼吸这稀薄的空气。’
他这样说后，只见所有的
鸟和兽都一对一对地来，
群兽都畏缩着俯首帖耳，
所有的鸟类都敛翼下降。
在它们走过去时，我给取名，
并且认识了它们的天性，
上帝给了我顿悟和这么多知识。
但这些还不能满足我的欲望；
竟敢向天上的幻影如此声言：

357 “‘啊，该称您什么名号呢？
您高过这一切，高过人类，
高过比人类更高的，真难取名。

我该怎样尊崇您,宇宙的创造者,
把一切好处给人的主啊,
您给人的福利如此丰富,
如此慷慨地供应一切的东西。
可是不见和我分享苦乐的人。
孤单,有什么快乐！谁能独乐？
即使享尽欢乐,又怎能满足呢？'
我这样冒昧地说;光辉的幻影便
含着微笑,更加光辉,他说:

369 "'你说的孤单是什么？地上、
空中,不是充满着各种生物吗？
它们不都听你的命令,来到
你面前游玩吗？你不懂它们的
语言和习惯;它们也有知,
理性也不容轻视,你和它们一同
娱乐、守法吧,你的王国正广大呢。'
宇宙的主如此说,像是命令。
我为了要求允许发言,
便卑微地哀求,如此答言:

379 "'天上的掌权者,我的创造主,
别让我的话冒犯着您,
让我在说话时得有分寸。
您不是造我在这儿做您的代言人,
把这些愚劣者遥遥放在我下面吗？

不平等之间，能有什么交际，
什么和谐，或真正的欢乐呢？
这要求互相平衡，互相授受。
但在不平衡的情况下，
这个张，那个弛，互不配合，
结果，二者不久便厌倦了。
我所说的和所寻求的友谊，
是能互相分享一切出于理性的
愉快，兽类不能做人类的配偶。
它们各从其同类去求欢，
雄狮和母狮去求欢。
你是这样把它们配对成双的；
却不能叫鸟和兽，鱼和鸟，
或者叫公牛和猿猴交配。
人更不能和兽交，那是最下流的。’

398 “全能的神没有不高兴，答道：
‘亚当啊，你在选择伴侣，
谋求上好而微妙的幸福，
而在幸福的环境中尝到孤独的
不幸。那么你看我和我的情况
怎样想法呢？永古以来孤独的我，
你是否认为是快乐的呢？
我不认识次子我的或像我的，
尤其是和我相等的更少了；
我怎么能和他们交谈呢？

除非是我所创造的生物，
和那些远逊于我的生物，
比起你来也无限下劣的东西。’

412 “他说罢，我就轻声答道：
‘万物的尊主啊，要体会理解
您那永恒之道的高度和深度，
是人类心灵所不可企及的。
您本自圆满，丝毫没有欠缺。
人却不然，只有相对的圆满，
因此在同类者的交谈中，
受到安慰或帮助克服自己的缺陷。
您已经是无限的了，无须繁殖，
虽是“一”，却是贯彻全数的绝对数。
但是人，在数目上表现出单一的
不完全性，必须龙生龙，凤生凤，
繁殖自己的形象。所以要求
以翼之爱，最亲密的情谊。
您虽然貌似孤独，却神奇地
和自己交游，无须别求社交；
高兴时还可以提拔所造物为神，
和他融和交往，达到友谊的高峰。
我却不能由于交往而使卑微者
升高，也不能欣赏它们的习惯。’
我这样大胆地说了，并运用了
他所允许的自由，因而得到

他那深情厚意的神的慈声回答：

437 “‘我如此考验了你，很高兴，
看出你不仅知道你所命名的兽，
也知道你自己，很好地从内部
表现出我的形象，自由的精神，
这个精神并没有给予兽类；
它们不配同你交游，你公然
嫌弃它们而常怀此心，是当然的。
在你没有开口之前，我就知道：
人孤独是不好的，也知道人不能[1]
和先前所见的结为伴侣，那只是
试验你是否中意。现在我将
带来你所喜欢的伴侣，形状
像你，做你的助手，你的半身，
会中你的心意，为你所喜爱的。’

452 “他说完了，或是我听不到了。
因为我这凡人，不堪天君
长时间的压力，同他那崇高的
天上的对话，使我过度紧张，
像有超感觉的东西使我眩惑、
困倦、昏昏欲睡，终于伏倒，
借睡眠以恢复的自然的呼声

① 见《创世记》第2章第18节。

直向我袭来，闭上我的双眼。
他把我的肉眼闭上了，可是
我的心眼，想象的密室仍开着，
好像梦境中所见的朦胧景象，
虽然在睡中，却看见我躺的地方，
看见先前我站在他面前的那一位
光辉的形象，他弯下腰，
开了我的左肋，取出一根肋骨，①
带同温暖心脏的活力，
和喷流的，含有生命的鲜血。
伤口很大，但立刻就长肉愈合。
他用双手捏制那根肋骨，
在他的巧手之下，长出一个生物，
样子像人，但是异性的，美极、
可爱极了，似乎全世界美的东西
都相形见绌，或荟萃于她一身，
都包含在她和她的容貌里，
从那时起，把爱娇注入我的心，
以前没有感觉到的；由于她的
风度激起爱的精神和爱的喜悦，
吹进了万物。她不见了，把我
留在黑暗里，醒来时找她，
悲叹她的消失，放弃了一切的欢乐。
正在绝望时，却在不远处望见她，

① 见《创世记》第2章第21—22节。

正如我在睡梦中所见的那样，
天或地尽所有的东西来装饰她，
使她极为可爱。领她来的是
天上的造物主，虽然眼不可见，
却由他的声音指导，并教导她
婚姻的神圣和结婚的仪式。
她的步调优美，眼中反映天国的美，
她的风度、姿态处处含有庄重和爱娇。
我过分地高兴，禁不住高声说：

491 “‘这一来，得偿夙愿了；
您实现了您的话，慷慨仁慈的
创造主，一切美好东西的施主啊，
这是您一切恩物中最美的，
也不吝惜地施与了。如今我见
我的骨中骨，我的肉中肉，
是我自己在我的面前；
她从男人出来，名叫女人；为此，
他必须离开父母，而就妻子，
二人将成为一体、一心、一魂。’

500 “她听见了我这话；她是神领来的，
却天真烂漫，有处女的娇羞，
她的德性，和意识到的自己的价值，
必待恳求，不是不求而可得的，
她不唐突，不挑逗人，她退避，

却更引人喜爱，总之一句话，
她虽纯洁，没有罪恶的念头，
但她的自然本性使她这样，
她看见我时，转过身去，我追她；
她知道什么是荣誉，用威严的
顺从，嘉许我所说的理由。
我领着朝霞一般羞红的她
进入洞房：整个天空和欢乐的
星斗，在那时都洒落美妙精气，
大地和山岳都表示庆祝；
鸟儿喜悦，清风和淑静的空气
向森林耳语，报告这个消息，
并从他们的翅膀上撒播蔷薇，
从香木丛林中撒播芳馨，
嬉戏着，直到夜间的恋鸟①
歌唱婚礼，催促那晚星，
赶快在他的山顶点起华烛。

521 “这样，我把我的故事都
告诉您了，并把我的故事带到
我所享受的地上幸福的顶点，
必须承认，对别的东西也可以
找到欢乐，但不管用或不用，
都不能引起心的变化和强烈的

① 夜间的恋鸟，即夜莺。

欲望;别的欢乐是指味、色、
香、花草、鲜果、行道和鸟儿的
谐调;但在这儿却大异其趣,
一见销魂,一触夺魄;
我初次感到情欲,奇异的刺激;
对其他一切享乐,固然有超然
而不动心的,在这儿却敌不过
瞥见美艳时的强大魅力。
'自然'为了我有无能为力之处,
对这样的对象,有不能自持的弱点,
或者是从我肋旁取得过分多了,
至少是给她的润色过多了,
她外观精致而内心稍欠完美。
我很懂得'自然'的根本目的,
在最精美的心和内部的能力上,
她要逊色些,上帝造男又造女,
但女人像他的形象较少,对其他
生物的主管权也表现得少些。
可是一接近她的美色时,我就
觉得她似乎生来是完美无缺的,
她又似乎颇有自知之明,
她的所言所行都是最聪明、
最正当、最好、最深思熟虑的。
一切高等的知识,在她面前
都要降格,'智慧'对她谈话
也茫然若失,看来像傻子。

权威和理性像是一开始
就是特别造来侍候她的，
而不是后来偶然造成的；
大功圆满告成于她的妩媚上，
再安装了心怀大度与高尚，
还创造了‘敬畏’安置在她的周围，
好像安置天使在那儿守卫。”
天使皱了眉头对他说：

561 “不要责备‘自然’，她已经
尽了她的责任；你只用尽你的，
别不信任智慧，如果你认识到
你自己的品质多属下流东西，因而
最需要智慧靠近时，你若不排斥她，
她决不离弃你。你赞颂什么？
什么使你销魂？不是外表吗？
‘美’当然值得你的抚育、尊敬和爱，
而不是你的服从；要把她和你自己
一起衡量，然后估价。根据正义，
妥善处理的自尊是最有利益的。
这种智慧愈多，你就愈会被她
认为是她的头，她的全部外表[1]
将让位给内部的实质。在你的伴侣

① 《哥林多前书》第11章第3节：“我愿意你们知道：基督是各人的头；男人是女人的头。”

看到你欠缺明智时，具备这样的
修养，会使你更快乐，这会使人敬畏，
你便可问心无愧地爱你的伴侣。
但若把繁殖人类的触觉
看作超乎一切的享乐时，
要想到牲畜和野兽也都享有。
在那种享乐中，如有足以
夺人魂魄的动情的东西，
那就不能普遍地给予它们了。
你和她做伴，该是更高的，
有魅力的，人的，合理而长久的爱。
爱情是件好事，情欲却不好，
真正的爱情不包括在情欲里面。
爱可以净化思想，扩大心胸，
以理性为基础，贤明的爱，
是你上升为天上圣爱的阶梯，
不致坠落为肉体的快乐。
因此，在兽类中没有你的配偶。”

亚当半羞惭地回答他说：
“与其说因为她的外貌造得美，
或因普遍于万汇的生殖事宜
（我认为，婚姻床笫远为高尚，
对它该当表示神秘的尊敬）
使我喜欢，毋宁说是因为
从她的日常言行中流露出来的

优美的行为，千种不同的礼仪，
加上爱情和甜蜜的依从，
表示出真心结合，二人同心；
这是比丝竹谐音之悦耳
还要称心惬意的夫妇间的谐和。
可是这些还不足以服人。
我要向您表露内心的感受，
我不要因此做了俘虏，虽然
由于感觉上有各样的表现而
遭遇到种种对象，却仍要肯定
最好的，并追随我所肯定的。
您不责备我的爱情，如您所说，
爱情是导登天国的道路和指南。
如果我的发问是合法的，请听：
天国的精灵不恋爱吗？他们是
怎样表现爱情的？单凭眼看，
交换秋波？间接或直接地接触？”

618 天使一笑，脸上放出天上的
红霞，是爱情特有的玫瑰红，
回答道：“你只用知道我们幸福，
没有爱就没有幸福，这就够了。
你在肉体上所享受的精纯，
（你也是被造成精纯的），
我们也极度享受，内膜、关节、
四肢等，一点儿也没有障碍。

精灵的拥抱比空气和空气更容易，
纯和纯相结合、随心所欲；
不必像肉与肉、灵与灵的相交
需要有限的交往的法门。
但我现在不能再留了，
夕阳已经落入大地的绿岬之外，①
落在希斯佩莲的绿色群岛之外，②
太阳落山是我该回去的信号。
要坚强，快活地活着，要爱！
但首先要爱‘他’，爱就是顺从，
还要遵守他的伟大命令。
不要让情欲动摇心的判断，
免得会做出自由意志所不容的事。
你和你子孙的安危全在于你，
要警惕！我将为你的忍耐高兴，
列圣也将如此。要站立得稳！
站住或倒下，由你自由选择；
内里完善，无须外面的辅助，
拒绝一切犯罪的诱惑吧！”

644 他这样说着就站起来了。

① 大地的绿岬，指非洲极西的岬角，就是塞内加尔西端的佛得角，伸入大西洋的尖角。

② 希斯佩莲的绿色群岛（Verdant Isles Hesperean）是十五世纪中叶葡萄牙人发现的诸岛，地在绿岬之西。有人说古代希腊、罗马文学中的“希斯佩里特斯诸岛”（Isles of Hesperides）可能就是这个。

亚当也跟着站起，这样祝愿：
“既然如此，那就请吧，
天上的客人，我所尊崇的
至善者所差遣的使者啊！
您对我的深情厚意、亲切、仁慈，
将永远留在我感激的记忆里。
愿您常来，永远对人类友好！”

652 这样，他们分别了，天使从
浓荫上升天国，亚当回他的庐舍。

第九卷

夏娃受诱食禁果

提　纲

撒旦巡游了大地之后，心怀狡诈，于夜间像雾一样地回到乐园，进入熟睡中的蛇里面去。亚当和夏娃早晨出去劳动，夏娃提议把工作分做几处，各人分干一处的工作。亚当不赞成，说单干危险，那个曾被预先警戒过的敌人见她独处便会引诱她。夏娃不愿意被看作不够坚强和决断，一定要分开劳动，试一试她的能耐。亚当终于让步了。蛇看见她独自在一处，便巧妙地前去，接近她；起初是注视，接着开口，说了许多谄媚的话，吹捧她，说她如何出众。夏娃好奇地听蛇说话，问他怎么能说人的话，而且理解得这么好。蛇回答，说是吃了园中某一种树的果子就能说话，而且有理性了。这两样，以前都没有过。夏娃要求带她去看看那棵树。她一看，原来就是那禁止她吃的知识之树。于是蛇的胆子更大了，使用许多的狡智，许多的理由来诱劝她尝试。她终于尝试了，觉得味道很美。她想，把这东西让亚当分尝还是不让？犹豫了一会儿，终于决定把这果子带给他，劝他也吃。亚当起初大吃一惊，这是犯禁，必须死的；但是，见她已经失足，为了炽烈的爱，决心和她同死，便也吃了那果子。禁果使二人都发生效果，知道羞耻了；他们去找东西来遮盖自己的赤身露体。于是二人争吵，互相埋怨。

　　神或天使和人过往作客，
像朋友一样互相谈心，亲密地
对坐，分享田园的膳食，可以
随便说话，言者无罪的事，到此
结束了；我只能把调子转为悲剧。
在人方面是可耻的背信弃义、
不忠、叛逆和不顺从；在天方面
则变疏远、冷淡、厌恶、愤怒
和正直的谴责，并加以判决，
给这世界带来了弥天大祸：
"罪恶"及其影子"死亡"，"死亡"的先驱
"苦痛"。可悲的事件啊！这个题材
比那在特洛亚追逐劲敌，
绕城三周的阿喀琉斯的盛怒，①
比那与拉威尼亚的婚约被

① 阿喀琉斯(Achilleus)的盛怒，是荷马史诗《伊利亚特》的主题。它的开头是："缪斯啊，请歌咏珀琉斯之子阿喀琉斯的愤怒，这一怒给阿开亚人带来无数的灾难……"该书第22章，写阿喀琉斯因密友在战场被特洛亚的主将赫克托耳杀死而大怒出战，追赶赫克托耳绕城三匝的故事。

解除时的塔那斯的愤怒,①
或长期使希腊人和西莎利亚②
之子苦恼的涅普通或朱诺的③
烈怒都不稍逊,而更显英勇。
但愿天上的女诗神允许给我
与此相应的文体和风格。
她,天诗神曾自动地每夜降临
访问我,在我睡蒙眬中口授给我,
或给以灵感,轻易地完成即兴诗章。

　　自从我最初喜爱这个主题的
英雄史诗时候起,曾用很长的
时间去选择题材,迟迟才开始写作。④
英雄史诗的唯一课题似乎是
描写战争,我对此道从来没有学过。
描写战争的主要技巧是刻画

① 勇士塔那斯(Turnus)曾和列夏姆王的女儿拉威尼亚(Larinia)订婚,后因女方主动解约,嫁给伊尼亚斯(Aenéas),两勇士斗争,塔那斯被杀。伊尼亚斯是从意大利来的鲁溪里之王,为维吉尔史诗《伊尼德》的主人公。

② 希腊人,指奥德修斯(Odysseus)。他在特洛亚战争后回国时触怒了海神尼普顿,漂流海上十年之久。这是荷马史诗《奥德赛》的主题。

③ 西莎利亚之子,即伊尼亚斯。他是安喀赛斯和阿佛罗狄忒的儿子,因触怒于神后朱诺而漂流海上,遇到种种灾难。西莎利亚是克列特岛中一地名,据传说,女神阿佛罗狄忒是该岛附近海浪泡沫所生。

④ 弥尔顿早于青壮年时代就想写一部不朽的长篇巨著,经过长时间的考虑之后,决定写《失乐园》长诗(1640 年左右);真正开始写作于一六五八年。

假设的骑士在假设的战场中
从事没完没了的冗长的杀伐。
却不歌颂坚忍不拔的性格
和英勇壮烈的牺牲。他们
描写竞走和竞技,战斗的武装,①
画得出众的盾牌,出奇的纹章,
漂亮的服饰,战袍、军马、
金银丝织的马具,骑马比枪
和模拟战斗中的华贵骑士。②
其次是写将军的宴会,客厅里
仆役和管家的侍候、招待。
精雕细琢的技巧,死板的方法,
陈规旧套,并没有给人和诗篇
带来英雄的光彩。何况我连这些
技巧都没有掌握,也没有研究,
留给我的是更崇高的内容,
其本身就足以高扬其名,如果
不是时代过晚,风土寒冷,③

① 描写竞走和竞技,指《伊利亚特》第23章,帕特洛克罗斯的葬礼中举行;《伊尼德》第5章的特洛亚竞技。

② 华贵骑士,指中世纪描写骑士冒险的传奇诗,如意大利波亚尔多的《恋爱的奥尔兰多》、阿里奥斯多的《疯狂的奥尔兰多》、塔索的《解放了的耶路撒冷》、英国斯宾塞的《仙后》等。

③ 时代过晚,是说近代已不是产生古代英雄史诗或中世纪骑士传奇的时代。他所要写的当有所独创。风土寒冷,弥尔顿认为不适宜于诗人才情的发展。

或因年龄,使我意气消沉,①
这类题材倒并不少,即使我
都能掌握,占为己有,也不是
天上诗神每夜送到我耳边的东西。②

48　　太阳落了,长庚星也跟着落了,
长庚星的任务是昼与夜之间的
暂时的裁判,把暮色带给大地,
现在夜的半球从这端到那端的
地平线都笼罩在夜幕之中了。
先前被加百列威吓,赶出伊甸的
撒旦,现在改变了诡计和
罪恶的计划,要把人类毁灭,
不顾更重的刑罚怎样降落自身,
他毫无畏惧地回到伊甸来。
他在夜间逃奔,绕地球一周,③
于半夜回来,因为他怕白昼,
太阳的管理者尤烈儿远远地④

---

① 年龄,弥尔顿写这诗时快近六十岁了。他在三十年代,年富力强时,曾有志写一部关于英国人民抵抗萨克森入侵的史诗。到了参加革命斗争以后,便决定写《失乐园》。

② 弥尔顿说他的长诗和古代、中世纪的不同。主题、题材和风格都不一样。他的女诗神不是普通的缪斯而是天上的灵。原诗这一行里的"她"指他的天诗神,指导他写诗的女神。她给的灵感是《失乐园》,人类原始的史诗。

③ 《旧约·约伯记》第1章第7节:"耶和华问撒旦说,'你从哪里来?'撒旦回答说,'我从地上走来走去,往返而来。'"

④ 尤烈儿(Uriel)是太阳的管理者,天使中眼睛最亮的。

望见他入侵,预先警告嘘略帕①
要严加监视;他为极度的痛苦
所逼,连续飞行了七个夜的黑空间,
三次环绕赤道线,四次横切
夜的车辙,从此极到彼极,
横渡分至经线;第八夜回来时,
从天使守卫处对角的边境入口处
偷偷地潜行进来。那时有个地方
(现在没有了,那是罪,而不是时间最初
造成的变迁),底格里斯河从那里②
流经乐园脚下,流进地下的潜渊,
部分在生命树旁喷涌上来,
成为一道泉水。撒旦跟河水一同
潜入地下,又和它一同喷涌上来,
包藏在升起的雾中,然后找个
潜伏的地方:海洋,他已经找遍了;
陆地,从伊甸飞越邦都斯,③
米奥底斯海,飞越鄂毕河,④
再南下,远到南极地带;又
横着从奥伦特斯往西到德岭,⑤

① 嘘略帕是天使的一种,主要任务是保卫工作。

② 弥尔顿以为伊甸园在底格里斯河上,《创世记》第2章第10节所说的"有河从伊甸流出来滋润那园子"的河就是底格里斯。

③ 邦都斯(Pontus),黑海古名。

④ 米奥底斯海,即亚速海,与黑海相通。鄂毕河(Ob),西伯利亚一大河。

⑤ 奥伦特斯河在黎巴嫩,有阿波罗的神庙。德岭为巴拿马地峡。

被大洋拦住了。于是又飞到①
恒河与印度河奔流的地境。
这样,遍历山海全球,彷徨求索;
深入研究,看有什么最可利用,
把每一个生物都详细调查过,
发现蛇是野地里全部生物中
最灵巧狡猾的。经过深思熟虑,②
才作最后的决定,选择蛇,
欺诈的小鬼,为最合适的工具。
他就进入它里面去,把他那阴险的
诱惑隐藏起来,瞒过最锐利的
眼光。因为在聪明的蛇身上
有生就的灵巧,什么样的诡计
都不会引起特别的注意,
比起别的生物,最不会被疑心,
除了兽的意识,还有魔鬼的力量
在体内活动。他这样决定了,
但首先从心头的痛苦里面迸出
无限的激情,这样倾泻了感慨:

99 “啊,大地,你和天何等相似,
即使不说更好,却更适合于

① 大洋指太平洋。

② 《创世记》第3章第10节:“耶和华上帝所造的,唯有蛇比田野一切的活物更狡猾。”

诸神的居住，因为这是把旧的改造，
经过反复考虑才建筑起来的！
天神为什么在有了更好的之后
再创造一个较次的呢？
你这地上的天，诸天环绕着你
跳舞，发着光，还带来灿烂的
供奉的灯火，光上更有光，
好像专为你有意集中一切
有神圣力量的宝贵的光线。
正如神为天的中心，同时又向
万物扩展；你在中央接受
从诸天体发来的光。万物
生长的功能在你而不在他们，
在草木之上有更高尚的生物，
顺序地赋予生命，由生长、
知觉、理性三个阶段发展，
而最后综合于人。围绕着你
周游是何等的高兴呀，如果
我能从中得到什么快乐——
变化万千的景色、山、谷、
河流、森林和平原，一会儿陆地，
一会儿海，一会儿又是茂林修竹的
岸边，有巉岩、洞窟！可是，
我在这些地方都得不到避难所。
我看见周围的乐事愈多，
便觉得内心的苛责愈烈，

好像受到矛盾可恶的包围；
一切的善，在我都变成恶毒，
在天上，我的境况更加恶劣。

124 “除非征服天上的至尊，我不会
住在这里，不，也不会住在天上。
我不希望我所寻求的东西，
会使我自己减轻痛苦，不，
反倒因而更惨地祸及自身。
所以我只希望别人和我同流。
因为只有破坏才能缓和一下
我这残酷无情的思想。毁了他，
或者得到使他全部失坠的东西，
因为这些都是他创造的，这些
东西将跟着他，祸福相牵连。
那就让他牵连着祸灾，让破灭
扩大开去吧！号称全能的他，
六天六夜连续制造，谁知他
以前花了多长的时间去设计，
我只用一夜之间就把它破坏，
在地狱的诸当权者之中，唯我
独得光荣。好啊，我在一夜间，
把天使族的半数都从可耻的①
奴隶状态中解放出来，减少

① 半数是夸大之词，原是三分之一天使跟他造反。

他的崇拜者的数目。他遭到报应，
想要补充他所失去的数目——
他原来的力量已经用光了，如今
不能创造更多的天使了吗？（他们
原是他所造）还是因为不能
再苦待我们了，便用泥土制造
生物来取代我们的地位，厚赐他，
从如此卑贱的素质提高，牺牲
天上，牺牲我们，把我们的东西
夺去给他；他所宣布的都要完成。
他造了人，并为他造了这个
壮丽的世界，地球，为他的住家，
称他为主宰，啊，真是可耻！

“命令插翼的天使，光艳的使者，
跟从侍候他，还要保护、看守
那住在地上的人。我害怕这些
守卫者，为要躲避，我包藏在
夜半蒸发的雾气中，暗中滑行，
窥探丛薮，可能遇见睡中的蛇，
可以在他那百结的盘褶中
隐藏我和我所带来的黑心肠。
啊，卑污堕落！我当初
曾和诸神坐在最高位上，现在
却容身于一动物的体内，和
畜生的黏液混在一起，似此憧憬

崇高神性的灵质，竟成肉身、兽身；
但野心、复仇，坠落成什么不行呢？
野心家早晚得降卑，高飞者
终必下落到原来卑微的地方。
复仇在开始时虽美，不久就自食苦果，
反跳回原处。让他去吧，我不在乎，
高攀既不及，其次又招我忌妒，
这个泥土造的人，天的新宠儿，
更是我们怨恨、憎恶的种子。
那么，以怨报怨才是最好的偿还。”

179 　　这样说着，他进行半夜的
搜索，通过燥湿的密林，像一片
黑雾低行，希望尽快寻到大蛇。
不久，他发现一条蛇在熟睡中，
盘成几个圈，弯弯曲曲，环绕萦回，
巧妙地把头部放在正中心。
不是在可怕的树荫，或阴沉的洞穴，
也没有毒，就在草上无忧地睡了。
恶魔从他的口进去，到了心胸
和头部，很快就使他把动物的意识
换作明智的活力；却不扰乱他的
睡眠，躲在里面等待曙光的来临。

192 　　现在，伊甸乐园里带露的朝花
妙香初放，圣光破晓时，在大地的

祭坛上飘着快乐的晨香，芬芳扑鼻，
万物都在向造物主献上无言的赞辞，
二人出来参加无声生物的合唱，
和有声礼拜同时交作，终于在
妙香与软风融和时节分享快乐。
于是讨论如何做好繁殖的工作，
因为他们人手不足，干不了那么
广大园地的活。夏娃先对丈夫说：

“亚当，我们仍做这园艺工作，
照料草、木、花卉，我们欣赏
这样快活的工作；但是还要更多人手
帮助我们；我们的工作愈干愈多，
愈修剪，反而愈繁生蔓长。
白天里我们修剪的繁枝，或砍或支
或捆扎，过一二夜便又放肆地，
嘲弄似的蔓生开来，几成野生的。
请你好好想办法，或者听我
原先想的那样去做；让我们分工，
你到你所喜欢的地方去，或者到
最重要的地方去，把这林荫路
一带的忍冬花卷起来，让常春藤
爬在适当的地方；我到小树丛那边
在天人花和蔷薇相混杂处干到中午。
因为我们整天相伴着工作，离得太近，
时常为选择工作而讨论、微笑，

耽误事情，每遇新情况又要谈论，
工作不免间断，虽然起得早，
功效却不大，常到晚餐时还完不了工。”

226 　　亚当温和地回答她说：
“一切生物中无比优秀的，
我唯一的夏娃，唯一的伴侣啊，
你很好地考虑并且说出了上帝所
命令我们在这里好好执行的业务，
没有我的赞许就通不过。因为
女人的可爱莫过于对家政的
考虑，促进丈夫的工作。
并且神要我们在休息怡养时，
用食物，或用交谈，心的粮食，
或用会心的微笑和顾盼，
并不要求拒绝谈笑而强加劳役。
微笑是从理性流露出来的，
并不赋予牲畜；它是爱的食粮，
爱不是人生最低的目的。
天神造我们不是为了繁忙劳苦；
而是为了快乐，与理性结合的快乐。
这些道路和花亭，只用我们合力，
便很容易保持整洁，等到不久，
年轻的手会帮助我们干活。
如果说谈话太多了，使你厌倦，
我愿意让步，暂时分离也不妨；

因为孤单,有时倒是最好的交际,
暂时的引退,倒能促使甜蜜的归来。
但我还是有些不放心,怕你离开我,
会有伤害临头。你知道,曾有警告,
说有恶敌嫉妒我们的幸福,为了
他自己的失望,想突然袭击,
使我们遭灾和受辱;他就在近处
埋伏窥视,一看见我们二人分离,
便想方设法来遂行他的意愿。
如果我们在一起,必要时可以
互相扶助,要欺侮我们就难了。
他的第一计划是把我们对上帝的
忠诚拉过去,或者打乱我们
夫妻的爱,使我们所享受的快乐
不再激起他的嫉妒。这是最恶毒的
手段,决不能让你离开我身边,
我忠诚,给你生命,始终庇护你。
妻子在危险和耻辱潜伏的时候,
待在丈夫身边最安全、合适,
他卫护她,和她同当最重的苦难。"

270 纯洁、威严的夏娃,像个
爱情真挚的人受了一些委屈似的,
严肃、认真而镇静地回答他说:

273 "天地之所生,大地的主宰啊!

有个敌人亡我之心不死，我知道，
是由于你的教导，也是夕花将闭时
归来，站在树荫后面，听临去的天使
泄露的。但我不愿意听到：我对神
和你的忠诚，受到你的怀疑，为了
我们有个敌人会来引诱。
敌人的暴力你不怕，因为我们
不可能死去或受苦，所以我们
不会受暴力打击，或者能打退它。
他的诡计是你所害怕的，和它
同样可怕的是：以为我的信和爱
会因他的诡计而动摇，或被勾引。
这种思想怎么会停泊在你心中？
亚当，你对亲爱的她误解了！”

　　亚当用安慰的话回答她：
“神和人的女儿，永生的夏娃！
你是这样天真烂漫，白璧无瑕；
我劝你留在我身边，不是因为
怀疑你，而是为了避免诱惑，
这是我们的敌人所处心积虑的。
诱惑者的图谋虽然终归徒劳，
但至少使被诱惑者蒙受污名，
他破坏你的信用，似乎不能保证
抗拒诱惑。你自己也知道，对陷害者
加以蔑视、愤怒、发火是无用的，因此

不要误会我不让你独处的苦衷。
敌人胆子虽大,也不敢同时
加害于两个人;即使敢于加害,
必先向我进攻。他的恶意和
虚伪你不能轻视,他能挑唆众天使
造反,当然是个机敏灵巧的;
你也不能空想别人的帮助。
我从你的顾盼中得到助力,
增加德性,在你面前更加聪明、
警觉、强壮,必要时更显强劲。
在你的注视之下,耻辱会被制胜、
被欺侮的耻辱,会产生极大的力量,
还会加紧团结。为什么你不会有
同样的感觉:有我在场的时候,
你和我可以一起对付试探,我就是
你经受试炼的德性的最好证人?”

318　　喜爱天伦之乐的亚当这样说,
是出于关心和夫妻的爱;
可是夏娃却认为不够诚挚,
仍旧用温柔的声调回答道:

322　　“如果这就是我们的环境,
在一个又狡猾又凶暴的敌人
威胁之下,住在狭窄的圈子里,
到处都是独力不能防御的险境,

每时每刻都在恐惧和危害之中，
那有什么乐趣呢？但危害并非
罪的先驱。敌人诱惑我们，
用假尊敬来奉承我们的高洁，
他的侮弄不能直接污损我们的
荣名，反而损及他自身。那样，
又有什么可怕得避开呢？
由于他的臆测错误，我们
可得双重的荣誉：心里得和平；
由事件的结果，可得天上的恩宠。
如果不是单独受试炼，单借外力，
那有什么信、爱、德之可言呢？
别怀疑我们的安乐可以完全
付托在智慧的造物主身上，
如果不能以独力或合力为保证，
我们的幸福就不可靠，那么，
伊甸也便显得不是伊甸了。”

342 亚当这样热情地回答她：
“女人啊，万物都按天神的旨意
所决定的那样去做为最好，
创造者的手所创造的一切东西，
从不留缺陷与瑕疵，何况造人呢？
或者卫护他幸福的境况，
卫护他，不让外来的暴力伤害；
危险就隐伏在自身内部，

但他自己的力量也能控制：
反抗自己的意愿便不受危害。
但上帝让意志自由，因为
顺从理性的意志便是自由。
他使理性判断公正，也让她谨防，
使它毅然不屈，免得那伪装者
施行突然袭击，作错误的指挥，
命令意志去做天神所严禁的事。
不是不信任，是温柔的爱的命令。
我必须经常照顾你，你也照顾我。
我们坚定地活着，也可能出轨，
理性可能会受到敌人的教唆，
遭遇到一些奇怪的事，陷入
不可预料的骗术，没有加强
严密的警戒，像她受的警告那样。
因此不要寻求诱惑，以能避免
为佳，你不离开我，似乎可避免。
试炼不速自来。你要证明
你的忠诚，先得证明你的顺从。
此外谁能知道？没有亲眼
看见你受试炼，谁能证明？
但对不求自来的试炼，你自己
以为能独受警戒而知防备，认为
二人在一起反容易大意，你就
去吧；在我身边不自由，去吧；
凭你的本性无邪，靠你固有的

德性，鼓足全力吧！上帝在你
身上已尽本分，你去尽你的吧。”

376 人类始祖这样说了，但
夏娃仍坚持己见，最后却
柔顺地回答说：“那么，你
允许了，我受了警戒，特别是
你最后的论点：试炼不求自来时，
二人在一起更少准备，倒不如
我自个儿去，敌人未必会
先从弱者下手，如果这样，
他将遭到更可耻的失败。”

385 她这样说着，把手从丈夫
手中轻柔地抽回；好像奥丽亚德、①
或德莱亚德，或德丽亚的从者，②
森林的仙女一样轻轻走入丛林，
她那步行的姿态，女神似的
身段，比德丽亚还要优美，
虽没像她那样佩着箭箙等武装，
却携带了粗陋的园艺用具，
不是火锻成，可能是天使给的。

① 奥丽亚德(Oread)，山岳洞窟的女仙。

② 德莱亚德(Dryad)，树木之女神或树精。
德丽亚(Delia)，即岱阿娜(Diana)，月亮的神，也是狩猎的神。她手拿弓箭，身佩箭箙。

这样装束的她像是佩丽斯，①
或逃离筏图姆努斯的波莫娜，②
或未为育芙生普洛萨匹娜之前，
年华正茂的处女色列斯。③
亚当留恋着她，热烈的眼光
表示十分喜爱，长时间目送，
一再嘱咐她，务必早些回来，
她也频频相约，于中午时
回到庐舍，把一切家务安排
妥善，准备午餐和餐后的休息。

404 啊，多么错误、荒谬的打算！
不幸的夏娃，你打算回来！
多么别扭的事啊！从那时起，
你在乐园食不甘味，寝不安席！
伏兵躲在红花和绿荫之间，
带着地狱的切齿之恨在等待，
拦住你的路，夺去你的无邪、
忠诚、祝福，然后送你回去。
因为那恶魔从天一破晓起，
就用蛇的形象而出现，他的

① 佩丽斯（Pales），罗马神话中的牧羊人的保护女神。

② 筏图姆努斯（Vertumnus），罗马的季节、果树等的神，他能变成各种人的形象，向果树的仙女波莫娜（Pomona）求婚，几次被拒绝，终于成功。见奥维德《变形记》第14章。

③ 色列斯（Seres），农业、果木的女神，为育芙（即宙斯）生下一女名普洛萨匹娜（即普洛萨萍——见第145页注③），嫁与冥王。

目标只有两个人，到处探寻，
这二人却包含着全人类。
他在庐舍里找，在地野里寻，
那儿一簇簇树丛，园林中最
怡神的地方，为娱乐而种植的地方。
在泉水旁，林荫浓绿的小溪边，
他找到了他们二人，但他
所切望的是遇见单独的夏娃。
他没想到马上有这样的机会，
这是出乎望外的，他探知
夏娃单独站着，包围在香云中，
半隐半现，繁茂的蔷薇簇拥
在她的四周，交相辉映。
她时时俯身扶起柔弱的茎和花，
都很鲜艳，有红的，有青的，
有金色斑点的，支不住，低头下垂；
她把它们支起来，以小山桃为纽带
互相支持；没想到，她自己也是
一朵最鲜艳的不支之花，离开
支柱太远，而暴风雨却近在眼前。

433　　魔王走近去，经过杉、松、棕榈等
亭亭玉立的乔木的树下横道，
繁茂的小树丛和夏娃亲手修理过的
小径和花坛之间，时隐时现，
大胆地涡卷而行。这里比神话中的

花园更美妙，无论是复活了的
阿多尼斯的，还是老勒阿替斯的①
儿子的东道主，著名的阿尔喀那斯的。②
比神话以外，聪明的国王同他那③
漂亮的埃及妃嫔戏谑处更为可乐。
他十分喜爱这地方，更喜爱这人。

　　有如久笼在人口稠密的都市中，
住屋毗连，阴沟纵横污了空气，
一旦在夏天的早晨走出近郊，
呼吸在快乐的乡村和田野中，
凡所遇见的一切都给以喜悦，
谷物或干草的香味，母牛、奶场等
每一田园风光，每一田园声响。
如有仙女般的美丽贞女的脚步
踏过，一切愉快的东西便更愉快。
她是无比的，她的容姿看来像是
一切悦乐的凝聚集中。蛇怀着

---

① 阿多尼斯（Adonis），爱神维纳斯所爱的美少年，他在黎巴嫩山中打猎被野猪咬伤而死，女神哀哭祈祷，让他复活，每年和她同居六个月。他的花园是有名的。勒阿替斯（Laertes）的儿子就是奥德修斯，《奥德赛》的主人公。

② 阿尔喀那斯（Alcinous），弗西亚岛的王，热情招待奥德修斯于他的名园。在《奥德赛》第7章有园游的描写。

③ 聪明的国王，指所罗门，他后宫有妃嫔、妻妾成千，宫殿豪华，园林壮丽。他最爱的妃子是埃及法老的女儿，为她营造各种的果园，如葡萄园、核桃园等。有人说，称为“所罗门之歌”的《雅歌》第6、7两章所歌颂的就是她。

这种悦乐，眺望这个花坛，
夏娃的幽栖处，如此清晨，如此孤寂。
她那仙女般的形象，天使的神情，
而更多温柔，更多女性的美，
她的文雅天真，她的每一姿态、
气度或最小的动作，都使他的
恶意退缩，甜美的魅力夺去
他带来的凶恶企图的凶恶性。
这其间，恶魔离去自己的恶而独立，
茫然若失，似有向善之心，放弃
仇恨、欺骗、憎恨、忌妒和复仇；
但长在心中的炽热地狱仍在燃烧，
曾在半空，迅速烧毁了喜悦，
现在这些不是为他而设的快乐，
愈多看愈使他苦恼。他立即重新
集结强烈憎恨，鼓起恶作剧的念头：

473 “思想啊，把我领导到何处去？
用多美的魅力带我到这儿来，
忘掉来此的原意，不是为爱，
而是为恨，也不是以乐园的希望
代替地狱，不希望在此尝味欢乐，
而是要毁灭一切欢乐，只留下
毁灭的欢乐。其他一切的悦乐，
对我不再存在了。因此，这个
对我微笑的机会，不可失去；

看，这个独处的女人正是施行
各种诱惑的好机会，她丈夫不在
近旁，我已回视一周，没有看见。
他那较高的智力、气力和勇敢，
我要躲开，他那英雄的肢体，
虽由泥土造成，却不可轻视，
刀枪不入，我不是他的敌手：
我不比当初在天上时，地狱
使我减色，痛苦使我变弱了。
她很美，神圣地美，适于诸神的爱，
不可怕，虽在爱和美中有恐怖，
非有更强的憎恨不能接近她，
更强的憎恨巧妙地假装做爱。
这就是我现在决定毁灭她的途径。"

494 　　人类的敌人，蛇的坏寄宿者
这样说后，走近夏娃去，不像他
后来那样迂回曲折地趴地而行，
而是用尾巴卷成一个圆底，
在上面盘起一圈圈高耸的迷塔，
头戴高冠，眼似红玉，还有
金碧辉煌的头颈，直立在他那
在草上波动的塔尖的中心；
他的容姿表现出心地的愉快。
后来再也没有那样可爱的蛇了。

在依里利亚，由赫苗和卡特默斯①
变的那些蛇；或爱坡陀拉斯的神；②
安扪大神或卡匹托林主神所变，
前者和奥林匹阿斯，后者和
生下罗马英雄西庇阿的女人③
所共同看见的蛇也都不能比。
开始时，他像偷儿想要接近她，但又怕
不方便，便从侧面，横着前进。
跟着又像个熟练的船夫，在河口
或峡口驶船，随着风向的转换
而改变舵的方位和风帆的方向。
他随机应变，为要惹夏娃注意，
便在她面前要了一些玩意儿，
用尾巴卷成许多波浪似的圈圈。
她很忙，虽然听见木叶的沙沙声，
却没注意，像平时百兽在田野里，
很顺从地听从她的声音在她面前

① 依里利亚（Illyria），在巴尔干半岛西岸，希腊北部。卡特默斯（Cadmus），腓尼基的王，宙斯把赫苗（Hermione）给他为妻，二人老后，来到依里利亚求神赐死而变成蛇。

② 爱坡陀拉斯（Epidaurus），伯罗奔尼撒半岛东岸的一小城。希腊神话阿波罗有个儿子长于医道，生于该城，成了医药之神。罗马疫病流行时，派使者去请愿；医神以蛇的形象出现，和使者同去罗马消灭疫病。

③ 安扪大神称为“利比亚的育芙”；卡匹托林主神，称为“卡匹托林的裘匹特”。前者为亚力山大帝的父亲腓力二世，奥林匹阿斯（Olympias）是他妻子，生亚力山大；后者是罗马英雄西庇阿（Scipio）的父亲，西庇阿打败了迦太基的汉尼拔（Hannibal），被称为“罗马的精华”。

嬉戏一样，比赛西呼召假装的①
畜类时更为听话。他现在胆子
更大了，不等召唤，就来
站在她的跟前；一味羡慕地望着：
频频低着小塔上的头和发光的
珐琅的颈项，谄媚地舔着
她所踩过的泥土。他那无声的表情
终于引起了夏娃注意他的戏耍；
他得到了夏娃的注意十分高兴，
便用蛇的舌头或声气的冲动，
这样开始他那欺诈性的诱惑：

532 　　“不要惊奇，女王啊，也许唯一
可惊的是您的惊奇，您那天惠娇美的
容颜上不要浮现嗔怪的神情，嘲笑
我的冒昧前来，这样无餍地注视，
敢于冒犯您眉宇的庄严，尤其是
独处时的庄严。美的造物主最美的
肖像啊，一切生物，您的万物，
随处都在凝望着您，看得出神了，
都一致歌颂赞叹您神圣的美；
但在这荒野的园子里，兽群之间，

① 赛西(Circe)是个妖精，能挥魔杖把人变成畜牲。奥德修斯到了她所住的海岛上，由于神使赫耳墨斯的指示而破她的妖术。她变的畜牲，形似畜牲而本质还是人，所以说是“假装的畜类”。

粗野、浅薄的观众不能认识您
一半的美，除了一个外，谁个对你垂青？
（这一个是谁？）他能看出您是神中女神，
受您的从者，天使们的崇拜、供奉。”

549　　诱惑者说了这样的谄谀之词，
奏了他的序曲。他的话进入
夏娃的心，虽然觉得声音有些奇怪；
终于不无惊奇地回答道：

553　　“怎么一回事？人的语言
竟从畜牲的舌头说出，表现了
人的思想？最初我以为天神
造畜牲时把它们造成哑巴，
完全没有给以发音清晰的本能，
后来认为可以从它们的脸和
动作中看出它们表现一些理性，
却不明确。你，蛇啊，我知道
你是野地里最聪明的畜牲，
但不知道你也赋有人的声音。
这样，请你重复这个奇迹，
说你是怎样从哑巴到会说话的？
你是怎样超过我平常所见
所接近的其他畜类的？说吧，
因为这样的奇迹值得注意。”

567　　狡猾的诱惑者这样回答她：
“这美丽世界的女王，光辉的
夏娃啊！您命令我作答的这一切，
都容易回答，而且应该从命。
起初，我和其他吃草的畜牲
一样，我的思想也卑陋浅薄，
跟我的食物没有什么不同，
除了辨别食物与性别之外，
一切较高的事物都不懂。
可是，有一天，我在野地里漫游，
忽然看见远处有一株宝树，
结着红色和金色相间的果子：
我走近去仔细看了一会儿；那时，
从树枝间，吹来了一阵香味，
激起我的食欲，使我喜欢它，
更甚于最好的茴香的香气，①
或母羊黄昏时下垂的乳房，
因小羊羔贪玩而没有去吮吸。
为要满足我的强烈欲望去尝味一下
那美丽的果子，我不迟延；
饥与渴一起来做强烈的教唆，
那诱人的果实的香气，更加
尖锐地促使我。一会儿，我就
攀上并缠绕着长满青苔的树干，

① 据说蛇最喜欢茴香，也喜欢吸山羊的乳房。

因为那树枝离地之高，要您
或亚当尽力高举才能够得上。
其他畜类围绕着树看，都怀有
同样的愿望，站着干望，但摘不到。
我攀到树的半高处，那儿挂着
累累的诱人果实，我摘吃个饱，
因为它味美无比，我觉得
正餐和泉饮都没有这样甘美。
终于吃饱了，不久就觉得自己
内部起了奇异的变化，逐步地
长出理性，再过不久又会说话了，
虽然外形仍保持这个样子。
从此，我的心思转向高处深处想，
用气宇阔达的心胸，观察上天、
下地、半空中一切美善的东西。
但我看出您具有一切神的美善，
在您的美中具有天仙的光辉；
一切的美都不能和您的相比，
使我不能不来对您看得出神，
并且崇拜您，神所正确宣称的
万物的主宰，宇宙的女王。”

613 着了魔的狡蛇这样说了；
夏娃更觉惊奇，便轻率地回答：

615 “蛇啊，你这过分的赞辞，使人

怀疑初次由你证明的那果实的
功能。但是，你说，那树长在哪儿？
离这儿有多远？因为天神在这
乐园中栽了许许多多的树，
种类繁多，有许多我们还不认识，
在这么丰富的物产中任我们选择，
还有很多果实未经采摘，仍旧
挂在枝头不朽不烂，为了人类
繁殖而存贮食粮，等待更多的
人手来帮助自然卸下重负。”

625 狡猾的毒蛇对她表示高兴：
“女王啊，路很好走，而且不远，
在一排山桃花的后面，泉水旁边，
一片平地上，花正盛开，没药
和香水薄荷的茂密小森林那里。
如果您允许我作向导的话，
我马上可以领您到那儿去。”

631 夏娃说，“那么领路吧！”
他领头，很快地涡卷而进，
把曲折错综的路走成直的，
急速向灾祸前进。他头上的
冠毛由希望而高扬，由快乐
而发光：好像夜所凝练，寒气
包围的浮游水汽所成的鬼火，

燃成摇曳不定的火焰，据说
有恶鬼参加，用虚妄的光挥舞
照耀，引领夜游者走入迷途、
沼泽、泥淖、池塘、水潭里去，
被吞没，死亡，而呼救无门。
阴险的蛇也这样一闪一闪地
陷害轻信的夏娃，人类的母亲，
领她到万祸之根，禁树那儿去。
当她望见那树时，便对向导说：

647 “蛇啊，我们最好别到这儿来，
这儿果子过剩，但不是我的果子，
它的功能怎样，只有你知道；
若真有这样的效力，实在奇怪！
但这棵树我们不能尝，不能摸，
天神这样命令的；这命令是他
天声的唯一掌上明珠。此外，
我们依照我们自身的法律而生活，
我们的理性就是我们的法律。”①

655 诱惑者诡诈地回答她说：
“不错！那么上帝可曾向地上
或空中的万物灵长宣告过，

① 《新约·罗马书》第2章第14节：“没有律法的外邦人，若顺着本性行律法上的事，他们虽然没有律法，自己就是自己的律法。”

不许吃园中一切树木的果子？”

659 夏娃天真地对他这样说：
“园中一切树木的果子我们都
可以吃，只是在园正中央这棵
美丽树木的果子，上帝说，
不可以吃，也不能摸，否则必死。”

664 她还未说完这简短的话，诱惑者
便更加胆大了，他装做对人热情
和爱护，对他的错误表示愤慨，
他开始扮演新的角色，鼓动激情，
心绪波动混乱而故作举止闲雅，
像是要开始做什么大事，他挺身而起。
现在虽然无声，却像一个老练的
著名雄辩家，在雅典或自由罗马的
讲坛上将作辞藻绚丽的大义演说，
他冷静地站着，在鼓起如簧之舌
以前，他的姿势、动作和身段，
都赢得听众的注意，有时出于
正义的热情，连序言也来不及交代，
就从高潮开始。这诱惑者也这样
站着，移动着，向上伸，热情奔放地说：

679 “啊！神圣、聪明、给予智慧的树，
知识之母啊！我觉得你的力量

在我里面是清清楚楚的，不仅仅能
认识万物的本原，也能跟踪圣贤
至高的行动。这个宇宙的女王啊！①
不要相信那严厉的死的威胁，
你们不会死。你们怎么会死呢？
是因为果子吗？那东西给予
知识之外，还会给予生命。
因为威胁吗？你看我吧，我已经
接触它，尝味它，还活着，而且
我的命数受到更高的考验，比
命运所定的还要完全的生命。
难道对兽开放的东西对人倒关闭？
神竟为了这么小小的罪就大发雷霆？
他用死的痛苦来恐吓你们，
你们不管死是什么东西，去寻求
幸福的生活和分辨善恶的知识，
你们的勇敢美德却不该称赞吗？
善的，该怎么判断？恶的若真坏，
为了避免它，怎么不该知道呢？
神若因此而伤害你们，那就是
不正义的了；不正义就不是神，
不用怕他，听从他。你们对死的
恐怖本身正好消除恐怖。那么，
为什么要禁止呢？为什么只威吓

① 这个宇宙，指上帝用六天六夜所造的新宇宙，对旧有的而言。

你们，他的崇拜者，置你们于
卑下无知的地位呢？因他知道
你们吃它之时就是眼睛明亮之日，
你们原来蒙眬的双眼完全睁开，
你们就会和神一样知道善和恶。①
我在本质上是人了，你们也会
是神，我由兽变人，你们由人
变神，成了正比例。这样，
你们即使会死，那就是脱去人性
而穿上神性。死是求之不得的，
虽受些威吓，但不会带来更坏的东西。
诸神是什么，人竟不能像他们，
同享神的食物？神们最初存在，
就利用这一点，来增加我们的信念，
相信万物是从他们出来的。
我怀疑：这个美丽的大地，
由于阳光照暖而滋生万物，
但他们什么也没有产生。如果
产生了，谁吃了它，不等许可便能
直接产生智慧，是谁把辨别善恶的知识
封锁在这棵树上呢？况且人得了知识，
过错又在哪里？如果万物属于神，
那么你们的知识对他有何害处？

① 《创世记》第3章第4—5节："蛇对女人说，你们不一定死，因为上帝知道你们吃的日子眼睛就明亮了。"

这棵树又怎么能违反他的意志呢？
若说出于嫉妒，嫉妒怎能居于
天神的圣心？这种种原因，
都表明你们需要这美丽的果子。
人间女神啊，伸出手来自由摘吃吧！”

733 他说完了。他那含有狡智的
辞词，太容易进入她的心了。
她盯住果子出神，仅仅看，就够
吸引人了，还在她的耳朵里响着
他那巧妙的言辞，充满着理由，
在她看来很有道理。那时节，
将近中午，那果子的香气激起
她难抑的食欲，摘食的欲念，
唆使她一双秀目渴望不止。但首先，
踌躇一会儿，她陷入这样的沉思：

745 “你是最好的果实，你的功能
伟大，毫无疑问，你虽和人隔离，
却值得赞颂，长时间的禁止后，
初次尝味，能使哑巴雄辩，
教无言的舌头能向你唱赞歌。
他不许我们用你，但不向我们
隐藏你的赞歌，把你叫作
知识的树，善和恶的知识树。
虽曾禁止我们尝味，但他的

禁令却更加宣扬了你，同时表示
你对善的传授，和我们的缺乏：
不知道善，便不可能得到善，
得而不知也等于完全没有得到。
说明白些，为什么单禁止知识？
禁止我们善，禁止我们聪明！
这样的禁令不能束缚人。如果
死用最后的羁绊束缚我们，
那么我们内心的自由有什么用？
说我们吃这美果时，就必须死！
蛇怎么不死？他吃了却还活着，
懂事，能说话，有理性，能辨别，
以前他是没有理性的。专为我们
发明了死吗？这个智慧的食粮，
为兽类保留却拒不给我们？
看来像是专为兽类的。第一个
尝试过的并不猜忌、虚伪和诡诈，
却亲近人，信心坚定，带来
喜悦等好事降临在他身上。
这样，还怕什么呢？不知善与恶，
怎能知神与死、法与罚的可畏？
这儿生长着治百病的圣果，
美丽悦目，激人食欲，还有
使人聪明的效力。那又何妨伸手
直接采摘，营养身和心呢？”

　　这样说着,她那性急的手,
就在这不幸的时刻伸出采果而食。
大地因而觉得伤心,“自然”从座位上
发出叹息,通过万物表示
灾祸临头,一切都完蛋的悲哀。
犯罪的蛇溜回密林里去了,
夏娃只管吃,别的都不顾了,
从此才知道尝试的快乐,这果子
从未尝试过,不管是真的,还是
为了要更高的知识而想象的;
此外,也不无成神的思想。
她无限贪婪地吃,却不知是
在吃着“死”。终于饱了,好像因酒
而兴奋,其乐融融,欣然自语道:

　　“啊,乐园中最高、无上、万能的
树啊,你给予智慧,起幸福的作用,
却不为人所知,无名地空垂美果,
毫无目的地创造;但从现在起,
每天早晨,我要用歌诗、颂词来
侍候你,帮你把满枝的重荷卸下,
给大家自由取用。我从你得到
知识上的成长,像神一样知道一切。
别的树觉得遗憾不能给予这样的
礼物,可是他们也有礼物,不过不同于
在这里所生长的。其次,我要

感谢你的经验，最好的向导啊！
若不跟从你，我至今仍是无知的。
你开辟了知识的道路，虽然她
还隐居在神秘里，但已接近了。
我恐怕也是神秘的。天很高，从高处，
很远地望见地上的每一事物。
我们伟大的禁制者还有其他
操心的事，会忘记不断的监视，他的
全部侦探都在他四周，可以放心。
可是怎样去见亚当呢？让他知道
我的变化，分享我的全部快乐，
还是不让，把这关于知识的
奇妙力量抓在手里，不让共有？
这样，就补足女性的缺陷，
更加惹他爱，更加和他平等，
恐怕有时候还能胜过他，这也不是
非分希望；因为劣者谁能自由？
这也许是好办法：但被神看见了，
死来临了怎么办？那时我是完了，
亚当和别的夏娃结合，和她
共过快活的日子，我消灭了！
想起这事来也等于死！因此，
我决定要和亚当祸福与共。
我爱他如此之深，和他一起时，
万死堪当，没有他，活着没有生趣。”

834　　这样说着，她从树旁移步
回去，但首先向它的力量来源
行个深深的礼。那力量是诸神的
饮料，仙露中取来的知识之液，
在树里饱含着。这时亚当正在
焦急地等她回来，挑选最美的
花朵来编织花冠，去装饰她的
头发，表彰她的农活，和收获者
常对收获的女王所做的一样。①
他耐心等待着巨大的欢喜，
以及迟迟归来时的新的安慰。
但他的心魂不定，几次预感到
不祥的事。他觉得浑身震颤；
他出去迎接她，朝着早晨她
初别时走的那条路走去。
那路必经知识之树的近旁，
在那儿遇见她，她正要离开
那树回家，她手里拿着一枝
最美的果实，是新采折的，
鲜艳含笑，天香四溢。她急忙
迎上去，脸上表示谢罪之意
作为序曲，很快便自作辩解，
用婉约的言辞，随心所想地说：

① 在收获时节的祭礼中举起美丽的农业女神色列斯（Ceres）的像而游行，或选择少女来抬着游行。

856 “亚当啊，你不怪我回得太迟吗？
我离开了你便想念你，觉得好久
没有见到你的面，觉得爱的烦恼，
以前没有觉得过，今后再也不要
重尝草草离别而陷入思念的痛苦。
可是，我迟迟回来的原因很奇怪，
听起来也觉稀奇：这棵树并不像
我们所听说的，吃了很危险，
并会引出未知的祸患；
相反，它有神圣的效果，能使
尝试者睁开眼睛，成为诸神。
有人尝试过了，果真如此。
蛇很聪明，不像我们这般拘束，
他不服从，吃了这果子却没死，
如我们曾被恫吓的，相反地，
后果是能发出人的声音，有人的
意识，完满的理性，并有巧妙的
语言，能说服我，因此我尝味了
禁果，也得了相应的功效；
暗淡的眼睛明亮了，精神舒畅，
心胸扩大，逐渐成长而近于神性。
这些主要是为你去探求而来的，
没有你，我便无所求。幸福若有
你的份，对我是幸福；要不然，
没有你的份，很快就厌倦了。
因此，你也尝尝，和我同命运，

同等欢乐,和同等恋爱一样。
要不然,必因地位不同而分隔,
现在木已成舟,命运不许可时,
我要为你放弃神性也太晚了。”

886 夏娃这样用快乐的容色
讲述她的故事,但在脸颊上
燃烧着不安的闪光。亚当
一听到夏娃犯了死罪就惊倒,
茫然若失,一阵寒冷的战栗
通过全身的血管,关节松弛了。
特为夏娃编织的花冠从无力的
手中落下,蔷薇也枯萎散落了。
他无言地站着;脸色灰白,终于
这样向自己打破心中的沉默:

896 “啊,创造的绝艺,一切神工的
最后最好的杰作,赏心悦目的
创造物,圣、神、善、爱的万类中
最优秀卓绝的创造物啊!你是
怎么坠落的,怎么一下子就坠落、
玷污、凋零,而委身于死亡!
不,你是怎么违犯严厉的禁令,
怎么竟冒渎了神圣的禁果的?
可能是未知的敌人用可咒的
诡计欺骗了你,连我也得同死。

因为我的心已确定和你同死。
没有你，我怎么能活下去呢？
怎么能放弃和你愉快的谈话，
深结的爱，而孤单地活在野林里？
即使上帝另造一个夏娃，从我的
肋骨里取出，你的死又怎能叫我
忘怀！不，不，自然的链条拖着我；
你是我的肉中肉、骨中骨，
是祸是福，我都不能和你分离。”

917 他说了这话之后，好像一个
惊魂方定的人，经过一阵极端的
心绪纷乱，已经死心塌地，
用平静的语气，转向夏娃说：

921 “冒险的夏娃啊，你的大胆
勇敢行为，招来了多大的危险！
只为贪心去目睹那神圣的果子，
神圣而至下禁令，你却在不可
手触的戒令之下竟去尝味它！
但过去的事谁能挽回或取消呢？
万能的神和‘运命’也无能为力；
不过，你也许不会死，事情可能
不那么严重，被尝味过的果子，
首先受渎于蛇，在我们尝味
之前，已经是平凡不洁的了。

对他也许不会加以死刑。他活着，
如你所说的，活着，像我们人
一样过着较高级的生活，成了
我们强烈的诱因，他尝试了，
反而相当的高升，成了诸神，
或者天使半神。我想天神，
聪明的创造主，虽然威吓我们，
绝不会严峻地要毁灭我们，
位在万物之上的造物；万物
是为我们造的，我们失坠了，
从属的东西也一定得失坠；
这样，神自己也将消亡、破灭，
取消自己的所为，以徒劳告终，
这样做绝不是他所愿意的。
虽然他有力量可以重新创造，
但不会毁弃我们，免得敌人
取胜并扬言：'上帝所最爱的人
失宠了，谁能使他长期喜爱？
他最初毁了我，现在又毁了人，
再其次轮到谁呢？'成了敌人
永久嘲讽的资料。但我和你是
注定同命运的，和你一同受罚；
和你相伴而死，虽死犹生。
在我的心里确实如此感觉，
自然的纽带把我们绑在一起，
你的就是我的，我的也是你的。

二人的遭遇不可分，我们是一个，
同一肉体，失去你就是失去我自己。”

　　亚当这么说；夏娃回答他：
“啊，卓越爱情的光荣的试炼，
灿烂的表记，崇高的实例！
我想和你竞赛，但不如你的全德，
我怎能遂愿呢，亚当？我只能
夸说自己从你肋旁迸出，高兴地
听你说到我们的缘分，一心一德；
今天有了证据，宣告你的决心，
即使死或比死更可怕的事，都不能
把我们如此密爱深情的链环砸断。
如果尝味美果便是罪的话，
便和我同当同一过错，同一罪戾。
美果的功效，直接间接地显示
善的结果，显示你爱情的愉快
考验，否则如此灵效永无人知。
我想，如果威吓人的‘死’继续给我
试炼，我愿独自承担最坏的后果，
我宁愿抛开一切而死，不愿叫你
为刚才所表示的如此真实、忠诚、
无比的爱的实现而危及你的平安。
但我觉得事情的结果不是这样的，
不是死而是扩大的生，睁开的眼，
新的希望，新的喜悦。那味道的

神妙,使我觉得从前所尝的甘甜
都太平淡、粗糙了。亚当啊,放心
吃吧,把死的恐怖付之清风吧!”

　　这样说着,她拥抱了他,为了
喜悦而饮泣哽咽。因为他的爱是
如此高贵,为了她而敢犯神怒,
甚至于死。她大受感动,为了报答,
(这样坏的同情,配合这样好的报答)
她慷慨地从枝上把那诱人的美果
摘下来给他。他不迟疑地吃了,
违反自己的识见,溺爱地被
女性的魅力所胜。大地再次
从内部震颤,“自然”再度呻吟,
空中乱云飞渡,闷雷沉吟,
为人间原罪的成立痛哭而洒泪雨。
那时亚当毫不顾虑,只管吃个饱,
夏娃不怕重复前愆,更以情侣
身份多多安慰他。二人如醉于
新酒,尽情欢乐,想象心中的
神性长了翅膀,蹴地而起一般。
那伪果还扇起肉欲,表示远为
不同的作用。他以挑动春情的
欲眼投向夏娃,她也报以
同样的风情,二人的欲火
燃烧得正旺时,亚当开始调情:

1017 “夏娃啊，现在我看到你
精巧美妙的味觉和见识，二者
之中，我们宁要味觉，称道味觉。
因此，称赞归与你。你今天供给了
这么好的食品。我们因不吃美果
而失去很多快乐；食而不知真味；
这样可乐的东西若要禁止的话，
我宁要这一棵树而禁其他的十棵。
来吧，这样充分地恢复了元气，
吃了这样的妙品，来玩一玩吧；
自从初次见你，和你结婚以来，
也曾盛装全相，却未有如今天
燃烧我的热情来欣赏你，
你现在比任何时候都美丽，
这就是这棵灵树的恩赐。”

1034 他这样说后，抑制不住
淫欲的眼色和戏谑，夏娃也
充分理会，她眼中射着情火。
他抓住她的手，领她到一个
心爱的地方，树荫摇曳的岸边，
密枝交错，浓绿屋顶的庐舍。

以百花为床，三色堇、紫罗兰、
不雕花和风信子等，大地上
最清鲜、最柔软的休息处所。
二人在那里互相慰勉，尽情
相爱，恣意戏玩，且把罪行封存，
直到爱情的游戏玩倦了时，
睡眠的轻露压上了眼皮。

1046 他们的魂灵在快乐的烟云
包围中游玩，致使神魂错乱了；
那虚假果子的力量迅速消散了，
那浓密的睡意，从不自然的毒气
出来，烦挠了犯罪的梦境的，
现在已经离开他们去了。二人
由于不眠而起床，相互对看，
逐渐觉得自己的眼睛明亮了，
自己的心神却愈来愈暗淡了。
天真，像面纱盖住他们而不知
罪恶的天真，离去了；正确的
信念，原有的正义和廉耻心
仍残留着；自觉赤身露体的羞耻；
他遮盖了羞耻，但他的衣物欲盖弥彰。
因此，海格勒斯般强健的但族人
参孙，从非利士淫妇大利拉膝上，

一觉醒来发现全身气力被剃光了①
一样，二人全部的功德都失去了。
无言、狼狈，哑然而坐，茫然多时，
亚当虽然也和夏娃一样害羞，
终于勉强说出了这样的话：

1067 “夏娃啊，在犯罪的时候，
你侧耳倾听那虚伪的虫豸，
不知是谁教它模仿人的声音，
使我们堕落是真，让我们长进
是假；自从我们开了眼以后，
我们的确知道了善和恶，
但善失去了，而恶却到手了。
知识就是这样的话，那是坏的，
知识之果让我们成为赤身露体。
廉耻没有了，天真、忠信、纯洁
都没有了，我们日常的服饰②
也受到玷污、蒙垢，我们脸上
显示出不净的淫欲的表征；
万恶所萃的最后祸祟——羞辱

① 但族人参孙是犹太的士师，力大无比，敌人非常害怕他；他娶了非利士的妓女大利拉为妻，敌人探知他的力气全在头发，如果剪去头发，便无力气了。敌人买通大利拉剪他的发，叫他枕在她膝头睡觉，偷偷剪去全部头发，他一觉醒来全无力气，因而被俘。事见《旧约·士师记》第13—16章。

② 此句意为未有衣服之前，天真无邪的纯朴便是日常的服饰，光艳神圣的服饰。

也来了。开头的小祸患更不必说了。
今后如何去见上帝或天使的面?
以前常以快乐、狂喜相见,现在呢?
那些天上的灵体将用强烈的
厌恶眼光,威吓下界的肉体。
啊,我在此独处,像山林野人,
在树林中间,日、星光线照不进的
高大林荫下,像夕暮一般阴暗。
遮盖我吧,松树、香柏树啊,
用你的无数枝丫隐蔽我吧!
隐蔽我在见不到神灵的地方吧!
目前,我们的处境坏透了,
要想个最好的方法遮盖最可羞、
最难看的部分,使我们互相看不见,
那就是采用阔大平滑的树叶,
缝起来,缠在我们腰间,
遮盖中间各部分,使新客人'羞耻'
不会坐在那里,责备我们的不净。"

1099 他这样提议之后,二人一起
往茂密的树林里去;他们在那儿
选了无花果树,不以果实知名的树,①
但至今为印度人所知,盛产于

① 印度的无花果树,是指榕树。

玛拉巴、德康地区，树枝宽而长，[1]
弯曲的树枝在地下生根，
子树生长在母树的周围，
圆柱高耸，荫成穹形，在其中步行
便起回音，印度牧人常常在那儿
避暑乘凉，在最繁茂的浓荫处
砍出一个小窗，从那儿瞭望畜群。
他们收集那些树叶，像阿玛逊[2]
的盾牌那么大的叶子，用最高的
手艺把它们缝合，缠在腰间，
无效的遮羞布啊，怎么能遮得住
他们的罪和可怕的耻辱；啊，
那怎能比得上原初赤露的光荣！
最近哥伦布发现的美洲野人，
也这样用羽毛的腰带围腰，
让身体的其他部分裸露在外，
野处于岛上的林中，多树林的岸边。
他们以为这样一遮，便盖住了
部分的羞耻，但心中并不安静。
他们坐下来，哭，不仅双眼
泪如雨降，而且在内心起了
更险恶的风波，高度的激情，

① 玛拉巴（Malabar），德康（Decan）是印度西边的地名。

② 阿玛逊（Amazon）是个勇敢的女人族，打仗时用的盾牌是新月形的。榕树叶没有盾牌那么大，可能是芭蕉的叶。弥尔顿根据十七世纪的植物书，把 Banana（香蕉）误作 Banian（榕树）。

愤怒、怨恨、不信、猜疑、
吵闹，使整个心中动荡不安，
曾经完全平静一时的心境，
现在骚乱、颠簸。因为理性
不能治理，意志不听她的命令，
二者都屈服于肉欲，肉欲由卑微
上升、夺位而君临至高的理性，
自居于优胜的地位。亚当从这样
骚乱的心胸，变了样子和调子，
沉默一阵之后又重新对夏娃说：

1134 “今天这个不幸的早晨，
你不知从哪里来的奇怪愿望，
想去漫游，若听我的话，留在
我身边，我们现在仍是幸福的，
不会像这个样子，全部的善被夺，
只留下羞耻、裸体和悲苦！
从今后，不要寻求不必要的理由
去证明自己的诚信：当他们热心
寻求证据时，完了，便是坠落的开始。”

1143 很快就领会他的责备之意，
夏娃说：“从你口出来的是什么话，
严厉的亚当！你把灾难都归罪于
我的过错，你所说的漫游的愿望。
谁知道事情不会发生在你的身旁，

恐怕还会临到你自己身上呢！
如果你在那里，或者诱惑者在这里，
也难看破那巧言令色的蛇的狡计。
我和他之间没有什么仇恨的根源，
他为什么以恶意对我，加害于我。
我是永远不能离开你身边的吗？
像一根无生命的肋骨长在那里。
既然如此，你是我的头，为什么
不严厉地禁止我离开，让我
陷入危险，如你所说的呢？
那时你也太心软了，不坚决反对，
不，你允许、嘉奖而且恳切送行。
如果你坚持不动摇，拒绝我的
建议，我就不会犯罪而牵连到你。”

1162 这时亚当初次发怒，回道：
“这就是你的爱，这就是你对我的
报答吗？忘恩负义的夏娃，
当你失坠时，我表示不变的恩爱，
难道不是我，本该活下去享受
不朽的幸福，却自愿和你同死吗？
现在还须为了你的罪而受谴责吗？
说我对你的限制不够严格；此外
我还能做什么呢？我曾警告你，
关心你，预先告诉你有危险的，
隐伏的敌人在伺机进攻的事。

再进一步就是强制了，而对于
自由意志，强制是没有地位的。
但你一味听从自信，自信不会
遇到危险，经得起光荣的试炼。
对此，我恐怕也有过失，我过分
称誉你的完善，没有罪恶敢于
诱惑你；现在我后悔错误，
那是我的罪，而你是谴责者。
过分相信女人的价值，让她的
意志来主治的，都要落到这结局。
她不能忍受限制；如任她自由，
从而发生灾祸时，她便首先
谴责他的心软而放任。”

1187 他们二人这样互相斥责，
浪费时间，谁也不责备自己，
他们无益的争论似乎没个完。

第十卷

违禁令，惊动天界；筑大桥，横贯浑沌界

提纲

人的犯禁被发觉后，守卫的天使便离开乐园回到天上去，证明自己并没有放松警戒。上帝声言：撒旦进入园内，不是他们所能防范的。上帝派遣他的儿子去审理犯禁者，神子降临，给以判决，并可怜他们二人，给以衣物蔽身，然后返回天上。坐在地狱门口的"罪"和"死"动了奇妙的怀念之情，觉得撒旦在新世界的阴谋成功了，人类犯罪了，便不愿老守住地狱，决心要追随他们的父亲撒旦，到人类那里去。为要把地狱到这个世界的道路修得好走些，他们照撒旦所走的路线，在混沌界上面筑起一条大路或桥梁。正当他们准备动身回地狱时，遇到撒旦很自负地乘胜回归地狱，互相庆贺一番。撒旦回到万魔殿，在全体会众面前夸说自己对人类的阴谋成功。听众没有喝彩，只听得全会众的嗞嗞声。他们和他同时突然变形为蛇，和他在乐园时一样。在他们的眼前，幻出一幅禁树生长的景象，他们贪馋地伸长身子去摘取果子来吃，但满嘴是尘土和

苦灰。“罪”和“死”仍进行他们的工作。上帝预告神子将最终战胜他们而万象更新；但目前，命令天使们在天上和元素中做一些变化。亚当愈来愈认识自己堕落的处境，感到深切的悲哀，拒绝夏娃的安慰。夏娃坚持并说服了他。她为了避免落到自己子孙身上的诅咒，建议亚当用暴力；他不赞成，却叫她想起她的子孙可以对蛇报复的诺言，从而抱较好的希望，劝勉她和他一起用悔罪和祈愿来平息神怒。

　　那时撒旦在乐园中所干的，
极端恶毒的、可憎的行为——
以蛇的形象出现而诱骗夏娃，
夏娃又去引诱丈夫偷尝禁果的事
天上都已经知道了。有什么事
能逃脱明察秋毫的神眼，能欺骗
他那全知的圣心呢？聪明正直的神
虽然给人的心智以全副的力量
和自由意志为武装，足以识破敌人
或伪装朋友的各种诡计，
却不能防范撒旦的试探。
无论是谁来试探，都应该
随时随地知道，并且记住
“勿尝禁果”的至高命令；
既然违背了命令，刑罚怎能幸免？
况且罪上加罪，只配坠落沉沦。[1]

① 罪上加罪，偷尝禁果是一罪；神学家还加上：溺爱妻子、不信、傲慢等罪。

17　天使的卫队急速从乐园飞升，
回到天上去，为了人类的可悲事件
无言以对；两人的情况他们都知道，
只是那狡猾的魔王怎样偷进乐园
却没有看见，真是奇怪。这不幸的
消息很快就从地上传进天门，
凡听到的都觉得扫兴。那时，
暗中伤心的情绪也表现于苍天的
脸容上，幸有怜悯交融在一起，
还不致破坏他们的幸福。
天上的大众纷纷跑来，
向他们打听事件的经过详情。
为了把事实解释清楚，把严密的
警戒说明，他们急速奔向至高的
宝座前，很顺利地证明了情况。
那时，至尊永生的父，从他所在的
神秘云层中，用雷鸣般的声音宣布：

34　“云集的天使们和未完成使命
而归来的天使们呀，不要为了这个
从地上来的消息而沮丧、忧惊，
这是你们忠诚戒备所不及防范的，
当这个诱惑者最初越过地狱深渊时，
我就预告过将要发生的事情。
那时我曾说过，他将要得逞，

完成他的坏使命——把人引诱，
人受了谄媚而忘了一切，听信谎言，
违背他的创造者；我的用心是
既不要他的堕落一定成为事实，
也不用丝毫的外力去干预
他的自由意志，只要保留
平衡的状态，一任意志的倾向。
可是他竟堕落了，现在只好
照他的罪行宣布他的死刑。
他所害怕的死刑是定了，立即执行，
一切的妄想都是枉费心机，
今天就会知道，决不能宽恕、赦免。
正义不能转变为滥用的恩赐。
可是我好派谁去审判他们呢？
除了你，代替我的神子外还派谁呢？[①]
我已经把全部案件转交给你，
无论是天上的，地上的或地狱的。
我派你，人的朋友和中保，[②]
自愿做他们的救赎者和解放者，
而且愿意降生为人，去审判
堕落的人，这就很容易明白：
我的用心是要慈悲与公正并行。”

① 《约翰福音》第5章第22节：“父不审判什么人，乃将审判的事全交与子。”

② 神子降生为人，为人中保，为人牺牲、赎罪。这是保罗以来的基督教根本教义。弥尔顿时代的人多信仰这一教义，反映在《失乐园》中。

63　　天父这样说后，把他的荣光
展现在他的右边，神子的上方，
大放清纯的、神性的光辉；
神子满被光华，表露出父的一切，①
如此神圣，又如此温柔地答道：

68　　“永恒的父呀，您的任务
是发命令，我的任务是在天上
或地上执行您的至高意志，②
做您的爱子，永得喜乐。
我将往地上去审判这些罪人；
可是您知道，不论谁去审判，
时候一到，极刑必定落在我身上。③
我在您面前作了保证，决不后悔，④
愿以此身份担他们的罪刑，我将
用我所得的权力去执行审判；
不过还要充分显示慈悲和公正，
两相协调，并且使您满意。

① 《希伯来书》第1章第3节：“他是神荣耀所发的光辉，是神本体的真象，常用他权能的命令托住万有。他洗净了人的罪，就坐在高天至大者的右边。”

② 《约翰福音》第4章第34节：“耶稣说：‘我的食物就是遵行差我来者的旨意，作成他的工。’”

③ 极刑就是死刑。

④ 作了保证，指本诗第3卷第227行以下的一段话。保证为作赎罪，担当人的罪去死。

除了受审判的两个人以外，
谁也不用参加，所以不用侍从。
至于那逃避罪责的第三者，①
违背一切法规，那就让他
缺席受宣判吧，蛇的罪证无可推诿。”

　　他这样说着，从他那
荣光焕发的座位上站起来，
在至高的座位旁边交相辉映：
侍候他的上天使，掌权者、
公侯、权贵等，陪伴他到了天门，
从那里，可以一眼望到伊甸
和两者之间沿路的风光。
他往下降落，其神速，不能
以时间计，飞快的分秒也不能计算。
现在，时间早已过了中午，太阳
已经西斜，天起微风把大地吹醒，
迎来晚凉；神子的怒气已平息，
更觉清凉；他以善良的审判官
和中保的身份来临。那夫妇二人
在红日西坠时，听见柔和的风儿
吹来上帝在园中走路的声音，
就躲进最茂密的树丛中去，

① 第三者指蛇，撒旦的假象。他逃避罪责，就是畏罪，证明他犯了一切罪。

上帝走近时，大声呼叫亚当：①

103 “你在哪里，亚当，远远地
看见我，却不来欢迎吗？是因为
把你撂在这儿，冷淡对你，
你不高兴了吗？以前迎接我时
是那么热情，那么自然；
这一回是因为我来得太突然了？
难道有什么事情阻挡你吗？
难道有什么变故吗？出来吧！”

109 他出来了，带同夏娃，
她是首先犯禁的，所以更加尴尬，
两人都心慌，面带愧色。
无论是对神或二人相对，都不见
爱娇的脸色，只有知罪、羞惭、
烦躁、失望、愤怒、顽强、
怨恨和狡诈。因此，亚当
迟疑了很久，才简单地答道：

116 “我听见您在园中，害怕
您的声音，因为赤身露体，躲起来了。”
慈祥的判官没有责备他，答道：

① 亚当夫妇犯禁后，听见上帝的脚步声，就躲进密林，事见《创世记》第3章。神子这时代替天神呼叫他们，这是审判的开始。

119 “你常听我的声音,一向不怕,
总是高兴的,这回怎么害怕了?
至于说你赤身露体,是谁告诉你的?
你是不是吃过我禁止你吃的
那棵树上的果子了呢?”

124 亚当忍着痛苦回答他说:
“啊,天啊!我今天站在判官前,
实在是左右为难。我该自己负起
全部罪责呢?还是责难我的伴侣,
我生命的另一半边身呢?
她对我一向忠诚,她的过错,
我当隐瞒,不为自己的委屈
而暴露、责备她;可是严峻的
命运和灾祸的急迫,使我屈服。
不然的话,罪与罚不管怎么难当,
都全部落在我的头上来吧。
我即使沉默不说,您也不难看破
我的隐私。您为我创造,用以
帮助我的这个女人,确是您
完善的礼物,如此美好、合适,
如此神圣、受用,致使她的手
所给的东西,我一概不怀疑,
她过去所做的事,我认为都是
真诚的,她这一回的作为,

似乎也是如此。她给了我
那棵树上的果子，我就吃了。”

144 神子这样回答他说：
“难道她是你的上帝吗？你听从
她比听从上帝的声音还重要吗？
你是男性，上帝把你造出来，
放在她的上头，她是从你而造，
为你而造的，难道你向她让位，
以为她比你更优胜或者和你平等，
做你的向导吗？你的完全性、
真正威严，不是远胜于她吗？
她的确很美很可爱，足以引起
你的怜爱，但不能叫你服从她呀！
她的资质作为手下是很好的，
但不能操统治权，她是你的一部分，
是你的伙伴，你该有自知之明。”

157 说了之后，就向夏娃问一句：
“说吧，女人，你这干的是什么事？”
愁苦的夏娃淹没在羞耻中，
她马上就承认了，但在审判者
面前，还不敢大胆、多嘴，
只红着脸，简短地这样回答：

162 “蛇欺骗了我，我就吃了。”

163 神子听了这话，便不犹豫地
对被告的蛇进行了判决，
蛇虽然是畜牲，不过是做坏事的工具，①
不能把渎损造物的目的的罪责
转归于他，但他的本性是恶的，
所以当时对他的咒诅也是正当的。
可是不能向他了解更多的人事，
（因为他不知其他更多的人事）
那个罪行是确定了，然而按
上帝当时的神秘想法，还是
应加刑罚于罪魁撒旦，因此，
他给蛇下了这样的咒诅：

175 “你做了这等事，就比
所有的牲畜和野地里的兽类
都更可咒诅。你将要永生
永世用腹部爬行着走路，
你一辈子都要吃尘土过日子。
我将在你和女人之间放置憎恨，
你的后代和她的后裔相互为仇，
她的后裔伤你的头，你伤他的踵。”

---

① 《创世记》第3章第14节：“耶和华上帝对蛇说：‘你既做了这事，就必受咒诅，比一切牲畜野兽更甚。你必用肚子行走，终身吃土。’”

182 宣布了这样的神谕，到“第二夏娃”①
马利亚的儿子耶稣看见太空之王撒旦②
从天上闪电般坠落时方始实现。③
那时他从坟墓中出来，灭了坠落天使，
公开宣示胜利而辉煌地升天去，④
把囚犯逮捕，带他通过太空，
长期被掠夺的魔王的领地。
今天预言了魔王的致命伤，
他终于要被蹂躏在我们的脚下。⑤
神子回头向女人这样宣告：

193 “我将把你的痛苦在怀孕时
大大增加。你要在痛苦中生小孩，
你还得服从你丈夫的意志，
他必将君临于你，管制你。”⑥

197 最后，他又向亚当宣告：
“因为你听从了你妻子的话，

① “第二夏娃”是耶稣的生母马利亚；“第二亚当”是耶稣。

② 太空之王，见《以弗所书》第2章第2节：“顺服空中掌权者的首领，就是现今悖逆之子心中运行的邪灵。”

③ 《路加福音》第10章第18节：“我曾看见撒旦从天上坠落，像闪电一样。”

④ 《哥罗西书》第2章第15节：“既将一切执政的掌权的掳来，明显给众人看，就仗着十字架夸胜。”

⑤ 《罗马书》第16章第20节：“赐平安的神，快要将撒旦践踏在你们脚下。”

⑥ 《创世记》第3章第16节。

吃了我禁止你们吃的那树的果子，
连土地也因为你而受到咒诅，
因此你一辈子必须劳苦过日子；
土地连荆棘和蓟草都不生长，
你只好吃野地里的野菜。你必须
汗流满面才得糊口，直到你
最后归回土地，因你原本出自泥土，①
你既生自尘土，将来也归回尘土。”

209 　　派来做判官和救主的神子
这样宣判了人，但那天宣示立即
执行的死刑，却延迟了很长时间。
接着，他又可怜二人在露天里
赤身露体站在他面前的情景，
觉得必须改变，想到他自己将甘愿
取奴仆的形象，为他的奴仆洗脚，②
如今身为神圣家族之父，要么
杀了他，要么用兽皮裹他们的裸体，
或者像蛇一样，给以新衣去更换；

① 《创世记》第3章第17、18节。
② 奴仆的形象，见《腓立比书》第2章第6、7节：“他本有神的形象，……反倒虚己，取了奴仆的形象，……且死在十字架上。”
为他的奴仆洗脚，见《约翰福音》第13章第4、5节：“耶稣……就离席站起来脱了衣服，拿一条毛巾束腰。随后把水倒在盆里，就洗门徒的脚，并用自己所束的毛巾擦干。”

给敌人衣服穿，不算过分。①
他不仅用兽皮遮蔽他们的形体，
更加丑恶的是内心的赤裸，要用
正义的衣袍把他们打扮，不使②
暴露在他父亲眼前。他允许神子
迅速飞升，归回他万福的胸怀，
重新享受他原有的荣光；而且
平心静气地向他报告一切
人间处理的经过和妥善安排的
情况，虽然他是无所不知的。

229　与此同时，在地上的犯禁
和判罪之前，在地狱的大门内，
“罪”和“死”相对而坐。自从魔王
通过门禁以来，这门一直敞开着，
狂怒的火焰从门内喷出，远远喷进
混沌界，门是“罪”开的，她对“死”说：

235　“儿啊，我们为什么现在还
在这儿闲坐着对看呢？我们伟大的
父亲撒旦已经在别的世界发迹了，

---

① 这里的敌人指亚当和夏娃。《罗马书》第 5 章第 10 节：“因为我们作仇敌的时候，且借着神儿子的死，得与神和好。既已和好，就更要因他的生得救了。”

② 正义的衣袍，见《以赛亚书》第 61 章第 10 节：“因他以拯救为衣给我穿上，以公义为袍给我披上，好像新郎戴上华冠，又像新妇佩戴妆饰。”

我们是他所爱的儿女，该有更好的[1]
地位了。不能有别的情况，只会成功。
如果不幸被惩罚者赶出来的话，
他早就该回来了，这儿是他受刑
或受报复的最适当的地方。
我觉得从我的内心升起一股
新的力量，长出翅膀，可以
在这深渊之外取得广大的领土；
不论用什么东西吸引我去，
用交感作用，用自然的权力，[2]
用最远的遥控力量结合起来的
亲和力等类最神秘的传递方法。
你是我不可分离的影子，
不能不跟我去，什么力量
都不能把罪恶和死亡分开。
可是他在回来的路上会有
种种险阻，要越过这个茫茫深渊
几乎不可能，我们二人，对于
冒险事业还是很合适的，
若能筑起一条大桥，横跨地狱
和撒旦正在征服的新世界之间，
作为交通、移居最便利的通行大道，

① “罪”是撒旦脑袋里蹦出来的女儿，生得妖艳，撒旦和她相爱，生下儿子叫“死”，所以她和他都是撒旦的儿女，而“死”是儿子又兼为孙子。

② 交感作用(sympathy)，十七世纪中叶，医学上发明的一种疗法，即用伤过人的剑或用患者的血滴过的东西来医治创伤。

全地狱大军团的无上丰碑。
这新生的引力和本能，如此
强烈地催促我，决不可错过机会。”

264 瘦削的“影子”马上回答说：
“依照命运和强烈倾向所引导的路
走去吧；我在你所领导的路上
决不落后，也不会迷误，我能嗅到
积尸和无数食饵的臭气，我比那里的
一切生物更善于品尝死的风味，
我也能为你的事业奔走策划，
给你同等力量的帮助而不致短缺。”

271 他这样说着，满怀喜悦的心情，
嗅着地上死的气味，好像一群
贪婪的鸟，从百里外就能嗅到①
第二天战场上该在血战中战死的
活尸的气味，匆匆飞向驻军的阵地。
那个狰狞可怖的形体这么嗅着，
把他宽大的鼻孔转向阴沉的天空，
老远就敏锐地闻到猎物的气味。

① 贪婪的鸟，指兀鹫，这鸟在希腊神话中是嗜吃人肉的猛禽，它曾啄食盗天火给人而被绑在荒山岩尖的普罗米修斯的腑脏。罗马诗人鲁康描写过这种兀鹫在罗马军队的后面盘旋嗅闻死尸的情状。有人说这种贪婪的鸟能闻几百英里外死尸的气味。有人说凡有死尸，它们在三天前就闻到了。

于是二魔飞出地狱的大门,
分别飞进广漠紊乱,潮湿黑暗的
混沌界,强力地(他们的力量很大)
奋翮于众水之上;他们碰到了许多
软、硬的东西,上下飘荡,左右冲激,
好像在翻腾的海上,或群集拥挤,
或你追我赶,从各方冲向地狱的门。
犹如两极的大风在北冰洋上
冲突之后,把冰山吹集拢来,
堵塞想象中从佩佐拉港外到东方①
富庶的中国口岸的去路一样。
"死"用三叉戟把堆积起来的泥土
固定住,用冷硬的化石槌子拍实,
好像当初固住德洛的浮岛一般;②
另外,他又瞪眼,用戈耳工般③
可怕的神情吓住它,使它不动
再用柏油来加固它。它和地狱
大门一样宽,和地狱的底层
一样深,用沙砾堆积起来的,

① 佩佐拉(Petsora)河在俄国东北部,注入北冰洋,其入口处为佩佐拉港湾。从那里到中国东方口岸的路线是诗人想象的。

② 德洛的浮岛(Delos)是希腊西克拉德群岛中最小的岛,是海神呼唤出来的,浮动漂荡不定。宙斯的妾勒托(Leto)被赫拉迫害逃到德洛岛,宙斯帮她隐蔽起来,并用锁链把浮岛系在海底,固定它。勒托在那里生下阿波罗和阿耳忒弥斯双胞胎。

③ 戈耳工(Gorgon)是希腊神话中西海岸的蛇发三女怪,其中以墨杜萨(Medusa)为最丑、最凶。注视她的人会变为石头。

坚固的大堤就屹立在那
起着泡沫的深渊上面，高高的
弓形的长桥，不知其几千万里，
和巨大绵延的坚壁相连接。
如今这无可防御的世界，
为“死”所控制，人桥成了那儿
和地狱之间的一条宽阔、平滑，
畅通无阻的交通大道。
如果以大比小，则可比萨克西王[1]
想要夺取希腊的自由，从首都
苏珊那高大的门诺念宫殿[2]
来到海上，在希列斯庞海峡上[3]
架起长桥，沟通亚、欧二洲，
几次鞭打那些激愤不驯的浪潮，[4]
因为它们几次摧毁了大桥。

312 他们终于用神奇的架桥技术
完成了这项工程，在狂涛滚滚的
深渊上架起这样一条悬空的，
岩石的栈道；顺着撒旦的踪迹，
来到比混沌较为舒适的地方，他

[1] 萨克西王（Xerxes）波斯国王（公元前519—前464?）称大帝，在撒拉米斯（Salamis）与希腊军战而败绩。

[2] 苏珊（Susa）波斯首都，高大的宫殿叫门诺念（Memnonian）。

[3] 希列斯庞海峡，即达达尼尔海峡的古名。

[4] 在海峡筑桥时，最初的船桥被暴风所破坏，萨克西王怒而命令将希列斯庞海峡鞭打三百杖。

最初歇翼在混沌界外，就是
这个圆形世界光秃不毛的外侧，
在狂怒的渊面上造成了这样的
大石桥。他们还用金刚石的钉
和链条加固了全桥，使它永固。
就在这块儿小地方，天国得以和
这个世界的边界相接，左边通到
地狱的是条长石路插在中间；①
看来这三个方面，各有不同的
道路通向自己的地方。现在，
他们要往地球去，首先要去乐园时，
恰巧看见，在太阳于白羊星座初升时，
撒旦正以天使的光辉姿态，
从人马座和天蝎宫之间向天心前进。②
他已经变形了，但是，虽已变形，
自己的儿子一看就认出来。
他诱惑了夏娃后，便偷偷地
溜进深林的边缘，窥视后果，
他改变形状，看见他的诈术
被夏娃无意中拿去施加

① 一条阶梯从天上通到新宇宙的表面，一条是新宇宙内部通到它的起点，三是“罪”和“死”所筑的桥，插在前两者之间。

② 这几行是说：撒旦怕被尤烈儿发现，避开太阳，特地绕道向新宇宙的出口飞行，从地球看来是天心。“白羊宫”是十二宫中的第一宫，太阳于春分日进入。“人马星座”又称“半羊星座”，神话中有个骑羊的半人半马的怪物。“天蝎宫”是十二宫中的第八宫，冬至日太阳进入，与白羊宫离得很远。

在她的丈夫身上，看见
他们俩害羞，寻求衣裳
却寻不到。但当他看见那
审判他们的神子降临时，
他就害怕，逃走了。他虽然
不希望能逃脱罪责，但可以
暂时避开当场被逮的难堪，
恐惧、罪刑、神的激怒，会
突然落到他身上。这事过去了，
到夜间，他又转来，听到这对
夫妇在悲苦中的对话和种种叹息，
于是他琢磨自己的命运：
命运一时不可知，那是未来的事，
现在不如先带着喜报回地狱去。
他在混沌深渊的岸边，这条
可惊的新筑大桥的桥头，
想不到会遇见自己的亲儿女。
重逢是件大喜事，再看看
那大桥，更加增添了喜悦。
他惊奇地站着，过一会儿，
他那妖艳的女儿“罪”打破沉默：

354 “父亲呀，这些是您的
伟业，您的战利品，看来好像
不是您自己的，实际上您是
它们的创造者和支柱。因为

我的心,由于一种神秘的和谐,
和您的心一起跳动,美妙地
结合在一起,您在地球上的成功,
正如您现在脸上所显露的,
直接在我心里感觉到了。
我和您即使隔开几个世界,
也能感觉到:我和您这儿子
不能不追随您。命定的因果
把我们三个结合在一起。
地狱已经不能圈住我们,
这个难渡的幽暗深渊也不能
阻挡您的光辉业绩的发展。
您已经成全我们狱门内囚徒的
自由至今,给我们力量,使我们
能够在这个幽暗的深渊上造起
这样的大桥。这个世界完全
是您的了;您的德性获得了
不是您手所造的东西;您的
卓越智慧得到了战争中之所失,
充分补偿了在天上的失败。
您将君临这个世界,这在天上
却未能做到;让他在天上称帝,
永远统治下去吧,如战场所决定的;
让他退出这个新世界,让他和
他自己的命运相隔离,从此
和您分享一切的主权,把他那

天上的方域和您这个圆世界①
分清彼疆尔界，要不然，再较量
一次，进一步动摇他的宝座。”

383 幽暗的王高兴地回答道：②
“美丽的女儿啊，你和你的
儿子兼孙子，高度证明了
撒旦种族的赋禀（我以这个
‘天上全能王的敌手’称号而自豪），
这是我和我全地狱天使军，在天门
近处胜利上加胜利所得的荣誉。
再配上我的永远光荣的事业，
把地狱和这个世界连接在一起，
成为一个畅通无阻的国土，
一个大陆。因此我要从你们造的
宽广道路下去，经过幽暗界，
到我的同盟诸天军那边去，
把我的成功告诉他们，让他们
一同快活；在此期间，你们二人
可以从你们所造的这条大路，
从无数的繁星之间，直达乐园。

① 天国的疆土是方的，见《启示录》第21章第16节：“城（天上的耶路撒冷）是四方的，长宽一样。”

② 幽暗的王，见《以弗所书》第6章第12节：“因我们并不是与属血气的争战，乃是与那些执政的、掌权的、管辖这幽暗世界的，以及天空属灵气的恶魔争战。”

你们就住在那儿，幸福地治理
地上和空中，特别是为万物
灵长的人类，先使他们做定
你们的奴隶，最后杀掉他们。
用我的代理人的名义派你们去，
做地球上的全权者，握有
从我这里出去的无敌力量。
我掌握着这个新王国的治权，
全靠你们的协助，通过‘罪’
到‘死’，显示我的功勋。只要
你们协力合作得好，地狱的事
就不愁受损害；去吧，要坚强！”①

　　他这样说着送走了他们，
他们从繁密的星座中间
全速前进，去扩大他们的破坏。
受了毒气冲击的星星变苍白了，
受了瘴气打击的各行星，
蒙受了真正的亏蚀。撒旦
从大桥走下去，向着地狱的大门。
两边混沌汹涌吼叫，激起大浪，
往返冲击桥墩，嘲笑他的愤激。
撒旦走过那敞开着的，没有

① 损害（detriment），典出罗马共和国在授予执政官职时的誓词中有“共和国不受任何损害”一语。

守卫的地狱大门，看四边都是
荒凉的景象。因为被派坐守
在那里的离开了职守，飞到
上面世界去了，其余的都退到
地狱深处，万魔殿的围墙附近，
撒旦被譬作明星，被夸耀的
鲁西弗王位所在的都城去了。①
大军团正在那里张望，头头儿们
在开会讨论，派出使者，深恐
魔王会遭到厄运的截击。
他在临行时曾这样吩咐过，
他们照样办了。——好像
鞑靼人从俄罗斯撤退，越过
雪原，经过阿斯特拉坎，②
或像波斯王逃离土耳其新月之角，
退出阿拉丢尔的全部荒漠地界，③
退到吐利斯或卡斯滨一样。④
这些被逐出天界的大军退到

① 鲁西弗(Lucifer)是明星即金星之意。早期基督教教父耶柔姆说，撒旦在未犯罪以前本名叫鲁西弗。

② 阿斯特拉坎(Astracan)在俄国东南部的伏尔加河三角洲，为里海的要港。

③ 波斯王，指巴克特里亚王(Bactrian Sophi)，巴克特里亚是地名，代表波斯。新月之角，指土耳其的土地。
阿拉丢尔是被土耳其色里木一世(1465—1520)打败并杀死的王，他的领地在幼发拉底河东的阿美尼亚。

④ 吐利斯(Tauris)在波斯的西北部，是德黑兰、土耳其、俄国的交界处。卡斯滨(Casbeen)在德黑兰的北面。

都城的周围，严加防守，使地狱
一望无际的边界成为荒芜一片，
在那里焦急等待他们的大冒险家
早些从另一世界侦察归来。

441 他以天军最低级士兵的姿态，
隐蔽地从众人中间走过去，
从地狱的大殿门口进到里面，
悄悄地登上他的高座，在华丽的
天灵盖之下，高台的上端，
放射着帝王的光彩。霎时间，
他坐下来，悄悄地环视四周：
终于，他那灿烂的头颅，比星光
更加辉煌的形象，好像从云中
显露出来，那是他坠落后残留
的余辉，或者是伪装的光辉。
地狱的群众突然见此光辉，
全都惊住了，见此大能的领袖
归来了，便欢声雷动。正在
开会议论的头领们从黯淡的
议会中站起来，匆忙地走进去，
带着同样的喜悦走近他，表示祝贺。
他用手势叫他们少安毋躁，
用这样的话引起大家注意：

460 “诸位王、公，有势、有德、

有权的,你们将得到的占有物,
不仅是权利,还有我这回
得来的望外的成功;我这次回来
召集你们,向你们宣布这个成功,
将要胜利地领导你们走出这个
可厌、可咒诅的地牢,灾难的
住处,暴君给我们的监狱;
现在要像个主人去占有一个
广大的世界,和我们的故乡
天国不差多少。那是我冒大险,
辛苦得来的。关于我所做的事,
所受的烦恼,怎样艰苦地
渡过混沌界,那可怕、空虚、
浩茫、广大无垠的大深渊,
说来话长;现在为了你们的
光荣的进军,'罪'和'死'
已经在那上面筑起了大路。
但我曾跋涉陌生的路程,
不得不在没有路的渊面上飞行,
闯进了无始的'夜国',混沌的腹地,
他们为了隐瞒秘密,诉诸至高的
命运,大吵大闹,骚音沸腾,①
妨碍我的生疏旅途,我费尽心思,

① 诉诸至高的命运,混沌界的秘密是不可以告诉他人的,这是至高的宿命。但混沌王现在指导了撒旦所要去的路途,引起了吵闹。

去寻找新造的世界，就是那传闻
已久，在天上盛传的新造世界，
一个组织完善的可惊的地方。
在乐园中安置着的人，因为我们
被流放而得到幸福。我用诈术
假意赞美创造主而骗了他；
更加使你们惊奇的是用一个苹果。
上帝发怒了，真是可笑！他把
喜爱的人和世界的一切都丢弃给
‘罪’和‘死’，就是交给我们。
我们不费劳苦、危险或惊恐，
就能在其中逍遥和居住，
像人统治万物一样，统治人。
的确，他也审判了我，实际上
不是我而是残忍的蛇，我借了蛇的形象
去欺骗人和牲畜。他给我的是敌意，
把来置于我和人之间，说我将
咬伤他的脚后跟，而他的子孙
将会不时打破我的头。
要获得一个世界，谁能免得了
损伤或更多痛苦的代价呢？
你们已经听了我的报告，群神们，
现在只有起而进入至福，岂有他哉？”

504 　　这样说了之后，他站了一会儿，
等待全体的鼓掌喝彩声，充满

他的耳朵；结果却相反，只听得
四围都响起了无数的舌头
发出责骂声和咝咝声。他惊异，
但接着，更可惊异的是他自己；
他觉得他的脸被拉长，变瘦变尖，
他的双臂缠绕肋骨，双腿相缠，
终于摔倒下来，腰部趴在地上，
变成一条巨大的蛇，虽经挣扎，
终于无效，一种更大的力量
支配着他，照着审判所定的刑罚，
变成他犯罪作案时的形状。
他想说话，但却以双叉的舌头，
只能发出咝咝声，互叱声；
因为他那些大胆叛逆的从犯们
都同样变为蛇了。满堂都喧闹着
咝咝的噪音，充塞着首尾交错的
怪物，有蝎子，毒蛇，有可怕的
两头蛇、角蛇、水蛇、阴郁的①
海蛇、热病蛇，即使蛇发女神②
滴血的地方，或在蛇岛上，③

① 两头蛇是首尾都有眼睛的蛇，进退如意。角蛇是有角的蛇，但丁所写的复仇三女神的头发就是小角蛇。

② 热病蛇咬了人以后就发高烧，咽喉干燥。

③ 蛇发女神就是三戈耳工中的墨杜萨，凡看见她的要变成石头。征服者珀耳修斯取了她的头，在归途中飞过利比亚上空时，墨杜萨的头滴血在地上，变成各种各样的蛇，因此利比亚这个国多毒蛇。（见《变形记》第4章417行以下）

蛇岛是地中海的一个小岛，在西班牙之东。

都没有这么多的蛇密集在一起。
但他在群蛇之中仍是最大的，
他长大成了龙，比太阳在派索谷[1]
用黏土造的派松巨龙还要大，[2]
他的势力似乎仍在群蛇之上。
他们全都跟从他出发到
原野上去，在那里有从天上
坠落的叛军残部在警戒着，
或者在整理队伍，意气洋洋地
等待着观望凯旋、光荣的首长。

538 他们所目睹的却是另一种光景，
一大群丑陋的蛇。恐怖落在
他们身上，可怕的同感；他们都
觉得自己也变成了眼前的东西；
他们的手落下了，枪支、盾牌
落下了，身体也倒下了，悲惨的
嗞嗞声接连不断，像是传染病，
都变成同样悲惨的形状，
和他们的罪与罚相当。这样，
他们意想中的喝彩，变成了
嘲骂的嗞嗞声，凯歌变成耻辱，

① 大龙：《启示录》第 12 章第 3、4 节："有一条大红龙，七头十角，七头上戴着七个冠冕。它的尾巴拖拉着天上星辰的三分之一，摔在地上。"

② 派松巨龙（Huge Python），希腊神话中栖于巴那索斯山洞的大蛇，为日神阿波罗所射死。《变形记》（一）说它跨着高山的大部，大得可怕。

从他们自己的嘴喷向自己身上。
当他们变形的时候，在近旁
生长出一片丛林，按照上帝的
意愿，增加他们的刑罚，像在
乐园里结出美丽的果实，作为
诱惑夏娃的钓饵时一样。
他们定睛熟视这个奇异的光景，
心想，不止一棵禁树而是很多，
为要增加他们更多的灾祸和耻辱；

556　　但为焦渴和饥饿所催逼，
明知是诱骗，却又饥渴难忍，
他们盘蜷堆叠起来爬上树去，
密密麻麻地坐在树上，比墨其拉①
蛇的发绺儿还更稠密地拥挤着。
他们贪婪地采摘那些美丽果实，
像所多玛城被焚处，沥青海边的②
苹果一样。这是更大的欺骗，
不但骗了触觉，而且骗了味觉，
他们为了充饥，便高兴地
狼吞虎咽起来，谁知那不是

---

① 墨其拉（Megaera），三个蛇发的复仇怪物之一。

② 所多玛和娥摩拉二城同为天火所烧毁，见《创世记》第19章第24—28节。

沥青海就是死海，海四周产的苹果叫作“死海苹果”，或“所多玛苹果”。据说那里的苹果熟时，用手一拿就破裂，只留下一些果皮和纤维。

什么水果，而满口都是苦灰，
都高声地把那怪味啐吐出来。
他们为饥渴所逼，再做几次尝试，
几次都觉得恶心，无比可厌的
怪味，也只好让满口的煤渣
折腾着双颚。他们一次又一次地
陷入同样的妄想，不像他们
所战胜的人，只上当一次。
他们这样忍受长期的饥饿
和不停的呵叱，直到准许
恢复原形时；有人说他们受命
每年在固定的几天中，为了挫伤
他们的骄气和诱惑人的喜悦，
忍受年复一年的屈辱。但在①
异教徒中散布着另一种传说：
赢得人类的是一条叫作奥非安的蛇②
和他的老婆幼里诺姆，她可能就是③

---

① 忍受年复一年的屈辱，不知出典何自；有的注家说是受了阿里奥斯托《疯狂的奥尔兰多》的启发；其中（第 43 章第 98 行）有“每第七天，我们都不能不变成蛇的形态”之句。这里的“我们”是恶魔曼托一伙。

② 奥非安（Ophion）是蛇的意思。据说是最初作奥林匹斯山主神的。他之后是尤拉诺斯，第三代是克洛诺斯，第四代是宙斯。（一般以为尤拉诺斯是最早的天神。）

③ 幼里诺姆（Eurynome）是奥非安的女儿，又是他的妻子，他们在奥林匹斯的位置被克洛诺斯所夺。希腊悲剧《普罗米修斯》第 955 行有古注说，宙斯之前有克洛诺斯，克洛诺斯之前有奥非安和幼里诺姆。
统治广大领土的夏娃：因为夏娃不安分，想做女神，野心颇大，所以认为她可能就是最早的女神幼里诺姆（广为占领之意）。

统治广大领土的夏娃，她最初
统治俄林普斯那巍峨的神山，
到末了被萨吞和奥甫丝所驱逐；
然后生下了狄克忒安的育芙。①

585 与此同时，那地狱的一对
很快就到了乐园，“罪”从前
曾以行动在那儿得势过，如今
却以躬身定居其中；“死”在她
后面亦步亦趋，只是还不曾骑上
他的灰色马；“罪”这样对他说：②

591 “撒旦的孙子，战胜万物的
‘死’啊！你对我们的帝国怎么看？③
虽然所得不易，但比起在地狱
黑暗的门旁看守、无名、无畏，处于
半饥饿状态下，不是好多了吗？”

596 “罪”所生的怪物（死）马上回答道：
“对于为永远的饥饿所苦的我，

① 萨吞（Saturn）和奥甫丝（Ops）驱逐了奥非安夫妇，生了育芙即宙斯。萨吞就是克洛诺斯。狄克忒安（Dictaean）在克列特岛，育芙的生长地。

② 灰色马，《启示录》第6章第8节：“见有一匹灰色马；骑在马上的，名字叫作‘死’；阴府也随着他。”乃是天地末日的事，所以说在天地初创时还不曾骑上灰色马。

③ 撒旦的孙子是“死”，因为“罪”是撒旦最初生的女儿，她和撒旦生下“死”，是第三代。

无论地狱、乐园或天国都一样，
哪儿可得饵食最多，哪儿最好。
这里的饵食虽多，但总觉得不足以
填满胃囊，这个皮肤松弛的巨体。”

602 这乱伦的母亲这样回答他说：
“你不妨先吃吃这些花、草和果实；
其次吃一切的走兽、飞鸟和鱼类，
暂且作为低级食品，把‘时间的镰刀’[1]
所割下的东西，尽量吃个够吧；
等到我通过全族住到人类中去时，
污染他们的思想、容貌、言语和行为，
把他烹调，给你作最美味的饵食。”

610 说了这话之后，他们各奔前程，
去毁灭万物，或把它们弄成必灭的，
而且使早晚要毁灭的早些毁灭。
全能的天帝看见这个情况，
便从列圣之间超越的高位上
对辉煌的天族发出这样的声音：

616 “看那些地狱的群狗，一心想要
进行破坏，糟蹋那边的世界，那是
我如此美好地创造了的，本来可以

[1] 时间的镰刀（Scyth of Time），“死亡”以时间为镰刀。

保持原状，可惜因为人的愚蠢，
引进这些破坏的暴徒，他们如此
容易进去，而且取得这么高的
地位，雄视一切，让我的敌手
得意洋洋，还以为是我的愚蠢
所致，地狱的王和仆从们也这样看，
他们嘲笑我，以为我兴致大发，
把一切都送给他们，随随便便地
向他们的暴政让步；却不知我召唤
地狱的群狗来舐去人间污秽罪孽，
落在纯净东西上面的脏污和渣滓，
直到被腐肉碎骨塞饱到胀破的程度。
我喜爱的儿呀，你用胜利的铁腕一扔，①
罪和死，以及张开大口的坟墓，
都被扔过混沌界而堵住地狱的入口，
使那些贪婪的颚都被封闭住了；
然后，天、地更新，恢复纯净，
成为圣洁，将永远不受污染。
到那时，对他们两个的咒语将显威力。”

641 他说完时，天上的听众高歌
“哈利路呀”，犹如诸海洋的澎湃，
大众一起唱道：“您的道路正直，

① 铁腕一扔，见《耶利米书》第10章第18节：“我必将此地的居民，好像用机弦扔出去。”

对您创造的万物所下的命令公正。
谁能把您削弱呢？其次赞美神子；
被指定为人类的救赎者，由于他，
新天新地将为万代兴起，或从天降临。”①
他们唱这支歌时，造物主指名叫出
强力天使，给以几种相应的任务。
太阳最先受命如此移动而光照，
给地球以严寒和酷暑的影响，
从北方带来的叫作衰老之冬，
从南方带来夏至的酷暑。
对于清白的月亮也规定了任务，
对于其他五星，则指定其他行星的②
运转路线和位置，就是十二宫的③
六分之一，四分之一，三分之一，
毒宫的对座，并规定什么时候
会遇见不吉的接连位置，还要④
指点恒星，当于何时发挥坏的
作用，何者与日俱升或降落，⑤
掀起狂风暴雨来扰乱。对于风，
要它们各从其方位，规定何时
用暴风雨扰乱海、空、陆地；

① 《启示录》第21章第1—2节。

② 七曜除日、月以外，其他为五星。

③ 十二宫的六分之一为两宫，四分之一为三宫，三分之一为四宫，二分之一为六宫；其三分之一、六分之一是好的，四分之一和对座是坏的。

④ 接连位置，指两星接连在一直线上是不好的。

⑤ 何者，指天狼星（Orion），好作乱者。

规定雷电，何时轰鸣，恐吓暗空。

668 有的说，他命令天使把地极扭转，
比太阳的轴心倾斜二十多度，
他们尽力把中心的球推歪斜了。①
有的说，太阳受命从黄道向右转，②
往上升到双子宫、伴同七曜姊妹星的③
金牛宫和夏至线上的巨蟹宫，④
然后急转直下，经过狮子宫、⑤
处女宫、天秤宫，深入到山羊宫，⑥
这是要给各国土地的季节带来变化。
否则春天永远常在地球上开花微笑，
除了极圈以外的人们只见昼夜相等；
在两极的人看来，昼夜长明，
为了补偿他的距离，太阳低垂，⑦

① 中心的球即地球。

② 日神阿波罗用金车驾着太阳。

③ 双子宫是十二宫中的第三宫。希腊神话，斯巴达廷达留斯所出的双子，加斯塔和波拉克斯两勇士，死后为双子宫。星宿的位置是在金牛宫之东，银河之侧。七曜姊妹星是金牛星座的一星群。希腊神话阿特拉斯(Atlas)的七个女儿，在毕夏地方被奥利安(Orion)所追逐，向宙斯祈求把她们变成鸠鸟，飞到天上成了七曜姊妹星，为金牛宫的一部分。太阳入金牛宫的时间是四月十九到五月二十日。

④ 巨蟹宫，夏天太阳轨道的北方极限，就是夏至线。

⑤ 狮子宫是第五宫，七月二十一日进入狮宫。

⑥ 处女宫，太阳于八月二十一日进入。
天秤宫，太阳于九月二十一日进入。山羊宫是第十宫，又称摩羯宫。

⑦ 太阳离地极比赤道地方要远些，但若地轴不是斜的，太阳便整年在地平线上回转，没有日出日没，以太阳为标准的东西南北就难以辨认了。

看来总是在地平线上回转，使人不辨
东和西，因此从寒冷的艾斯托替兰到①
南方马格兰的低地，都不得降雪。②
太阳为了要照耀那禁果，好像有意
避开席斯特斯的宴席而改变了轨道；③
否则，住着人的世界，虽然无罪，
也怎能逃避得了比今天更加
刺骨的严寒和灼肤的酷暑呢？
在天上，这些变化虽然很慢，
但在海上、地上也一同发生变化——
如星星的毒气，腐烂有害的云雾，
炎热的蒸汽，等等。现在从诺龙北加的
北部和撒模特北海岸来的冰、雪、④
雹和狂风，冲破他们铜的地牢，⑤
北风、东北风、高声尖啸的西北风、
西北北风，翻森覆海，驱逐南来的

① 艾斯托替兰在美洲之东极北的地方。

② 马格兰在美洲的极南的地方。

③ 席斯特斯的宴席：席斯特斯（Thyestes）和阿特柔斯（Atreus）两兄弟不和，前者偷偷地把后者的儿子辟里斯赛尼士（Plisthenes）养育成人。有一天，他叫这养子暗杀阿特柔斯，结果反被亲爹所杀。后来得知实情，阿特柔斯怒极报仇，把席斯特斯的三个儿子都杀了，假装和好，摆设酒席请对方赴宴，用三个侄子的肉请客。

④ 诺龙北加在北美大西洋的一个地方，撒模特是西伯利亚沿北冰洋一口岸。

⑤ 铜的地牢：维吉尔《伊尼德》一.50以下，写朱诺女神到了艾奥勒斯（Aeolus），风的住地，艾奥勒斯的王把他荒凉的洞穴里相斗争的风和尖叫的暴风都管制起来给自己使用，并且把它关进牢狱里。

逆风而颠覆它,从赛拉里昂山上①
浓黑雷云吹来的南风和西南风,以及,
啸声凄厉的,横吹的东南风和西南风。
暴行是由这些无生物开始的;
但“罪”的长女“不和”首先由于
强烈的反感,在无理智的东西中
带来了“死”。如今,兽和兽,
鸟和鸟,鱼和鱼开始打仗了。
大家都停止吃草而互相吞食。
而且很多东西不怕人,却躲避他,
或以残酷的形象,白眼看他过去。
这些都是外加的悲惨事件,
亚当已经看到一些,是从荫蔽的
暗处看到的,他沉没于悲哀之中。
但更坏的事是从内心觉得的,
在激情大海的风波中漂荡,他用
这样愁苦的哀诉,希望卸下重负:②

“啊,从幸福来的悲惨!难道
这就是这个光荣新世界的结局吗?
我原是那光荣的光荣,现在祝福
成了咒诅,原先无上幸福的

① 赛拉里昂(Serraliona),西班牙语“狮山”之意,在非洲西岸,佛得角附近,以暴风起点而闻名于世。
② 卸下重负,有解愁之意。暴风雨时船员把货物抛入海中,以救难船。

上帝的面庞，现在对我隐蔽了。
如果悲惨事到此为止，那还算好，
我承担它，接受我所该承担的。
可是这还不够，我的一饮一食
和生殖子孙，都将是咒诅的延长。
啊，曾听说过：‘繁殖吧，增加
人口吧！’可是现在听到的是
‘死吧！’落在我头上的除咒诅
之外，还能增添、繁殖什么呢？
今后世世代代因我而得祸的人，
谁不把咒诅加在我的头上呢？
‘我的远祖污染了我的生活，
因此我要感谢亚当。’这感谢
将成为咒骂。这样，我自己的
咒诅长留下去，而子孙的一切
咒骂都要强烈地反拨到我身上来，
像自然的重量都预应到重心一样。①
啊，乐园的瞬间速逝的快乐，
将要付出无休止的灾祸为代价！
造物主啊，难道我曾要求您
用泥土把我造成人吗？难道我
曾恳求您把我从黑暗中救出，
把我安置在乐园之中吗？

① 物体的重量都向重心集中，一切的诅咒集中到我心，像物理的重心一样。

我想,如果我生而不合适,
不如把我回复到原来的尘土去。
我愿意放弃或归还我所受的
一切,因为您的条件太难,
我办不到,我没有具备您所
要求的美德。对我的过失,
给以足够的刑罚好了,为什么
加我以没完没了的灾难感呢?
您的正义似乎很难理解;
其实我这样争论已经太晚了。

758 “在这些条件提出时,不管什么,
当时就该拒绝,你竟接受了。
你竟先欣赏善良,然后挑剔
条件吗?上帝虽然没有你的
许可而造了你,如果你的儿子
背叛你,责备你,反对你:
‘你为什么生我?我不要出生,’
那时你怎么样?你能容许他
这样傲慢无礼,说这些侮辱话吗?
况且你没有选择,只能按照
自然的需要而生了他。上帝
选择并造你做他的所有物,
他的所有物要为他服务,
给你的赏赐是出于他的恩惠,
对你的刑罚是公正的,

是按着他的意志而行的。
就这么着吧,我服从,他的
命定很好。我本是尘土,终将
归于尘土。啊,什么时候都行!
他今天宣判,该立刻执行,
为什么迟延,延长我的生命呢?
为什么又用死来玩弄我,
继续折磨我于没有死的痛苦中呢?
按照宣判,让我死去,变成
无知无觉的泥土多么好呀;
我倒下,如同投进母亲的怀抱,
多么幸福呀! 在那儿,我休息,
安心睡觉,他的可怕声音
不再如雷贯我双耳。对我和
我的子孙,不再有更坏的事
所生的恐惧,不再用痛苦的
预想来苛责我。然而,我还有
一个疑问,我不会完全死去,
纯净生命的气息,上帝吹入
人身中的灵气,不可能①
和泥土的身体一同消亡;
那么,在坟墓里或其他
凄凉的地方,一面活着一面死,

① 《创世记》第2章第7节:"耶和华上帝用地上的尘土造人,将生气吹在他鼻孔里,他就成了有灵的活人,名叫亚当。"

这又活又死的情况有谁知道？
果然如此的话，想来可怕！
但为什么呢？犯罪的只是生命的活气；
那么，除生命和罪之外，死的
是什么呢？身体原来既没有
生命，又没有罪呀。因此我
整个都得死：这就解决了疑问，①
因为这没有超越过人智。万物的
主宰是无限的，难道他的怒气
也是这样吗？反正人不是这样，
他命定必死。怎么能把无限的
愤怒加在有限而必死的人身上呢？

798 “他能叫不死者去死吗？那将会是
奇怪的矛盾，证据是微弱无力的，
对上帝自己来说，想必不可能这样。②
难道他为了愤怒，便在受刑罚者
身上，把有限伸延为无限，用以
满足他那永远不能满足的严酷吗？
要那样，便是把他的宣判扩大到
土地和自然的法则以外去了，
由于自然的法则，其他一切的动因

① 我整个都得死，这是弥尔顿的信念。他认为灵和肉是相结合的；人死时灵和肉都死。死后灵肉都安息，直到末日灵肉一起复活。（见《基督教教义》）

② 这是说神对矛盾着的事物无能为力。

都要适应物质的受容力而运动，
而不是扩展到自身力量以外去。
虽然如此，死不像我所想的那样，
是夺去感觉的一击，而是从今而后
永无终穷的悲惨，无论我的内部
或外部都觉得无尽头的悲苦。哎，
那恐怖，在我无防御的头上来回
不断地轰鸣。‘死’和我永远成为一体；①
我也不只自己，子子孙孙都咒诅我。
子孙们呀，我该有美好的遗产留给
你们；啊，我自己把它耗尽，没有
什么留给你们的了！这样剥夺了你们的
承继权，你们怎能变咒诅为祝福呢！
啊，全人类为了一个人的犯罪，
而使无辜者都判罪？即使他们没有罪？②
可是他们全都腐败了，心地、意志
都败坏了，不但在行为上，在意志
方面也和我一样，还能生出什么好的呢？
他们怎么会蒙允许站在上帝面前呢？
我终究要向上帝力争，非昭雪不可。
我的一切空虚遁辞和各种理由，
虽经转弯抹角，终于只能导致
服罪。一切腐败的源头在于我，

① 这一段是诗人对“原罪”说的看法，这里的“我”是抽象的“自我”。
② 反复强调没有罪。

一切罪责，从头到尾都落我头上。
上帝的愤怒也这样！愚蠢的愿望！
你比地球更能负重吗？这罪责
虽然和那坏女人分担了，但仍比
全地界更为沉重得多。这样，
你所愿、所怕的，一切都毁了，
和逃难时的希望一样破灭，结论是
罪罚空前绝后，只有撒旦的差可相比。
啊，良知，你把我逼进何等恐怖
和战栗的深渊，没有出来的路，
只能从深处沉入更深的渊底！”

　　亚当这样独自高声悲叹。那是
静寂的一夜，不像人类坠落以前
那样晴朗、凉快、柔和了，而是
伴着黝黑的天空，潮湿和可怕的，
幽暗的一夜，那幽暗在他悔罪的
良知上，用双重的恐怖表现一切。
在地上，冰冷的地上，他伸腰躺下，
频频诅咒他的创造主，自从犯罪
被判决以后，几度延迟死刑的执行。
他说：“为什么不给我快死，给我
所渴望的一击，结果了我呢？难道
真理不守信用，神圣的正义不求正确？
‘死’竟求而不来，神圣正义也姗姗来迟。
森林啊，泉水啊，山岗、溪谷、树荫啊！

我先前在你们的荫下所教的歌曲，
竟得到极其不同的反响为酬和。”
夏娃独自坐着，心怀哀愁，她见
亚当如此苦恼，便走近去，
用温柔的话语试一试他的激情，
但他用严厉的眼光训斥她道：

867 “别让我看见你，你这条蛇！
这个名字对你最合适，你和他联盟，
同样虚伪和可恨；你的体态像蛇，
你的和颜悦色显示内心的诡诈，
警戒其他造物今后要防备你，免得
天姿里面隐藏的地狱虚伪网住他们。
没有你，我原本是幸福的；要不是
你的骄矜和浮夸的虚荣，
在最危险的时刻，不听我事先警告，
不重视对你的怀疑，一心只想胜过
一切，甚至恶魔，和他一见高低。
不料一遇见了蛇，就被愚弄、欺骗了，
你被他骗，我被你骗，我本信任你，
认为你是聪明的、坚定的、成熟的，
是能够抵挡一切袭击的；
却不知道只是虚有其表，不是真德，
整个是从我的肋旁取出来的，
是弯曲的肋骨，是我沾了不幸的

左肋。如果是我多余的部分,①
拔出来扔掉就算了。为什么上帝,
聪明的创造主,住在最高天上的
阳性的神明,竟会在地上造出
这样新奇小巧的东西,大自然的
美的瑕疵;若只造男人和天使来
充满世界,不造女人,用其他方法
来生殖人类的后代,该多好呢!②
这个祸水一降下来,便愈降愈多,③
在地上产生的无数乱子,都是由于
女性的罗网,和那些与女性结亲者
之间的纠葛:或者因为找不到
合适的对象,只好退而求其次,
结果给他带来不幸和错误;或者
两相爱恋,却为父母所阻挡;或者
选中了佳丽,却相见恨晚,
被自己憎恨的无耻情敌强夺了去。

① 不幸的左肋,英文 sinster 兼有不幸的和左的意思。据说亚当左边第十三根肋骨被取出来造成夏娃。

② 神为什么要用女性生孩儿,而不用男性、中性或其他方法繁殖子孙?在许多西方的作品中,反复着这个思想。如希腊欧里庇得斯的悲剧《希波吕托斯》第 616 行以下希波吕托斯的对话,就和这一段话类似。在他的《美狄亚》第 573 行,阿里奥斯托的《疯狂的奥兰德》第 27 章第 12 行相似;莎士比亚的《辛白林》第二幕第五场的头一句:"难道男人们生到这世上来,一定要靠女人合作的吗?"

③ 这一段论女人的话,反映了弥尔顿自己的婚姻事件。他第一个妻子玛利,婚后一月便回娘家不来了;他写了《离婚论》之后,岱卫斯博士的女儿来向他求婚时,玛利却来跪在他脚前哀求宽恕。岱卫斯的希望吹了。

这就是惹起人世间无穷灾害，
破坏家庭和平生活的原因。”

909 他不再说了，转过身去，
夏娃没有反驳，眼泪不住地流，
头发散乱，谦卑地伏在他脚下，
抱住他的双腿，祈求和解，
并且这样进行她的辩解道：

914 “不要这样抛弃我，亚当！
皇天明鉴我真诚的爱，对于你，
我衷心怀着尊敬，我在无意中
犯了天条，不幸地被欺骗了。
我恳求你，抱住你的双膝，
不要在这极端苦恼的时候，
夺去我赖以活命的力量和支柱，
你的温柔容颜、你的帮助和忠言。
被你抛弃之后，叫我到哪儿去呢？
在哪儿可以维持我的生活呢？
我们活着，即使是短短的时间，
让我们二人中间保持和平，
二人一起，共同受害，共同对敌，
就是那残忍的蛇，他把明白的
罪案转嫁给我们。不要为了
这个不幸事件而恨我，我是毁了，
我比你更加可悲；二人都犯了罪，

但你只背叛了神，我却背叛了神和你，
我要回到审判的地方去，用哭声
上达天庭，苦苦哀求，把全部罪名
从你头上转移，全部归在我身上，
你这些灾祸的根源在于我，上帝
愤怒的唯一正确目标是我，是我。”

937 她哭完了，从认罪、悲痛，
到心境平静，她一直俯伏着不动，
她那谦卑的态度，使亚当动了怜悯。
一会儿，他心想：先前，她是他的
生命，他唯一的安慰，现在俯伏于他的
脚下，苦恼万分，向他要求和解，帮助；
如此美眷，使他的暴怒全消，好像
被解除了武装，便用和缓的话鼓励她：

“愿将全部罪罚落在自己身上，
这是你不自知而作过分的愿望，
和你从前一样，一向粗心大意；
啊，先承担你自己的部分吧，上帝的
全部怒气是难以承当的，你所
觉得的只是极小部分，连我的
不高兴你都受不了呢！如果祈祷
能够改变神的法令，我将比你
更快地跑向前去，用更高的声音
呼吁，请求把全部刑罚落我头上，

宽容你的脆弱,赦免柔弱的女性,
一切罪责归我,由我出面承当。
起来吧,我们不要再争,够了,
不要再互相责备了。从此互相爱怜,
把所负担的悲愁轻减。照我看来,
今天所宣告的死,不会立刻来临,要在
缓刑中增加我们的痛苦,把长期的
死的痛苦延长到我们不幸的子孙!”

966 夏娃的心情恢复了,如此答道:
“亚当呀,由于悲苦的实验,我知道
刚才我说的话很多错误,结果当然不好,
在你听来是何等的轻微呀。
虽然我是坏人,重新得到你的欢迎,
还有希望重新得到你的爱,这是
我心中唯一的满足,生也好,死也好,
我不安的心中所思念的都不瞒你:
我思想,我们的苦难可得解救,
困苦艰难也容易熬过,容易抉择。
想到我们的子孙令人忧伤而愁绪万端,
他们一生下来就蒙受一定的灾祸,
终于被死所吞没,可怜地承受
别人的不幸,我们把自己亲生的
送到这个可咒诅的世界上来,成为
悲苦的族类,受尽悲惨生涯之后,
成了那丑恶怪物的饵食。在这不幸的

族类未受胎之前或未生之前，不让出世，
这主权在你。你没有子女，就绝种吧：
这样，‘死’就上当，找不到饵食，
只能拿我们二人的老骨头去填充
他那辘辘饥肠。如果你认为很难
克制谈情、说爱、顾盼、体贴和
甜蜜的拥抱，在爱娇面前无法制止
心猿意马的话，那是可悲的，
要受极大的痛苦，为了我们自己
和子孙，不如一下子就从恐惧中
解放出来，我们马上就去找‘死’吧，
如果找不到他，就用我们自己的手去
完成他的职务。为什么还站在恐惧之下
战栗，表示除死以外没有其他的
结束！我们有权可用许多方法去死，
最便捷的是用毁灭去破坏毁灭。”①

1007 她说到这里，停住了。可能是
被激烈的失望打断了。她的脸颊苍白，
像死了一样，她一心只想着死。
但亚当并没有被她说的话所动摇，
反而更加热切地怀着更好的希望，
决心去劳动，他这样回答夏娃：

① 用毁灭去破坏毁灭，就是用自杀的手段，破坏“死”的毁坏计划。

1013 “夏娃呀，你蔑视人生和幸福，
证明你身上有着比你所蔑视的
更高尚更优美的东西；但是，
因此而产生自我毁灭的思想，
那就破坏了你原有的卓越思想，
你的蔑视也就包含着苦恼和悔恨
失去你过分爱着的生命和幸福。
如果是悲苦到极点时，妄想死，
那就是想要逃避已宣布的罪罚，
毫无疑问，上帝要发泄他的报复怒火，
会采用比先发制人更加聪明的办法。
我更怕的不是那抢掠成性的死，不会放过
我们由于宣判应付出的痛苦；而是
这样顽固的行为，会挑起至尊者
让死来住在我们里面。因此我们
必须去探寻更加稳妥的决策；
照我看，得先回忆一下判语中的：
‘你的种子要打伤蛇的头’；可悲的赔偿！
我推想，这无非是因为我们的大敌
撒旦，变成蛇的形象来欺骗我们。
粉碎他的头，确实是复仇。如果
依你的建议，毁灭我们自己或者绝种
的决定，就会失去复仇的机会；这样
就使敌人逃脱判定的刑罚，反而
把刑罚双倍地加在我们身上。

1041 你就别再提自暴自弃和自愿
绝种的话了。那是表示我们
自绝于希望,而只意味着
怨恨和高傲,短见和侮蔑,
对上帝的反抗,拒绝他正当地
放正我们颈上的轭。要想一想,
当时他听到并审判我们犯的罪时
是何等的平心静气和温情脉脉,
没有发怒或责骂。我们想要即刻
毁灭,那是意味着要当天就死,
那么,你看吧,警告你的只是
怀胎和生产的痛苦,孩子出生后,
马上偿还你欢喜,怀胎的成果。
对我的诅咒只是斜睨一下大地,
说我必须劳动才能得食。这有
什么不好呢?懒惰原是更坏的事;
我的劳动可以养活我。他不让
严寒和酷暑损害我们,随时关心
我们,我们没有要求的东西,
他都准备好了,还亲手拿衣裳穿在
我们可耻的身上。他审判时

1060 心怀怜悯。若是我们向他祈求,
恩赐便更多了,他会打开耳朵,
他的心将倾向于怜悯,将教我们
怎样避免严酷的季节、雨、雪、

冰、雹，在这座山上显现出天色的①
各种变化，当潮湿的风儿劲吹，
扰乱这些美丽、繁茂树木的秀发时，
叫我们找个更好的隐遮处，找个
更暖和的地方去舒活我们麻痹的手足。
当红日落山，寒夜来临之前，
由反射而集合起来的光线，燃烧
干燥的物体，或用两物相碰撞，
摩擦空气而取火的方法，譬如
刚才的丛云杂糅，被风一推挤，
发生剧烈的冲突，迸出闪电，
火焰斜喷下来，燃烧枞树、松树等
多油的树皮，像是补充了太阳的
光线，从远方送来快适的热气。
这样用火或其他方法，在我们
做了坏事时，就用灾难的方法教我们
祈祷，请求慈悲。这样，我们就
不必害怕度过这一生，他会给我们
很多安慰，直到最后，回到尘土，
那是我们最后回到家乡安息。
最好还是到神审判我们的地方去，
恭恭敬敬地伏在他面前，谦虚地
承认自己的错误，祈求宽恕，
用眼泪洒满大地，叹息充满天空，

① 这座山，指乐园中的山。

出于真正悔改的心，无伪的悲哀，
谦卑的歉意。无疑地，他会发慈心，
回心转意，变不高兴为高兴。在他
盛怒到极点时，也不过面带庄严；
在他高兴时，除了光辉的善意、
恩惠、慈悲之外还有什么呢？”

1097 　　我们悔罪的先祖这样一说，
夏娃也一同悔罪：二人便去
原先神审判他们的地方，
恭恭敬敬地俯伏在神座面前，
一同忏悔，祈求宽恕，泪洒
大地，叹息声充满空中，
表现出自无伪的悲哀忏悔的
心情，以及谦卑的歉意。

第十一卷

预示人类未来的事

提　纲

神子把人类始祖表示悔悟的祈祷献上给天父,并为他们调解。天父接受了,但宣称他们不得再在乐园里住下去。他派天使米迦勒带他的噻嗒啪队伍去驱逐他们出去;但要先把未来的事件启示亚当。米迦勒从天下降。亚当把一些前兆指示给夏娃。他认出米迦勒的来临,出去迎接他。天使告诉他们必须离开那里。夏娃的哀叹。亚当的哀怨,服从。天使领他上高山,在他面前展示未来事情的远景,一直到洪水的发生。

他们这样谦卑地站着忏悔,
祈祷,盼望慈悲的高座上赐下
预期的恩惠,除去二人心中的
石块,然后长出新鲜的再生肉①

① 心中的石块,《以西结书》第 11 章第 19 节:"我要使他们有合一的心,也要将新心放在他们里面;又从他们的肉体中除掉石心,赐给他们肉心。"

来填补它，祈祷的精灵发出那
说不出来的叹息，比声嘶力竭的①
雄辩更加迅速地高翔起来，
向天飞升。但二人的态度和一般
乞愿者不同，他们由衷的泣诉
事关重大，并不逊古寓言中的那一对，
虽然时代要晚些，那丢卡利翁和②
心地纯洁的匹拉，为了拯救沉溺的
人类，虔诚地站在特弥斯庙前求拜。③
他们的祈祷一直向上飞升，不会
在中途迷失，被嫉羡的和风
和各种的风所吹散。它们无形地④
飞进天国的门，在金坛的熏香处，⑤

① 说不出来的叹息，《罗马书》第8章第26节："我们本来不知道怎样祷告，只是圣灵亲自用说不出来的叹息，替我们祷告。"

② 丢卡利翁（Deucalion）是普罗米修斯之子，赛撒利之王，和他的妻子匹拉（Pyrrha）在宙斯降九天的大洪水毁灭了人类后，唯一留下来的一对夫妻。他们虔诚信神，想要恢复人类，在女神特弥斯（Themis）庙前祈祷。女神叫他们盖着头，把母亲的骨头向后抛去。二人认为"母亲的骨头"就是大地的石子；国王抛的石头变成男人，王后抛的变成女人。

③ 特弥斯为法律和公义之女神。她是天神优拉纳斯（Uranus）和地母该亚（Gaea）的女儿，和宙斯生下三个神。大洪水时，她在特尔斐管理神谕，在阿波罗之前。

④ 被风所吹散，奥维德《变形记》第10章第642行："一阵和风把他低声吐诉的祷告吹到我耳朵里。"

⑤ 金坛熏香，《启示录》第8章第3—4节："另有一位天使拿着金香炉，来站在祭坛旁边；有许多香赐给他，要和众圣徒的祈祷一同献在宝座前的金坛上……从天使的手中一同升到上帝面前。"

由伟大的中保披上妙香，然后[1]
达到天父的高座前面；快乐的神子
把它们捧起，开始这样调解：

22 “看吧，天父，您在人类身上种植的
恩惠，在地上生长的初熟果子，
这些叹息和祈祷，在这金香炉里
掺杂着馨香，由我，您的祭司，
捧呈于您。这些果子是天真未落
之前，您播种在悔悟的心田里，
人手所耕耘的，比乐园中全部
树木所结的果实，更加香甜的硕果。
因此请您倾耳谛听他这柔声的叹息；
他的祈祷语言虽不够巧妙，
让我这中保兼救赎者为他解释吧。
他的工作好或不好，都由我来接；
我的德性使它们完善，我将为
这些而付出死的代价。接受我，
由我而接受对人类和解的馨香吧。[2]
让他在您面前得以和好，至少活到

---

① 伟大的中保，《约翰一书》第 2 章第 1—2 节：“若有人犯罪，在父那里有一位中保，就是那义者耶稣基督；他为我们的罪作了挽回祭；不单为我们的罪，也为普天下人的罪。”

② 和解的馨香，《创世记》第 8 章第 21 节：“耶和华闻那馨香之气就心里说，我不再因人的缘故咒诅地……地还存留的时候，稼穑、寒暑、冬夏、昼夜就永不停息了。”

相当的岁数,虽然是悲苦的,
要活到命定的岁月(我的辩护是要
减轻刑罚,不是翻案),从今后,
让他过较好的生活,和我这个赎罪者
一同住在喜乐和幸福中,和我
合而为一,好像我和父合而为一。”

　　天父脸上消去了愁云,安详地对他说:
“儿呀,你为人请求的一切,
全被接受了。你所请求的都合天意。
但是我给自然的法则是禁止他
永远在乐园里住下去。乐园中纯粹、
不朽的元素,不知有粗鄙、不调和的
混杂物,如今要把污秽的他吐出去,①
像传染病一样,要被清洗掉,
粗鄙的东西在天空中也是粗鄙的,
最适当的处置是把他归入那最初
扰乱万有,使不腐败者腐败的罪
所造成的死,作为‘必死者’的食物,
把他扫除出去。我当初用两种美好的
恩物——幸福和不朽来创造他,恩待他;
他却轻信地把它们丢失了,只留下
永续的悲苦,直到命定的死时;

① 把他吐出去,《利未记》第18章第25节:“连地也玷污了;所以我追讨那地的罪孽,那地也吐出它的居民。”

因此，死是他最后的解脱，
经过严峻的苦难考验，赖信仰和
忠诚的工作而提高的生涯之后，
被正直者的复苏唤醒过来，
和新天新地一起赋予第二生命。
可是我得把广大天界的受福者
全部召来开个会议，向他们
公布我的审判，是怎样处理人的，
正如他们先前所看见过的，我如何
处理坠落的天使一样。他们在
稳固的地位上，会站得更加稳定。”

72 他说完了，神子暗示那个
光彩焕发的守卫侍者，他吹起
号筒，那可怕的声响，恐怕是以后
上帝降临何烈山上，或在末日审判时，①
可以再度听到的。那天使的吹奏
响彻天上各个疆域：从不凋花的
树荫下，喷泉之畔，生命的水边，
有福的亭子，各处怀着喜悦的心情

---

① 何烈山，在埃及和迦南之间，又名西奈山。摩西在西奈山授与法律时，听到喇叭的高音。《出埃及记》第19章第16—19节：“到了第三天早晨，在山上有雷轰、闪电和密云，号角声甚大，营中的百姓尽都发颤。……西奈全山冒烟……号角声愈来愈高……”
末日审判时，《哥林多前书》第15章第52节：“眨眼之间，因号筒要响，死人要复活成为不朽的。”

从座位上站起，响应光之子们的号召而①
急速赶到，各就各位。全能的大神
从至高的宝座上宣讲他的至高意志：

84 “诸神子们呀，人因偷尝了禁果，
便和我们一样能辨别善和恶；②
就让他们夸说一下怎样失去善
而得到恶的知识吧。只知善，
对于恶则毫无所知，原可算是
比较幸福的。现在他悲伤、懊悔，
由悔悟而祈祷，这是我的工作
在他身上起的作用，工作一停止，
就不动心了，我知道他的心，
他意马心猿，易变而难御。因此，
难保他今后不会更加大胆地伸手去
摘取生命树的果实尝味，可以永生，
至少他梦想永生不死。我命令
把他迁出乐园，让他自己去找
适当的土地，在那儿耕种。

99 “米迦勒呀，这道命令交给你，
你可以在高级天使嗟略啪中选择

① 光之子，指天使，因为神是光。

② 和我们一样，《创世记》第3章第22节：“耶和华上帝说，那人已经和我们相似，能知道善恶。现在恐怕他伸手又摘生命树的果子吃，就永远活着。”

并带领一些燃烧着火焰的战士去，
免得恶魔利用人的名义，入侵
空虚的领土，掀起新的叛乱。
快，不可有半点儿迟疑，把这一对
犯罪的夫妇赶出神圣的乐园；
从圣地把不圣的赶出，宣告他们
和他们的子孙，永远被驱逐出境。
但在严厉执行这个可悲的圣旨时，
不要让他们昏晕过去，因为我看见过
他们曾温顺、流泪、叹息他们的罪，
却掩盖了他们内心的恐惧。若是
他们忍耐地服从你的命令，就不要
离弃他们而不给以安慰；要把未来的
事展示给亚当，按照我教给你的，
说明我要和女人的后代重订誓约。
就这样，虽悲惨而和平地送他们出去。
还要在园子的东侧入口处，最容易
从伊甸爬进去的地方，派强壮的
天使守卫，用一柄火焰的剑广为挥舞，①
把走近来的远远地吓走，通向生命树的
各条道路，都要严加防守，免得
我的乐园被污秽的灵溜进去，我的
每一株树木都成了他们的饵食，

① 火焰的剑，《创世记》第3章第25节："于是把他赶出去了。又在伊甸园的东边安设基路伯和四面转动发火焰的剑，要把守生命树的道路。"

把偷来的果实拿去再一次骗人。”

126 他话音未落，那大天使长立刻
就率领一队警惕性很高的，
灿烂的嗤嘧啪天使，做迅速
下降的准备，每个嗤嘧啪都有
四张脸孔，像是双重的耶努斯，①
他们全身都闪着亮晶晶的眼睛，
比阿耳戈斯的眼睛还要多，②
比阿卡狄的箫管、赫耳墨斯的牧笛，③
或是他那催眠的魔杖更有力量，④
更惊醒而更有魅力的眼睛。
同时用圣光再度向世界致意，
曙光女神琉科忒厄醒来了，以鲜露⑤
熏沐了大地。亚当和最初的主妇
夏娃正做完祈祷，觉得身上增加了
从天上来的力量，从失望中

① 耶努斯（Janus）是罗马古代的门神，有两张面孔。古罗马的城镇广场（forum）都有一个庙宇，庙的两扇门平时关闭，战时打开。

② 阿耳戈斯（Argus）为百眼的怪物，大女神赫拉派他去监视那变成小母牛的伊俄；后来宙斯派赫耳墨斯去用美妙的音乐使他睡眠，因而杀死他。赫拉把他变成孔雀的尾巴，他的百眼成了孔雀尾巴的花纹。

③ 阿卡狄，位于伯罗奔尼撒半岛山间，有理想的田园风景，常被诗人歌颂为仙境。仙女西冷克丝（Syrinx）住在该地山中，被潘神（Pan）所追求而变形为芦箫。赫耳墨斯的牧笛是用她所变成的芦管做成的。

④ 催眠的魔杖，用橄榄木做成，有两条蛇缠在上面，谁碰到它就想睡。赫耳墨斯先唱歌吹笛，使阿耳戈斯入睡，再用那杖碰他的眼，使睡得更深。

⑤ 琉科忒厄（Leucothea），罗马的曙光女神。

迸出一股新的希望和喜悦，
虽然还有一些恐惧纠缠着。他用
这样受欢迎的话反复对她说：

141 “夏娃呀，我们所享受的好处
是从天上来的，这很容易相信、认识；
但是有关至福之神的心思或志向，
这个强大的力量是从我们这儿
升上天去的，这点很难相信和认识。
须知祈祷，或人的一声短短叹息，
都能上达到天神的宝座前。
我已经发现，祈求可息神怒，
跪在神前，全心全意谦卑虔诚，
就会觉得他平心静气，宽宥，
倾耳而听；被他善心垂听的信念
从我的心中滋长。和平回到了
我的胸中，你的种子将击伤敌人
的圣约又回到了我的记忆，
不要再为当时的忧惊所扰乱，
现在确实指明，死的痛苦过去了，
我们将要活下去。我为你欢呼万岁！
高呼夏娃的正名，全人类的母亲，①
一切生物的母亲呀，人类赖你

① 夏娃(Eve)是生命的意思，《创世记》第3章第20节：“亚当给他妻子起名叫夏娃，因为她是众生之母。”众生之母，即生命的源头。

而生存，万物为人类而生存。”

162 　　夏娃温柔地用悲哀的态度说：
“罪人的名义对我倒很合适，
我原定做你的助手，却做了你的网罗；
可耻、不忠，一切的丑名，于我
更为适宜。但是，对我的审判，
却是无限宽大；我是第一个把死
带给万物，反被称为生命的源头。
其次，你也赞成给我这么高贵的
名号，我远远不配。现在田野正
招呼我们去挥汗劳动，虽然是在
不眠的长夜之后；因为晨光不管
我们的不眠，向我们笑脸相迎，
开始移动她那蔷薇色的脚步。
我们走出去吧。不管在哪里劳动，
我再也不离开你的身边，不再迷路，
我现在参加劳动，直到红日西沉。
我住在这儿的时候，在这些快乐的
小径上会有什么劳苦呢？在坠落的
情况下，让我们住在这儿就心满意足了。”

181 　　夏娃这样谦虚地说了，希望了，
可是命运不许可。自然通过鸟、兽、
天空预示兆头，天空上晨曦少时
红润，突然又风云变色。在她眼前，

育芙的神鸟从太空盘旋而猛扑①
下来，追赶一对羽毛最华美的鸟。
统治森林的兽王，最初的猎狩者，
从山上下来，追踪那一对林中
最优雅的牡鹿和牝鹿。他们直向
东门拼命逃奔。亚当盯住他们的
追捕，不无动心地这样对夏娃说：

193 “夏娃呀，还有更多的变故
在近旁等待我们，上天用这些
自然的预兆，无声地显示他的目的，
或者警戒我们，不要因为宽限几天，
便太过自信我们已经从死刑中脱出；
我们究竟能活到几时，到那时，
我们的生活将怎样，谁能知道呢？
我们本是尘土，终必归于尘土，
如此而已。此外还能知道什么呢？
为什么在我们面前同时出现两个
事件，在天空和大地上都发生追捕
和逃命呢？为什么在东方破晓之前
有黑暗，在西方晚霞之中常见辉煌的
朝曦呢？那是蓝天上曳的一道
煌煌白光，带着什么东西徐徐降落。”

① 育芙（宙斯）所使唤的神鸟，指鹫。

208　　他说的是实情，因为那时
有几队天使从碧玉般的天空下降乐园，
停在一座小山上，一团光辉的景象，
因为肉体的恐怖，眩晕了亚当的眼睛。
雅各在玛哈念遇见天使军时，①
在原野里所见搭天幕的守护者，
也不比这个更加不光。在多坍的②
火焰山上爆发的战火，蔓延整个
战场的火焰也不比这个更加光亮，
那战争是为反对叙利亚王，像刺客
袭击一个人而发动不宣而战的战争。③
天使长在他辉煌的场地，留下他的
部下去占领乐园；他自己独自去找
亚当的隐庐。亚当不是不认得他，
却在这伟大客人走近时，对夏娃说：

226　　“夏娃，且等待重大的消息吧。
我们的事恐怕很快就要决定了，
或者有必须遵守的新法令下来。
我看见遮住小山的彩云里
出来一个天军，从走路的步调看，

① 雅各在玛哈念，玛哈念是约旦河东的一个城，雅各在那里遇见天使军，见《创世记》第 32 章第 1—2 节。

② 多坍（Dothan）是撒玛利亚北部平原中的一小城，约瑟被哥哥们卖掉的地方。先知以利沙在那里被满山的火车、火马所包围。

③ 一个人，指以利沙。叙利亚举兵袭击以利沙。

不是一个寻常身份，一定是个
天上的大君，或王公，浑身威严；
但不是那么可怕，像拉斐尔一般，
又庄严又优美，对他不可失礼，
我要恭恭敬敬迎接他，你退去吧！”
他说完话；天使长很快就走近了，
他不露天姿，装束得像是常人，
来会见常人。在他那璀璨的武装上，
流映着紫色戎装背心的霞光，
比古代王者英雄于休战期间所穿的
梅利匹亚或撒拉所染的紫色丝绸，[1]
彩虹女神依里斯所染的纺织品[2]
更加鲜艳。他脱去星光闪闪的头盔，
显示出青春已过的盛年男子汉；
腰佩撒旦那样阴惨可怕的剑，好像
在黄道带中发出光辉，手拿长枪。[3]
亚当深深地鞠躬，他则不欠身，
显示王者气概，声言自己的来意：

251 “亚当，上天的敕令不用序言。
你的祈祷已被听取，在你犯罪

① 梅利匹亚和撒拉是地中海东岸的城市，染的紫色最有名。（撒拉是推罗的古名）

② 彩虹女神（Iris），《伊尼德》第4卷的末尾描写了她在蒂陀死时，奉大女神赫拉的命令，下降救她的光辉容姿。

③ 黄道带中发出光辉，以天使的腰带比作黄道十二宫，剑是其中的一宫，发出光辉，表示他的雄伟壮大。

被宣判后，‘死’已经多天未得到你，
神给你恩惠是因为你悔改了，
多种善行可以掩盖一种恶行；
因此你的主大受安慰，从死的
强索中救赎了你。但是，长期在
乐园里住下去是不行的；我来就是
要把你迁出乐园，到你该去的
地方，选择适当的土地去耕种。”

263 他不再说什么了。亚当听到
这个消息心头如同刀扎，站着发抖，
五官都被悲哀所困住。夏娃虽然没有
出面，却听见了一切，便扬声悲叹，
她的躲藏处立刻被发现了。

268 “啊，不意的一击比死还坏！
就这样不得不离开你了吗？乐园？
就这样离开了吗，我的故乡？
离开这些幸福的小径、林荫，
适合群神出没的地方？我们二人
正想在这里，虽可悲而幽静地
度过这必死的残生。啊，
易地不能生长的花儿啊，
我从早到晚一直看顾你，
从你蓓蕾初苞时起就用我这
柔弱的双手培养你，给起名字，

从今以后有谁来把你搬到
向阳处，把你分类排列，用
发着天香的泉水灌溉你呢？
我的洞房啊，我曾用美的、
香的东西把你装饰，我怎能
离开你，往低湿阴暗荒凉的
世界上去流浪呢？我们一向
习惯于吃不朽的灵果的，怎么
能去呼吸别处混浊的空气呢？”

286 天使这样柔和地插话道：
“不要悲伤，夏娃，对于你
该失去的东西，要忍心舍弃；
不要为那些不属于你的东西
过分留恋；你这一去并不孤单，
和你同去的还有你的丈夫，
你当跟从他。要把他所住的
地方，看作你自己的故乡。”

293 亚当由此被一阵冷意惊醒，
突然从沮丧的状态，凌乱的心绪
恢复过来，这样谦卑地对米迦勒说：

296 “天人呀，得座的首长或
至尊者，你的尊贵雄姿像是
王中之王，却这样温和地

给我们传达神的圣旨,否则
换了一位,可能会出口伤人,
动手来结果我们。而且你传达的
是脆弱的我们所能忍受的悲哀、
沮丧和绝望的一条,就是要我们
退出这个快乐的室家,我们眼中
唯一感到亲切安慰的地方。别处
都是荒凉、寂寞的,没有人
知道我们,也不被我们所知。
如果不断的祈祷,有可能改变
万能者的意志,我可以力竭声嘶
不停地哭喊,直到他厌倦为止。
但是要求绝对命令逆转的祈祷,
如逆风呼气,毫无用处,逆风
只会吹塞呼气者的咽喉;
因此,我服从他的伟大命令。
最使我痛心的是要离开这儿,
离开他的圣颜,不得见至福脸容。
在这里,我可以时常来到他圣颜
出现的地方,叩首礼拜,对儿孙们
说:'他在这座山上出现,在这棵
树下站立,在这松林中曾闻其声,
在这道泉水旁边和他谈过话。'
我将要用草泥筑起许多感恩的

祭坛，用小川磨光的石头垒起①
作为纪念，作为后代的纪念碑，
在那上面献上芬芳的树脂和花果。
在下面世界上，我将到哪里寻找
他那炫目的容颜，寻求他的脚踪呢？
因为我虽然要逃避他的怒气，
但要挽回，延长生命，繁衍子孙；
我现在很乐意望见他那光辉的
背影，远远地企望他的脚步。”

334 　　米迦勒带着仁慈的目光对他说：
“亚当，你知道天是他所有，地也是他的，
不单这座岩石。神无处不在地显现，
充满在陆、海、空和一切生物里，
用生命的动力鼓动并暖和它们。
全地都归你所有，由你治理，
是一份不容轻视的礼物。因此，
不要以为神只存在于乐园里，
伊甸的小范围之内。这伊甸
本来可以做你的首都，从这里
扩大到全人类，从地极和海角
都会集来尊你为自己伟大的祖先。
但这个优越的地位已经失去了，

① 希伯来人的族长们筑祭坛用以献祭，并用以纪念神到过的地方。如亚伯拉罕筑坛（《创世记》第12章第7节），雅各筑坛（《创世记》第35章第7节）。

你得降落，和你的子孙住在平地。
但无疑地，神住在这里，也同样
住在山谷中、野地里，他出现的
呈象时常跟着你，善意与父爱
时常围绕着你，那些出现的呈象
表征神的面容和他的神圣踪迹。
在你离开这里之前要端正信仰，
要坚定信心。你知道，他派我来
是要指示你和你子孙将来的事。
善和恶，要兼听；天上的恩惠
和人间的罪恶相斗争；可以从此
学习真忍耐，调节欢乐与恐怖、
虔敬与悲哀；习惯于荣枯、兴衰
不同的境遇。这样，可以安然
过你的一生，要做最好的准备，
迎接'死'的一旦来临。登上
这个小山吧。让夏娃（我已使她
睡眼蒙眬）当你清醒地观看预象的
时候，在山下安眠，一如当初
她被创造时，你在安眠一样。"

　　亚当感激地回答他说：
"上山吧，我听从你正确的引导，
你领我安稳地走过幽谷曲径，
我服从你天人的手，尽管很严厉，
要从苦难得来胜利的武器，

挺起我裸露的胸膛迎向灾难，
而且在我劳动之后会得到安息。”
于是相将上山，进入神的异象，①
那是乐园中一座最高的山，
从它的峰顶，可以极清楚地
眺望半球的极境，最广大的风光。
那大诱惑者为了另外的目的，
把我们的第二亚当引诱到旷野的②
那座高山上显示全世界的
王国和荣华的，并不比这山高，
视线不比这儿广。从那儿，
可以收在眼底的是古今各国
名都的所在地，最大帝国首府的
所在，从契丹可汗所居大都的③
长城，从奥撒斯河边撒马尔汗，④
帖木儿的宫廷，到中国皇帝的北京，
莫卧儿的阿格拉、拉霍，直下到
金色的东印度，波斯王的艾克巴登，
伊斯法罕，或俄罗斯沙皇的莫斯科，
或生于土耳其斯坦的土耳其皇帝的

① 异象(vision)，或译“幻影”，预示未来的事。《但以理书》第10章第14节：“现在我来要使你明白本国之民日后必遭的事；因为这异象关乎后来的日子。”在这里，米迦勒天使长用异象或幻影预示亚当子孙的事。

② 第二亚当就是耶稣，他在旷野被试探的事，弥尔顿用以写《复乐园》。

③ 契丹是现在中国的一部分，忽必烈汗所建的大都在中国的北京。弥尔顿那时还不知道。

④ 奥撒斯河在中亚细亚。这些地名根据十七世纪的地图，不一一考证了。

拜占庭等举世闻名的地方。
还可以看到涅古斯王国境内的港口
阿科科和小小海王国蒙巴萨，
基罗亚、梅林和索弗拉（可能是
奥茀）到刚果的国境，到极南的
安哥拉；其次从尼格河流到
阿特拉斯之山，穆斯林诸王国，
非兹和苏斯，摩洛哥和阿及斯
以及特列米森。再其次是欧罗巴，
罗马所统治的世界各地。
在他的灵眼里，可能还会看见
富庶的墨西哥，摩特佐马的王位，
秘鲁的库佐，更富的阿塔巴利帕的
王位，还有未受掠夺的圭亚那，
它的大都市，葛容之子们叫它“埃尔多拉多”。
但米迦勒为了能够看得更清楚些，
他把亚当眼中的薄膜去掉，
那薄膜是吃禁果时说是能够明目的
那果子所生出来的。因为要看的
东西很多，用明目草和茴香来洗涤①
视神经，从生命泉中取三滴水②
来点眼。这些药力深入渗透眼底，
亚当受不住，只得闭拢双眼，

① 明目草和茴香都是中世纪的草药，是很珍贵的。

② 生命泉，《诗篇》第36章第9节：“因为在您那里有生命的泉源；在您的光中，我们必得见光。”

仆倒在地上,失去了知觉。
那慈祥的天使拉住他的手,
很快就拉他起来,叫他注意:

423 “亚当,现在睁开眼睛,
首先看看由你而生的人们,由于
你的原罪所惹起的结果吧。他们[1]
并没有触摸禁树,没有和蛇同谋,
没有犯过你所犯的罪行,却由于
你这罪而坠落,做出残暴的行为。”

429 他睁开眼睛,看见一片田野,
一部分是耕地和新割的禾捆,
一部分是牧羊的草地和羊圈。[2]
两部分中间有一个草泥的祭坛,
好像立着一个界标似的。
霎时间,那边一个汗淋淋的收割者,
从田地里拿来初熟的果实,
绿的穗,黄的稻束,到手就割,
不加选择。另一边,一个温柔的
牧人,精选了羊群中的初生羔羊,
拿来献祭,在内脏和油脂上撒香,

① 原罪(original crime),指亚当吃禁果的罪,成了子子孙孙的原罪。所以基督教认为人人都有罪。

② 禾捆和羊圈是该隐杀弟亚伯的事。这是米迦勒启示亚当的第一个异象。

放在条木上，正式地奉行仪礼；
过不久，从天降下慈祥的火，
跳跃的闪光和快乐的蒸气，把
牺牲全部烧尽。另一边却不然，①
因为他没有诚心。他见此，
便怒火中烧，在他们说话的时候
用石头猛打他的横膈膜，夺去生命。
他倒下，面如死灰，灵魂和那
涌迸出来的血一起呻吟而出了窍。
亚当看见这个光景，便觉心痛、
忧惊，急巴巴这样对天使叫道：

450 “老师啊，那个柔和的人遭了
大灾难；他曾好好地献了祭，
敬虔和洁净的皈依，反得恶报吗？”

453 米迦勒也动了心，对他说：
“这二人是兄弟俩，亚当，是你的
亲生儿，不正义的杀了正义的；
因为他嫉妒他兄弟的献物
被上天所接受。但这血腥的
行动一定要得到报复，另
一个人的信仰既受到了嘉奖，
同时又没有失去报偿，虽然你

① 天火降下把牺牲烧尽，表示神接受了供物。

看见他在这儿死了，转化为
尘和血。”我们的太祖对他说：

　　“啊，可怜的行为和起因！
我看见‘死’了吗？我必须这样
同到故乡尘土去吗？啊，可怕的
景象，看起来多么污秽和丑恶！
想起来多么悲惨！觉得多么可怕！”

　　米迦勒对他说：“你所看到的
还只是‘死’对人的最初形式，死的
形式很多，引导到凄凉坟墓的
道路有许多条，条条是阴森的；
而入门处比里面深处更加可怕。
有些是用暴力打死的，如你所见的，
有些是由于大火、洪水和饥馑而死的，
由于饮食过量而死的更多，带来
可怕的病症；有一群怪异的
家伙出现在你面前；你知道，
夏娃的破戒给人带来多大的
不幸呀！”忽然出现一个悲惨、
恶臭、阴暗的地方在他眼前，
看来像一所麻风医院，其中
横陈着各种病症的患者，如
垂死的痉挛、拷问的酷刑、
心绞痛、各种热病、惊厥、

癫痫、烈性发炎、肠结石、
溃疡、疝气、着魔的疯狂、
闷闷的忧郁、神经错乱、
瘦弱、虚脱、广泛流行的瘟疫、
水肿、哮喘、关节炎疼痛，等等。
有的辗转反侧以悲怨，呻吟声沉。
让“绝望”侍候病人，忙碌地
从这张床转到那张床。
死亡夸说胜利，在病床上
挥舞标枪；但他迟迟不投，
他们求死而不得，他们以死
为至善，为最后的希望。
这样奇丑的光景，铁石心肠
也怎能熟睹而不流泪？亚当
忍不住，只是哭泣；他虽不是
女人所生的；怜悯压住男子汉
的心，暂时沉没于泪泉中。
最后，强健的思想禁止他过分
伤心，稍稍恢复语言，继续悲叹：

“啊，悲惨的人类，坠落
深陷于何等凄惨的生活状态！
不如不生反倒干净。为什么
把生命给了我们又要抢回去？
为什么这样捉弄我们呢？
如果早知道我们所受的，倒不

如不接受，或者请求把它放弃，
乐于这样把它和平放弃。
神的形象曾在人的身上造得
这么美好而正直，后来犯罪了，
就要这么受尽非人的苦痛，
和惨烈的灾难吗？人还保存
几分神圣的面影，为什么不该
因造物主的姿容而得到解脱呢？”

515 “造物主的姿容，”米迦勒说，
“当他们为了放纵的欲念而糟蹋
自己的时候就抛弃了他们，他们还
利用崇拜者的姿容来加强夏娃所犯的罪，
这是人面兽心的罪恶，因此，他们的下场
如此凄惨可怜，不配神明的姿容，
他们曲解了纯自然的健全法则，
生起了可厌的病态，损害了
原来的美，当然，这是因为在他们
内心没有尊重自己神明的姿容。”

526 “我承认这是对的，”亚当说，
“我服从。但除了这样痛苦的死，
还有别的什么途径，可以让我们死去，
回到自己固有的尘土中去吗？”

530 “有，”米迦勒说，“如果你

谨守‘不过分’这一法则，受到
节饮节食的教育，不贪图暴食之快，
从而求适当的营养，直到多少春秋
以后，好像果实成熟了，
自然落入母亲的怀抱，可以
尽其天年，瓜熟蒂落不强摘。
到老年时，你的青春、你的力、
你的美，都得变成枯萎衰弱，
变成白发苍苍。你的感觉迟钝，
对一切事物的快乐尝味都得
放弃，由于希望和喜悦的青春
风貌，将变成冷淡、枯燥的
忧郁湿雾，在你的血中滋蔓，
你的活气消沉，终于耗尽你的
生命的香脂。”我们的先祖对他说：

547 “从今以后，我不逃避死，
也不强求延长生命，我要在
命定撒手之日到来之前，把此生
烦难的重负弄得美而易举，
耐心准备我的消亡。”米迦勒回答：

553 “不要爱你的生命也别恨它；
当你活时好好地活吧，长短由天。
现在给你看看另一光景吧。”

556 他一看，看见一片广阔的
原野上，有各种颜色的帐幕。
帐幕旁有吃草的家畜成群。①
有些帐幕里发出悠扬的琴音，
有竖琴和风琴。可以看见拨动
琴弦和音栓的人们。他们那
飞快的弹拨，得心应手地
通过高低音阶的协和奏出奔腾
急迫，回环激荡，余音袅袅的旋律。
另一方，在熔炉旁劳动的，是一个把铁
和青铜熔合的汉子。(看见②
山上或谷里，野火烧去森林，
直烧到地脉，由于热，矿水从那里
流到洞口，或者从地下被
地底河流冲洗出来)他们把
那流动的矿水注进备好的模子里。
从模子里，首先造出自己的工具，
其次，铸造或雕刻其他金属物品。

① 这里是第二异象，亚当第六代孙子拉麦的事。《创世记》第4章第19、20节："拉麦娶了两个妻，一个叫亚大，一个叫洗拉。亚大生雅八，雅八就是住帐篷牧养牲畜的祖师。雅八的兄弟名叫犹八，他是一切弹琴吹箫人的祖师。"

② 《创世记》第4章第22节："洗拉又生了土八该隐，他是打造各样铜铁利器的。"

此外，另一边，从邻近的高山①
下到平原去的斜坡上，住着
另一种人，从装束看来像是
正直的人，他们的任务是
正确地崇拜上帝，研究他那
有目共睹的工程，却终于不知②
该为人保持自由与和平的事。
他们长久没有在原野上行走了，
当他们看见一群美女从帐幕中③
出来，都是珠光宝气，装饰华丽，
在竖琴的伴奏中轻歌曼舞而来，
一片深情，男人们虽然庄重，
但一见她们，眼睛便不由得跟着
流转，终于堕入情网，牢牢地
被捉住。他们有所爱，而且
选择了各自喜爱的。他们谈情

① 以下一段是亚当的第三个儿子塞特的故事。《创世记》第5章第3节："亚当活了一百三十岁生了一个儿子，形象样式和自己相似，就给他起名叫塞特。"亚伯早死，塞特代替他，该隐和塞特繁殖了亚当的子孙。按《创世记》第4章第16节说，该隐住在伊甸东边挪得地方；塞特住在哪里，《圣经》上没有说，但据传说，他住在乐园的另一边的山上。

② 他那有目共睹的工程，指天上的星宿，传说塞特的子孙是长于研究天文的。

③ 以下这一段是《创世记》第6章第1、2节的扩大描写。经文是："当人在世上多起来，又生女儿的时候，上帝的儿子们看见人的女子美貌，就随意挑选，娶来为妻。"弥尔顿把"上帝的儿子们"改为信神的塞特的子孙。

说爱，直到晚星，爱情的前驱出现；[1]
他们都热情洋溢地点起
结婚的华烛，举行最初的婚礼，
召唤海明来，举行盛宴，笙歌[2]
响彻各个帐幕。这样幸福的盛会，
爱情和未失的青春美果、妙曲、
花冠、花束，以及魅人的交响乐，
捉住了亚当的心，霎时间，欢乐
充满了他，自然的倾向；他表示：

598　　“真正开我眼界的，多福的
天使长呀，这个幻象比前两个
好多了，它预示更多和平日子的
希望。前两个是恨和死，甚至是
更坏的痛苦；在这个幻象里，
‘自然’好像达到了她的一切目的。”

603　　米迦勒对他说：“不要凭快乐来
判断什么是最好的，这虽然似乎
适合于自然，但像你的创造，本有
较高的目的，要圣、洁，和神一样。
你所看见的帐幕，如此快乐，

① 晚星，爱情的前驱，晚星即金星（维纳斯），维纳斯是爱的女神，所以在西方的诗中很多把晚星与爱情结合在一起。

② 海明（Hymen）是年轻的神，说是阿波罗和缪斯生的儿子，在婚礼上手持火把，口唱结婚歌的童神。

乃是罪恶的帐幕，住在里面的是①
残杀兄弟的族类；他们是罕有的②
发明者，讲求修饰生活的艺术，
虽经神灵的教导，却不思念他们的
创造主，不承认他的恩赐。
可是他们却生下一群美丽的后代；
你所看见的那一群美女，好像
女神们，如此快活，和颜悦色，
如此华美；但女人的家庭荣誉，
重要的妇德等一切的善都空空然，
她们唯一的教养只是淫欲嗜好，
唱歌、跳舞、装扮，鼓其如簧
之舌，转动其秋波。那个严肃的
人类，因宗教生活而号称神之众子的，
也将放弃他们一切的德性，荣誉，
愚蠢地倾向于这些娇艳的无神论的
教养，训练微笑，现在竟游泳于
逸乐中（后来游泳成风了），成天嘻嘻哈哈，③
因此世界成了眼泪的世界，必得哀哭。”④

628 亚当短暂的快乐被夺去了。

① 罪恶的帐幕，《诗篇》第 84 章第 10 节：“宁可在我神殿中看门，不愿住在恶人的帐篷里。”

② 残杀兄弟的族类，指该隐的子孙。

③ “游泳成风”有讽刺之意。

④ “眼泪的世界”是一世界的眼泪之意。

“啊，可怜，可耻，那些人从
美好的生活转入旁门左道，
走入邪路，或者中途颓丧！
可以看出，男人的悲苦道路也
同样持续，那是从女人开始的。”①

634 天使说：“那是从男人的柔弱
松散开始的。只有靠智慧和
超越的天赋，才能够较好地
保持他的地位。现在看另一场景。”

638 他一眺望，看见广大的国土
展现在他前面，有许多城镇，
中间有乡村的竹篱茅舍，都市
则有高大的城门和塔楼，有
武装会战，好战的凶猛面孔，
大胆无敌、骨骼高大的巨人们。
有的挥舞武器，有的勒住汗马，
或单枪匹马，或列队整顿战阵，
骑士和步兵都不是只会集立正。
有一部分从肥沃的草地选择征发了
一群牛，有美好的牡牛和
肥壮的牝牛，和一群越野的羊，
牝羊和啼叫的小羊，作为战利品。

① 英国有俗语说，woman（女人）是 Woe to man，即“男人的祸水”之意。

牧人们花了千辛万苦才得脱身，
奔走呼救，喊声激起流血骚乱。
他们曾合队，进行残酷的比武，
曾为牧场而弄得尸骨和武器
都被抛散在血腥的荒野。
有的围攻强大都市，布置阵地，
用大炮、云梯和坑道去袭击。
有的从城墙上投枪、射箭，
用石头和硫黄火来防御。
双方都有杀伤和巨大的战功。
另一部分，由执王笏的传令官
召集城门会议，很快就有白发
老人和严肃面孔，杂在将军们里面
赴会，可以听到热烈的辩论声，
但不久便陷入党派的争论，
终于有一个聪明高尚的中年人①
站起来，说了很多关于正、邪、
公正、宗教、真理、和平，以及
上天的评判。老的、幼的都
嘲骂他，并且用暴力逮捕他，
幸有彩云从天上降落，把他抢走，

① 聪明高尚的中年人，指以诺。以诺只活了三百六十五岁，算是中年人，因为那时人多长寿，如亚当活到九百三十岁，塞特活到九百十二岁，玛土撒拉活到九百六十九岁。

于是在群众之间就不见了他。①
从此强暴、高压和刀枪政治，②
遍野流行，没有逃避的地方。
亚当成了泪人，悲伤地转身
对他的向导者泣诉："啊，
这些是什么？是死的徒众，
不是人，这么残忍地弄死人，
万倍加深杀弟者的罪行，
他们这样的虐杀，岂止是杀
兄弟，人杀人呢？但那正直人
是谁？如无天助，他的正义将沦丧！"

683 　　米迦勒对他说："这些就是
你所见的坏因缘的产品，善与
恶配偶之所生。他们自己都
厌恶这个结合，轻率地实行
杂婚，生出身心都奇形的怪胎。
这些巨人，却是名声很大的，③
因为在那时代只重视力气，
把它叫作武勇和英雄气概。

① 以诺被上帝接去，《创世记》第5章第24节："以诺与上帝同行，上帝将他取去，他就不在世了。"《希伯来书》第11章第5节："以诺因信被接去，不至见死，人也找不着他。"

② 刀枪政治(Sword-Law)，即以刀为法。莎士比亚《理查三世》第5幕第3场第11行："强权是我们的良心，刀枪是我们的法律。"

③ 巨人名声很大，《创世记》第6章第4节："那时候有伟人在地上，后来上帝的儿子们，和人的女子们交合生子，那就是上古英武有名的人。"

打了胜仗，征服了国土，杀人
无算而带归战利品，算是人间
无上的荣誉；而且为了胜利的
荣誉，被称为大征服者，人类
护卫者、神明、诸神之子；
更正确的称号应该是破坏者，
人中的瘟神。他们这样出了名，
为世人所知，最优秀的却默默无闻。
你的第七代孙子，你看，是这个①
歪曲世界中唯一正直的人，唯独
他敢于正直，说出可憎恶的真理，
因而被憎恨，被敌人所围攻，
神将率领众圣者来判断他们。
你看，至福者天君驾着飞马②
和香云来迎接他，让他和
上帝同行，赐以高度的救济③
和幸福的国度，而且脱离死。
这个幻影指示你，如何酬报善人，
如何惩罚其余人等。那些
惩罚，你马上就可亲眼望见。”

---

① 你的第七代孙子，《犹大书》第14章：“亚当的七世孙以诺曾预言这些人说，‘看哪，主带着他的千万圣者光临，要在众人身上行审判……’”

② 以诺升天的情况，《列王纪下》第2章第11节：“他们正走着说话，忽有火车、火马，将二人隔开，以利亚就乘风升天去了。”以诺可能也是如此。弥尔顿的飞马、香云是他自己加的。

③ “和上帝同行”有几种意义，这里是履行上帝的教训之意。以诺与神同行三百年，是说他遵守上帝的教训三百年。

712 他一看，便见事物的面貌
大变；铜的战争号筒停止吼叫，
一切都变作游乐与竞技、淫逸
和放荡，吃喝和跳舞，结婚或
卖笑，应运而生，凡一代尤物
引诱处，便有凌辱或奸淫；
从此便由酒杯而至于内乱。
最后有一位可敬的老翁来到①
他们中间，大事讲说那些
行为的可厌，声言他们平常
走错了道路。他时常参加
他们在各处开的集会，无论
祝捷会或是节日庆祝会，
总是向他们宣讲皈依和
悔改的道理，像对监狱中
临审前的囚犯讲的一般；
可是一点效果也没有。当他
看到这一场景时，就停止
争论，把帐幕远远地搬开。
其次一景是从高山上砍伐
大木，开始制造巨大的船只。
用肘测量它的长、阔和高，②

① 可敬的老翁指挪亚。

② 用肘量长度：肘是古代尺度名。所罗门、以斯拉筑殿时也是用肘尺量。

四周涂上沥青，侧边开一扇门，
准备贮存人和兽的大量食粮，
看！真奇怪！各种各类的
鸟、兽、昆虫，都是雌雄
各七对，相将而来，按照
所教导的顺序进到里面去。
最后是老翁和他的三个儿子
带着他们的四个妻子，鱼贯而入，
然后，由上帝来把门锁上。
就在那时，南风起了，阴云①
群集，鼓动黑色的翅膀，
漫天飞舞。群山也猛烈地
吹送薄明而潮湿的雾气，
天空中阴霾四布，犹如黑色的
天盖，倾盆的大雨不断泼下，
直到大地都沉没看不见了。
大船浮起，在水面上漂荡，
张嘴的船头在波浪上翘起，
安稳地在乘风破浪。其他的
住处都被洪水淹没了，一切
荣华富贵已卷入深水之下。
海上覆盖了海，无边的大海，

① 南风起了，南风是召集雨云的，北风、西风等是吹散雨云的。《变形记》第一章，裘匹特要降洪水灭世界时，把北风等都赶进山洞去，封起来；放出南风，翅膀、胡须、白发上都滴着水，他的大手把低垂的云彩一挤，发出震天的响声，接着降下倾盆大雨。

原先豪奢华贵的宫殿，成了
海中怪物繁殖崽子的厩棚。
原先繁多的人类，残留下来的
都乘上一只小舟，在水上漂流。
亚当呀，你该多么悲伤，①
眼见你的子孙全完了，悲惨地
完了，人类灭绝了。你沉溺于
另一洪水，眼泪和悲苦的洪水，
你和你的子孙一样沉溺了；
等到天使仁慈地把你救起，
终于使你站立起来，虽然
无法得到安慰，当一个父亲痛哭
自己的子女在眼前突然被杀尽；
只能稍稍向天使发出这样的哀诉：

763 “啊，这些预见的灾难的幻影啊！
不如对未来无知，浑浑噩噩地
过活更好。有这么多的灾祸
属于我，我每天的命运也够
承当了，如今更把好多代人的
重担，一下子加在我的身上，
由于预见，我成了不足月的
孩子被生下来，在未生之前
预先用非生不可的思想折磨我。

① 这里是诗人向亚当呼吁。

愿今后谁也不受预先示知
他自己或子孙将发生的事，
发生的，确是灾祸，那是不能
预防的灾祸，而且他对未来的
祸患所感到的痛苦，和实际
感觉到的祸患同样难当。
忧患终于过去了，对于人，
警戒是没有用的。逃脱了
饥饿和哀恸的少数人，仍
得彷徨于水漫的旷野以终。①
我曾希望在暴行停止，战争
在地上绝迹时，万事亨通，
由于和平而获得人类持续的
幸福日子。可是我想错了，
因为我看见和平所腐蚀的，
没有少于战争所毁坏的。
怎么会这样呢？天上的导师呀，
请您说说，人类将在这里完蛋吗？"

787　　米迦勒对他说："你刚才所看见的
战胜者和豪奢的财富，开始
夸耀武勇的功业，自夸劳苦功高，
但是真正的德性却空空如也。
他们流了很多人的血，多行破坏，

① 水漫的旷野，形容大洪水的世界上一片汪洋，像一个无边的荒原。

征服许多国家，因而获得
世界的荣誉和极高的头衔，
和丰富的战利品后，改变道路，
转到寻欢作乐，安逸、懒惰、
过食和色欲，终至淫乱和高傲，
在和平中，从友谊滋生敌对行为。
战败者因战争而沦为奴隶，
丧失他们的自由和一切的德性，
以及对神的敬畏；他的假虔诚
在激战的时候，对于入侵者
不能得到神助，热心就变冷，
从此寻欢作乐，过安逸的生活，
或随风从俗，或放纵于逸乐，
在他们主子许可的范围内去享乐。
由于试行某些节制，大地
将生产富裕的东西，因此
全部坠落、腐败，正义和
节制，真理和信仰都忘掉了。
只有一个人除外，他是黑暗①
世代的光明之子，反逆世俗的
先例，反抗诱惑、习俗以及
激怒的世界；不怕非难、嘲笑
或暴行，他警戒他们的邪恶

① 从这里起，以下八行，是弥尔顿晚年的自述。“只有一个人除外”指挪亚，实则影射作者自己。“黑暗世代”指王政复辟时代。

道路，当面指出正义的路，
更安稳而满有和平的路，
宣告他们的不悔悟，将要
招致神的激怒；虽然受他们的
嘲弄而返回，但神却认为他
是唯一活着的义人。他照神的
命令，制造一条奇妙的方舟，
如你所见的，把他自己和全家，
从法定要灭亡的世界拯救出来。

822　　他立刻从人、畜中选择值得
存活的一同寄宿在方舟里，
严封了舟的四周，而天上所有的
大瀑布都向大地上放水，
倾盆大雨没日没夜地下着，
大渊的喷泉全都破裂了，
大海洋的水位增高，漫过一切的
关隘，泛滥高涨，把最高的
山峰都淹没了。那时，这个
乐园的山也受到洪波巨浪的①
冲击而移出了原地，被洪水
支流所冲，草木被毁了，大树
被漂下大河，漂进开着大口的港湾，

① 以下六行是乐园在洪水中被冲掉了的传说。伊甸乐园原在幼发拉底河的下游，大河流入波斯湾，那儿有鲸鱼、海鸥啼叫的荒岛等。

扎根在那儿一个盐碱的荒岛，
海豹、鲸鱼、啼叫的海鸥的住处。
这事要教你知道，如果常到或
长住某地方的人没有带来什么，
上帝不会承认那地方是神圣的。
现在且继续看将来的事吧。”

他一看，便见方舟漂荡在
洪水上。洪水减退了，云彩飞跑，
被尖厉的北风驱逐着，洪水的
表面被吹皱，干缩，像是衰老了。
明净的日光，灼热地凝视着
他的阔大水镜，好像在大渴之后
大量地吸取清波。水波流退，
轻轻地从静止的大湖中退潮，
用柔和的脚步向大渊溜去。
现在天窗已关闭，大渊的水门①
也被堵住了。方舟不再漂流了，
看来像固着地面或高山顶上。
群山的峰顶露出水面好像礁石。
那时疾流发出喧哗声，追赶那
激烈的浪潮向大海撤退。
方舟里飞出一只大鸦，

① 天窗关闭，止住大雨，《创世记》第 8 章第 2 节：“渊源和天上的窗户都闭塞了，天上的大雨也止住了。”

继着又飞出更可靠的信使，
一次再次地派出一只鸽子去
探寻可以歇足的绿树或地面。
信鸽第二次回来时，喙里衔来
一张橄榄叶，和平的象征。
过不久，干燥地面露出来了，
这位古代的贤翁，带领他的
一族走出方舟，然后举起双手，
张开热望的眼睛，向天称谢；
在他的头上有朵含露的湿云，
在云中有三条鲜艳的彩带，①
喜气盈盈的虹霓，那是从神那里
揭示的和平圣约。亚当看见了②
这个景象，把极大的愁苦变为
极大的欢乐，而且爆发他的喜悦：

“啊，天上的导师啊，
你把未来的事显现在我眼前，
刚才的景象使我醒悟，确信
人可以和万物一起生活，并
保存它们的种子。我为坏子孙
使世界灭亡而悲叹，远不如

① 三条鲜艳的彩带：现在认为虹有七色，但那时认为三色。

② 以虹为圣约之证，《创世记》第9章第14—15节：“我使云彩盖地的时候，必有虹现在云彩中；我便纪念我与你们和各样有血肉的活物所立的约，水就再不泛滥毁坏一切有血肉的了。”

因知道有完全正直的人，由他兴起
另一世界，使神忘记愤怒而欢喜。
但请说一说那天空彩色纹理的意义，
是表现上帝的喜笑颜开呢？还是
作为花边缝在雨云飘飞的裙缘上，
免得它再消溶而倾注在大地上呢？”

884　　大天使对他说：“你聪明，
猜对了。上帝很愿意缓和他的
怒气，他以前眺望下界，全地
都充满着暴行，他们的血肉
由于各种不同的方式腐烂了，[1]
衷心悲哀，悔恨坠落的人类；[2]
但除他们以外，还能发现
一个正直的人将在神前蒙恩，[3]
于是大发慈悲，不把人类消灭，[4]
却立下誓约，不再用洪水
毁坏地球，也不再让海洋
越过它的界限，也不再用
暴雨沉溺这个住满人、畜的世界。
当他在地球的上空放出云彩时，

---

① “全地都充满着暴行……腐烂了”，见《创世记》第6章第11节。

② 衷心悲哀，悔恨，《创世记》第6章第6节：“耶和华就后悔造人在地上，心中忧伤。”

③ 一个正直的人蒙恩，《创世记》第6章第8节：“唯有挪亚在耶和华眼前蒙恩。”

④ 《创世记》第9章第11—16节。

在里面放上三色的彩虹，
让人们看见就想起他的誓约：
昼和夜、暑和寒、播种和收获，
保持他们的循环轨道，直到圣火
净化万物，使正直者所住的天地更新。”①

① 《彼得后书》第3章第12、13节：“切切仰望，神的日子来到，在那日，天被火烧，就销化了，有形质的都要被烈火熔化。但我们照他的应许，盼望新天新地，又有义居其中。”

第十二卷

续示未来的事；亚当、夏娃离开乐园

提　纲

天使米迦勒继洪水的故事之后，续讲后来的事。在亚伯拉罕的故事中，逐步阐明亚当和夏娃坠落时，向他们约许的"女人的种子"是谁。他的降生、死、复活和升天，直到他再临以前这段时间的教会情况。亚当对这些故事和约许的事，大感满意和安慰，和米迦勒天使一同下山去叫醒夏娃。其间，夏娃一直在睡，美梦使她心安而柔顺。米迦勒两手领着他们二人走出乐园，火剑在二人的后面挥舞，嗟嗒咱天使放哨，守卫乐园。

　　像一个行路客人中午打尖，
暂停脚步，大天使在讲到
毁了的世界和恢复了的世界之间时
暂停一下，看亚当是否要插话；
然后高兴地转换话题，重新开讲：

6 “这样，你看到了一个世界的
开始和终结，又从第二个始祖
繁殖；你还可以看到很多的事，
但我认为你们人的视力衰退了；
神灵偏要损害并减弱人的知觉。
从此，我要讲一些将要来的事，
你必须好好听，并加以注意。

13 这人类的第二源头，人数还少，①
过去审判的恐怖还残留在他们的
心里，敬畏神，注意用正义
引导他们过好日子。他们很快
繁殖起来了，耕种田地，
收获很多的谷物、酒和油；
常从牛群、羊群中取小牛、
小羊羔和小山羊来献祭，斟上
大量的葡萄神酒，大摆圣筵，
在洁白无罪的欢喜里度日，
在族长政治之下，各家族，
各部族都过着长期的和平生活。
直到一个高傲的野心者起来，②
不满于公平正义、天下一家的状态，

① 以下十二行写大洪水以后，在族长制治下，繁荣和平时代的情况。大洪水后，挪亚一家人算是第二人类的源头。

② 高傲的野心者，指宁录，《创世记》第10章第8节：“古实又生宁录，他为世上英雄之首。他在耶和华面前是个英勇的猎户。”

僭取不正当的权力，凌驾于
自己的同胞之上，把人间和气
与自然法则，从地上一扫而光；
以猎取人群而不是以猎兽为游戏，
以战争和敌对为罗网来俘获
那些反对他的暴虐、霸权的人。
因此他在上帝面前将被称为
大能的猎人，他蔑视天，或者
再从天上要求第二主权；
他自己虽从叛逆而得名，①
但他谴责别人的叛逆。他和
他的党羽，有的怀有同样的
野心，有的在他手下肆行暴虐，
他们从伊甸向西进军，得一平原，
那儿有一个黑色的沥青的旋流
从地底涌出，那是地狱的口：
他要用那原料和砖头建筑一座②
可以通到天上的都城和高塔，
可以使自己名留千古，怕他们
子孙分散在国外，记忆不清，
淡忘他那流芳或遗臭的名声。

48 但上帝经常下降，走访人间，

① 宁录（Nimrod），见上注，犹太语是“叛逆”的意思。

② 以下二十三行写《创世记》第11章第2—9节：造巴别塔而遭神怒，变其乡音，混乱四散的故事。

不为人所见，在人的住家之间
行走，记下他们的所作所为，
不久就看见他们这么做，便下来
看看他们的城市，嘲笑他们，
在他们的塔还未遮住天上的
塔群之前，把制造‘分歧’的精灵
安放在他们的舌头上，使他们
完全失去了乡音，播下各种
不相理解的言辞，争吵喧哗。
突然间，在建筑者之间发生了
一种可怕的高声吵闹，互相叫喊
却都不懂，终于声嘶而狂怒，
好像被人辱骂而暴跳如雷。
天上一阵哄堂大笑，向下眺望，
看这奇异的骚乱，听这喧哗。
从此，这座建筑物便留下笑柄，
人们把这个工程取名为‘混乱’。”①

63　　亚当对此，像个父亲似的不高兴。
他说：“可咒诅的子孙啊！
他妄图登上凌驾于同胞的地位，
强夺上帝所没有给他的权力！
他只给予治理鸟、兽、鱼的
绝对主权；我们可以保持它；

① 巴别(Babel)，犹太语为“混乱”的意思。

他却没有制定人上人的主权。
这样的称号只为他自己保留，
人与人之间，只授与自由。
但这个篡夺者高傲的侵凌
不会长久；他妄想以高塔
包围并蔑视天神。可怜的人啊！
他怎能把粮食运上天去支援
自己那些鲁莽的军队呢？云彩
以上的稀薄空气使他肺脏衰竭，
即使不死于面包，也必死于呼吸。”

79　　于是米迦勒对他说：“你
厌恶压制正当的自由，给安静的
人间带来麻烦的子孙是正确的；
但同时你也得知道，在你犯了
原罪之后，真的自由就失掉了。①
真自由总是和真理结合而同居，
离开她就不能单独生存了。
人的理性暗淡了，或不服从了，
违法乱纪的欲望，向上爬的
情绪便马上袭取理性的政权，
把本来自由的人降到奴隶的地位。
因此，自从允许他自己内心，
不适当的力量统治自由的理性之后，

① 基督教教义之一，以亚当吃禁果为原罪，亚当的子孙人人有罪。

上帝就凭正确的审判，判他服从
外来的暴君，时常不适当地
束缚他的外部自由：暴君必然①
存在，虽然对暴君不能原谅。
但有时各国把道德的标准降低，
使完全正确无误的理性，
受到一些不祥的咒诅：
外部自由被夺，内部自由消失。②
你看造方舟者那些不敬的儿子吧，③
他因为羞辱了父亲，使他那
罪恶的家族听到‘奴仆的奴仆’

“这样沉重的咒诅。这家族的后代，
和前人一样，从坏向更坏发展，
终于使上帝厌倦他们的罪恶，
从他们中间抽身而隐退，
避开他的圣眼不理不睬，
任凭他们走堕落的道路；
决心从其余的人群中间
另选一支特别的子民，使他们④

---

① 外部自由，指行动、言论、出版等的自由。

② 内部自由，指思想的自由，理性，是非的自由。

③ 挪亚的儿子名含，见父亲酒醉赤身而睡，出来告诉他的两个兄弟，他们倒退进去给父亲盖上。挪亚醒后咒含的儿子将成“奴仆的奴仆”。见《创世记》第 9 章第 18—25 节。

④ 《创世记》第 14 章第 2 节：“耶和华从地上万民中，拣选你特作自己的子民。”

归向自己，那是从一个信心坚定者①
所生的民族。他是在幼发拉底
河边偶像崇拜者中间长大的；
那些人（你能相信吗？）在那
逃脱洪水灾难的族长还在世时，②
就愚蠢地抛弃活的上帝，
去俯伏叩拜木石雕成的伪神。
可是至尊的上帝却叫他离开
父亲的家、他的家族和伪神，
叫他进入一个指定的地方，
在那里兴起一个强有力的国家，
倾注种种福泽给他，并由于
他的种子，所有的国家都蒙恩。③
他立刻顺从，虽然不知道那是
怎样的地方，但他坚定地相信。
我看见他，你看不见，抱着信心
离开他的伪神们、朋友们
和乡土，迦勒底的吾珥，④
蹚过浅滩，进入哈兰；他带着
大批的牛群、羊群和很多仆役；

① 指亚伯拉罕，被称为"有信心的亚伯拉罕"，原名亚伯兰。

② 挪亚在大洪水之后还活了三百五十年，在亚伯拉罕时代，挪亚还活着。

③ 种子，指耶稣。

④ 迦勒底为巴比伦中部地区。吾珥是下美索不达米亚山麓一大都会，迦勒底的首府。浅滩，指"幼发拉底河的浅滩"。哈兰在其北，约十天的路程。

并不是逃荒流浪在未知的地境，
而是把全部财产付托给
召唤他的神。他不久就到了
迦南，我看见他在示剑邻近的①
摩利平原搭起了帐篷。在那儿，
他承受了发誓允许的礼物，
那儿全部的土地给了他的子孙，②
北从哈马，南到荒野，
（物虽未名，我则按名称物，）
东从黑门，西到西大海，
黑门之山，远方的海，照我
所指点的一一眺望吧。
那边濒临海岸的是迦密山；③
这边有两个源头的是约旦河，④
是极东的边界，可是他们的
儿子们将扩展，在示尼珥居住于⑤
长长的群山脊背上。要注意，

① 迦南，指约旦河以西到地中海的地方，大约和近代所谓巴勒斯坦近似。示剑是巴勒斯坦的一城。摩利平原在示剑附近。

② 《创世记》第15章第18节说上帝许给亚伯拉罕的地是从埃及河到大河，即幼发拉底河之间。《民数记》第34章第7—12节说上帝许约摩西的地有四界，略有不同，弥尔顿参照二者。北至哈马（在叙利亚），南至荒野（死海南的犹太野），东至约旦河东岸黑门山，西至大海（地中海）。

③ 迦密山，地中海东岸的高山，是先知以利亚和以利沙活动的地方。山中多隐居者的洞窟。

④ 据山狄斯的旅行记说，有两道泉源，一为约，一为旦，合流为约旦河。

⑤ 示尼珥山，黑门山的别名，或是支脉。

147 “地上各国都将因他的种子而得福。
那种子就是击破蛇头的伟大救主。
这事不久将要更明白地揭示出来。
时间一到，这个有福的族长
将被称为‘坚信的亚伯拉罕’。
他将留下一个儿子和孙子，①
在信仰、智慧和名誉上和他相似。
那孙子有十二个儿子，繁衍起来，
从迦南分支出去，到了一个后来
叫作埃及的地方，为尼罗河所分开。
看那河水奔流，分为七个河口
注入海中。他来到那个国土寄居。
在饥荒的时候，被幼子请去，幼子②
因立功而高升为法老王国的第二人。
他死在那里，他的遗裔繁殖为民族。
不久之后，继位的国王滋生疑窦，
他嫌客族繁衍过多，想方设法防止
他们生养过众，不客气地把他们
当作奴隶使役，杀掉他们男性婴儿，③
直到后来，出了哥儿俩（他们名叫

① 亚伯拉罕的儿子名以撒，孙子名雅各，雅各有十二子，为犹太人十二支派的祖先。

② 约瑟是雅各的第十一子，在埃及做了宰相，当迦南饥荒时，劝他父亲到埃及去住。

③ 埃及王命令产婆见犹太女人生的男孩都杀死；但那命令不能很好执行，便改令把男婴全抛进河里去。摩西生时，母亲把他放在筐里置于河边，被公主收养成人。

摩西和亚伦)由上帝派去把神的子民
从奴隶中召唤回来,带着光荣
和获物回到他们蒙应许的美地。[1]
但最初,那无法无天的暴君
拒绝认识上帝和他们可敬的使命,
不得不用可怕的表征和审讯[2]
来威胁他:使河水不流而成血河,
蛙、虱、蝇等不断地侵入,
充满了王宫,充满了埃及全地;
家畜都死于兽疫和瘟疫。
疱疹、水肿使国王的身体膨胀,
并传染到全国人民。雷雹交作,
雹火杂降,撕裂了埃及的天空,
在大地上旋转,吞没旋转的地方,
不被吞没的草木、果实、五谷都被
蝗虫的乌云吃光,地上寸草不留。
黑暗笼罩着四境全部土地,
可以触摸的黑暗,覆盖国土三天;
最后,在一个夜半袭击埃及人的
头生儿子,把他们全部杀光。
这样,用了十处创伤驯服了河龙,[3]
终于肯让他的寄居客族离开,

① 摩西领犹太人出埃及时,他们借了金银财宝逃走。

② 以下说的十种灾难,是神对埃及人的惩罚,见《出埃及记》第7—12章。

③ 河龙,比喻残暴吃人的国王。《以西结书》第29章第3节:"埃及王法老呵,我与你这卧在自己河中的大龙为敌。"

几次把顽固的心化软，但仍
如坚硬的冰块，融解之后
结得比以前更硬，直到最后
他仍愤怒追迫已经放走的他们。
海却吞没了他和他的军队，
海水害怕摩西的鞭子，中分壁立，
在两面水晶的墙壁中间，
留出一条旱路像陆地一样，
直到被解放的人群登上了岸。

“上帝把这样奇异的力量借给
他的圣者，如今在天使身上表现。
天使走在他们的前头，笼在云彩
和火柱里，白天是云，夜间火柱，
领导他们前进，顽固的法老追来时，
就把云、火移到后面去卫护。
敌人若是彻夜追赶，黑暗就
阻止他们前进，直到天明。
上帝从火柱和云彩中往外看望，
使敌人全军混乱，粉碎他们
战车的轮子。那时摩西奉命
再次把那大力的鞭子伸向海上，
海便听他的话，让波浪回来
把法老的队伍全部覆没。特选的
子民上岸以后，平安地向迦南

挺进，经行旷野沙漠。那不是①
一条最近的路，只为免遇到那个
早作警戒备战的迦南人，
没有作战经验的，一遇战争的
恐怖，便想回头返回埃及，②
宁要奴隶的不光彩的生活；
没有战争的训练，不能轻率蛮干，
因为不管贵贱都以性命为重。
滞留在广漠的荒野，这也是
他的成功，在那里设立政府，
通过十二支派，选出元老院，
颁布法律，以便进行治理工作，
上帝从西奈山上下来，灰色的山头
震颤，他亲自在雷电交加和高音
号筒声中向他们发布法律、典章。③
部分关于世俗的公理，部分关于
牺牲的宗教仪式，并用象征
和形象告知他们，预定的种子
将要打伤蛇而救赎人类的意义。
但神的声音对人的耳朵是可怕的，

① 以色列人从红海登岸后，经过西奈等旷野北上。

② 《出埃及记》第13章第17—18节："法老容许百姓去的时候，非利士地的道路虽近，上帝却不领他们从那里走，因为上帝说，恐怕百姓遇见打仗后悔，就回埃及去。"

③ 摩西在西奈山传法律给民众，见《出埃及记》第20章第18、19节："众百姓见雷轰、闪电、角声、山上冒烟，就都发颤，远远地站立，对摩西说，'求你和我们说话，我们必听，不要上帝和我们说话，恐怕我们死亡。'"

他们要求摩西传达神旨，免得害怕。
由此可知没有中间人难以接近神。
摩西答应他们的请求，暂充象征的
形象，担任这崇高职务，为介绍
一位更伟大的人，预言他的全盛
岁月，好让各时代的先知，各在
他的时代，颂赞这伟大的弥赛亚。
法律和仪式订定之后，便嘉奖
遵守神旨的人们，在他们中间
建立起帐殿，供圣神与凡人同住：①
他们奉命用包金的香柏树建筑
一个圣所，所内放一个圣柜，
柜内收藏他的圣约、神证等记录。
在这些上面有两个辉煌的噻略咱，
在他们的羽翼之间有个黄金圣座。②
在他的御前，点起七盏灯火，
好像天体黄道带所表现的天火。③
在帐幕的上空，除了上路时外，
白天有云彩，夜间有火光停着。
这样，一直由他的天使领导，
直领导到上帝曾经应许给
亚伯拉罕和他子孙的土地。

① 用帐幕搭起来，可以拆运的流动殿堂，《圣经》中称“会幕”，类似行营。以下十行描写帐殿的概况。详见《出埃及记》第25—26章。
② 圣座，原文是“施恩座”，先知从那里发出声音，向百姓宣告。
③ 七盏灯火，斜立，有如七星，好像黄道带十二星斜照一样。

此外还有许多事,说来话长,
他们怎样打了许多次的仗,
怎样摧毁许多国王,夺得国土,
怎样使太阳整天停在天中心,
黑夜延长正常行经的路程,
听从人的呼吁,太阳在基遍站住,
月亮停在亚雅仑谷,直到
以色列人的胜利;从亚伯拉罕的①
第三代,以撒的儿子起这样呼吁,②
他的全体子孙也就这样赢得了迦南。”

　　亚当在这儿插话:“啊,
天上的使者,您照亮我的黑暗,
特别是告诉我关于亚伯拉罕
和他的子孙的可喜事情。
现在我才开了眼,我的心也安了,
以前我对自己和全人类的前途
迷惑不解。现在我看见他的日子,
各国各族都得到恩赐,这对我说来
是不配的,我以被禁制的手段,
去寻求被禁制的知识。但我还有
一些事不了解,上帝在地上和人
同住时,为什么授与这么多,

---

① 以色列人和基遍人联合战胜亚摩利五王,在战役中,统帅约书亚命令太阳停在基遍,月亮停在亚雅仑谷,一直到战役胜利结束。

② 以撒的儿子指约书亚。

这么复杂的法律呢？法律多，
证明他们中间有很多的罪恶；
上帝怎么能同他们一起住呢？”

米迦勒说：“正是你的子孙，
无疑是罪恶在他们中间统治。
因此把法律颁发给他们，用以
显明他们本质上的坠落腐朽，
鼓动罪恶起来和法律开战，以便使
他们明白法能揭露罪恶而不能消除，
虽有象征性的微薄祭物，公牛和
山羊的血，都难以除罪，必须用
更贵重的血来为人类付出代价，
必须用公正来为不公正付出代价。
就是说通过信仰把正义归于他们，
在神前有正确的认识和良心的平安；[①]
法律不能用仪式来安慰良心，
人也不能靠实行法律的道德部分，
不能实行法律道德就不能活。
这样，法律显得不完备，只得等到
时机成熟，把他们让渡给更好的圣约。
到那时，得从象征的预兆成长到真理，
从肉到灵，从严刑峻法
到享受多惠的自由，从奴隶的恐怖

① 认识到：罪当有罚。

到儿子的敬畏，从法的课题到信仰。
因此，摩西虽然深受圣爱，
也不过是一个法的使者，他却
不能亲自领导人民到达迦南。
只有被异邦人叫作耶稣的约书亚，①
由于他的荣名和业绩，灭掉敌人，蛇，②
率领人民经过世界的荒野，长征，
然后安全地进入永安的乐园。

那时他们安顿在地上的迦南，
很久时间安居乐业，但当国民的
罪孽妨害了公共和平，激怒了上帝，
以致他兴起敌人：并三番四次
拯救悔罪的人们脱离敌人，
先由士师，后由列王；列王的③
第二代，在信仰和武功两方面④

---

① 约书亚是以法莲族人嫩的儿子，摩西的后继人，领导以色列人进入迦南。《旧约》的希腊文译本把“约书亚”译成“耶稣”，《新约》中的《希伯来书》第4章第8节也把约书亚的事写成耶稣的事。《新约》是用希腊文写的。因原文“约书亚”与“耶稣”是同一语词的变形，都是“救主”的意思。

② 约书亚和耶稣名字近似，业绩也近似，前者领导族人经荒野而进入迦南福地，后者经世界的荒野而复乐园。

③ 犹太人没有王以前，有士师领导，内理民政，外抗强敌。在米甸人手中被奴役七年，士师基甸起来打败米甸人。后又落入非利士人手中四十年，士师参孙起来抗敌，但因妓女出卖而被俘，挖去两眼，最后推倒敌人大厦，“死时所杀的比活时还多”。

④ 犹太人的王，第一代是扫罗，第二代是大卫（公元前1011—前971）开始定都于耶路撒冷。

都很著名,承受不变的圣约,
享受永久的王位;类似的事,
先知们所歌颂的,向你预言:
从大卫(我只提这个王的名字)
的王统出了一个女人的种子,①
各国人民都要依靠他,他是
最后的王,因他的统治永无终穷。②
但首先,漫长的王统必须继续。
他的儿子以豪富和聪明而出名。③
一向住在帐幕里的,云彩环绕的
约柜,将迁入光怪陆离的神殿。④
从者为他记录,好的坏的都记,
而坏的记载,卷帙较繁,他那
可耻的偶像崇拜以及其他过错,
加上人民罪恶的总和,致邀神怒,
抛弃他们,暴露他的国和都城、
圣殿、约柜和其中的所有圣物,
都为一个叫作巴比伦的高傲都城
所嘲骂、吞食;那高大的城墙,
将残留其混乱景象在你的眼底。

① 《马太福音》第1章第1节,有"亚伯拉罕的后裔,大卫的子孙,耶稣基督的家谱",说耶稣是大卫的第二十八代孙子。

② 耶稣时犹太王国已亡,他是精神王国的统治者。

③ 大卫的儿子所罗门时代(公元前971—前931)是犹太王国最盛时代。以豪富与聪明著名。西方有"所罗门的荣华富贵""所罗门的聪明"之谚。

④ 所罗门大兴土木,建筑神殿事详见《列王纪上》第5、6、7章。

他让他们在那儿当俘虏七十年，①
然后带他们回来，他没有忘记
当年对大卫誓立的圣约，不忘
施恩，使之江山永固如在天之日。

348 他们感到了神，得到列王主子的
许可，从巴比伦回来重建神殿，
暂时在粗陋的屋宇里将就先住，
等到人财两旺时，便起党派之争。
首先在祭司们中间发生了纷争，②
他们守护祭坛，理应致力于和平，
他们却纷争，连圣殿都被玷污了。
最后，他们竟夺取王杖，不尊重
大卫的子孙，终落异邦人的手。③
真正受膏的王弥赛亚诞生在④
王权旁落的情况中；但他诞生时
天上出现了一颗从未见过的奇星，

① 犹太人被掳到巴比伦做奴隶七十年（公元前586—前516），见《耶利米书》第25章第1、11节。

② 祭司之争：约秀亚和奥尼阿斯争为祭司长，结果叙利亚王安条克来耶路撒冷，先让约秀亚当祭司长，二年后，王袭击圣殿，抢掠并强迫人民崇拜偶像。

③ 阿里斯托毕拉斯兼为祭司长和国王。公元前六三年庞培陷耶路撒冷，国终亡于罗马。

④ 犹太的王即位的仪式：把香膏涂在他的头上。弥赛亚即救世主的意思。犹太人在亡国时发生的思潮即弥赛亚复国的思想。耶稣应运而生，传说他是神子，借处女之胎而生，将承受大卫的王统，他的国无穷无尽，称为天国。

宣布他的降临，导引东方的圣人
前来供献乳香、没药和黄金；
一个庄严的天使把他的诞生地点
告诉夜间看守羊群的纯朴牧人，
他们兴高采烈地赶到那地方去，
听到列队天使合唱的颂歌声。
他的生母虽然是个普通处女，
但他的父亲却是至高的大能者，
儿子将登上世袭的王位，
普天之下，莫非他的王土，
普天之上，莫不充满他的荣光。”

372 天使长停止说话了，见亚当
不言不语，快乐得涕泪纵横，
好像十分悲伤的样子，且低声说：

375 “啊，好消息的预言者，
终极希望的完成者！我现在
完全懂得，为什么我所坚定
探求的屡次成空，为什么我们
期待的大伟人被称为‘女人的
种子’。啊，处女母亲万岁！
承受天宠的尊者却是我腰间所出，
至高神的儿子竟从你的腹中生出。
这是神和人相结合。蛇必须知道，
他的头将遭到致命的痛打。请问：

他们将在何时何地战斗，怎样的
打击将会伤害胜利者的脚后跟？”①

386 米迦勒对他说：“别以为
他们的战争只是一次决斗，或是
头部或脚跟某一处的受伤，他并
非是人身和神首的简单结合，
要有更强大的力量才能击退撒旦，
战胜你的敌人。撒旦曾从天上坠落，
虽受沉重的打击，但仍能给你以
致命的创伤。你的救主来了，
不是要消灭撒旦，而是要消灭他对你
和你子孙所致的毒害，医治创伤。
这医治需要你实践前所未经的事，
遵从神的法律，课以死刑，经受
死的痛苦，这是你的罪有应得，
也是你子孙们的罪有应得。
唯有这样，崇高的正义才能满足。
神的法律靠顺从和爱来正确地完成，
虽然只有爱才能完成它；他以肉身②
显现，以遭非难的生和可咒的死

① 夏娃听了蛇的话，吃了禁果；上帝对蛇说：“你既做了这事，就必受咒诅，比一切的牲畜野兽更甚，你必用肚子走路，终身吃土。……女人的后裔要伤你的头，你要伤他的脚跟。”见《创世记》第3章第14、15节。这里的“胜利者”指耶稣，即“女人的后裔”或“女人的种子”。

② 《罗马书》第13章第10节：“爱是不加害于人的；所以爱就完全了律法。”

来承担你的死刑;宣言凡信他的将得
救赎,一切人都得永生,由于信,得分享
他的顺从;虽然执行了法的规定,
但不是他们自己的,而是他的功德。
为此,他一生被人憎恨、恶骂,
用暴力逮捕、受审,直到死刑,
被他自己的国人钉在十字架上,
为了带来永生而身受残杀;
但他反把你的敌人钉在十字架上,
把反对你的法令和全人类的罪
都和他一起钉在那里了,
凡真正相信他的救赎的,不再受害。

“他这样死了,很快又复活了;
‘死’不得永久在他头上耀武扬威。
在第三天曙光回来之前,晨星们
眼见他起来走出坟墓,和曙光
一样清鲜。你对死的赎金已经付清,
因为他代替人死而给予永生,
凡被救赎的人都不受蔑视,由于
信仰、善行而拥有恩德。这神圣的
行动取消你的定谳。本该死于罪,
永远丧失生命;这行为将打破
撒旦的头,粉碎他的力量,打断
他的左右两臂‘罪’和‘死’。
这个打击深深地钉入他的头脑,远较

暂时的死仅伤及胜利者的脚跟厉害。
凡被救赎的，死得像睡眠一般，
静静地飘荡到永生去。他复活后
不会长时间滞留在地上，
只有几次显现给他的门徒，
——在他生前紧跟他的人们。
给他们的任务是把他们所学到的
东西和他的救赎道理教给各民族，
在流动的河水里给信者施行洗礼，
表示洗去了他们的罪污，
去过纯洁的生活，并遇事能和
他们的救赎之主一样有死的决心。

446 “他们要教导万国的人民；因为
从那一天以后，不仅要向
亚伯拉罕的直系子孙宣传
救赎之道，也要向全世界
一切怀有亚伯拉罕的信心的[①]
子孙宣传；使万国都可以
因他的种子而承受福泽。那时，
圣子带着胜利升登诸天上的高天，
在空中一路战败他的和你的敌人，
他经由天空凯旋，在空中
奇袭大蛇，空中的王，使他

① 参看《罗马书》第 4 章第 14—17 节。

拖着镣铐行经他的全部
领土，并从那儿狼狈而离去；
圣子从此进入荣光，再回到
上帝右边的座位，高高地
坐在天上有名位的天人之上；[1]
直到这世界的毁灭成熟时，
他带着光荣和权力再度降临，
审讯活的和死的，判决不信的
死者，赏赐他的忠实信徒，迎接
他们进入幸福境地，天上或人间，
去过远为幸福的日子，因为那时
大地变成比伊甸更快乐的乐园。”

466 大天使米迦勒这样说后，
停了一下，正像世界告一段落。
我们的始祖满怀欢喜和惊异说：

469 “啊，无限的善良，莫大的善良！
这一切善由恶而生，恶变为善；
比创造过程中光出于暗更可惊奇！
但我仍满怀疑惑，我现在该为
自己有意无意所犯的罪而痛悔，
还是该为更多的善所涌出的幸福而
高兴，更多的光荣归于神，更多

① 《以弗所书》第 1 章第 20、21 节。

天神的善意归于人，胜过他的
圣怒而慈惠满溢。请您说说：
我们的救主若再升天去了，
几个信徒留在真理之敌和
不信之群的中间，将怎么办呢？
谁将领导他的人民，保护他们？
他们对待他的门徒不会更坏吗？”

天使说：“那当然会；
但他给他的门徒从天上派出
他的安慰使者，就是天父的圣灵，
住在他们里面，通过爱的工作，
把信仰的法律记录在心里
指示他们一切真理的道路，
用灵的爱，武装起来抵抗魔王
撒旦的攻击，消灭他的火箭，①
做到人所能抵抗的事，就是
死也不怕，偿以内心的慰藉，
好反抗如此残暴；时时支持他，
使最趾高气扬的迫害者也惊惧，
因为圣灵首先倾注在他派去的
教导万民的使徒身上，然后
倾注给所有受洗礼的信徒，
授与他们奇异的禀赋，能说

① 《以弗所书》第6章第13—16节。

各国的方言，能行各种奇事，
像以前救主所行的。这样，
他们得到各国人民的喜欢，
并领受天上来的福音：终于
完成他们的使命，胜利跑完
人生的跑道，写下教义和史传，
然后死去。但正如先知所宣告：
代替他们的是群狼，残暴的群狼，①
继他们之后，作为教师，把一切
天上神圣的奥秘，变成他们的
私利和野心；并把属灵而难解的，
写在纯真记录里的真理，只有
灵能理解的，他们却用迷信和
传统的谬论去玷污、曲解。

　　“他们还将利用名誉、地位和称号，
同世俗的权力结合起来，佯装
灵的活动，鱼目混珠，一起交给
信者，僭称上帝的灵权，并从
这个矫饰，用世俗的权力，
高压人们的良心，使灵法，写在
经里、刻在人心的灵法荡然无存。

① 这段概括使徒以后的教会，是弥尔顿对当时国教会的批判。“残暴的群狼”这个形象的概括，是借用保罗的临别赠言，《使徒行传》第20章第29节和他自己的十四行诗《给克伦威尔将军》的末句：“这些雇佣的狼，所传的福音是无穷的欲求。”

他们除了强迫‘慈惠的灵’,束缚
其配偶‘自由’之外还有什么?
除了毁灭由信仰建立起来的活的
神庙,而代以他们自己的信仰①
之外,还有什么别的?在地上,
哪有背信弃义的人能使人信服呢?
可是,厚着脸皮这样做的却不少。
他们重加迫害于所有坚持
用灵和真理来崇拜的人们;
其他多数则以外表的礼数
和伪装的形式被看作宗教的完满:
真理被诽谤的箭所射穿而退下去,
信仰的业绩极少见了。这样,
好人受罪,恶人享福,世界在
自己的重负之下呻吟着前进,
终于,女人的种子,先前圣约
预定的你的支援者,再来时,
给正义者以安息,给恶人以恶报。
这样的日子,当时曾有朦胧的
预告,现在被广大的众人所知,
你的救赎主,终于从天上,
在云彩中披着天父的荣光显现,②
坠落的世界和撒旦一起灭亡,

① 《哥林多前书》第 3 章第 16 节。

② 《马太福音》第 26 章第 64 节。

燃烧的溶块，净了又炼了，
新的天，新的地，无尽的年代，
在正义、和平和爱的根基上建成，①
结出永远欢喜和幸福的美果。”

552 他说完了，亚当最后这样回答：
“有福的先知啊，你的预言，何等
快地测绘了整个无常的世界，
与时光飞逝，直到时间的尽头。
彼岸全是溟濛的永劫，没有人
能够看到它的际涯。我受到
很大的教训，大大安静了我的思想，
我将从此出发，饱求知识，满载
而归；此外再有所求，便是愚妄。
因此，我知道顺从最好，爱慕、②
敬畏唯一的神，像在他跟前行走，
常守他的志意，唯独依靠他，
他的慈爱覆庇他一切的创造物，
不断地以善胜恶，以小事成大业，③
弱者制胜世界的强者，朴拙的

① 《彼得后书》第 3 章第 12、13 节：“切切仰望……新天新地，有义居其中。”

② 《撒母耳记上》第 15 章第 22 节：“顺从比祭物好，听命比献上最好的羊更能得他欢心。”

③ 《罗马书》第 12 章第 21 节：“你不可为恶所胜，反要以善胜恶。”《路加福音》第 16 章第 10 节：“人在最小的事上忠心，在大事上也忠心。在最小事上不义，在大事上也不义。”

胜过世界的智巧，为真理而受难，
是最高胜利中的坚毅斗士，
对有信仰的人，死是永生之门；①
这是永远赐福的救赎主
用他自己的榜样所教导的。”

574 天使这样作最后的回答：
“你学会了这个，就是到了
智慧的顶点；不要希望更高的，
虽然你知道众星辰的名字，
诸神和一切深奥的秘密，
自然万汇：天上、空中、地上、
海中一切东西，享受世上一切
财富，全部治权，一个帝国；只要
加上实践，配合你的知识，加上
信仰、德行、忍耐、节制，
此外还加上爱，就是后来叫作
‘仁爱’的，是其他一切的灵魂。②
这样，你就不会不高兴离开
这个乐园，而在你的内心
另有一个远为快乐的乐园。

① 《马太福音》第 7 章第 14 节：“通向死亡之门是宽的，……通向永生之门是窄的。”

② 《彼得后书》第 1 章第 5—11 节，大意是说有了信仰、德行、忍耐、节制、爱，就永不失足，能得永生的国。

好吧，现在我们从这纵览时空的①
山顶下去，预定的时辰催着我们
离开这儿；你看，那边山上卫队
列阵，准备行动，前头有
燃烧的火剑，猛力挥舞着，
示意我们退去。我们不要
再待下去了；去叫醒夏娃吧，
我也用温和的梦境安慰她，
显示给她好预兆，使她全神
镇静而柔顺。你要在适当的
时机让她分享你所听到的，
尤其是有关她该相信的知识：
她的种子将要来施行对人类的
伟大救赎。你们要活下去，
活到漫长的年月，二人同一信仰，②
对过去的愁苦和坏事要认识，
想想幸福的结局便更加欢欣。”

606　　他说完了，便一同下山。
下了山，亚当走向夏娃睡觉的
庐舍里去，见她已经醒了；
她用毫无愁苦的语言迎接他：

---

① 纵览时空，原文 speculation 来自拉丁文，兼有沉思、瞭望之意。亚当在那里听天使的预言，用想象展望人类未来的事态而沉入冥想。

② 活到漫长的年月，见《创世记》第 5 章第 5 节：“亚当共活了九百三十岁就死了。”

610 “我知道你从哪儿回来，
到哪儿去了；当我悲伤、烦恼，
倦极而睡时，上帝也在睡中
用梦境教导我，告知我大好消息。
领我走吧，我决不迟疑。
和你同行，等于留在乐园。
没有你时，留也等于被放逐。
你为我明知故犯的罪被流放，
你是我天底下的一切东西，
一切的地方。比这更大的安慰
使我安心离开这里的，那是我
不配接受的恩典：虽然一切
都因我而失去，但照圣约所定
我的种子会全部得以恢复。”

624 我们人类的母亲夏娃这样说，
亚当听了十分高兴，但不答话；
因为那时大天使站在近旁，
从另一山上到他们预定的地点，
全身光华灿烂的嗟嘭咱队伍
下来了；像流星一样滑翔到地上，
又像河流上的晚雾滑行在沼泽上，
在旱地滚滚而进，紧跟着我们
归家农夫的脚跟一样。在前头，
神的宝剑高扬，挥舞在他们前面

像彗星一样辉煌。像利比亚
灼热炎炎的空气,使这里
清和的气候,开始受到烤焙。
那天使看见这个情景,急忙
两手牵住我们的始祖父母,
一直把他们领到乐园的东门,
急速奔下山岩,如履平地,
然后不见了。他们二人回顾
自己原住的幸福乐园的东侧,
那上面有火焰的剑在挥动。
门口有可怖面目和火武器的队伍。
他们滴下自然的眼泪,但很快
就拭掉了;世界整个放在他们
面前,让他们选择安身的地方,
有神的意图作他们的指导。
二人手携手,慢移流浪的脚步,
告别伊甸,踏上他们孤寂的路途。

“外国文学名著丛书”书目

第 一 辑

书　名	作　者	译　者
伊索寓言	〔古希腊〕伊索	周作人
源氏物语	〔日〕紫式部	丰子恺
堂吉诃德	〔西班牙〕塞万提斯	杨　绛
泰戈尔诗选	〔印度〕泰戈尔	冰　心　石　真
坎特伯雷故事	〔英〕杰弗雷·乔叟	方　重
失乐园	〔英〕约翰·弥尔顿	朱维之
格列佛游记	〔英〕斯威夫特	张　健
傲慢与偏见	〔英〕简·奥斯丁	王科一
雪莱抒情诗选	〔英〕雪莱	查良铮
瓦尔登湖	〔美〕亨利·戴维·梭罗	徐　迟
欧·亨利短篇小说选	〔美〕欧·亨利	王永年
特利斯当与伊瑟	〔法〕贝迪耶	罗新璋
巨人传	〔法〕拉伯雷	鲍文蔚
忏悔录	〔法〕卢梭	范希衡 等
欧也妮·葛朗台　高老头	〔法〕巴尔扎克	傅　雷
雨果诗选	〔法〕雨果	程曾厚
巴黎圣母院	〔法〕雨果	陈敬容
包法利夫人	〔法〕福楼拜	李健吾
叶甫盖尼·奥涅金	〔俄〕普希金	智　量
死魂灵	〔俄〕果戈理	满　涛　许庆道

书　名	作　者	译　者
当代英雄	〔俄〕莱蒙托夫	草　婴
猎人笔记	〔俄〕屠格涅夫	丰子恺
白痴	〔俄〕陀思妥耶夫斯基	南　江
列夫·托尔斯泰中短篇小说选	〔俄〕列夫·托尔斯泰	草　婴
怎么办?	〔俄〕车尔尼雪夫斯基	蒋　路
高尔基短篇小说选	〔苏联〕高尔基	巴　金 等
浮士德	〔德〕歌德	绿　原
易卜生戏剧四种	〔挪〕易卜生	潘家洵
鲵鱼之乱	〔捷〕卡·恰佩克	贝　京
金人	〔匈〕约卡伊·莫尔	柯　青

第二辑

荷马史诗·伊利亚特	〔古希腊〕荷马	罗念生　王焕生
荷马史诗·奥德赛	〔古希腊〕荷马	王焕生
十日谈	〔意大利〕薄伽丘	王永年
莎士比亚悲剧五种	〔英〕威廉·莎士比亚	朱生豪
多情客游记	〔英〕劳伦斯·斯特恩	石永礼
唐璜	〔英〕拜伦	查良铮
大卫·科波菲尔	〔英〕查尔斯·狄更斯	庄绎传
简·爱	〔英〕夏洛蒂·勃朗特	吴钧燮
呼啸山庄	〔英〕爱米丽·勃朗特	张　玲　张　扬
德伯家的苔丝	〔英〕托马斯·哈代	张谷若
海浪　达洛维太太	〔英〕弗吉尼亚·吴尔夫	吴钧燮　谷启楠
哈克贝利·费恩历险记	〔美〕马克·吐温	张友松
一位女士的画像	〔美〕亨利·詹姆斯	项星耀
喧哗与骚动	〔美〕威廉·福克纳	李文俊
永别了武器	〔美〕欧内斯特·海明威	于晓红

书　名	作　者	译　者
波斯人信札	〔法〕孟德斯鸠	罗大冈
伏尔泰小说选	〔法〕伏尔泰	傅　雷
红与黑	〔法〕司汤达	张冠尧
幻灭	〔法〕巴尔扎克	傅　雷
莫泊桑中短篇小说选	〔法〕莫泊桑	张英伦
文字生涯	〔法〕让-保尔·萨特	沈志明
局外人　鼠疫	〔法〕加缪	徐和瑾
契诃夫小说选	〔俄〕契诃夫	汝　龙
布宁中短篇小说选	〔俄〕布宁	陈　馥
一个人的遭遇	〔苏联〕肖洛霍夫	草　婴
少年维特的烦恼	〔德〕歌德	杨武能
德国,一个冬天的童话	〔德〕海涅	冯　至
绿衣亨利	〔瑞士〕戈特弗里德·凯勒	田德望
斯特林堡小说戏剧选	〔瑞典〕斯特林堡	李之义
城堡	〔奥地利〕卡夫卡	高年生

第三辑

埃斯库罗斯悲剧二种	〔古希腊〕埃斯库罗斯	罗念生
索福克勒斯悲剧二种	〔古希腊〕索福克勒斯	罗念生
欧里庇得斯悲剧二种	〔古希腊〕欧里庇得斯	罗念生
神曲	〔意大利〕但丁	田德望
西班牙流浪汉小说选	〔西班牙〕克维多 等	杨　绛 等
阿拉伯古代诗选	〔阿拉伯〕乌姆鲁勒·盖斯 等	仲跻昆
列王纪选	〔波斯〕菲尔多西	张鸿年
蕾莉与马杰农	〔波斯〕内扎米	卢　永
莎士比亚喜剧五种	〔英〕威廉·莎士比亚	方　平
鲁滨孙飘流记	〔英〕笛福	徐霞村

书　名	作　者	译　者
彭斯诗选	〔英〕彭斯	王佐良
艾凡赫	〔英〕沃尔特·司各特	项星耀
名利场	〔英〕萨克雷	杨　必
人性的枷锁	〔英〕威廉·萨默塞特·毛姆	叶　尊
儿子与情人	〔英〕D. H. 劳伦斯	陈良廷　刘文澜
杰克·伦敦小说选	〔美〕杰克·伦敦	万　紫 等
了不起的盖茨比	〔美〕菲茨杰拉德	姚乃强
木工小史	〔法〕乔治·桑	齐　香
恶之花　巴黎的忧郁	〔法〕波德莱尔	钱春绮
萌芽	〔法〕左拉	黎　柯
前夜　父与子	〔俄〕屠格涅夫	丽　尼　巴　金
卡拉马佐夫兄弟	〔俄〕陀思妥耶夫斯基	耿济之
安娜·卡列宁娜	〔俄〕列夫·托尔斯泰	周　扬　谢素台
茨维塔耶娃诗选	〔俄〕茨维塔耶娃	刘文飞
德国诗选	〔德〕歌德 等	钱春绮
安徒生童话选	〔丹麦〕安徒生	叶君健
外祖母	〔捷〕鲍·聂姆佐娃	吴　琦
好兵帅克历险记	〔捷〕雅·哈谢克	星　灿
我是猫	〔日〕夏目漱石	阎小妹
罗生门	〔日〕芥川龙之介	文洁若

第四辑

一千零一夜		纳　训
培根随笔集	〔英〕培根	曹明伦
拜伦诗选	〔英〕拜伦	查良铮
黑暗的心　吉姆爷	〔英〕约瑟夫·康拉德	黄雨石　熊　蕾
福尔赛世家	〔英〕高尔斯华绥	周煦良

书名	作者	译者
月亮与六便士	〔英〕威廉·萨默塞特·毛姆	谷启楠
萧伯纳戏剧三种	〔爱尔兰〕萧伯纳	潘家洵 等
红字　七个尖角顶的宅第	〔美〕纳撒尼尔·霍桑	胡允桓
汤姆叔叔的小屋	〔美〕斯陀夫人	王家湘
白鲸	〔美〕赫尔曼·梅尔维尔	成　时
马克·吐温中短篇小说选	〔美〕马克·吐温	叶冬心
老人与海	〔美〕欧内斯特·海明威	陈良廷 等
愤怒的葡萄	〔美〕约翰·斯坦贝克	胡仲持
蒙田随笔集	〔法〕蒙田	梁宗岱　黄建华
悲惨世界	〔法〕雨果	李　丹　方　于
九三年	〔法〕雨果	郑永慧
梅里美中短篇小说选	〔法〕梅里美	张冠尧
情感教育	〔法〕福楼拜	王文融
茶花女	〔法〕小仲马	王振孙
都德小说选	〔法〕都德	刘　方　陆秉慧
一生	〔法〕莫泊桑	盛澄华
普希金诗选	〔俄〕普希金	高　莽 等
莱蒙托夫诗选	〔俄〕莱蒙托夫	余　振　顾蕴璞
罗亭　贵族之家	〔俄〕屠格涅夫	陆　蠡　丽　尼
日瓦戈医生	〔苏联〕帕斯捷尔纳克	张秉衡
大师和玛格丽特	〔苏联〕布尔加科夫	钱　诚
茨威格中短篇小说选	〔奥地利〕斯·茨威格	张玉书 等
玩偶	〔波兰〕普鲁斯	张振辉
万叶集精选	〔日〕大伴家持	钱稻孙
人间失格	〔日〕太宰治	魏大海

第五辑

书名	作者	译者
泪与笑　先知	〔黎巴嫩〕纪伯伦	冰　心 等
华兹华斯 柯尔律治 诗选	〔英〕华兹华斯 柯尔律治	杨德豫
济慈诗选	〔英〕约翰·济慈	屠　岸
汤姆·索亚历险记	〔美〕马克·吐温	张友松
大街	〔美〕辛克莱·路易斯	潘庆舲
田园三部曲	〔法〕乔治·桑	罗　旭 等
金钱	〔法〕左拉	金满成
果戈理小说戏剧选	〔俄〕果戈理	满　涛
奥勃洛莫夫	〔俄〕冈察洛夫	陈　馥
谁在俄罗斯能过好日子	〔俄〕涅克拉索夫	飞　白
亚·奥斯特洛夫斯基戏剧六种	〔俄〕亚·奥斯特洛夫斯基	姜椿芳 等
复活	〔俄〕列夫·托尔斯泰	草　婴
静静的顿河	〔苏联〕肖洛霍夫	金　人
谢甫琴科诗选	〔乌克兰〕谢甫琴科	戈宝权　任溶溶
维廉·麦斯特的学习时代	〔德〕歌德	冯　至　姚可崑
叔本华随笔集	〔德〕叔本华	绿　原
艾菲·布里斯特	〔德〕台奥多尔·冯塔纳	韩世钟
豪普特曼戏剧三种	〔德〕豪普特曼	章鹏高 等
铁皮鼓	〔德〕君特·格拉斯	胡其鼎
加西亚·洛尔卡诗选	〔西班牙〕加西亚·洛尔卡	赵振江
你往何处去	〔波兰〕亨利克·显克维奇	张振辉
显克维奇中短篇小说选	〔波兰〕亨利克·显克维奇	林洪亮
裴多菲诗选	〔匈〕裴多菲	孙　用

书　名	作　者	译　者
轭下	〔保〕伐佐夫	施蛰存
卡勒瓦拉(上下)	〔芬兰〕埃利亚斯·隆洛德	孙　用
破戒	〔日〕岛崎藤村	陈德文
戈拉	〔印度〕泰戈尔	刘寿康
三个火枪手(上下)	〔法〕大仲马	李玉民
约翰-克利斯朵夫(上下)	〔法〕罗曼·罗兰	傅　雷
都兰趣话	〔法〕巴尔扎克	施康强